我喜欢的样子你都有

福禄丸子 作品

江苏凤凰文艺出版社
JIANGSU PHOENIX LITERATURE AND ART PUBLISHING, LTD

图书在版编目（CIP）数据

我喜欢的样子你都有 / 福禄丸子著. —南京：江苏凤凰文艺出版社，2017.7

ISBN 978-7-5594-0433-6

Ⅰ.①我… Ⅱ.①福… Ⅲ. ①长篇小说—中国—当代 Ⅳ.①I247.5

中国版本图书馆CIP数据核字（2017）第108635号

书　　名　我喜欢的样子你都有
作　　者　福禄丸子
出版统筹　黄小初　侯　开
选题策划　时　瑜
责任编辑　姚　丽
文字编辑　时　瑜
责任监制　刘　巍　江伟明
出版发行　江苏凤凰文艺出版社
出版社地址　南京市中央路165号，邮编：210009
出版社网址　http://www.jswenyi.com
印　　刷　三河市鹏远艺兴印务有限公司
开　　本　880×1230毫米　1/32
字　　数　250千字
印　　张　10
版　　次　2017年7月第1版，2019年3月第3次印刷
标准书号　ISBN 978-7-5594-0433-6
定　　价　35.00元

目录

CONTENTS

第一章　直到遇见你

日本，北海道。

台风还没登陆，就提前带来了大风和湿乎乎的空气，似乎随时都会有一场倾盆大雨。

薄叶和美已经在百货公司里一动不动地盯着那个装吉他的琴包好半天了。

RB跟摇滚明星合作推出的限量版琴包，只剩这最后一个了。既然是限量版，卖完大概也不会再补货，手快有，手慢无，机不可失，失不再来。

可是这价格也未免太贵了。她掰着手指算来算去，犹豫好久都下不了决心买，眼看这是最后的机会了。

好友奈奈在旁边转圈，百无聊赖地打了个哈欠。她不想催促和美，实际上今天是她约大家出来逛街和吃下午茶的，只不过因为台风快来了，其他人都临时改变了主意，只有和美准时过来，还陪她到现在。

她回家也没什么事情可做，还不如跟好朋友在外面打发时间。

但天色越来越晚，台风离得越来越近，再不回去她怕会遇上危险。

“你想买那个琴包吗？如果钱不够的话我借你好了。”奈奈终于开口，她知道和美来看这个琴包好几次，肯定心仪很久了，只是之前没有那么纠结。

薄叶家在城里经营一家和果子店，家庭情况只能算是一般，近年来和果子店的生意越发惨淡。虽然和美的哥哥已经当上了医生，但在东京那样的地方，照顾好自己的生活就很不容易了，很难兼顾到家里。

和美活泼漂亮，但总是手头拮据，想要什么东西都要权衡很久，连支唇膏都不舍得买。

奈奈跟她不同，虽然穿得朴素，身材偏胖，脸上还有雀斑，是那种丢人群里就找不到的女生，但她爸爸是大财团的社长，家底殷实，钱对她来说不是难题。

两人从中学开始就是好朋友，情谊维系至今，和美却从来没找奈奈借过钱，即使奈奈偶尔买下她心仪的东西送给她，她也总会想办法还上。

果然，和美摇摇头拒绝了，但转过脸来合手祈求道："拜托……让我再想一下，就一下！这样吧，五点钟，如果五点钟有雨点落在落地玻璃上我就买下来，否则我们就走人。"

她下不了决心，只好看天意了。

三分钟，墙上钟面的时针只剩三分钟就要走到整点了。外面是山雨欲来风满楼的架势，天空中似乎已经有零星的雨丝飘下来，还真说不好三分钟后会不会下起雨来。

她看看钟又看看琴包，手里攥紧了钱夹，正紧张呢，奈奈却突然拉住她的胳膊，发出一阵感慨："好帅呀……"

奈奈性别女，爱好男，号称帅哥雷达，最喜欢花痴帅哥。中学时代她花痴的是和美的哥哥，她们最初好像就是因为这个才成为好朋友的。

和美已经习惯了她的花痴，但这会儿百货公司里几乎没什么客人了，很难不注意到刚走过来的这个年轻男人。

他穿了一件朋克风的T恤，和美认出这件T恤来自本土著名的音乐节。每年这个时候，世界各地的众多音乐人都会来日本参加这个音乐盛会，因此在大街上也不时会见到穿同款文化衫的人。不过玩音乐的人大多控制不了体内的叛逆，总会对衣服动手脚，不是把下摆剪得丝丝缕缕，就是在原本的图案上再剪个巨大的骷髅头，或者干脆扯得破破烂烂，好配下身破洞的牛仔裤。

眼前之人并不是这样，显然他只把这件T恤当一件普通的衣服来穿，随便往身上一套，再加上一条微微发白的牛仔裤，显得格外干净。

对，就是干净，和美想。他也不像很多音乐人那样染发或者留长发，黑发短短的，露出英气的眉毛和可爱的耳郭。

“真的很帅对不对？唔……”奈奈捧着脸快要贴过去了，两眼直冒桃心，“你说他是什么人？医生、学生，还是大学教授？”

和美觉得她一定是电视剧看多了，哪有这么年轻的大学教授呢？也不大像学生，至于医生……可能因为最初花痴的对象是个医生，她看谁都像医生。

不过他跟哥哥确实有点像，都很干净。个子高高的，大概有一米八，手指纤长、骨节分明。尤其拿起黑色的东西，颜色对比分明，男人的手怎么也能那么白……

和美光顾着盯人看了，都忘了刚才的三分钟之约，这时候她才猛地反应过来，发现那个人手里拿的竟然是她看上的最后一个吉他包！

人家不光气质好长得帅，还是不折不扣的土豪，因为他连价格标签都懒得看，拿起琴包，眼看就要往收银台走过去了！

“等一下！”和美完全来不及多想就冲过去拦住他。她的目标就是琴包，所以直接就把他手里的琴包夺走了。

“喂，你怎么回事儿啊？”穆嵘只觉得手里一轻，一回头就见手里的东西被一个陌生人抱在了怀里。

你谁啊！情急之下京骂都快出口了，他完全忘了这是在日本。

和美一听他说的是中文，也愣了一下：“那个……你是从中国来的？”

咦，这是遇上同胞了吗？穆嵘听到她开口说中文，眉头微微一松，扬了扬下巴：“是啊，我从北京来的，你是这儿的店员吗？”

他知道现在很多日本商店里都配备了能说中文的店员，用来应对中国游客旺盛的购买力。

和美很实诚地摇头：“不是。”

“不是你干吗抢我东西？”穆嵘警惕起来，伸手就要去抢她怀里的琴包，“还给我！”

和美本能地往后躲，没承想奈奈就在她身后挡住了她的退路。穆嵘手臂很长，一下子没收住，手就直接探进了她的怀里。

嗯，软软的，鼓鼓的，不大不小。

说来奇怪，他也是冲着琴包去的，却完美地避开目标，一只手直接摁在了女孩饱满的胸部上。

这手感……穆嵘呆住了，还没来得及仔细回味，尖叫声已经快把他给震聋了。

和美跟他一样呆滞，两人大眼瞪小眼，叫声其实是奈奈发出来的。这一嗓子把真正的店员给吼出来了，急急忙忙过来问他们有什么需要。

没时间犹豫了，和美干脆地把琴包往前一递："你好，我要买这个！"

"好的，小姐，您跟我到这边来埋单哦！"店员接过东西，很有礼貌地又问穆嵘，"先生，你们是一起的吗？"

和美跟奈奈异口同声道："不是。"

全是日语！

穆嵘很崩溃，听不懂啊！他英文很好，法语也会一点，可日语很烂，常年停留在指着商品问"这个，多少钱"的程度，这会儿一着急连这种程度都发挥不出来了。

幸好他随身带了个小本子，常用的日语会话都写在上面。他拿出来一通翻：我什么什么、先到什么、看中的什么什么……哎，这有个愿望助动词？为什么词尾还要变啊……要不要用敬语？

他憋得脸都红了，就只想解释一件事：这个包是他先要的。然而并没有什么用，等他终于捋顺语法把话说出来的时候，和美她们已经跟着店员去收银台了。

那个妞说一口地道的日语，连朋友也是日本人，根本就不是同胞，完全是欺骗他的感情！

穆嵘气得嘴都歪了，急赤白脸地冲到收银台前。这回他不纠结了，干脆直接说英文："这包是我要买的，这俩人我不认识，就算她们也喜欢这包，但也总得分个先来后到吧？"

收银员有点为难："可是……这位小姐说是她先看中的。"

穆嵘对和美怒目而视："What？"

和美压低声音用中文跟他解释道："这款琴包在第一天上架销售的时候我就想买了，只是一直没攒够钱。"

她也知道自己不占理，尽量心平气和地跟他说，希望他能理解一下。

然而穆嵘根本没有怜香惜玉的心思，问她："那你现在攒够钱了？"

和美抿了抿唇。其实并没有，好在她有信用卡，可以分六期付清。

穆嵘气哼哼的。他不知道这个女人什么来路，竟然可以中、日文自由切换，但既然懂中文，总该听过有句老话叫"君子不夺人所好"吧？她倒好，把他到手的心头之好就这么抢走了。她钱不够关他什么事啊，她知不知道他为了买这个包，从东京一直找到北海道来？

不过她既然提到缺钱，他就有了主意，手一挥道："我加一万日元，你把琴包卖给我，一万块让你挣。"

本以为她会欣然同意，没想到她把琴包紧紧抱住："我不卖。"

这是嫌钱不够的意思？

穆嵘闭了闭眼，咬牙道："双倍……我出双倍的价钱买。"

这是极限，不可能再高了，他可不是冤大头。这丫头敢再抬价试试！

和美依旧把头摇得像拨浪鼓："不不不，这包我是买来送人的，你出多少钱我也不会卖给你。"

穆嵘正打算开口再说些什么，一旁的奈奈这会儿早就忘了花痴他这回事，打断他道："别再啰唆了，你刚刚摸到和美……的胸，已经是非礼、无赖、趁机揩油，再不让开我们就报警了！"

虽然还是日语，但穆嵘这回好歹听懂了"报警"两个字，再看她比画的动作，大概知道她说的是什么意思，脸上一阵红一阵白——他这辈子还是第一次被当成非礼女生的无赖好吗？

和美脸上也有点发热，拉了拉奈奈示意她赶紧走。

穆嵘还想拦，奈奈砰地一下把他给撞开了。刚好他脚边是一个小斜坡，没站稳一屁股坐下去，两个女孩子已经抱着琴包推开玻璃门跑得无影无踪了。

他整个人呈"卍"字型躺在地上，望着天花板大吼一声，内心是崩溃的。

和美跟奈奈跑到和美家门口的时候，雨水已经随着大风一阵阵地飘过来，打在她们的头发和衣服上，撑伞都遮挡不住了。奈奈的伞被风给吹变形了。

和美把自己的伞给她，奈奈摇摇手：“不用了，我爸派车过来接我了。”

和美看向街对面，果然有辆黑色的轿车停在路边。

和美怀里还抱着那个来之不易的吉他琴包，顾不上湿了的衣服和头发，撑开伞道：“那我送你过去。”

奈奈又摇头，低头看了看她怀里的琴包，问道：“你买这个琴包是要送给谁的？”

虽然和美也会弹吉他，但奈奈可不认为她突然买这么贵的琴包自己用，她用的吉他还没包贵呢！

和美笑，手在琴包上摩挲，有点羞涩：“嗯……送男神。”

奈奈瞪大了眼睛：“他不是回中国了吗？”

“是啊。”和美抬起头来，眼里隐隐有光彩闪现，“奈奈，我很快就要去中国了。”

奈奈更惊讶了：“啊？什么时候？”

“就是最近，等忙完店里的事，就要走了。”

夏天到了，父亲的和果子店要推出季节新品，她要留下帮忙。而且妈妈还没有松口同意让她去，所以这件事她还没有跟任何人提起过，包括最好的朋友。

但她知道最终肯定还是能行的，用哥哥的话说，她下定决心要做的事从来没有做不成的。何况妈妈最疼爱她了，反对也不过是舍不得让她一个女孩子独自出远门。

奈奈显得有点沮丧，但旋即又振作起来，兴奋道：“你见到了男神一定要抓住机会呀，这回别再让他跑了。不要光送礼物，要记得表白啊，一定要表白！”

和美红了脸：“我是有正事要办，不是特意去找他的。”

奈奈眼里恋爱大过天，哪管那些，一心认定她是去追随男神的，八卦的心思占了上风，叽叽喳喳聊起来就不想走了。

雨又大了些，对面的黑色轿车上下来一位贵妇人，司机撑着结实的黑伞遮在她头顶上，一同走过来。

来的是奈奈的妈妈，奈奈上前揽住她的胳膊："咦，妈妈，您怎么来了？"

她宠溺地看了看女儿："要是我不来，你恐怕就要被台风困在和美家了吧？这样太打扰人家了。"

奈奈嘟了嘟嘴。

和美鞠躬问好："阿姨，好久不见了。"

"好久不见，和美。正好我也有点事情想要请你帮忙。"

桌上的茶很香，穆嵘喝了一口却品不出滋味来，放下茶杯，轻轻叹了口气。

坐在对面的小川先生见状笑道："要买的东西还是没有找到吗？如果不介意，我可以让人帮你找一找，各个百货公司都看看，总能找到的。"

穆嵘摇摇头，限量版的东西没了就是没了，再找也没用。其实本来也不是非要不可，但人有时就是这样，可买可不买的东西在眼皮底下卖光了，越是买不着越是铆足了劲儿想买。

因为这场台风，他不得不延迟了回国的时间，但找来找去也没再找到这款琴包，看来是真的没缘分了。

其实要不是半路杀出个程咬金，他现在已经把宝贝吉他放进琴包里了，这简直是横刀夺爱。

一想到跟那俩丫头的冲突，他连饭都吃不下了。如果不是早就答应了小川家的邀约，他恐怕还郁闷地躺在酒店里，晚上吃个饭团了事。

小川先生是他爸爸的朋友，两家的公司先前有合作，关系一直不错。小川太太的娘家是开怀石料理店的，然而毕竟不是在东京、大阪那样的大城市，曲高和寡，前几年经济不景气的时候生意一度难以维持下去，穆嵘拍的一组照片救了他们。听说他要到北海道来，小川家就盛情邀请他来做客，非要好好感谢他一番。

小川太太亲自准备料理款待他。

怀石料理追求朴素的意境，料理本身是写意的艺术品，作为体验是很好的，但这种高大上又特别讲究礼仪的料理实在不适合日常。尤其像穆嵘这样心情郁闷的人，只求能吃饱、吃爽，至于食材摆盘用了什么器皿、像花还是像鸟、表达什么样的情致……根本就没有心思去体会和欣赏。

最可怕的是据说这家有个女儿，比他小几岁，还没有男朋友。

他现在一听说谁家有跟他年龄相仿又没结婚的女孩子就头皮发紧，因为一般接下来别人就会跟他介绍女孩子的个人情况，再问他的身高、职业、爱好，甚至星座，然后撺掇他认识，相处一下看看？

真是够了。为了躲避相亲和逼婚，他满世界跑，眼看都躲到国外来了，居然还是逃不掉。

这顿饭吃得战战兢兢的，那些豆腐啊、蛋羹啊、鱼啊、虾啊吃在嘴里都没什么感觉。好在自始至终就只有小川夫妇跟他一块儿进餐，没见到传说中的那位千金。

小川家也算是豪门了，席上摆的器具都有名头和出处，盛食物的有仿自江户时代的挂钵和朱漆碗，连花瓶都是明末清初的青瓷。食材的新鲜程度和讲究就更不用提了，他这么食不知味实在是有点暴殄天物的感觉。

最后上茶之前有一道主果子，很大一个漆盘，里面却只有很小的一块三角点心。透明的葛粉做底，很容易令人联想到冰块，上面铺了红小豆，质地轻盈，咬一口非常清爽。

穆嵘刚才没吃饱，这会儿吃到这个和果子觉得很惊艳，忍不住问道：“这是什么？”

小川先生有不少生意伙伴在中国，中文说得不错，但不懂和果子，也解释不清楚这是什么。

名字不重要，穆嵘只想知道还会不会剩下，或者在哪里能买到——他胃口刚打开，这么一小块实在太少了。

小川先生见他喜欢，就请太太起身去帮他问。

手作的和果子非常难得，其实穆嵘也猜到这应该不是小川太太自己做的。

和美在厨房刚忙完，见小川太太从茶室那边过来，就问：“还有什么需要的吗？”

今天小川家里有贵客来，小川太太亲手做料理，一个人忙不过来，她是来帮忙的。

小川太太和颜悦色地说：“客人好像很喜欢你做的和果子，今天那个很像‘水无月’的果子叫什么？”

和美笑道：“叫葛水无月，因为用的是葛粉而不是通常所用的糯米，看起来有点像冰块，是夏季的时令果子。”

小川太太点头，问她：“那么，果子还有吗？”

和美道：“可能要花点时间。”

茶席上的果子要讲求与茶和料理的搭配，而且今天完全由她现场手工制作，并没有准备多余的，但原材料还有。

小川太太笑了笑：“和美还是太单纯了呀！其实客人吃到好吃的料理通常都会问还有没有，这时不管厨房里剩了多少都应该回答没有了，这样他们才会一直记得这个味道。越发觉得好吃，下次才会再来。”

小川太太是懂料理的人，类似的话和美也从父亲那里听到过。

她想了想：“那不如换个形式吧，您请客人稍等一会儿，马上就好。”

于是穆嵘再次吃到的果子，是在九谷瓷的小碟里铺满了细细的黄豆粉，上面是热气腾腾的红豆沙拌葛粉，用扁木勺舀着吃。

真满足！

穆嵘觉得做这些和果子的人应该是技艺娴熟的老手艺人，但又不拘泥于规则，懂得创新和变通。

不过出于礼貌，他不好再多问。小川夫妇没提要把女儿介绍给他的事，他就该烧高香了，总不能让人家觉得他吃了顿饭，就恨不得把别人家里的点心师都挖走吧！

他打算告辞，临走前借用了下洗手间。这豪宅挺大的，和式的格局又有点奇怪。他从茶室出来一时有些摸不着头脑，闯错门直接进了厨房，正好看到从冰箱里倒柠檬水喝的和美。

两人异口同声：“你怎么会在这里？”

“噢……”穆嵘脑洞比较大，先发制人，手指在她面前晃啊晃，“原来就是你，怪不得会说中文呢，都是跟你爸爸学的吧？他是为了中日贸易友好往来，你倒好，学了外语用来欺骗国际友人，良心过得去吗？”

明明是个富二代，居然还骗他说因为之前零花钱没攒够才没买琴包的，太可恶了。

和美一开始没听懂他说的意思，但看他手指上沾到的黄豆粉，大概猜到他就是今天小川家的贵客，这会儿八成是把她当成小川家的女儿了。

真是冤家路窄，居然会在这里碰到。幸好奈奈一听说家里有意安排青年才俊给她认识，就吓得躲出去了，不然今天撞上了还不知是怎样的尴尬呢！

和美也打算整蛊他一下，故意双手环胸做出惊恐的表情：“你那天占了我便宜不够，居然还敢到我家里来！没想到你是这样的人……我一定要告诉我爸爸妈妈，妈妈……”

她作势扬声要喊，穆嵘又急又气：“你你你……你明知我不是故意的，你那两个茶杯盖还值得我出手吗？”

唔，是他夸张了，其实还是有料的，形态可爱比较像桃子，但又软软的。这么一想，那天的手感好像又回来了，而和美很快就反应过来他说的茶杯盖指的是什么，气鼓鼓地瞪着他。

正好小川夫人在外面叫和美的名字，他到底是心虚，甩了甩手转头就走。

他匆匆跟小川夫妇告别，出门走了几步才想起来他还没“嘘嘘”呢，夜风一吹凉凉的……哎呀，憋不住了！

和美想到穆嵘吃瘪的样子就好笑，不过再转眼看看手里的名片又笑不出来了。

她听奈奈说过，小川太太娘家的怀石料理店传到她这一辈遇到经营危机，一度难以为继，多亏一位独立摄影师才渡过难关，扭亏为盈。这位喜欢美食、音乐、坐火车旅行的独立摄影师拍了整组怀石料理的照片，配以生动的文字发表在著名的旅行网站和官方杂志上，反响出人意料的好。连国外最权威的旅游指南都收录了小川太太家的料理店，国内外食客都挤破头来体验美食，店里门庭若市。

当然她不认为这仅仅是幸运，再好的广告也要东西本身真的好才行，否则也不得长久。

只是在如今这样的信息时代，酒香也怕巷子深，能有这样一个机遇把好东西推出去让众人知晓，最好不过了。

她一直想请这位摄影技艺高超又对美食有独到见解的摄影师为家里的和果子店也做一个专题，这样或许有更多人愿意关注传统的手作，了解每一季新品里蕴藏的匠心，而不仅仅是追求便捷，只买包装精美的流水线产品。

奈奈曾告诉她这位摄影师不是日本人，且满世界到处跑，要见到恐怕只能看缘分。

没想到今天她过来帮忙之后，小川太太给了她一张名片，提起曾经为他们怀石料理店拍照撰文的那位摄影师就是今天的贵客，如果她有什么需要可以试着联系他。

和美傻眼了，反复确认："今天来的客人就只有一位吗？"

小川太太点头："是啊，就是这位穆嵘君。他马上就要回国了，我听奈奈说你马上也要到中国去，人生地不熟的，我想你要是遇到困难，也许可以找他帮忙。"

怎么会是他呢？那些照片她都见过，风格沉稳却又自成一派，拍出了清寂的意境，又迎合了年轻一代的审美，所以才会有这么好的反响。她一直以为拿相机的是位上了年纪、发鬓斑白的大叔呢！

和美无奈地揉了揉头发，小川太太又说："今天真是谢谢你和美，穆嵘君明天就要离开北海道了，好不容易请他过来吃顿饭，如果没有你帮忙真不知该怎么办。"

和美连连道没关系，心底微微一动。

她收起那张名片，跟小川太太道别之后，就跨上放在门外的脚踏车，蹬得飞快，去追那个刚刚走进夜色里的人。

他应该还没有走远，这或许是唯一的机会请他到家里的和果子店来看看，错过又不知要等到何时。

先前的那些误会她愿意道歉，并且尽力补偿。

穆嵘的确没走远，人有三急，他一心想要"嘘嘘"，快走几步觉得都要漾出来了。

都怪那丫头！

他愤愤地咬牙，正好看到有个醉醺醺的大叔从居酒屋里走出来，摇摇晃晃地往小巷里走了几步，就对着墙角大开方便之门。

好吧，从7岁上学之后就没在外面遛过鸟的他，看来今天不得不破例一回——他可不想在异国他乡尿裤裆啊！

他悄悄跑进背街的小巷，尽可能地往阴影深处钻，然后拉下拉链……

“穆先生！穆先生，是你吗？”

穆嵘听到这声音差点跳起来，手忙脚乱一通塞，拉链往上提的时候不小心夹到了……

他疼得直冒泪花，扶着墙站在那里，护住自己最金贵的部位，颤巍巍地问：“你、你要干吗？”

和美本来还不确定是不是他，听到他开口说话才推着脚踏车走进巷口，刚走两步就听他又喊了一句：“站住别动！有话就在那儿说，不准过来！”

和美似乎意识到他在干什么，连忙背过身道：“对不起，我是有事情想请你帮忙的，不知道你什么时候方便。”

穆嵘想说他什么时候都不方便，但他现在正低头跟那该死的拉链作战，没力气跟她纠缠，只能颤抖着声音说了一个字：“讲！”

和美清了清嗓子，一口气说出来：“刚才你误会了，我不是小川家的女儿。我叫薄叶和美，我家是开和果子店的，我妈妈是中国人，所以我会说中文。你拍的美食照片和文章我都看过，我知道你是位很厉害的摄影师，总是有很棒的角度和见解。和果子也是日本饮食文化中具有代表性的一部分，如果……如果可以的话，我想请你到我家的店里去看看，做一个关于和果子的专题。之前冲撞了你真的很抱歉，我愿意尽最大的努力来补偿。”

终于说完了，她深深吸了一口气。其实她中文说得不算流利，很久都没机会用中文说这么长一段话了，今天也算是超水平发挥。

她背身站着，听到自己略微急促的呼吸声和初夏夜晚的虫鸣，就是没听到身后穆嵘的答复。

他是不是很生气，不肯原谅她先前的莽撞？或者是他特别有原则，不是什么美食都肯拍？她要怎么才能让他明白薄叶家的和果子是非常好的呢？

她内心纠结万分，也顾不得他可能衣冠不整了，回过头一看，哪还有那个人的影子！

其实穆嵘也是欲哭无泪，不知是不是跟这丫头天生犯冲，两天遇见三次，每次都是他吃亏，所以趁她转身的空当，他赶紧从巷子的另一边遁去了。她有什么问题他可管不着，他只知道再不走有问题的就该是他的肾了。

和美心事重重的样子连妈妈都看出来了，敲门走进她房间跪坐下来，柔声道："不是要收拾东西吗？需不需要我帮忙？"

薄叶秀文娘家姓周，嫁过来后改随夫家姓，跟丈夫一起打理祖传下来的和果子店，平时最疼爱的就是这个小女儿。和美从小就乖巧懂事，又特别有主见，有志于接手和果子店的生意。他们夫妇一向很尊重她的意见，就像这回和美要到中国去，她一开始是反对的，但最终还是同意了，眼看明天就要出发，可女儿没有想象中那么欢欣鼓舞，这让她多少有点担心。

和美回过神，看了看收拾到一半的行李箱，意识到这回是真的要出远门了，于是腻在妈妈怀里撒娇："我明天就要走了，好舍不得你们。"

薄叶秀文摸着她的脑袋："那正好，别去了。"

"那怎么行？我行程都订好了。"她在妈妈肩上蹭了蹭，"我知道你们担心我，但我已经是成年人了，也该到外面去看看，否则就成了井底的青蛙，只拥有那么一点点大的天地。"

"是井底之蛙。"

"嗯，总之我会照顾好自己的，也一定会找到方法重振我们店的生意。"

"生意继续不下去就结束，这未必不是好事。"薄叶大辅接话道。

和美见父亲来了，连忙直起身来，端端正正地坐好。

他在她对面坐下，语气平静："我每次说这样的话，你都会觉得是我的自尊心在作祟。但我们的和果子店已经开了上百年，不正是靠这种自尊和骄傲在支撑吗？"

和美垂着眼，恭恭敬敬道："您说的是。"

“我之所以一开始就同意你到那么远的地方去，是因为那里是你妈妈的故乡，值得去好好看一看。如果你是带着功利心出发，那这一趟不如不要去了。”

和美调皮道：“不去的话您能把店交给我吗？”

薄叶大辅在她脑门上敲了敲：“你还差得远呢！”

“对啊，我也知道差得远，所以才要出门游历学习啊！您可千万不要趁我不在的时候把生意结束掉。难道您就不会不甘心吗？我们明明那么用心，每个季节都有新品，可是越来越多的人还是选择工业化生产出来的那些包装好的果子。”

薄叶大辅依旧平静：“烘烤类果子总是人气最盛最讨巧，上生果子费时费力，成本也高，那为什么我们不只做烘烤类的果子呢？每个行业都是这样，有做烘烤果子的人，也有做上生果子的人。”

和美不吭声了，这或许就是父亲常说的技法以外的东西，如今她能理解的还十分有限。

“不过你放心，店里的生意还没有差到那个地步，我们会等你回来的。”他的眼神柔软许多，“一个人出门不比在家里，还有什么需要带的吗？我做的味增还有一点。”

和美振臂欢呼：“太好了，我要带！”

薄叶夫妇会心一笑。

趁丈夫准备给和美带走的吃食，薄叶秀文看了一眼静静躺在房间角落的那个崭新的吉他包，悄声问道：“联系过程东了吗？他知道你要到中国去吗？”

和美红了脸：“妈妈！那个是我自己要用的，不是送给他的礼物。”

“咦，我说送礼物这回事了吗？不打自招。”薄叶秀文哂笑，“你那点小心思我还不知道吗？行了，我保证不告诉哲也，不让他有机会嘲笑你，现在可以说了吗？”

程东是来自中国的留学生，是和美的哥哥读医学院时的同班同学，两人关系很好。当年在札幌的医院实习时，他在他们家里住过一段时间，因此跟薄叶家的人都很熟，待和美也像哥哥对待妹妹一样用心。

虽然他们家境一般，但女儿也是掌上明珠，出门在外有个人照应总是好一些。

和美道：“我到了那边安顿下来再联系他，他工作那么忙，我不想麻烦他。”更不想让人家有种她是专程为他而去的错觉。

她这次离家，不是为了儿女私情，她是肩负着使命的。

和美的行程第一站是中国首都——北京。

程东的家在南城，因此在日本的学业完成之后，就回国到南城的医院工作，成了一名医生。南城人爱吃、会吃也是出了名的，如果她到南城去，一定会有所收获。但和美还是决定先到北京落脚，毕竟一个国家的首都肯定有些不一样的气韵，而且穆嵘就是北京人。

她还是没有放弃请穆嵘帮忙的想法。他既然懂得用镜头和文字记录美食，又有那么大的影响力，在某种程度上也算是个美食评论家了，他一定能给她一些不错的建议，让她学到一些东西。

上回……他也不算是拒绝了她的请求吧？之前他们闹了些不愉快，他大概还在为此生气，等她当面道歉解释清楚就好了。

她很快请中介帮她租到了房子，收拾干净之后就把行李从酒店搬了过去。

总算有了自己的小窝。

她拿出小川太太给她的那张名片，穆嵘的手机打不通，但名片上的地址就是这里，她是有意识地租了他附近的房子。这是个酒店式公寓，一共三栋楼，穆嵘名片上写的是A座，具体几楼几室不清楚，她租的是B座，最小户型。但因为这里地段不错，楼下就有商业区，所以租金也不便宜，她是牙都快咬碎才下定决心的。

爸爸妈妈资助了她一些资金，不多，交完房租就所剩无几了。穆嵘人不知在哪里，也许还在日本，也许在其他地方晃荡也说不定，她要找他，用守株待兔的笨办法，坐吃山空地等是不行的，好歹要先找一份工作才能维持正常生活。

她拿的是旅游签证，最多待三个月，要找正式的工作是不行的，好在她语言没什么障碍，试着找找临时活也许可以。

她也试着找了几家日料店，有的店里招服务员，要求最好会说一点日语，这对她来说完全不是问题，可是人家要身份证，甚至要体检后才能签合同，这对她来说就没辙了。

在外奔波了两天，走得腿都要断了，还是一无所获。

唔，或许也不能称之为一无所获吧！华灯初上，所有饭馆、美食街都热闹起来，来来往往的食客都冲着各家独有的滋味儿去了。这里不讲究含蓄，被丰富佐料浸透的煮熟的麻辣小龙虾红彤彤的，码放在一个大铁盘里，跟各色卤味、凉菜一块陈列出来。要什么就当面点好了再给端上来，每个食客面前都有一个空碗，用来放剥下来的虾壳，手边都是冰镇的饮料或啤酒，那种放纵的、辣乎乎的香气隔老远就能闻到。

半人高的汤桶里咕嘟咕嘟地冒着泡，白色的面团在师傅手里三下五除二就变成了面条，像某种乐器的弦，只不过是白色的，就着汤锅上同样为白色的袅袅雾气越来越细、越来越长，最后终于被投到锅子里，跟着汤汁翻滚去了。

旁边就是烤羊肉的窗口，烤炉也是半敞开的，孜然和羊肉的香味儿很是粗犷、霸道。有的食客桌上放着盛满清汤的铜锅子，筷子一下一上捞起来的都是切得极薄、烫得极嫩的羊肉，麻酱的香气像某种点心的味道。

这些都是她没见过的。

从美食街穿行，或是从饭店的厨房边路过，她都忍不住停下脚步，仔细地闻闻看看，那些或熟悉或陌生的食材都以一种新奇的姿态摆在她眼前，不好奇都不行。

她实在忍不住，吃了一碗拉面，味道果然跟北海道的不一样。吃到一半，她学旁边的客人放了一勺辣椒油，面汤上浮了一层辣油，味道很刺激，有点像山葵的辣，但又似乎完全不同。

回到自己的小窝，她就把尝到的、闻到的味道都记录下来，包括她看到的食物的料理方法，都认真地记录在手账里。

只不过她身上的现金不允许她再无休止地体验，所以之后再路过饭馆门口的时候，不管看到什么、闻到什么她都感觉有点痛苦，肚子似乎特别容易饿，像是对她提出抗议。

她叹口气，走到楼下便利店想买个便当。路过商场门口的时候意外看到商家在做促销宣传的人偶居然是熟悉的熊本熊！

憨憨的外表，黑乎乎的身体，似乎永远只有一个表情……然而这家伙还是很讨人喜欢的，尤其是在这里看到，多少让她有点想家。

熊本熊本来在给小朋友发气球，音乐一响赶紧往临时舞台上跑，上楼梯的时候不小心还绊了一下，憨态可掬。

熊本熊跳舞的样子就更逗了，舞步是从一首日语歌的MV中直接照搬的，和美也会跳，气氛很高涨，小朋友们都跟着跳，她也跟着扭了一段。

孤独和饥饿感好像暂时消失了。

大概因为她长了一张粉嫩的娃娃脸，看起来还像学生，又很熟悉这舞步，音乐结束之后，商场的工作人员居然问她有没有兴趣兼职来扮熊本熊。

天气越来越热，一个人穿那么厚的道具服已经难以支撑一整天，需要两个人换着来。

她因此顺利得到一份工作，虽然是临时的，钱也不多，但还是要忍不住欢呼，买了一根雪糕来犒劳自己。

这份工作还不错，虽然有些辛苦。她住的公寓就在商场后面，只要进出必然会路过商场门口，她就这么里里外外地转悠，只要穆嵘经过，应该都能看到。

她穿着道具服，他也不会认出她来。

哎，只是到时他会不会觉得她是个跟踪狂呢？

“阿嚏！阿嚏！”穆嵘从机场到达出闸口的时候重重地打了两个喷嚏，震得行李推车上的箱子都掉下来一个。

身旁的沙锤狗腿似的帮他捡起来，又伸手来接他背上的吉他琴包：“嘿嘿嘿，五哥，你终于回来了，辛苦了！”

穆嵘推开他的手，从墨镜后瞥他一眼：“我说怎么打喷嚏呢，敢情是你小子在念叨我。不是让你们不用来接了吗？”

“你的车钥匙不在我这儿吗？我手痒想开豪车，所以就来了。”

沙锤以前叫沙钰，上学的时候有些老师经常看成沙锤，一点名全班就哄堂大笑。后来他也嫌“杀鱼、杀鱼”的不好听，就改了个特洋气的名字，沙利文，但沙锤的诨名还是留了下来，像穆嵘这样的发小都习惯了这么叫他。

他跟穆嵘玩得好，青春叛逆期穆嵘学吉他，他学贝斯，上了大学就一块组乐队，是乐队的元老之一。

玩票性质的乐队最后竟然也有了些小名气，这回去参加东京的音乐节。其他几个人因为还有本职工作不得不在音乐节一结束就赶回国，他本来答应陪穆嵘在日本多待几天的，结果临时变卦，还是跟其他人一块儿回去了。

穆嵘现在看他都是一脸嫌弃的表情。

他只好顾左右而言他：“你这个琴包真好看，这就是传说中的限量版？不错呀，这下你不用再念叨那个摔坏的琴盒了，旧的不去新的不来啊！”

他们这回去日本的时候托运乐器，穆嵘的琴盒被机场的野蛮搬运工给摔坏了，幸好琴没事。

这真是哪壶不开提哪壶。穆嵘把琴包往身后一甩：“别提了，想起来我就要吐血。”

“这是怎么了？”

穆嵘摆摆手，说来话长，还是不要说了吧。真要说出来还不知他们会怎么笑他呢！

沙锤没再揪着问，换了个话题道：“给你接风，请你吃顿好的。想吃什么，刺身还是寿司？”

穆嵘知道他是故意的：“你活腻了是吧？吃了快一个月了，我嘴里都淡得没味了，你还让我吃这个？”

沙锤又嘿嘿地笑，穆嵘抽了抽鼻子，凑近他闻了闻：“你打哪儿来的啊，怎么有股牛油味儿？”

还挺香，感觉很好吃。

“就知道瞒不过你，这鼻子灵得跟那什么似的。”沙锤眉飞色舞地说着，“前两天我一朋友从重庆回来，带了两大块货真价实的牛油，最适合拿来做火锅。今儿在我那涮火锅，材料都备齐了，就等你回来。”

“小欧和强子他们呢？”

“都在我那儿啊，听说有得吃，一早就来了。”

穆嵘脸上终于漾开笑容，推着行李车快走了几步：“那还不赶紧的，别磨磨蹭蹭的！”

两人一前一后走到停车场，刚在穆嵘的那辆Panamera前站定，车里的人降下车窗，露出一张明艳的脸跟他打招呼：“小五，好久不见了。”

穆嵘脸上的表情微微一滞，转头问道：“她怎么在这儿？”

沙锤正帮他把行李放进后备箱，闻言打哈哈道：“我们俩一块儿来接你呀，显得比较隆重嘛！闻莺也好久没见到你了……”

穆嵘摘下墨镜，看了一眼车里的柳闻莺，又看看沙锤：“吃火锅她也去？”

“呃……是啊，大家聚聚嘛！”

穆嵘深吸一口气，肩头又放松下来，嘲弄似的笑笑：“行啊，那你们聚，我先回去。”

他只背了个随身的挎包，把琴包往背后一甩就要走。沙锤连忙拦住他，压低声音道：“别介啊哥哥，你去哪儿啊？给兄弟我个面子，别跟她计较了。”

穆嵘平静地说：“我还有些照片要赶着冲印，今晚就不去了，改天再聊。记得帮我把车和行李送回去，别忘了啊！”

他拍拍沙利文的肩，头也不回地走了。

柳闻莺从车上下来，看着他的背影，抱歉地笑了笑：“对不起，是我不好，搅黄了你们的聚会。”

沙锤摇摇头，也叹口气：“这也不能全怪你……咱们再找机会跟他坐下来谈吧！”

工作一天下来，好不容易熬到太阳落山，晚上商场没活动，促销的工作人员可以休息一会儿。

和美穿着道具服坐在商场的台阶上，掀开熊脑袋嘎嘣嘎嘣地啃冰棍儿。

中午她跟另外那个扮熊的同事分了个西瓜吃，就当午饭了。这会儿又吃冰棍儿，一肚子凉水晃晃荡荡的，像被拔了电插头的冰柜，人也提不起劲儿来。

哎，不知道那个人什么时候回来，也不知到底会不会来，名片上的地址不会只是随手写的吧？

冰棍儿吃到一半，忽然看到马路对面走过来一个人，气质干净，大长腿，戴着墨镜，背着琴包，不是穆嵘又是谁？

和美一下站起来，把旁边两个蹭过来想要跟她合影的小朋友吓了一跳。

她赶紧用熊掌摸摸他们脑袋以示安慰，手里的冰棍儿也不要了，穿好道具服，把熊头套稳，等着穆嵘从面前走过，然后就蹑手蹑脚地跟在他后面。

至少她得先摸清他到底住A座的几楼几号房。

穆嵘走在前面，浑然不知身后有人跟着。但这么萌的熊本熊走在路上总会很吸引眼球，尤其抱着孩子的家长总要凑过来让孩子看看、摸摸。和美有点不好意思，一路挡着脸走，应付来应付去差点就把目标给跟丢了。

穆嵘似乎有所察觉，回过头来看了看，她赶紧转身装作在跟小朋友们玩。

他转身走进了公寓A座的门，和美才赶紧跟了过去。

她藏在柱子后面，等电梯门合上了才跑出来。这会儿电梯里就穆嵘一个人，停在几楼就是住几楼。

红色的数字停在了11，她连忙走进另一部电梯。

等会儿见到他该怎么开口呢？她心里还真是没底，总觉得他好像不大好说话。

电梯终于发出叮的一声停在了11楼，和美焦虑地搓着两只“熊掌”。电梯门开了，她怎么也没想到穆嵘就站在门口恭候她，一脸看你往哪躲的表情。

和美愣了一下，好在熊本熊的表情本来就比较呆萌，他也看不出什么来，她正好装傻。

她忙不迭地朝他摆摆手，示意弄错楼层了，低头猛按关门键。

眼看门就要关上了，穆嵘阴沉沉地一笑，抬手就把电梯门给挡回去了：“说吧，你是谁，干吗跟着我？”

这下完了，和美只想着抱头，解释也解释不了，见他不依不饶地靠过来，只好转过身去，祈祷电梯这时候能赶紧下去，她的心里默念：看不见我，看不见我……

穆嵘觉得今天好像是撞到鬼了，一下飞机就见到自己最不想看见的人，这会儿又被一只熊跟踪。

他一把揪住那个圆不溜丢的尾巴，生拉硬拽地把和美从电梯里拖了出来。

她穿着那么厚重的道具服本来就重心不稳，被他这么一拉，整个身体就不由自主地往后倒，穆嵘躲避不及，被她的庞大身躯给压住了，一个人一只熊一起摔倒在地上。

和美试着爬起来，可是这衣服也不知怎么搞的，倒下去之后像团棉花似的，她的脚找不准着力点，怎么也爬不起来。

她在地上这么摸爬滚打转了一圈，穆嵘觉得快要被压得窒息了。如今这社会骗术多种多样，现在连抢劫的路数都这么花哨了吗？打扮成这样……不管三七二十一，先把人闷晕了再说？

有没有考虑过受害人的感受啊？

和美好不容易摇摇晃晃地站了起来，正想伸手拉穆嵘一把，冷不丁被他从身后一推，又噗的一声趴回地上。

这回穆嵘学聪明了，翻身骑到熊的身上，充分掌握了主动权——甭管她是谁，先揍一顿再说。

和美手臂乱挥，眼看他的拳头要落下来了，忘了自己还套着熊玩偶的脑袋呢，本能地赶紧捂住脸。

“现在知道怕了？让你跟踪我！”

穆嵘来劲了，拉开两只熊掌按在两边。这下她挣扎得更厉害了，摇头摆尾的，这情形怎么看怎么不对，他倒像是个压着良家妇女逞凶的恶霸。

这家伙有点儿骨气没有，怎么像个女人一样？

穆嵘火大得要命，伸手抓向她的胸口，想把她拎起来。这一抓不要紧，掌心居然又碰到一团绵软。

这手感不陌生啊，前不久在北海道的百货商店里，他也误打误撞摸了一回，还差点被当成色狼！

想起来就要呕血。他这一愣神的空当，地上的人突然发力竟将他撂倒了，笨拙地控制住他，往他身上一坐，又压得他差点一口气上不来。

他心里突突一跳，抬手就掀开了那个硕大的熊玩偶脑袋。

看到眼前的和美时，他的舌头简直像打了结："你你你……怎么又是你？你怎么会在这儿？"

和美的短发都被汗水浸湿了，乱七八糟地贴在脸上、头皮上，面色微红，厚厚的熊掌卡在他的脖子上，一副恨不得掐死他的架势。

他居然又摸到她的……她都穿成这样了……

穆嵘躺在地上傻眼的同时，想的其实跟她是一样的——怎么她都穿成这样了他还能抓到，这是有多巧啊？

而且她的力气好像比他想象得要大很多，也不知用的什么方法，压得他直接动不了了。

沙锤和柳闻莺走出电梯时看到的就是这一幕，柳闻莺还算镇定，沙锤的下巴都快掉到地上了。

难怪小五哥火气这么大啊，原来最近口味这么重。

他看了看手里拎来的火锅料，也不知这算是投其所好，还是火上浇油。

穆嵘也看到他们了，没好气地喊了一声："愣着干吗？还不赶紧拉我起来！"

沙利文上前先把骑在他身上的和美扶起来，飞快地上下打量一下，伸出手道："你好，我是沙利文，他们都叫我沙锤。你应该听小五提起过我吧？"

和美想说没有，因为他们每次见面都是人仰马翻的场景，他甚至可能都没搞清楚她是什么人。

但她回头看了一眼穆嵘，很大方地握住沙利文的手："你好，我叫薄叶和美。"

日本人啊？沙利文目瞪口呆，对穆嵘的景仰更是如滔滔江水连绵不绝。真是人生赢家啊，住美式的大房子，开德国的车，吃中国的菜，交往日本的妞，贯彻得可真彻底啊！

这才去日本几天啊，居然就在那边交了女朋友，人家还追上门来了！

穆嵘自己从地上爬起来，拍了拍身上的灰，一眼就看穿他在想什么，咬牙低声道："你别给我瞎想，不是你想的那么回事儿。"

明白明白，不想公布恋情的时候都这么说。沙利文暧昧地看他一眼，表示我懂的，这边手里还拉着和美的"熊掌"，热情地说："正好，咱们中国人有句俗话叫'相请不如偶遇'，今儿咱们吃火锅，人多才热闹，你也一起来啊！"

他怕和美听不懂，特意把语速放得很慢，像《疯狂动物城》里的树懒似的。

和美不禁笑道："我妈妈是中国人，所以中文听说都没问题。"

"啊，那最好了！来来来，咱们先进去，甭客气。"太厉害了，五哥上哪儿找到这么个宝贝。

和美刚打完一架，还有点搞不清楚状况，被沙利文连拉带拽拖进了穆嵘的公寓，穆嵘竟然也没有气急败坏地拦住她。

她忍不住回头看，这才发现跟沙锤一起来的还有一个很漂亮的女孩子，正站在门口跟穆嵘面对面地说话。

"女朋友？"柳闻莺笑了笑，"我以为你一个人回来的。"

也不怪她这样想，穆嵘这所公寓是他自己的世外桃源，据说连他的家人都不知道这个地方，除了他们乐队的几个人会过来小聚，平时就是他一个人的安乐窝。

论家世、论个人条件他都是出类拔萃的，但他从来不带女人回来，之前这所公寓里唯一出现过的女人大概就是她了。

现在又多了个陌生的和美。

穆嵘懒得解释，只是冷笑："我的事轮不到你操心。不是说了我今儿没空吗，你又来干吗？"

沙利文又适时地出来打圆场："哎，听说你不去，小欧、强子他们也撤了，我跟闻莺两个人怎么吃火锅啊？再说了你行李还在车上呢，我想了想，还是早点给你送过来，顺便一起吃火锅。这不，牛油锅底，煸熟的朝天椒，还有雪花肥牛啊、丸子啊、菌菇啊……我都给你拎过来了，咱们就在你这儿吃，吃完了你忙你的，互相不耽误，行不行？"

穆嵘看了看柳闻莺手里的东西，没再吭声。他再迟钝这会儿也明白了，什么从重庆回来的朋友……东西就是柳闻莺特意带来的，她目的性那么强，自然是步步为营，什么由头都想好了，也只有沙锤耳根子软才什么都听她的。

四个人终于坐了下来，柳闻莺和沙利文把东西拿到厨房去，只剩下穆嵘跟和美大眼瞪小眼。

他语气不善地说："你还在这儿干什么，还不走？"

和美摇头："我有事情想请你帮忙，你能不能先听我说几句话？"

穆嵘捏了捏眉心，女人是不是都这么固执难缠，一个没摆脱又来一个？

趁他没赶人，和美赶紧把那天在小巷里自我介绍的那番话又说了一遍，包括她想请他帮忙的事。

这话听着耳熟，也不知是不是条件反射，穆嵘听完只有一个感觉：怎么这么想"嘘嘘"呢？

穆嵘从洗手间走出来，那边三个人已经围着桌子坐下了。

他这是什么体质？朋友都是自来熟，连萍水相逢的人都不懂得跟他客气一下。

他有一段时间没回来住了，屋里其实挺乱的。这么一会儿的工夫，和美居然把一张堆满各种书刊和杂物的餐桌给收拾出来了，已经在电磁炉上放好了锅，红油在锅子里咕嘟咕嘟地冒泡。

嗯，他刚刚记住了，这丫头叫和美，名字比人可爱多了。

大夏天的吃火锅，空调自然开得很足，她像是忘了自己身上还套着笨重的道具服，仍然穿着熊的衣服在屋里走来走去。

"喂，你这cosplay还没完了？穿的这什么乱七八糟的衣服，还不快脱了！"

和美这才反应过来，很费劲地把道具服给脱了下来。

之前动静太大，她的浅色T恤都被汗水浸湿了，紧贴身上，勾勒出细细的内衣带子和身体曲线。

她有点尴尬，穆嵘也发现了，偏过头不看她，随手从衣架上取了一件干净的运动外套扔给她："穿上。"

和美大概没想到他会这么绅士、体贴，露出几分受宠若惊的表情。

穆嵘心想你别误会，我是有用得着你的地方，礼尚往来。

不过在外人看来就完全不是那么回事了，至少在沙利文眼里这完全就是秀恩爱嘛，给他这样的“单身狗”造成了一万次的伤害。

柳闻莺就更不用提了，他都不忍心看她的尴尬笑容。

其实她比他想的要冷静大方多了，不仅主动挨着和美坐，还帮她调制油碟，教她怎么吃中国式的火锅。

和美还是有点拘谨，虽然不大了解面前这三个人之间的关系，但多少还是能感觉到他们之间那种暗潮汹涌的微妙。

她还不知道他们是什么人，所以只好又自我介绍一遍，请他们多多关照。

穆嵘不接话，沙利文抢言道：“你就记住我叫沙锤，跟穆嵘是发小。发小的意思懂吧？就是好哥们儿、好兄弟。我跟他一块儿长大的，他有个乐队你知道吧？我是贝斯手。”

和美恍然大悟，怪不得第一次见穆嵘的时候他穿着音乐节的T恤，还要买那么贵的吉他琴包。

柳闻莺也笑了笑说：“你好，我叫柳闻莺，读大学的时候是穆嵘的学姐，是他们乐队的领队……”

“现在不是了。”穆嵘打断她，“早就不是了。她现在可是名人、大咖，跟我们不是一路的。”

“大咖”这个词汇和美不是很懂，所以只是不解，而沙锤则是尴尬，头皮发麻。

穆嵘有个孪生哥哥叫穆峥，脾气又臭又硬，高贵冷艳到难以亲近，兄弟俩的个性南辕北辙，他们都是领教过的。然而穆嵘这会儿靠在椅背上冷冷地来这么一句，像极了他的哥哥穆峥的样子。

不发飙当他是Hello Kitty是吧？那他只好让他们明白，他不仅会发飙，而且还记仇。

柳闻莺却好像不怕他，抓住话头道：“乐队始终是要有领队的，用心打理总没错。”

穆嵘捞起红油里一颗上下浮动的牛丸，又恢复了往日任性胡为的模样说：“就是个兴趣爱好，要怎么打理？你懂得独立乐队的意思吗？再说了，主音吉他手不好找，领队还不好找吗，你怎么知道我们现在没领队？”

他一手勾住和美的肩膀：“喏，这就是我们的新领队，千辛万苦从日本挖回来的，不然你们以为我留在那儿那么多天都干什么了？别太惊讶啊，我这不是刚回来吗，还没来得及跟大伙儿宣布。”

和美睁大了眼睛，不止是她，柳闻莺和沙利文显然也非常意外。

话说开了，这个话题反而没法继续下去了。大家一时都有些食不知味，只有穆嵘胃口大开，吃得特别香。

吃完火锅，沙利文忙着收拾桌子，柳闻莺趁穆嵘不注意，递给和美一张名片道：“我也是为他好，帮我劝劝他，如果真是为乐队着想的话，不妨考虑下我的建议。也许他会愿意听你的。”

原来她在著名的唱片公司供职。

其实和美连她的建议是什么都不知道，更别提让穆嵘听她的了。

他们都走了之后，穆嵘对她也下了逐客令：“你怎么还没走？”

和美反问他：“柳小姐说请你考虑她的建议，她的建议是什么？”

穆嵘瞥了一眼她手里的名片道：“跟你没关系，你别指望当她的说客啊！”

“当她的说客你就会答应帮我了吗？”

“当然不会！”

“那不就行了，我何必要做这样的事，我跟她都算不上认识。”她把柳闻莺的名片放在茶几上，朝他微微鞠躬道，“今天谢谢你的款待，那么我先回去了。”

她也料到穆嵘不会那么轻易就答应她的请求，毕竟她没有什么可以给他的，凭的不过是一个小圈子里的一点交情。他衣食无忧，闲云野鹤，确实没什么非帮她不可的理由。

不过现在知道了他的住处，她还可以再找机会争取一下。精诚所至，金石为开，说不定他会被她的诚意打动呢。

居然就这样走了？穆嵘没想到她这么好打发，竟然觉得有些不自在，立即叫住她："喂，我刚才说你是我找来的新领队，你……不问问为什么吗？"

和美道："不是'一拳之计'吗？"

"是权宜之计啦！"不会用成语就不要用嘛，还好明白她的意思。穆嵘挠挠头，"那个……还是要谢谢你，没当面拆穿让我下不来台。"

"那为了表示感谢，可以答应我的请求吗？"

穆嵘崩溃："你能不能说点别的！"

和美笑："开玩笑的。我应该谢谢你，今天跟踪你，还害得你摔倒，谢谢你不追究还留我吃饭。火锅很好吃，很棒。"

撒谎，她明明不大能吃辣，根本就没吃多少东西。说到刚才在楼道里摔倒这件事，穆嵘又想起抓到她胸部的情形，脸上悄悄一热，清了清嗓子道："你干吗打扮成这样，你知道有多滑稽吗？"

"这是我临时找的工作，今天刚好看到你回来，一着急就直接跟来了。"

"工作？"穆嵘想了想，"你不是也会做和果子吗，那天在小川家吃到的和果子都是你做的吗？"

和美点头："我从小就看我爸爸做和果子，多少学到一点。那天是去给小川太太帮忙的，其实我的手艺跟爸爸比起来还是差远了。"

穆嵘明白了，这丫头八成不是拿的工作签证，所以也没办法找到一份像样的工作。不过她还真不娇气，这么热的天穿成这样，蹦蹦跳跳的也不叫苦，就为振兴家里那一爿小店，真够有毅力的。

他看了看她抱在怀里的那件巨大的熊本熊道具服说："这样吧，你就地取材，想法子做点儿你觉得好吃的和果子，我尝过要是觉得满意，就考虑帮你的忙，怎么样？"

幸福来得太突然，和美高兴地蹦起来："真的？你答应帮我了？"

"你冷静下，我说的是考虑，考虑懂不懂？"汉语的博大精深她还没充分领教过吧！

话虽如此，对和美来说有这样的机会就足够了。强人所难会令她也觉得羞愧，如果能用食物本身的味道来打动他，那最好不过了。

她欢欢喜喜地回到自己的公寓，拿出手账开始做详尽的计划，拼拼贴贴、写写画画，很快就写满了两页纸。

其实做和果子难不倒她，难的是如今她手边没有那些必要的原料。

比如她仔细回忆了那晚给穆嵘留下深刻印象的和果子，用的是葛粉，单是这个原材料在北京就不大好找，如果从日本国内寄过来太耗费时间，尤其是很多东西不易保存，也不宜邮寄，很是麻烦。所以即使立马就投其所好，也是不容易的。

或许正是因为这样，穆嵘才特意强调了“就地取材”这四个字。

他不是让她卖弄、作秀的，他是要故意为难她，这是一场货真价实的考验。

第二章　香甜的诱惑

和果子最初指的是水果，另一个就是米糕。因此原材料只要有米粉、豆沙和糖，就能做出一些基本的款式来。然后再在这个基础上活用其他材料，做出不同的口感和造型。

但如果单是最简单的和果子恐怕不能让穆嵘有新奇和惊艳的感觉，看得出他是饕餮食客，嘴巴很刁。

和美计划了一下，决定先从原材料开始准备。光米粉就需要有生糯米做成的饼粉、轻羹粉，生大米做的上新粉，以及炒熟的黄豆和青豆做成的黄豆粉、青豆粉，马铃薯淀粉和低筋面粉倒是可以在超市里买到。还得自己做馅儿，红小豆加糖熬制的粒馅儿、细豆沙馅儿，白云豆做的白豆沙馅，混了蛋黄的蛋黄豆沙馅，加黑糖调味的大岛馅儿……

太多了，而且如今的条件她能做的基本都是不宜长期保存的生果子，弄不好做多了就浪费，做少了要用的时候又没有。

或许如蛋糕口感的南蛮果子是不错的选择，连爸爸也说烘烤果子很讨喜。

她打开橱柜翻看自己带来的宝贝，不仅有爸爸亲手做的味增，还有产自奄美大岛的黑糖，奈奈送给她的果酱，以及几个晒得半干的柚子。

她把小小的柚子捧到鼻子下面嗅了嗅，甘洌清爽的水果香气，很有夏天的感觉。

她已经想好了要做的第一份和果子——小麦煎饼包裹柚子果酱做成的唐馒头。她明天就去买面粉，然后把柚子切碎拌进果酱，让柚子的香气跟苹果果酱充分混合。

但即使这样也要花一两天的时间，她是不甘心原地等待的人，当然她相信穆嵘也是一样。今天他在这里，明天后天还不知会去哪里，在不在北京都不好说，说不定过几天他又忘了跟她的这个约定，她就算做好了和果子，他也未必肯尝了。

她看了看椅背上搭着的那件运动外套，那是穆嵘借给她的，她出来时忘了脱下来还给他了。

她心里已经有了主意。

第二天早晨，穆嵘正做美梦呢，忽然之间他正准备下嘴的一堆好吃的全没了，只有个女人拿着勺和碗在他耳边哐哐敲个不停。他烦躁地翻了个身，那声音还在继续，他只好一把将那人抓过来，看清楚脸才发现竟然是和美，她声音软软地叫他穆先生，穆先生。

在这个世界上会这么叫他的人大概只有她了。

他恼恨地想质问她干吗跑来打扰他，可偏偏这一刻她看起来很好吃，他想也没想就对着她的嘴巴咬下去了。

害他没东西吃，也就只好吃她了。

没想到她的唇那么软，有种香甜的味道，像奶油又像水果，还有点像他那晚做客时吃到的滑滑的葛粉点心。这味道让他上瘾，先是唇，然后是耳朵，唔，脖子……哎呀，还不够，他记得她胸口……

咚咚咚！

他彻底被吵醒了，怀里抱着他的大白玩偶。

搞了半天原来是有人敲门。

他看了眼墙上的钟，还不到九点。他决定了，今天不管是抄煤气表还是收物业费的，他都绝对不予配合！

他气愤地掀开薄被去开门，门外站着的人居然是和美。

“早上好，你起床了吗？”她手里还拿着东西，元气满满地跟他打招呼。重收拾过自己，换了干净的衣服之后，她整个人看起来神清气爽。

而穆嵘的表情就是一个大写的蒙。

怎么办？他刚刚做了那么令人羞耻的梦，这一刻梦里的人就出现在他眼前了！

他口干舌燥说不出话，和美的眼神怪怪的："那个……你要不要先换件衣服？"

他猛地低头一看，才发觉随手套上的长睡袍衣襟大敞，里面除了一条平角大裤衩什么都没穿。

他手忙脚乱地赶紧裹紧睡袍。

他常年健身练就了宽肩、窄臀、六块腹肌，本来是不怕人看的，可现在刚起床啊……他们又不熟！

好想去死。

"大清早的，你来干吗啊？"他抓过裤子往腿上套，站不稳，蹦蹦跳跳的，不无哀怨地朝她喊。

"昨天你借我的衣服我洗干净并且烘干了，今天拿来还给你，顺便给你带了早饭。"

他的运动外套干净整齐地躺在沙发上，和美人已经在厨房了。等他终于换好衣服，早餐也准备好了。

东西都是她带来的现成的，她只是用他的面包机烤了一片吐司，抹了点黄油。

本来以为没什么大不了的，但整份早餐端上来的时候，他还是被惊讶了。

烤好的吐司纵切开来，上面铺了一层切好的苹果片；旁边是一小碗酸奶，放了一小匙果酱和满满的香蕉片；土豆泥和玉米粒窝在绿油油的生菜叶子里，点缀了圣女果和小黄瓜，一颗白煮蛋横切成片码在旁边……所有东西都装在一个圆形的托盘里，生机勃勃的，看起来异常丰盛。

明明就是很常见的食物，可是搭配得那么好，又摆得那么好看，很能激起人的食欲。

有的吃就没有不吃的道理，但他还是充满警觉地扬了扬眉毛道："好好的干吗给我做早饭？"

"你不是说让我做点有特色的东西来说服你帮我吗？"

“我说的是和果子呀！”他拿叉子拨了拨大圆盘里的食物，这里面哪个长得像和果子啊？

“我知道啊！但果子不单讲究食物本身的味道，还要看上去体面可口，要跟不同的茶和器具搭配。所以你看这早餐我也特别做了搭配，做了造型，这也是和果子文化的一部分。”

强词夺理，其实就是有意来寻找存在感的，还搅了他的好梦。

他满是怀疑地吃了一口拌了果酱和新鲜水果的酸奶，勺子在半空中顿了顿，问道：“这酸奶你在哪儿买的？”

“我自己做的，好吃吗？”她找好房子后添置的第一样东西就是酸奶机，不仅可以用来发酵，用处还很多。

嗯，不是很甜，但也不是那么酸，自然又恰到好处的口感，跟外面买的那些酸奶的味道不同。

果酱的味道也很特别。

他就着酸奶一口一口地把烤面包片也吃掉了，反正就算不说话，用实际行动也算表态了。

这份早餐还挺丰盛美味的。

快吃完的时候他起身去倒了杯白开水，放在桌子上的手机嗡嗡振动。和美瞥见来电的头像，是柳闻莺。

“你的电话响了。”她对穆嵘说。

他低头看了一眼就挂掉，不接。

和美终于问道：“你跟柳小姐……是有什么不愉快吗？”

虽然不该多管闲事，但总觉得他这样的态度对一个女孩子好像太生硬了，尤其还是喜欢他的女孩子。

对，她就是凭着女人的直觉感知到——柳闻莺喜欢穆嵘。

可他好像浑然不觉，也不回答她的问题，只顾闷头吃早餐。

快吃完了，他才说了一句：“她以前是我们乐队的主音吉他手，后来离开，带走了我原本的鼓手和键盘手。”

和美一怔：“为什么？”

“没有为什么，就是我说的不是一路人。也怨我，当时就不该让她加入。”

原来还不是感情纠葛，是她想太多吗？

她垂下眼帘若有所思，穆嵘的目光正好落在她的嘴唇上。不知是不是因为涂了透明的润唇膏，那两瓣小小的唇看起来又红又润，跟他梦里的好像差不多。

女孩子的唇都是这个样子的吗，还是说她有什么特别？怎么刚好就梦到她了呢……

咳……非礼勿视，非礼勿视。正好和美也看向他面前的空盘子，他赶紧伸了个懒腰说：“行了，东西我也吃了，你可以走了吗？”

他生活不规律，经常不吃早饭，偶尔被这么投喂一次还是挺满足的，对她也凶不起来了，扰人春梦……不，扰人清梦的事他也不计较了。

和美笑笑：“我收拾完就走，后天我就可以带着做好的和果子来给你品尝了。”

他不置可否，这傻妞不会以为他吃她一份和果子就真的会再跑一趟日本，帮她做什么宣传吧？他哪有空啊！

不过他也很好奇她能做到什么程度，能坚持多久，要是他一直不答应她的请求，她是不是就会一直在这儿待下去？

哼，别以为他不知道，她能扮熊本熊追到他家里来，肯定就在这楼下的商场里工作，说不定也住在这儿，不然能大清早的来给他送早饭吗？这里公寓的租金可不便宜，开销也大，她山穷水尽坚持不下去的时候自然就会走吧。

他没再管她，转身去了暗房冲洗他带回来的照片。

他这所公寓是个小跃层，两个卫生间，靠卧室的那间有人改成衣帽间来用，他却弄成了一间暗房，专门洗照片用。

出来的时候和美已经走了，厨房里干净得连水渍都看不见。

他居然让个不知底细的陌生人在家里自由进出？在感慨自己神经有水桶粗的同时，他也不得不佩服和美的这种洁癖，于是随手拍了张照片发微博：我的邻居有特殊的收纳技巧。

他的微博有一百万粉丝，非“僵尸粉”，全是“活跃粉”。此外，他还有自己的个人网页和豆瓣小站，有时写写游记，拍到比较满意的照片也会放上去，还会不时更新日常状态、写写段子什么的。

点赞最高的是一条他跟乐队登台时拍的照片，那个舞台很美，抓拍的技术也不错，他抱着吉他、将头扭向一边的造型挺“燃”的。

那张照片是柳闻莺放上去的，没经过他同意。

之后他们就闹掰了，微博他也没删，当作是个Milestone。

再之后，乐队的人除了他跟沙利文全都换了。

那是他们最后一场演出。

大概大家都没想到，会拍小清新照片的居然是个有着大长腿和高颜值，还玩英式摇滚的帅哥，粉丝数量就这么涨起来了。

反正他对这个看脸的世界已经绝望了。

不过除此之外他没再放过自己的照片，毕竟他是孪生子，有个近在咫尺的人跟他长着一模一样的脸。

亲哥见了面还嘲笑他：“看不出来啊，你还是个网红。”

喜欢就会放肆，爱就是克制。他心想要不是我克制，你堂堂一个上市公司的总裁早就成网红了。

拍美食照片的人气也挺旺的，不然小川太太家的料理店怎么能火呢，难道真像和美以为的那样，是在旅游摄影网站引起了轰动吗？

才不是呢！她把事情发展的顺序给搞颠倒了。

果然，微博发出去瞬间招来无数的评论和点赞，多数人都好奇这邻居长什么样，是男还是女，然后就是求自拍、求合照。

他有点后悔刚才没把丰盛的早餐拍下来，其实摆得真挺好看的，他有信心随手就能拍出美感来，正好让那些看不起卡片机和副厂镜头、拍不出好照片就怪装备的傻子见识下什么叫构图、什么叫“技术帝”！

不过那样估计会掉粉的……

和美也挺高兴的，没想到穆嵘真的肯吃她做的早餐，两个人多多少少还聊了几句，这么看来他也并不是那么不好说话。

她跑了好几个超市挑大米和糯米回来磨粉，把柚子熬成果酱，下午又按时去上班。

一天下来其实挺累的，可她充满了干劲儿，并不觉得辛苦。

于是当她再出现在穆嵘家门口的时候，两个人都习以为常了。

她花样还真多，每天的早餐都不重样。食材不一样，摆盘相应的也不一样。

他想拿手机拍下来，便特意征询她的意见："可以吗？"

"当然可以。只不过……"她有点疑惑，"你拍照不是应该用那种很专业的相机和镜头吗？"

穆嵘心想你个外行别说话，安安静静地看我化腐朽为神奇不好吗？

他把拍好的照片给她看，果然照片比实物看起来还有食欲，她忍不住大大赞美了他一番。

穆嵘扬扬得意，决定拍满一组九宫格，于是跟她商量："早餐做满九天，我按时按量付你报酬，怎么样？"

他愿意拍她做的食物正是她求之不得的事，她问："那能加入和果子吗？"

她倒挺会算计的。穆嵘心里暗笑，脸上却冷冰冰的："不行，风格要保持统一，哪有早餐摆和果子的！"

和美有点为难，她本来打算做好柚子馅儿的小麦煎饼给他尝的，原料都准备好了，这可怎么办？

不过小麦煎饼看起来不是那么传统的果子，即使混进去他也不知道吧。

穆嵘见她犹豫，以为她嫌费事，凑过去半开玩笑地说："其实要我说，你也别费劲了。与其做这做那，不如把你从我这里抢走的那个琴包拿来与我作交换。"

"不行，那个是我要拿来送人的。"和美警觉地说，"除了这个……除了这个，其他的条件我都可以答应，只要我能做得到。"

"哟，这么金贵，拿来送心上人的？"

和美脸色绯红："只是一个朋友。"

瞧这模样，应该是男朋友吧？穆嵘喊了一声，莫名地想挖苦她两句，可惜她没给他机会就走了。

原料都备齐可以做唐馒头的这天，她起了个大早，拧开果酱罐子，发现柚子果酱的香气已经很浓郁了。她用低筋粉混合糖粉做饼皮，中间夹了薄薄的一层柚子果酱，尽可能地把煎饼做得圆而好看。

穆嵘对有些方面神经大条，对吃的却格外精细，看到盘子里既不是烤面包片也不是饭团，而是三个小小的煎饼就问她："这是什么？"

"是我做的，中间是果酱，你尝尝看。"她不敢说这种煎饼叫唐馒头。

穆嵘充满戒心地拿起一块放在手里看看，又凑到鼻子下闻了闻，然后放回盘子里："先拍照。"

和美也举起手机："我帮你打光。"

这马屁拍的功夫他给满分。挺机灵、挺上道的，他喜欢。

照片拍好了，他坐下准备大快朵颐，见她满心期待地看着他吃，忽然问道："你吃了没？"

和美愣了一下："还没有，我等会儿吃。"

她最近几天都没好好吃早饭，出门前只喝一点牛奶，吃一个白水煮蛋，有时连这些都顾不上吃。因为下午要工作，所有的琐事都集中在上午做，忙完就到中午了，可以直接吃午饭，正好还能省一顿。

穆嵘看了一眼厨房："那你看看还有什么，再做一份一块儿吃。"

和美摆手："不用了，谢谢你。"

他放下手里的叉子："不是跟你客气，我也想早点儿凑够九张图，你多做一份早餐，我就可以多拍一张照片。"

和美一听有道理，不过每天带来的东西都差不多只够他一个人吃的，估计没剩下什么了，就今天多带了一些唐馒头。

穆嵘像是看出她在想什么，大发慈悲地一挥手："冰箱里的东西给你吃。以后你也不用带食材过来，我这都有现成的。"

她不知道他什么时候填满冰箱的，打开一看，满满当当的，牛奶、饮料、啤酒、鸡蛋……应有尽有。

再看看厨房……他自己做饭？

带来的白煮蛋还有一个，和美拿它跟唐馒头摆了个特别简单的盘，然后倒了一点果汁，切了一根小黄瓜和两个圣女果，端出去的时候穆嵘已经在准备拍照了。

他这回没用手机，而是拿了他的宝贝相机出来，和美也是第一次见。

他穿着浅色的休闲衬衫，领口的扣子没系，露出漂亮硬朗的锁骨，相机握在左手里，另一只手在把衣袖卷到肘部。他站在桌子前似乎正在寻思该怎么拍才能拍出效果。

和美问：“不是说用手机拍就好吗？”

“今天不是两份吗？用镜头拍可能好一点儿。”他回身看了看她，笑道，“再说了，你都给我打光了，我也该换个好点儿的装备，免得让你觉得我只有假把式。”

她看不出他有几分认真几分玩笑，也不大懂“假把式”是什么意思，不过他拍照的样子真的挺好看的，赏心悦目。

大概是因为他认真吧，不是说认真的男人最性感吗？虽然前一秒钟她还无法把他跟性感、男人这种词联系在一起……

他把拍好的照片给她看，构图果然还是他的风格，但从质感上来说是有一些变化。

他们终于可以坐下来吃早饭了。

穆嵘咬了一口煎饼，顿了一下，似乎没尝出滋味来，又咬了一口，再咬一口，一整个儿果子就吃完了。

和美有点急切地问：“怎么样，味道还好吗？”

穆嵘两腮鼓鼓的，说不出话。

她起身想给他倒杯水，门铃忽然响了。

两个人都愣了下，穆嵘抬手示意她别动，自己凑到猫眼往外看。

然后他差点噎死自己，在门边呛咳起来。

和美不明白发生了什么，见他咳得厉害，想上前扶他一下，他却涨红了脸拼命朝她摆手，又指楼上房间，用嘴型说：躲起来！

门外是什么人呢，竟然让他慌乱成这样？

而且为什么要她躲起来呢？

和美也有点手忙脚乱，但还是听他的躲进楼上的房间了。虽然最近每天都来，但活动范围仅限于下层的厨房、饭厅和客厅，这所公寓的格局她不熟，随便开了扇门就进去了，这里竟然是他冲印照片的暗房。

穆嵘咳得地动山摇，门外的人传来很威严的声音：“小五，开门，我知道你在家。”

门口是他最亲爱的奶奶和大伯母，也不知怎么听到的风声，知道他回来了就来搞突然袭击。

是，他知道是福不是祸，是祸躲不过啦，难道还不许他收拾一下现场吗？

他一眼看到桌上的两份早餐，一个头两个大，赶紧把和美盘子里的东西拨到他的盘子里，果汁跟酸奶和凉白开水放一起，硬生生地将三个杯子并排放在一起。

“来了啊，来了！”乒乒乓乓收拾完，确定和美也躲好了，他才深吸一口气跑去把门打开。

“奶奶，大伯母。”他笑得跟花儿似的，脸都快抽筋了。

谁说他家里人不知道这地方来着？穆家上下也就他一个“傻白甜”，其他没一个是好蒙的，要打听什么打听不到啊！

别说狡兔三窟，他们要真想找，六窟、九窟都能给你翻出来。

他这会儿真是欲哭无泪，只能强颜欢笑。

“干什么呢，都听见你在门边儿咳嗽了，还这么半天不开门，磨叽什么呢，难不成家里藏了人？”

姜还是老的辣，真是火眼金睛啊！穆嵘眼角的余光下意识地往和美躲的方向瞄去，他的背上冷汗涔涔，还得赔着笑道：“哪儿啊，奶奶您别瞎猜。我正吃早饭呢，看见您来了太激动，噎着了，咳了两声。我的狗窝太乱，怕入不了您的眼，赶紧随手收拾一下，耽误了几分钟，嘿嘿。”

穆老太太点点头，进门先环视一周，目光落在餐桌上：“你自己做的早饭？”

穆嵘硬着头皮道：“是啊，勤快吧？”

“嗯，倒是比以前在家里住的时候勤快。”

一旁的戴国芳打圆场道：“我瞧小五这屋子也比以前收拾得干净，比他几个哥哥都强，您老也可以放心了。”

穆嵘赶紧给大伯母递了个感激的眼色过去。

老太太“唔”了一声，盯着盘子道：“胃口真好啊，一个人吃这么多？”

他的一颗心紧跟着又提了起来，解释道：“我最近健身的运动量加大了，教练说要多吃一点。”

老太太虎下脸：“健身教练？男的女的？”

“男……男的。”穆嵘都傻了，奶奶怎么这么问？

老太太脸色更难看了：“男的你还让他做你的教练，你们平时除了健身还干什么？”

穆嵘都要哭了：“奶奶，我在健身房还没见过女教练呢，都是男的啊！除了健身……偶尔聊天吧！”

剧本不对吧？

老太太像是受了莫大的打击，跟儿媳面面相觑道：“你看我说什么来着，无风不起浪，我好好的一个孙子，竟然喜欢男人……”

啊？等等，穆嵘好像明白了什么，眼珠子都快瞪出来了：“奶奶，您听谁说我……我喜欢男人啊？”

戴国芳一边安慰老太太，一边道：“最近总见不到你人，给你介绍的女孩子你也不见，有人说见你常跟乐队那几个男孩子混在一起，所以就……”

“所以就怀疑我喜欢男人？”穆嵘惊跳起来，抱住老太太的胳膊，“奶奶，你怎么连这种谣言都信啊？我八岁就学会撩妹了，这锅我可不背！”

老太太给他一记栗暴：“撩你个头，撩到现在也没个正经的对象！你看看你哥，再看看家里的其他几个哥哥，哪个像你这样不着调？你也不小了，玩心再大也该收一收了，安家才能立业，不说结婚至少也该谈个女朋友吧？不然你让我怎么想啊？我最近身体也不好了，拖不了多少日子了，将来下去怎么跟你的亲妈交代！”

这话说得穆嵘也挺难受的，嗫嚅道：“我也没说不结婚啊，之前不是听您的去相亲了吗？”

“你还说，才见了几个人啊，就跑你哥那儿去了，后来干脆躲到日本去。既然你那么有能耐还回来干什么？”

穆嵘撇了撇嘴："我那是有事儿，不是故意躲起来的。再说了，我哪能不回来啊，您老马上要过生日了，我都记着呢，还专程给您挑了件礼物，您一准儿喜欢！"

老太太扶了扶腰，前段时间腰疼得卧不得、站不得，最近才好些，这会多走了几步路又觉得酸疼难忍了。

她摆摆手："什么礼物都不如你带个女朋友回来好，别跟我贫嘴了，好好收收心，回家住几天，你哥和你爸就要回来了，家里不能没人。"

穆嵘乖乖地垂着头："噢，知道了。"

老太太又叹了口气，起身要走。穆嵘上前扶她，她又看了看餐桌上的餐盘道："是该多吃点儿，别饿着自己。"

穆嵘鼻子发酸，点头道："嗯。"

送走老太太，他像打了场硬仗似的，无力地往桌边一坐，都忘了家里还藏了个大活人。

和美听人都走了才开门出来，暗房里光线暗，出来的时候眼睛都适应不了，眯了一会儿，才看清坐在桌边的穆嵘。

他跟家人的对话她都听见了，虽然有些没听清楚，但大致的意思她是知道的。

她比较幸运，爸妈还没有催她找男朋友、结婚，但好友奈奈倒是一直被家中长辈催着相亲。看来穆嵘也是一样的。

她有点同情他，他一定很为难吧，毕竟已经有了喜欢的女孩子。

刚才躲进暗房里，她发现墙上有几张同一个女孩的照片。看角度应该都是在她不知情的情况下拍的，好像是位空姐，因为其中有张她穿着空乘制服的照片。

那么明媚漂亮的人，在镜头中却显得并不快乐，是因为不能跟相爱的人在一起吗？

"你没事吧？"她安慰他，"需不需要帮忙？"

穆嵘似乎这才想起她来，抬头"啊"了一声之后说道："没事，刚才是我奶奶和大伯母，我家里情况有点儿……复杂，不想让他们看见你后问东问西的，所以才让你躲起来，希望你别介意。"

和美点头，善解人意地说：“那不耽误你，我先回去了。”

“嗯。”

和美看了一眼桌上的早餐，食物乱糟糟地堆在一起，大概跟他现在的心情差不多。就算她很想知道他对柚子馅儿唐馒头的看法，但这时候问他是不合时宜的。

父亲跟她说过，享用食物时心里应该是充满感恩和快乐的。如果恰好食客心情不佳，那么吃什么对他们来说都只不过是果腹的，尝不出味道来，因为味道如何本来就有一定的主观性。

她只好改天再来。

和美晚上下班回去的时候，看到水果店里卖的凤梨很新鲜，于是买了半个。糯米粉磨好了，奶油也有现成的，她想了想，决定做一份大福，用凤梨做内馅儿，做好之后放进冰箱冷藏，明天就是冰冰凉凉的消暑点心。

她在爸爸的店里帮忙时，做得最多的就是草莓大福，草莓季的时候很受欢迎。用时令水果做的大福往往是图好玩儿，给哥哥和自己嘴馋的时候吃。

心情不好的时候吃这个，多少会变得开心一点。

第二天她把圆圆胖胖的大福从冰箱里拿出来，用玻璃饭盒装好，准备带给穆嵘尝尝。

天气越来越热，她特意快走几步，希望气温不要影响到果子冰冰凉凉的口感。走到穆嵘公寓门口的时候她有些微喘。

抬手敲门，却无人应答。再敲，还是不见人来开门。

她心里咯噔一下，想不出这时候穆嵘会去哪里。

屋里没人，她连他的电话也不知道，这下子又不知该怎么联系他了。

和美有些懊恼，她怎么连他基本的联系方式都忘了问呢！

她只好抱着早餐坐在门口等，但直到大福一个个变得软塌塌的了，仍然不见穆嵘回来，她才不得不失望地离开。

刚刚有了点进展，又前功尽弃了吗？她还没来得及问他对唐馒头的评价，还没问他那九张早餐的图有什么用途，他就这么一声不吭地消失了。

她仔细想了想，昨天他家里人过来，好像说到要他回家一趟，因为他的爸爸和哥哥要回来。这个“家”指的应该是跟父母一起住的地方吧？他好像很听奶奶的话，那今天应该是回这个家里去了。

可就算是这样，她也不知道他那个家在哪里，该怎么去。

她不由得有点泄气，拿了个大福开始吃，吃到一半脑子里忽然灵光一现，想起柳闻莺的名片上那个亮眼的唱片公司的LOGO。

中文她听说都没问题，就是写和读有问题，所以名片上的中文地址她记不住，但这么著名的大公司她是知道的，地址在网上一搜就找到了。

虽然心里觉得不应该去，但现在也没有别的办法。她的原材料都准备得差不多了，穆嵘如果又消失十天半个月的，东西就浪费了。

柳闻莺果然在那栋大厦上班，很热情地邀请和美到公司的休息区就座，问她："这么热的天过来很辛苦吧？喝点东西，咖啡还是果汁？"

和美道："不用麻烦了，我马上就走。"

"还是喝果汁好了，北京的夏天又热又干燥，多吃点水果对皮肤比较好。"

在公司这样的环境中，柳闻莺表现出她性格中强势的一面。

她穿浅色的职业套装，过肩的长发也梳成了马尾，坐在桌子对面虽然还是笑着，却比那天吃火锅时又多了几分凌厉。

和美这才有点明白穆嵘所说的他们不是一路人是什么意思。

柳闻莺也不急着问她什么事，东拉西扯地跟她寒暄，问她最近在做什么，来北京适不适应之类的。

和美出于礼貌也有问有答地回应她。其间不断有人路过她们身旁都客气地打招呼叫柳姐，有助手模样的人过来低声说工作上的事，都被柳闻莺抬手打断了，让他们等会儿再说。

到了中午吃饭的时间，她抬手看了看表道："和美，一起吃饭吧，难得你过来一趟，我请客。"

和美连忙站起来："不用了，太打扰了。"

明眼人都看得出来柳闻莺其实是很忙的，她也不好再继续占用她的时间。

无论她怎么盛情邀请，和美就是不肯去，柳闻莺也不再坚持："抱歉啊，我今天是有点忙，也不知道你要过来，本来还想带你去我们公司对面的那家日本料理店尝尝。上回在那里接待日本合作公司的高层，他们都说好吃，我想你应该也会喜欢。”

“没关系的，我妈妈是中国人，其实我们一家人都习惯了吃妈妈做的中国菜，不是一定要吃日本料理的。”

“那也好，中国菜和小吃选择就更多了，下次我再请你，尽地主之谊。”

她这是以退为进，就等着和美开口说事，她好趁机提条件。

和美知道她从一开始就等着这一刻，心念稍稍一转：“嗯，谢谢你。其实我今天来是想问问怎么才能联系到沙锤他们，穆嵘请我做乐队的领队，可我连乐队的人都没见齐，这有点说不过去。”

柳闻莺的笑容微微一滞：“你找沙锤他们？”

“嗯。穆嵘让我自己联系，你知道的，他不爱管事，家里又有长辈过生日，顾不上这个，沙锤的电话也没留给我。我不好去打扰他，只能来问你了。”

柳闻莺的眼里有种说不清道不明的情绪，沉默半晌，才问她：“你真的要做乐队的领队？”

和美不置可否，这个问题其实不应该由她来回答。

柳闻莺深吸一口气，脸上重新挂上笑容：“好，我给你沙锤的电话和地址，你自己联系他。”

和美朝她鞠躬：“非常感谢，麻烦你了。”

柳闻莺要了她的手机号，把信息发到她的手机上，看她妥帖地收好东西准备离开时又叫住了她：“那个……我冒昧地问一句，和美你会乐器吗？”

和美愣了一下，回答道：“我会弹一点吉他。”

“什么时候学的，是老师教的吗？”

她脸上微微发热：“中学时候，是一位哥哥教的。”

程东是非常好的老师。

柳闻莺示意助理拿了把吉他过来给她，说道：“会什么曲子，能弹一首来听吗？”

和美惊愕道：“现在，在这里？”

“嗯，可以吗？”

吉他递到她手里，她也很难说不可以了。

和美以为这是一种挑衅，但当她抬起头看柳闻莺时，却感觉她整个人出乎意料的平静。

仿佛她真的就只是想听她弹一首曲子。

和美弹的是小野丽莎的《My boy》，本来还会唱，但在这里总觉得班门弄斧，就没有出声。

她没有舞台经验，也几乎不听摇滚音乐，小野丽莎是妈妈的偶像，她从小跟着听。后来学会了弹吉他，跟着哥哥和程东有时一起边弹边小声哼唱。

那是一种很宁静美好的感觉，每一个和弦都藏有许多美好的回忆。

一曲弹完才发现身边围了不少人，她有点局促地把琴还给柳闻莺道：“弹得不好，请多包涵。”

柳闻莺眼里仍是那种复杂的情绪，似乎才从刚才的曲子里回过神来，说：“不，你弹得挺好的。”

和美很清楚自己有几斤几两，柳闻莺做过乐队的主音吉他手，她这种水平人家根本不放在眼里。

她也只当是一场考验，今时今日的她是柳闻莺昔日的角色，对方总要看看她有什么过人之处，最后大概还是失望了，只是顾全她的面子，没有表现得太过于明显。

和美也没放在心上，她只想找到穆嵘而已。

沙利文见到她很是惊讶：“你怎么找到这儿来的？”

和美跟他简单解释了一下，沙利文听完就说：“哇，你连他家老太太要过大寿都知道啊，啧啧啧！”

两个人果然关系匪浅。

不过就算家里有事也不该把人家姑娘一个人扔下啊，人生地不熟的，幸好找到他这儿来了，不然走丢了或者被人骗了那多不好。

他只是有一点不理解：老穆家不是总逼着他相亲、结婚吗，他现在既然跟她在一起了，怎么不带她回去呢？

算了，大概觉得还不到见家长的地步，穆嵘在这方面可谨慎了。

要么因为她是半个日本人？老穆家根正苗红的，他是不是怕老爷子、老太太对这个孙媳妇接受不了啊？可这也不是人家姑娘的错啊，爱情不是无国界的吗？

沙利文的脑洞比穆嵘还大，这么思前想后、自问自答了一番之后好像也想通了，大手一挥："行啊，我带你去找他。"

她如今是他们的领队，虽然他还有点半信半疑，但连柳闻莺也打电话跟他说这丫头的吉他弹得有模有样的，穆嵘又这么信任她，看来是八九不离十了。

他亲自开车送她到穆嵘家，一路跟她介绍穆家的情况："老爷子是纸老虎，说了算的是老太太，但最近一段时间老太太的身体不好，总之，顺着她的意思总没错。小五还有个孪生哥哥叫穆峥，两个人跟一个模子里刻出来的似的，你可别认错。听说他哥最讨厌别人把他们哥俩弄混。他脾气不好，跟咱小五哥不同，你可别惹他。"

和美点头表示都记住了，感激道："真是麻烦你了，不知道怎么感谢你才好。"

"谢就不用了，改天叫小五出来一起吃顿饭就成。"

本来是一句玩笑话，和美却当真了，问他："像上次那样吗？你喜欢吃什么，我可以先准备。"

沙利文一手扶着方向盘，笑道："哟，你还会下厨呢？"

和美有点不好意思："其实我不大会做饭，做点心还可以。"

"那正好，小五又会做菜又会煲汤，就是做不好点心，你俩正好互补。"

怎么看这俩人都是天作之合，绝配！

沙利文把车停在穆嵘家别墅附近，给她指路道："喏，前面蓝灰色屋顶那栋就是了。他家老太太做寿，这会估计他老爸和哥哥都在家里，你可当心点儿。还有啊，千万别说是我带你到这儿来的。他要是问，你就说你下载了手机定位的APP，追踪他来的，记住了啊！"

"嗯，谢谢你。"和美下了车朝他挥手。

看着周围的环境和别墅林立的住宅区，和美猜到穆嵘的家世应该很不一般，她这样贸然闯来会不会给他造成困扰？

她来不及多想，阴沉多时的天空飘起了雨。夏天的雨来得快而猛烈，一会儿工夫，豆大的雨点就噼里啪啦地砸下来了。

她出门忘了带伞，周围又没有可以避雨的地方，只好赶紧往穆家的别墅跑。

看着不远的一段路，她跑到门口的时候头发和衣服都淋湿了。

她擦了擦脸上的雨水去按门铃，来开门的人正是穆嵘。

不用问穆嵘也知道是沙利文和柳闻莺把她给带到这里来的，因为北京这么大，她除了他之外也就认识这两个人，不是他们还会是谁。

友情的小船果然说翻就翻。

他堵着门不让和美进来，没好气地问："你上这儿来干吗？"

和美看他一眼："你现在要出去吗？外面下雨了。"

他一身运动装，脚上的跑步鞋刚穿好一只，另一只脚还趿拉着拖鞋，看起来是要出门晨练的样子。

他回看她一眼："是啊，我没瞎，这不是有只落汤鸡在我眼前嘛。"

和美从头到脚都是湿漉漉的，很是狼狈。

她试着跟他解释："我昨天到你公寓去，没见到人，只好到这里来找你。我已经照你说的做了一些和果子，都是生果子，不能放太久，就想问问你什么时候能回去。"

穆嵘抬头望了望天，心想：你觉得我现在有闲情逸致吗？

他心里烦躁，不想跟她多说，蹲下身把另一只跑鞋也穿上，系好鞋带："现在我没那闲工夫，等我跑完步回来心情好了再说。"

和美不能理解："外面的雨这么大，你还要出去跑步？"

穆嵘没理她，把她往外推："你也甭在这儿戳着了，回去吧，请回吧！"

和美扒住门框不走："我不走，你……你答应过我的，不能反悔。"

"谁说要反悔了？"穆嵘也提高了声调，"我说了考虑帮你，仅仅是考虑一下，你别这么胡搅蛮缠行不行？"

"我……"

和美刚要开口，看到客厅楼梯上有人探头张望，竟然是她那天在暗房里看到的照片里的女孩——虽然没有化妆，但真人比照片更漂亮。

她的身旁还有一个男人，长着跟穆嵘一模一样的脸，气质却完全不同。

那应该就是他的孪生哥哥穆峥吧?

穆嵘顺着她的视线扭头看到楼上的人，显然受到了惊吓，赶紧把和美往外推，手在身上擦了又擦，磕磕巴巴对那两个人说："啊……她就是路过，非要进来……躲雨，我不让，她就……哎呀，反正不是你们想的那样，我不认识她！"

他一边推和美，一边自己也跟着往外走："走吧走吧，你没看我家里还有人吗?你打扰他们休息了……"

走到门外，砰的一声，他顺手把大门带上了。

两人站在滴水的屋檐下，他才发现他没带钥匙，也没带钱包。

真的是不作就不会死，现在他可没勇气敲门回去拿。

这时和美的脸上带了丝了然，她充满同情地问他："那个……你还没吃早饭吧?"

两人坐在一站路以外的肯德基吃已经算不上早饭的"早饭"，浑身上下都湿透了，脚边各有一摊水，路过的人没有不看的。

穆嵘淋了场雨好像整个人都舒坦了，大口啃着猪柳蛋堡，还觊觎她托盘里的粥："这个你吃不吃?不吃给我吃！"

给你，给你，都给你。和美把粥推给他，看他的眼神就像在看一个遭人遗弃的小孩。

他被她看得发毛，拿着汉堡的手顿了顿，清清嗓子道："我不会白吃你这顿的，回头把钱给你。"

他没带钱包出来，这顿自然是和美请的。她手头不宽裕，肯定心疼死了。

她却摆摆手："没关系，没关系，请你吃。"

失恋的人最大，何况请他吃点东西实在不算什么。

她托着腮看他，觉得真是可怜——好不容易喜欢一个人，却没有早一步也没有晚一步，正好成了自己哥哥的女人。这种只有在偶像剧和漫画里才会出现的桥段居然发生在现实中了，当事人该有多难受啊，怪不得他心情那么糟糕，还非得跑出来淋雨。

对了，淋雨也是固定的桥段。

穆嵘坐在她对面，咀嚼的速度越来越慢，像是在思考什么，最后终于停下来，抬头对她说："我昨晚没睡好，所以今天情绪不大对劲，态度也不好，你别往心里去。"

"没关系。"其实她已经看出来了，他脸上挂着大大的黑眼圈，一看就是整晚都没怎么好好休息。

"我跟我哥吵了一架，差点动手。"他垂下眼睑，"我们哥俩感情一直很好的，很久没这样吵过了。"

"因为那位空乘姐姐吗？就是刚才楼上……很漂亮的那个。"

穆嵘庆幸自己没喝九珍果汁，不然肯定喷她一脸："你……你怎么知道的？"

"那天你奶奶她们过来，你让我躲起来，我在你冲洗照片的房间里看到她的照片了。"

"什么，你进了我的暗房？"他腾地一下站起来，差点连椅子都掀翻了。

店里坐着的其他客人一下子全都看过来。

他颓败地重新坐下，两手揪着头发，把脸埋入臂弯里："算了算了，这是注定的……"

暗房是他的禁区，除了他自己没有其他人进去过，现在就这么让她给闯进去了。

和美心里也有点忐忑，他不会是把暗房当作自己的禁区，许了什么奇怪的誓言吧？

比如第一个闯进去的女孩要以身相许什么的……呃，她承认她是看多了少女漫画。

"你放心吧，我保证不告诉别人。"她不小心撞破他藏在心里的秘密，一定让他很没安全感。

“你以为我喜欢小璇，怕你说出去？”

和美看着他的表情就像在说：难道不是？

他冷静下来，叹了口气：“不是你想的那样，这件事有点复杂……”

他觉得他们也算是交浅言深了，认识没多久，他告诉她的事情已经太多了。

他甩了甩头，接下来说出的话还是吓到了和美。他说：“你能不能当我的女朋友，陪我回家见家长？”

所以果然是许了奇怪的誓言吗？

和美有点语无伦次：“可是我们……你……怎么……”

“你别紧张，只是暂时的，做做样子而已。等我奶奶过完生日，让我的家人都以为我已经有女朋友了，在恋爱了就行了，不会一直霸占你的时间的。”

和美松了口气。他又接着道：“我本来以为可以借小璇蒙混过去，谁知道我哥那么狠！我也不想让他误会什么，他们两个在一起本来就够吃力的了。”

他所说的小璇肯定就是那位空乘姐姐了，但“两人在一起吃力”是什么意思，她就不大明白了，涉及人家的隐私，她也不好多问。

穆嵘见她没有马上点头，也知道这种事情女孩子总是有些顾虑的，于是拍着胸膛道：“我可以跟你约法三章，保证不会趁机占你便宜，也不会做你不愿意做的任何事，咱们只要在我家人面前保持口径一致就行了。你只需要跟我回去吃几顿饭，别露出马脚就行。”

和美担心的并不是这个，虽然他有点不着调，但人是正人君子，她完全能感觉得到。

只是她现在也学乖了，抱着手问他：“如果我答应帮你，你也可以答应帮我吗？板子钉钉子那种。”

“是板上钉钉！”穆嵘忍不住纠正她，揉了揉湿透的头发，“好好好，我答应你，这回说到做到。不过我刚从日本回来，手头还有些事要安排，等我安排好时间就跟你去。”

这丫头也就这么点追求了，其实对他来说也不是什么难事。

于是就这么愉快地决定了。穆家他们这一辈人就他还是单身，每次家庭聚会时都像低人一头似的，不仅要观看别人秀恩爱，还得应付那些三姑六婆的催婚，然后就是没完没了的相亲，他真是受够了。

这回终于可以昂首挺胸带个女朋友回去了，哪怕只是演戏，他也觉得挺开心的。

虽说是演戏，但和美还是认真地做了准备。

穆嵘告诉她这回除了老太太，家里还有另一位小寿星，就在这两天，在老太太的寿辰之前。那个孩子是他大哥家的小儿子，全家捧在手心里的宝贝疙瘩。

既然这样，她这个“新媳妇”就更不能两手空空地出现了，怎么都要带点礼物才行。

尽管穆嵘说他已经给孩子买了玩具，给老人买了复古的摆件做礼物，但她还是觉得他一个人带着这些东西出现是可以，但如今多她一个总是显得少了点什么。

还是亲手做一些和果子带过去吧。

当然，孩子可能更爱吃西方流传过来的生日蛋糕，这也难不倒她，洋果子的烘焙课程她也进修过，正好材料也都是现成的。

穆嵘准时来接她，看到茶几上两个大大的、漂亮的点心盒忍不住问：“这都是你做的？”

“嗯，大的那个蛋糕盒里是奶油蛋糕，给小朋友的；扁平盒子里的是和果子，给奶奶和爷爷吃的。”

“我可以看一下吗？”

“可以啊，不过要小心一点，不要弄坏了。”

穆嵘掀开盒子一角，纯白色的奶油蛋糕上点缀了水果和可可碎片，专业得就像他平时在蛋糕店的橱窗里看到的那样。和果子有六个，不，应该说是六组，主要是白和绿两种颜色，造型却各有不同。

“这个是白雪糕，那个是卯花卷，已经切成小块了。”她指着其中两样拼配在一起的点心跟他解释，又不无遗憾地说，“可惜我手头材料不够，不然应该可以做得更丰富好看一些。”

比如在中国以红色代表喜庆，和果子里也有红色出挑的款式，只是她现在来不及做了，只能用白和绿来迎合夏天的季节主题。

“这样已经很好了，那一老一小两个宝肯定乐得合不拢嘴。”

穆嵘其实挺意外的，他对她本来没什么期待，就像如今有人会租个女友回家过年一样。她负责貌美如花、甜言蜜语把家里人哄开心就行了，只要不露出马脚她哪怕不吭声都行。

可是在这么短的时间内，她竟然翻着花样地做了两大盒点心，既兼顾老人和孩子的口味，又顾全了他的面子。

而且看起来真的很好吃。

和美的手在他眼前晃了晃：“怎么了，想什么呢？”

“噢，没什么。”他回过神来，上下打量她一番，“你就穿这身衣服去？”

和美低头看了看，T恤、牛仔裤，有什么不对劲吗？

穆嵘轻咳一声：“有没有更庄重一点的，换一套。我家老太太……唔，比较讲究。”

和美抿抿唇：“好吧，我去换一件。”

客随主便嘛！

穆嵘看她进房间了，赶紧伸手从盒子里把切成小块的果子各拿了一块放在嘴里。

真好吃，甜而不腻，那个白雪糕入口即化，像他小时候吃过的点心。

不知不觉多吃了几块，糟了……只能把两种拼在一块了，然后盖上盒子，希望她不会发现。

和美出来时看到他在擦嘴，问道：“在干嘛呢？”

“啊，没有，没干嘛！你这样穿挺好看的，咱们走吧！”

他们得先去大哥大嫂家，晚点再去穆家大宅。

第三章　你给的温柔

做惯了独行侠，向来只有被秀恩爱的穆家小五居然要带女朋友回来了，这绝对是惊天动地的大事。

穆嵘牵着和美的手出现在众人面前，大家神色各异，伸手的伸手，给钱的给钱，穆家大嫂俞乐言每人多收十块，乐道：“看吧，我就说他们肯定十指紧扣地出场。”

穆嵘简直快被气死了：“你们拿我打赌啊？”

居然还有那么多位赌他只是虚晃一枪根本不会带人回来，这真是亲哥、亲姐。

不过说实话他还的确不习惯跟女孩子这么亲昵，走到门口才想起来，匆匆忙忙地去拉和美的手。两人掌心相贴的时候像有电流通过，他整条手臂都麻木了，只知道她的手很暖、很软。他扭头无声地以眼神询问她的意见，她的表情也有一丝不自在，但还是露出一个笑容示意他没关系。

见他一副五雷轰顶的表情，和美只好自我介绍道：“我叫薄叶和美，你们可以叫我和美。初次见面，请多关照。”

俞乐言走过来拉她的手，笑道：“对不起啊，我们闹着玩的。主要是没想到咱家小五真的带了女朋友回来，还这么漂亮大方。你中文说得真好，我们说话你也都能听懂吗？”

和美点头：“我妈妈是中国人，所以我会说中文，听完全没问题。”

“难怪呢，我们还说小五又不会日语，怎么会在日本交到女朋友？现在看来还是你迁就他。快过来坐，我给你倒点喝的。”

和美觉得他的家人热情又温柔，笑吟吟的，一点也不像他说的那么夸张啊。

她看了看穆嵘，穆嵘也正好看她，像是知道她在想什么，用眼神告诉她：厉害的你还没见识过呢！

穆嵘还没坐稳，一个圆不溜丢的身影就跑过来扑进他的怀里，奶声奶气地喊道："五叔！"

穆嵘差点被他撞倒，伸手把他抱起来，姿势像举起一只小狗，笑道："小家伙你可不能再胖了啊，我都快抱不动你了！"

这就是他大哥大嫂的小儿子——穆静西，小名叫疙瘩。

疙瘩才不理会他，扭着脑袋看桌子上和美带来的蛋糕盒子，蹬着小腿道："五叔，那个是什么，是好吃的吗？"

穆嵘把他放下来："是啊，给你的生日蛋糕，是这位阿姨亲手做的。"

疙瘩瞪大了眼睛看着和美，穆嵘拍拍他："愣着干吗，叫人啊！"

"姐姐。"

和美笑着拉了拉他的手道："好可爱。"

穆嵘不乐意了："怎么能叫姐姐呢？你管我叫五叔，就得管她叫阿姨。"

"她是五叔的女朋友吗？"

穆嵘仰头："对啊，没错，是我女朋友。"

疙瘩圆圆的眼睛又看向和美道："五婶婶。"

穆嵘抚额跌坐在沙发上喊："大哥，快来看，你儿子成精了！"

真是人小鬼大。

穆皖南走过来把小魔怪抱走，教育他道："昨天已经吹过一回蜡烛、吃过一回蛋糕了，这个要留着晚饭之后大家一起吃。"

小朋友对生日蛋糕没有抵抗力，嘴馋起来哪听得进道理，可是碍于老爸的威严又不敢不听，耷拉下嘴角就想哭鼻子。

和美在自己的双肩包里翻了翻，拿出一支超级漂亮的棒棒糖递给疙瘩道："想不想要这个，追到姐姐就给你吃。"

疙瘩果然笑起来，从爸爸身上哧溜滑下来就追和美去了。

穆嵘和穆皖南都松一口气。

俞乐言捧着一大盘水果走过来："咦，和美人呢！"

穆皖南道："带着疙瘩玩去了。"

乐言笑道："小朋友总是喜欢大哥哥、大姐姐。和美真可爱，小五，你们怎么认识的？"

穆嵘叉了一块西瓜边吃边说："我去日本参加音乐节，托运时把我的琴盒摔坏了，我就想买个新的。我看中的那个限量版只剩最后一个了，刚好她也喜欢，我就发扬绅士风度让给她了，然后就这么认识了。"

他说得脸不红、气不喘，这些话都是他们商量好的，而且也不算瞎掰对不对？

"不错嘛，那是你追的人家？"

"喊，我这么玉树临风，当然是她追我了。"咳，这可跟事先说好的有点不一样，不过反正她这会不在，没人跟他计较。

大哥大嫂都觉得挺好的，只有穆峥一言不发地坐在那里，不知在想什么。

穆嵘也不理他，一心一意吃水果。

穆峥不吃，却把菠萝都挑出来拨到一边，不给他吃。

他气得牙痒痒，碍于大哥他们都在不好发作，过了一会儿等穆皖南夫妇到院子里去找疙瘩了，才挥舞着叉子低声道："穆峥，你什么意思？"

明知他爱吃菠萝，还都拨一边去。

穆峥没理会他，正好梁知璇刚打完一通电话从外面进来，他才叉了一块菠萝喂她，问："可以走了吗？"

梁知璇不大习惯在外人面前跟他这么亲密，但她最爱吃菠萝，既然喂到嘴边就顺势吃了，随即道："嗯，走吧。"

穆嵘有点急眼，站起来拦住他们："你们要去哪儿，给老太太买礼物？不是说买好了吗？"

他不怕别的，就怕哥哥欺负梁知璇。

穆峥面无表情地瞥他一眼，有所指地问："女朋友，嗯？"

穆嵘就知道他要拿这个说事，面色绯红："和美她……昨天早晨是我们闹别扭了我才那么说的，我们好着呢，从日本一路好到咱们北京来了！”

穆峥哼笑，“是吗？那就管好你自己的人和事，小心别露了马脚，在老太太面前不好交代。”

说完手往梁知璇的腰上一揽就出去了。

穆嵘气得要命，水果也吃不下去了，扔下叉子出去找和美，在门口撞上大哥穆皖南。

“上哪儿去啊？老四前脚刚走，你也要出去，我家沙发上长了钉子？”穆皖南问。

“我跟他不是一路的。”穆嵘气哼哼地说，“不过他上哪儿去啊，给老太太的礼物不是买好了吗？”

“说是去给小梁买衣服。他对女人没什么招，不是买衣服、买包包就是买首饰，八成昨天俩人又闹了什么不愉快，今天想方设法逗人开心呢！”

一针见血。穆嵘听他这么一说心头稍稍放松了些，但又有点拧巴：“那我也出去逛逛。”

“嗯，是该去逛逛，带和美一块儿去，让她给你挑身像样的衣服。晚饭要到老太太那里去吃，让她瞧见你这破牛仔裤又该念叨了。”

穆嵘低头看看自己的裤子，破洞并不是很明显嘛！难道不是应该挑剔女孩子的衣服吗？他穿得随便一点有什么关系……

没办法，他还是带着和美出门了，到最近的服装店门口停下道：“进去挑吧，有喜欢的就买下来。”

和美抬头看了看，悄声道：“这个品牌的衣服很贵的。”

他扬了扬手里的银行卡，推她进去：“放心，不用你出钱。”

“可这里不卖男装啊！”她出门的时候穆家大哥明明叮嘱让她帮忙给穆嵘挑衣服的，怎么到女装店来了呢？

穆嵘懒得费口舌，径直拉起她的手，把她拖了进去。

真是冤家路窄，穆峥也在这里。梁知璇大概进去试衣服了，他就坐在外面的沙发上，随手翻阅一本杂志。

和美跟他打招呼：“嗨，这么巧！”

穆峥抬头看了看他们，牵了牵嘴角算是回应。

穆嵘真是不能理解，现在的女孩子为什么就喜欢这种面瘫脸啊？这个谜之笑容是怎么回事啊？难不成穆峥在男女情事上所向披靡靠的就是这个？

看和美还乐呵呵的他就火大，转身噼里啪啦地拿了一堆衣服扔给她，一扬下巴道：“喏，进去试穿，喜欢哪件就买下来！”

他今天也要当一次霸道总裁！

和美进了试衣间，他在沙发另一端坐下，穆峥理都没理他，于是他也抽了本杂志翻看起来，自己跟自己较劲。

咦，佳能出了新的型号？这个镜头他怎么没见过？

他还真看进去了，杂志在手里被翻得哗啦哗啦响。

导购小姐忍不住悄悄打量他们，看一会儿偷笑一会儿。

这可是难得一见的奇景——高颜值却气质迥异的孪生兄弟，各自带着女朋友来买衣服，不知为什么还暗地里较着劲，随便脑补一下就是三十集的偶像剧啊！

和美试穿好衣服走出来，看到梁知璇也刚换好一套，两人相视而一笑。

“这里可以打蝴蝶结。”和美见她腰带后面没弄好，上前帮她整理。

“谢谢。”

两个女生在穿衣镜前惺惺相惜，穆峥抬头看了一眼说：“嗯，不错，但这件颜色太深了，不适合你。”

和美下意识地看向旁边的穆嵘，他看杂志正看得正津津有味呢，听到穆峥说话才猛地抬头：“啊……好看！”

也不知是说她还是说梁知璇。

哎，总觉得这样对他来说太残忍了。喜欢的人就在面前，却求不得、爱不得，甚至连看都不能多看一眼，还要强颜欢笑。

和美道：“我觉得这里的衣服风格好像不大适合我，要不我们去别处看看？”

穆嵘才不要现在就走，摇头道：“再多试几件呗，这么多款式，总会有一款适合你的！”

一旁的梁知璇递了条连衣裙给她道：“试试这个，刚才我看到这件衣服的时候就觉得很适合你。”

和美娇小玲珑，清新可爱的风格最衬她。

“谢谢。”

虽然不是很熟，但两个女孩子却有一见如故之感。和美能感觉到梁知璇对她很友善，没有一点敌意。如果她也喜欢穆嵘，不是应该会吃他现任女友的醋吗？

他们之间的关系果然如穆嵘所说的那样，挺复杂的。

一连试了几件衣服，不管和美穿什么穆嵘都说好，反正别指望他有什么建设性的意见，他的关注点也不在买衣服上。

穆峥却已经没耐心陪他闹了，梁知璇换了一件单肩的连衣裙出来，他看了一眼道：“等会儿就直接穿这件出去，我帮你调整一下。”

说完起身就握住梁知璇的肩头，将她重新推进了试衣间，最后那个眼神在穆嵘看来颇有挑衅的意思。

他气不过，也腾地一下站起来，把刚从隔壁试衣间走出来的和美又给堵了回去。

他用力过猛，随着惯性把和美给挤得连退几步，直到退进了试衣间的墙角，长长的手臂往墙上一撑，正好把她困在自己的身体和墙壁之间。

这就是传说中的“壁咚”？

两个人都愣了一下，穆嵘一低头下巴就碰到她的头发，呼吸拂过她的额头，能嗅到女孩子身上独有的香气。

他有点晕眩，刚才要说的一句台词这会才磕磕巴巴地说出来：“啊……你身上这件衣服不错，我也帮你调整一下！”

她身上这件是她自己的衣服，还调整什么？

和美的双手本能地抵在两人的中间，手按在他心脏的位置，感觉到他的心跳跟她的一样，跳得好快。她不敢抬眼看他，因为他的呼吸就在她的发间，离得太近了。除了哥哥哲也之外，她还从来没有跟男孩子挨得这么近过。

可是她不抬头，目光平视又恰好看到他敞开的衬衫领口，男人干净健康的小麦肤色和那个弧度漂亮的锁骨看在眼里竟然一点都不陌生。

噢，对，在他的公寓里，他也是这样落拓不羁。

这样的僵持仿佛过了很久，其实不过就是一瞬间而已。穆嵘正打算松开手结束这小小的尴尬，隔壁间却传来男女亲吻的声响。

那是绵长而霸道的吻，啧啧有声，肯定是他哥又强吻人家小璇了。

别问他为什么知道，他就是知道！

啊！非礼勿视，非礼勿听！穆嵘抬起手就捂住了和美的耳朵，自己则闭上了眼睛。

其实和美都没反应过来是怎么回事，耳朵就被他捂上了，扭头也扭不过去，只见他闭着眼，嘴里还念念有词，不知到底发生了什么。

过了半晌，穆嵘才放开她，虚脱似的垂下手。

隔壁已经没了动静，穆峥和梁知璇已经走了。

“什么都别问，因为我也不知道怎么解释。”穆嵘制止住和美将要问出口的问题。

她也就真的什么都没问。

他们挑了试穿的三件衣服去结账，收银小姐却说穆峥已经帮他们埋过单了。

士可杀不可辱啊，和美更加同情他了。

他们路过麦当劳的甜品站，和美说：“我请你吃冰淇淋吧！”

穆嵘没有表示反对。他在心里回答了一下，那么难过，不吃点甜食怎么对得起自己！

于是两个人坐在商场的台阶上，一人拿了一个甜筒舔。

吃了几口，穆嵘问道：“你要送琴包给他的那个人，在中国吗？”

和美点头。

“你们有很多年没见了？”

和美想了想说是：“他跟我哥哥是医学院的同学，毕业以后回到中国做医生。时间过得很快，不知不觉已经过去那么久了，总觉得好像昨天他还住在我们家似的。”

“见了面肯定能认出来吧？”

“当然。”

他笑了笑，眼神微微一黯：“我跟小璇也很多年没见了。当年她还在读书的时候来我们乐队应聘过临时键盘手，没成，就留下来做了几天志愿者，直到我们演出结束。其实她是为了家里的事来找我帮忙的，可我不仅没帮上她，时隔这么多年再见，我竟然没认出她来，而且一点印象也没有。她一定对我很失望。”

“当年你就知道她要找你帮忙吗？”

穆嵘摇头：“我要是知道，就不会任她被人这么欺负了。”

和美有点犹疑地问：“你说她被人欺负……指的是你哥哥吗？”

“嗯。后来她认错了人，碰上我哥哥……穆峥他跟我不一样，心里藏了太多事，小璇这么送上前去，简直就是羊入虎口。”

这兄弟俩互相拆起台来真是不留丝毫情面，不过和美对此还是有些不同看法：“我觉得你哥哥对梁小姐也许并不是真的那么差。”

穆嵘看着她：“为什么这么说？”

她跟他们才见过一两面而已。

“具体的我也说不好，就是凭直觉吧！比如刚刚买衣服，他看梁小姐的眼神绝对不是讨厌她的人会有的。”

穆嵘喊了一声道：“你们女人真是的，什么都靠直觉。还有啊，你眼睛往哪儿看呢？不是应该集中在玉树临风的我身上吗，怎么一直盯着我哥了？”

和美呛声道：“你不也是低头看杂志，抬头看梁小姐吗？也没有看你的女朋友呀！”

这画风又不对了，怎么像小两口在争风吃醋呢？

“喂，东西可以乱吃，话可不能乱说啊，我什么时候看她了？”穆嵘打死也不承认，不然肯定要被亲哥打死。

和美表示理解，但还是不忘安慰他道：“其实你也用不着愧疚，当年你不知道她要找你帮忙，就算是知道了，你就确定一定能帮得了她吗？”

穆嵘不说话了。她没说错，当时他还真不一定能帮得上梁知璇。

“所以呀，现在这样的假设都是没什么意义的，只会给自己徒增烦恼而已。”和美继续说，“假如你的这种情绪让梁小姐感觉到了，她也会觉得难过，因为本来属于过去的遗憾又被无限放大了，会影响你们现在的生活。”

其实道理他不是不懂，不过有另外一个人对他这样明明白白地讲出来，效果却不一样。

“再退一步说，即使当初她没有认错人，就是请你帮她的忙，你也帮了，结果也未必就比现在好。我以前读过一本日本作家的小说，说的就是这个道理——你觉得当年如果做了不同的选择，人生一定会比现在强几百倍，这个想法是错的。你也好，梁小姐也好，你哥哥也好，所有既有的选择都是对的，无须假设。”

“真的？”穆嵘已经放松下来，故意斜着眼看她，“哪个日本作家啊，不会就是你本人吧？”

“你不信啊？那我把名字写给你，你自己回去搜一下就知道了。”

和美从包里翻出一支顶着个彩色大毛绒球的笔来，拉过他的右手，认真地在他手背上一笔一画地写那位作家的名字。

她的背包是哆啦A梦的四维空间袋吗，怎么什么东西都有？

他能感觉到笔珠滑过皮肤的触感，痒痒的，而眼前的她睫毛长长的，穆嵘一时出了神。

“啊！我的衣服……我的裤子！”等她写完了他才发现另一只手里的冰淇淋还没吃完，这会儿全化了。白色的稀奶油滴在领口上也就罢了，还滴在了大腿上……画面太美他不敢看。

这下他不去买新衣服也不行了。

晚上所有人都要到老太太那儿去吃饭。

穆嵘换了身得体的衣服，看起来潇洒不羁，还真跟他那几个稳重寡言的哥哥不同，嘴甜得不得了，把一家人都哄得高高兴兴的。

当然，最重要的是他带了和美回来。老太太一看这个姑娘又漂亮又斯文，还心灵手巧会做那么漂亮的点心，笑得嘴都合不拢了。

老太太病了很久，精神不大好，但还是拉和美坐在跟前，问她家里都有什么人。

和美把家里的情况介绍了下，老太太面色如常，只是赞赏道：“不容易呀，中文说得这么好，那岂不是会说三种语言了？”

和美脸红：“我英文不是特别好。”

老太太回头看穆嵘："哼，肯定比我们老五强。"

穆嵘心想，我中文、日语、英语、法语都能说呢，只不过日语不大好罢了，怎么不见您夸我啊！

和美这会可真是"别人家的孩子"啊，哪儿都比他强。

老太太又问两个人是怎么认识的，谁先追求谁的。

事先两人都商量好了，和美就照着穆嵘告诉她的话说了。初遇是美化过的，反正那件事确实是她不对，太不占理了，还得多谢穆嵘不跟她计较。不过说到谁追谁，穆嵘插话道："当然是她追的我啦，都追到中国来了，这不就是最好的证明？"

和美看看他，没有反驳，低头不知想什么。

老太太啐他一口："这么大言不惭的也不害臊。"

"我说的是真的啊，奶奶，您孙儿我这么英俊潇洒、魅力横扫四方，您又不是不知道。您这么问，让她一个女孩子怎么回答呀？这样，您就当我追的她好不好？咱们都有面儿！"

老太太懒得理他，又问和美："这些漂亮的点心都是你做的？我听乐言说你还会做奶油蛋糕？"

"嗯，我家是开和果子店的，我给爸爸帮忙，所以果子基本都会做。洋果子……就是西式点心，我也进修过专门的课程，不过做的机会不多，所以做的不大好。"

"已经很好了。"老太太越听越觉得满意，又问，"那平时你还有什么爱好，喜欢做点什么？"

"我喜欢做手账，嗯……就是有点像日记，装饰得比较漂亮，还会弹一点吉他。"和美又看了穆嵘一眼，"空手道我也一直在练习，偶尔会跟社团一起参加比赛。"

"你还会空手道？"

"嗯，我是黑带。"

噗！穆嵘一口水喷了出来，在大家嫌弃的目光里抽了张纸巾边擦边问："你……你说什么？"

和美平静道："空手道啊，黑带。你不知道吗？噢，可能我之前忘了告诉你了。”

嗯，现在知道了。空手道黑带在有的国家都不能随便出手打人，是会被当作持械袭击好吗？

想想两人过去的各种摩擦和误会，穆嵘一脸受了惊吓的表情，这真是……他该感谢她的不杀之恩吗？

老太太却觉得这样再好不过了，静若处子，动如脱兔，上得了厅堂，下得了厨房，出手还能教训流氓，这么好的姑娘上哪儿找去？

穆嵘心虚地凑过来问：“奶奶，那个……她是日本人哎，您不介意吗？”

看这形势他还真有点怕啊，万一家里人都很满意和美，抓住不放逼着他们俩结婚怎么办？

老太太推开他的手：“八年抗战早结束了，现在又不是战争时期。再说她妈妈也是中国人，家里是做正经生意的，就是一个普通人家的女孩子，凭自己的本事过日子，恰好她喜欢你，你也喜欢她，我们介意什么？”

其实别说日本人，只要穆嵘带回来的不是男人，就算是外星人她都能接受。

穆嵘听她这么一说又挺感动的：“奶奶，没想到您这么开明。”

老太太有点疲惫地向后仰躺在椅子上，微微摇头。他们这辈子就干涉过一回长孙穆皖南的婚事，闹得孩子很不愉快，白白走了许多弯路。虽然最后的结果是好的，但她也算看明白了，儿孙自有儿孙福啊，只要不是原则上的事，就让他们自己去处理吧！

老太太把点心分给大家吃，疙瘩最来劲，抱着盒子不撒手，像个复读机似的问和美：“姐姐，这个是什么？那个是什么……”小胖手不自觉地就伸进去要拿来吃。

和美看了看盒子里的东西：咦，数量不对啊，她做好的不是这样的。

她用眼神问穆嵘：你偷吃了吧？

穆嵘：绝对没有。

他赶紧拉开疙瘩：“小祖宗，别光顾着吃，让我拍张照！”

疙瘩不满地说：“哼，就知道拍照！开饭前拍照是种恶俗的风气。”

穆嵘都被逗笑了："这话是谁告诉你的？"

小胖手往后一指："爸爸！"

"哦，他这是跟你吐槽你妈妈吗？据我所知，你妈妈开饭前也喜欢拍照。"穆嵘狞笑，高声喊，"大嫂快来，你老公和儿子吐槽你！"

穆皖南："……"

和美哭笑不得："你让他吃嘛！我改天重新做一份摆好了专门给你拍。"

穆嵘说："你们女人真是善变，不是你要我拍和果子的吗？现在又拦着我。"

男人才善变呢，之前不是不肯拍吗，现在又跟小朋友较劲？和美一伸手："给我看。"

"什么？"

"之前你拍的早餐啊，你说拍够九张就要干什么来着？到现在都没给我看过。"

她不提他还真忘了这茬儿了。

穆嵘朝她招招手，拿出手机给她看："喏，照片都在这里，我处理了一下，然后发在微博上了。微博你知道吧？"

和美凑过去，看着穆嵘向她演示如何打开新世界的大门。

在其他人看来，这小两口就是在脑袋挨着脑袋亲昵地看照片呢，边看边笑，蜜里调油。

俞乐言不无艳羡地说："没想到小五不鸣则已，一鸣惊人，这可是老穆家第一桩跨国婚姻。两个人还这么恩爱，真好！"

穆皖南揽住她："我没吐槽你，真没有。"

乐言有点无语，笑道："我知道，你这么紧张干吗？"

他不说话了，下巴搭在她的肩膀上："好像有点饿了，怎么还没开饭？"

老太太这边有专门的人做饭做家务，但小辈们过来吃饭的时候，但凡能下厨的都会到厨房去帮忙，做一两个拿手的菜给大家尝尝，算是一点心意。

乐言在厨房做菜，和美也悄悄地跟进来，问道："有什么我能帮忙的吗？”

乐言说：“你是客人，怎么能让你帮忙？出去坐一会儿吧，菜马上就烧好了。”

她的手里正给一条脱了骨的鳜鱼切花撒面粉，和美觉得新奇，忍不住问：“这是什么呀，要怎么做？”

“是松鼠鳜鱼，下锅油炸之后再加酱料烧，最后浇汁，样子会变得跟现在不大一样，像松鼠，所以叫这个名。酸甜口的，老人孩子都能吃。”穆皖南也最爱吃这个菜。

和美点头，一边看她做，一边拿笔把步骤写下来。

乐言笑道：“你要是想学做菜，可以让小五教你，他的厨艺也很棒。”

和美还是觉得挺难以想象的，毕竟他连顿像样的早饭都没做过。

“其实他就是爱吃，喜欢吃的多了，就自己琢磨着做，渐渐地也摸索出点门道了。如今像他这样会做饭的年轻男孩子可不多啊，你有福了。”

和美点头，是不多，像她亲哥哲也就不会，她见过的除了穆嵘就只有程东会做饭了，但程东跟他又不一样。程东是因为留学时不得不自己解决吃饭问题才学会的，而穆嵘显然是享受派。

不知怎的，她潜意识里竟然把他们两个人拿来做比较。

和美的脸微微红了。

乐言见她像个好奇宝宝，就问她：“蒸蛋会做吗？老太太牙不好，要吃点蛋羹，你会做的话就做一个，用那边那个蒸锅就行。”

和美兴高采烈地卷起袖子：“没问题。”

虽然不擅长做菜，但这个东西她还是会的。

“乐言姐，有牛奶吗？”

“噢，有啊，在冰箱里。”乐言道，“还要用牛奶吗？”

“是啊，蛋液里面加一点奶，能把蛋蒸得又滑又香。”这是她从妈妈那里学到的一个小秘方。

穆嵘从门外探头进来，正好看到和美往蛋液里加牛奶，龇牙咧嘴道：“你这是做的什么黑暗料理，能吃吗？”

和美头也不抬：“你等会儿吃了就知道了。”

色香味美的饭菜上桌，老太太没什么胃口，但挡不住看到儿孙满堂的欢喜，还是在主位坐下，端起杯子道："咱们一大家子人好久没有这么整齐地聚在一起了，今年老四和老五都带了人回来，家里又有新成员了，真好。来，都喝一杯，希望咱们这个家里每年都能添新成员！"

大家都纷纷举杯，老爷子挡住老太太的杯子道："你就不要碰酒了，我帮你喝。"

"不要紧，这是咱们家自己酿的葡萄酒，没什么度数的。再说我还喝得了几回？就让我喝吧！"

穆嵘凑上去道："奶奶，您年年有今日、岁岁有今朝，享福的日子还多着呢！"

老太太眼里都是笑意，看了看他的杯子说："你怎么喝的是可乐？"

"我沾酒就醉，您还不知道吗？明天您的宝贝外孙女来了还得跟我闹呢，让我保留点儿实力，今天就不喝了。"

老太太总是心疼孙子，也不勉强。她喝了一口的酒被老爷子悄悄拿走换成了葡萄汁。穆嵘忙着转移她注意力，给她舀了一大勺蛋羹道："您尝尝这个，是和美亲手做的。"

不好吃千万别客气，使劲吐槽！

老太太尝了一口，扬了扬眉毛："真不错，这是和美做的啊？"

和美点头。

"挺好的，好吃！"

穆嵘表示不服："您不觉得腥吗？她往蛋里加了牛奶！"

又放盐又放牛奶，这不是黑暗料理是什么呀？

老太太恍然大悟："噢，难怪这么滑。"

这简直是外来的和尚好念经啊！穆嵘抚额，和美在一旁暗笑。

第二天，和美见到了传说中的另一位贵客——老太太远嫁到外地的女儿家的孩子，穆嵘的表姐高月。

穆嵘他们兄弟几个说这位小姑奶奶是位王熙凤式的人物，然而和美不知道王熙凤是谁，没有一点点防备就被她的爽朗和美貌折服了。

高月一来，饭桌上连女同胞们都开始推杯换盏。

穆嵘看得咂舌，低声问和美道："你知道你喝的是酒不是水吧？你别信我奶奶说的，她酿的葡萄酒后劲儿很大的！"

和美不以为然："我觉得还好啊，没什么感觉。你放心吧，我很能喝的。"

她是真的能喝，上学的时候跟空手道社团的师兄们喝酒从来没输过。可是在穆嵘看来她就是逞能，毕竟喝高了的人往往都吹自己能喝。

高月一脸看好戏的表情："哟，心疼啊？真看不出来我们小五还懂得怜香惜玉呢。女人天生三杯酒，不过你要挡酒是不是也得有点儿诚意啊？"

她看向坐在对面不胜酒力的梁知璇已脸色绯红，杯里剩下的酒被穆峥接过去一饮而尽。

"看到没有，这才是正确的挡酒方式。"

穆峥这时也抬眼看过来。明知他不是故意要挑衅，但穆嵘多少还是受了点刺激，抓过和美手边刚刚满上的酒杯道："我喝就我喝，谁怕谁啊！"

一杯下去，就忘了自己压根不能喝酒这回事了，毕竟这葡萄酒很好入口，没有酒精的灼烧感。

喝到后来，就成了和美劝他不要喝了。

高月咯咯笑："自打小五成年以后，还没见他喝过这么多酒呢！"

画外音就是，喝醉之后会不会变成鬼见愁也是不确定的。

他还真是喝一点就醉，还没等后劲儿上来就已经迷迷糊糊了，看什么都是重影的，筷子也拿不稳。他干脆啪地往桌上一放，靠在和美的肩头说："走，我们去睡觉。"

好，这句话就成了他的经典笑料了，很多年以后常在家庭聚会上被人提起。

天地可鉴，他就是觉得眼皮都睁不开了，想躺倒而已，没有一点不纯洁的想法。和美又是个中文不那么灵光的女孩，更不觉得有什么不妥，只是有点不理解大家这样暧昧的笑是什么意思。

穆嵘见她没回应，伸手捏她两颊："喂，跟你说话呢！"

她硬被他扯出个鬼脸，又好气又好笑。

一家子人却只当他们是在秀恩爱。

穆峥把他架上楼，推进客房里，对和美道："今天时候也不早了，我看你们就在这里住一晚。他可能要到明天早上才醒，麻烦你将就照顾他一下。他都喝成这样了，就算想疯也疯不起来了。"

他的眼神是冷淡而又直白的，和美总觉得他仿佛能看透一切，什么都知道，只不过没有直说。

他把门一关就下楼去了。和美回头看看穆嵘，他正一只手托着腮帮子靠在床边冲她笑呢！

他笑起来真好看，跟他拿着照相机一脸谨慎认真的模样一样好看。

哪怕这一刻看起来有点傻乎乎的。

和美走过去道："怎么办？我们今晚要住在这里了。"

穆嵘歪了歪头："你能不能站好了再说话，不要摇来晃去的，晃得我头晕。"

和美用两只手托住他的两腮，固定住他的脑袋，迫使他抬头："你看看清楚，不是我在晃，是你喝多了！"

他眼神迷离，嘟着嘴，一脸无辜的表情，让和美也忍不住学他那样掐住他的脸颊往两边扯了扯。

嗯，手感不错，不像那些皮肤粗糙的男人，他的皮肤还挺细滑的。

和美刚觉得大仇得报，就见他一头栽进了她的怀里，脑袋不偏不倚地靠在了她的胸脯上，嘴里还嘀咕了句什么。

她其实听清楚了，他说的是：这是什么东西？软软的！

这真是……她花了好大的力气才强忍住高声叫人和把他直接摔在地板上的冲动。她赶紧把人推倒在床，胡乱给他盖了条薄被。

他喝多了就两眼一闭倒下睡觉，她比他喝得多多了，精神却越来越好，一点也不想睡。

她无奈地坐在床边看了看，这是间标准的客房，只有一张床，柜子里也基本没放什么东西，夜里她跟他两个人不知该怎么睡。

就算要打地铺，也得再有一套被褥才行啊！

估计楼下已经散席，她想出门去找大嫂俞乐言帮忙。

老太太身体不好先休息了，年轻的孙辈们陪着老爷子聊天。几个女孩就窝在茶室里喝茶，见和美来了都笑着问她："小五怎么样，没发酒疯吓着你吧？"

和美摇头："他已经睡了，我想……想再要一床被褥可以吗？"

乐言站起身说："当然可以了，我去帮你拿。"

高月托着腮帮子笑道："我记得客房的床还挺宽的呀，睡两个人没问题。要被褥是为了打地铺？看来你们还是乖宝宝，什么都没做过喽？"

大家一听眼里都冒出了八卦的小火苗。

和美的脸红成番茄："我们认识的时间还不算长。"

高月说："跟时间长短没关系，感觉到了自然而然就会想要嘛！我跟你说啊，老穆家的都不是省油的灯，个个如狼似虎，要不就是假正经，就像大哥这样的看着斯斯文文，其实私下绝对像禽兽，不信你问大嫂！"

乐言啐她："好好的，怎么说到我这儿来了！"

"那问咱们小璇好了，老四那么鬼畜，我就不信小五纯情成这样。"好歹也是同父同母的孪生兄弟啊！

梁知璇喝多了，靠在墙角的软垫上休息，本来脸上的红晕没消，被她这么一说又红了几分，都不知该怎么接话了。

和美觉得稀奇："高月姐，你还知道鬼畜？"

高月一把拉住她坐下："姐姐我懂的还多着呢，今天就好好教你一下，让你开启美好人生的新篇章。"

女人八卦起来真不是一般的，尤其茶室的小门一关，类似榻榻米设计的茶席可躺可坐，一篮瓜子、一盘水果、再沏壶茶……那就是秘密花园啊，她们能聊一整夜。再遇上高月这样百无禁忌什么都敢说的女王，简直就是要上天啊！

和美只是来拿一床被褥的，结果就上了一堂婚前新娘课，还带生理卫生知识和足料的八卦，听得她脸红心跳。

讲到一半穆皖南来敲门，她想的竟然是：啊……酷爱鸳鸯浴的穆大哥一定是等不及，要抓大嫂回去洗鸳鸯浴了，好恩爱！

乐言笑着把他推出去，对和美道："走吧，今天先聊到这里，我帮你把被褥拿到房间去。"

高月的一根手指轻轻地把和美小巧的下巴往上一抬：“记住我说的了？先试试，实践成功了我再教你解锁其他姿势。”

和美对穆嵘这个表姐其实是很钦佩、很喜欢的，只不过他们不是真的情侣，这些实用的“技能”她是用不上了。

穆嵘在客房里睡得香，她们女同胞开茶座会的工夫他已经调整了睡姿，像个小孩似的缩着长手长脚，枕在枕头上酣睡，不再四仰八叉的。

和美铺好了被褥，洗好了澡，蹑手蹑脚地躺下。她在家里也睡榻榻米，现在这样也挺好的，没有什么不习惯。

只是旁边多了个穆嵘，听到男人陌生而均匀的呼吸，感觉又有些不一样。

她的眼睛适应了黑暗之后转头悄悄打量他，他的五官轮廓有点模糊，显得更加柔和、更加孩子气。

他是为了帮她挡酒才在自己家人面前喝醉的，她心里有种说不出的感动。

虽然他们现在这样算是互利互惠的关系，但他仍尽力保护她、对她好，尽量不让她感到为难。

“晚安。”她闭上眼睛，希望他即使宿醉也能有个好梦，明早起来不要太难受。

事实上穆嵘睡到半夜就醒了，不知道谁把空调关了，热得他一身汗，口渴想喝水，只好起来自己去倒水。

刚下床迈开脚，就扑通一下被绊倒了，伴随女孩子的一声惊叫，把他吓了一大跳，剩下的那点酒劲儿也消失了。

难怪摔下去不疼呢，原来是扑在人的身上了。

他虽然醉得迷迷糊糊的，但还是能分辨得出压在身下的这个人是和美。

她真的好小，身体跟手一样都是小小的，夏天热，她洗完澡后只套了T恤，里面是空的什么都没穿，于是触感就越发的软了。

他的身体覆盖住她，两个人的目光怔忪地在昏暗的光线里交汇。

很不幸，因为他没有一点点防备就扑在如此活色生香的女孩子身上，又刚睡醒，身体的某个部位可耻地绷紧了，硬邦邦地抵在两人中间。

和美毕竟有个学医的哥哥，再傻也不可能不知道那是什么东西，终于反应过来推了他一把。

穆嵘牢牢记着她的空手道黑带段数，被她这么一推有点害怕，赶紧在她发威之前自己坐了起来。

他揉了揉额头，不无哀怨地说："我们这是在哪儿啊，你怎么睡在地上？"

和美也就不跟喝醉的人计较了，解释道："我们还在你奶奶家，你喝多了没办法离开，只好在客房睡一晚。"

所以果然还是醉了吗？穆嵘摸了摸脸，又理了理头发，糟糕了，他的形象是不是全毁了？到底有多狼狈也不知道。

"那个……我醉了没有说什么不该说的吧？有没有出丑？"

和美只能想起他靠在她胸口时的那一记头槌，不过他自己应该也不记得了，她还是不说了吧！

凭良心说他的酒品还算好的，就是酒量实在小。

两个人都醒了，和美给他倒了一杯水。他灌下去之后去卫生间冲凉，不知是平时就这个德行，还是宿醉之后混淆了时间，边洗澡还边大声唱歌，唱得超大声。

现在可是凌晨四点！和美吓得一直敲门让他小声一点。

好吧，她收回酒品好这个评价。

第二天大家看他们的眼神更暧昧了，高月凑过来对和美道："不错嘛，动静挺大的！小五表现得怎么样？"

和美没能理解她的意思，以为她是问穆嵘后来有没有发酒疯呢，为了不扫他的面子，于是点头中肯地说："不错啊，挺好的！"

这话传到老太太那里，她倍感安慰道："真不错，我们小五终于成人了，明年不知道能不能给我添个小重孙……"

其乐融融。和美从来没想过能那么快地融入到一个异国他乡的普通人家中，被他们接受，被他们喜爱。

早晨她帮俞乐言为孩子们烤制曲奇饼干和水果挞，这些都是烘焙书上常见的款式，很容易学。倒是乐言很好奇和美那些和果子的做法："我听小五说那个白雪糕很好吃，像他小时候吃到的米糕的味道，入口即化，又不放添加剂，不知道是怎么做的，你能教教我吗？”

和美点头：“当然没问题，只要糯米粉和生米粉按比例搭配就好了，很容易做的。”

穆家大宅没有现成的原材料，和美就只能给她讲解一下，等有机会再亲手教她。

老太太下来搬弄她的葡萄酒，和美和乐言都来帮忙。说到昨晚穆嵘喝醉的事，老太太坐在太阳底下笑道：“我这个孙子就是这样，从小沾不得酒。他的其他几个哥哥，包括咱们月儿小时候就被爷爷抱在怀里，用筷子蘸了酒喂进嘴里，只有他呀，沾一点儿酒就昏睡一天一夜，把我们都给吓坏啦！”

和美暗自叹口气，怪不得他长大了缺心眼儿呢，原来是小时候酒精中毒了。

老太太叹气：“哎，这孩子可怜，年纪小小的就没了妈，天生天养似的就这么长大了。你看他亲哥就跟家里同辈的其他几个兄弟一样汲汲营营钻研这个那个的，想着功成名就，想着赚钱，他倒好，就顾着玩。到而立之年啦，还不肯安定下来。”

乐言道：“奶奶，小五现在不是也挺有出息的吗？您不知道他现在人气多高，微博上有一百万的粉丝呢！不光是拍一张照片抵人家一月的工资，我听说还有唱片公司争着抢着要签他的乐队，这些都是他的本事呀！再说他现在不是还有和美这么好的女朋友，也算是稳定下来了。”

老太太点头，抬眼打量和美，越看越喜欢，拉住她的手道：“包饺子想不想学？咱们今天吃饺子，走，跟我一块儿包。”

和美高兴极了，扶着老人家到厨房去，学着和面、擀皮、剁饺子馅，弄完后把整个案板都搬到院子里的石桌上，高月、梁知璇她们也都来帮忙，几个女孩围着老太太边包饺子边聊天。

穆嵘又睡了很久才起来，真是要被酒精害死了，喝一点儿就跟吃了强力安眠药似的，能睡一天一夜，第二天头还疼得不得了。

他来时也没人管他，但床头有醒酒药和热水，八成是和美那丫头给他准备的，还挺贴心。

吃完药头没那么疼了，他打开手机的微博客户端，发现前两天发的早餐九宫格的那条微博已经转发过万了，还有人一直关注前面一条关于邻居的收纳技巧那个，问得最多的就是跟邻居在一起了吗？

邻居是男是女貌似不是很重要。

他叹口气，再刷刷朋友圈，照例看到的是沙锤的大脸和柳闻莺的动态。

他本来是想直接屏蔽她的，但又怕她出什么幺蛾子，干脆亲自盯着她点儿。

最近她好像跟沙锤走得很近。

这个女人……他冷笑，难不成要把整个乐队的人都睡一遍才甘心？

他把那天和美做的蛋糕和点心的照片又单独发了条微博，什么也没写，让大家猜去吧！

他火大地掀起被子下床，下楼就见高月在呼朋引伴："哎，快来快来，三缺一啊，开战垒长城了啊！小五你来不来？不来让和美上了啊，输了算你的，赢了算她的。"

这是要打麻将呢。

他一不留神就见和美已经上了桌，乐呵呵地跟着洗牌呢！

见他起来了，她抬头问的第一句话是："你来啦，吃药了吗？"

这话问的，弄得他像神经病似的，不吃药还不能下楼了是吗？

他本来就有起床气，这会儿便不满地嚷嚷："你们是想赚日元吗？合起伙来欺负一个外宾算怎么回事儿啊，要打我陪你们打！"

果然睡过了就是不一样啊，这简直是变身护妻狂魔了。高月笑眯眯地说："你要打是吧？行啊，和美你去更新他的微博，他的微博密码是……"

"喂！"穆嵘崩溃了，都这么久没见了，表姐居然还知道他的密码！

和美安抚他道："没关系的，我也想玩一玩。"

她这回出来本就是游历，什么有趣的事情都尝试一下，这也没什么不好。

其实和美在家里也见过爸爸妈妈和朋友打牌，和中国的麻将差不多，只是玩法有些不同。所以她并不是完全不会，高月和俞乐言跟她讲了一遍规则她就明白了。

穆嵘不忍心看她被欺负，到厨房去转悠了一圈，看看有什么东西能填饱肚子。

他叼着一块曲奇饼回来的时候，本以为和美已经输得连裤子都没了，谁知她拉开身前的抽屉给他看："我赢了这么多。"

高月她们在旁边笑道："果然新手的手气最旺，挡都挡不住。"

穆嵘才不信邪，明明是因为和美坐在顺风位，于是把她推到一边去："看我来给你示范一下。"

结果手气差得没输了裤子。

梁知璇也在桌上，他怯生生地看她一眼。她难得心情好，嘴角一直挂着笑，也没说什么。他觉得挺没面子的，跟高月悄悄地商量能不能赊账，高月扬声就喊："和美，小五的微博用户名是……密码是……"

"啊啊啊啊，我给我给，好姐姐你别喊了！"

亲情的小火苗说灭就灭。

和美还记得他小时候酒精中毒的童年阴影，利落地把他换下场，又一点点地赢了回来。

穆嵘去找老太太诉苦。白天家里来了客人，是二老以前的老战友，老太太兴致挺高的，多聊了几句，大概累了，早早地就回了房间，但这个时间应该还没有睡觉，房间里的灯还亮着。

老太太靠在躺椅上，听穆嵘抱怨被娘子军围剿的时候就乐了，手指点了点他的脑门道："现在知道厉害了吧？要不要我给你报仇？"

"真的？那您可得帮帮我，我知道您宝刀未老！"

老太太笑道："我今晚的药还没吃，等我把药吃了就下楼去。"

穆嵘道："行啊，我帮您去倒点热水。"

"嗯，去吧！"老太太伸手去翻旁边斗柜上的药盒，"我的药呢……"

穆嵘拿着保温杯下楼接了些热水，瞥了一眼摆了麻将桌的房间，和美正像模像样地摸牌呢。

他笑了笑，一心一意等着老太太下来教他两招好反败为胜，看她们还怎么嘚瑟。

老太太的房间里有种异样的安静，穆嵘推门进去的刹那就看到她人倒在地上，药片洒落在身旁。

“奶奶！”穆嵘放下手里的杯子冲了过去，俯身查看，老人家几乎没有了心跳。

“奶奶……”他的声音哽在喉咙里，巨大的悲痛化作热流涌进眼睛里。他什么都顾不得，一边奋力做心外按压，一边大喊：“来人，快来人！奶奶晕倒了！”

老太太被送到医院，被医生诊断为脑溢血，抢救了一天一夜，还是没能留住。

穆嵘跟车送老人家到的医院，其他人赶到的时候，他已经不知在抢救室门外站了多久。

老太太最后走的时候已经不认识人，也没法说话了，只有老爷子陪着她。儿孙们进去，只能说一两句话，看看她老人家就退了出来。

穆嵘看着她瘦削深凹的轮廓，总觉得她好像什么都不知道了，却又什么都很明白。

和美从没见过如此憔悴伤感的穆嵘，他站在病房外，身上穿着被汗水浸湿的衣服，红着眼睛望向她时，脸上分不清是汗水还是泪水，湿漉漉的。

她递给他一张纸巾，又递给他一瓶水，他没有伸手接，只是愣怔地说：“奶奶走了。”

“我知道，但你已经做了你能做的。”

穆嵘动了动嘴角：“如果我不是那么晚还去打搅她老人家，她就不会出事了。”

“穆嵘……”和美肃了肃神色，“你千万不要这么想，奶奶也绝对不希望你这么想。”

生死有命，他们大家都知道老太太最近身体状况很不好。

他是最后一个跟老太太生前近距离接触的人，会有这样的愧疚心理其实也很正常，她只能尽力开导他。

好在穆嵘也不是那种钻牛角尖的人，她温言软语的几句话，让他心里没那么堵了。

他们并排坐在医院走道的长椅上，和美道："听说等救护车的时候是你给奶奶做的心外按压？你好厉害，怎么连这个都会？"

他苦笑："我经常在外面跑，也遇到过在列车上、在登顶拍日落的山道上突发急病的人，学一点急救的技能总有用得上的时候。"

没想到有朝一日会用在至亲身上，却还是没能把人留住。

"那你也教教我好不好？我现在也经常外出，满世界到处跑，也总有能用得上的时候。"

"你不是有个学医的哥哥，还有个当医生的男神？这些东西还用得着我教？"

他拆穿她总是毫不留情，她笑了笑。

穆嵘却回头看她，握了握她的手："谢谢你，我感觉好多了。"

穆峥在走道的另一端，跟梁知璇不知说了什么起了争执，两人拉扯起来，他几乎将梁知璇大半个身子推出窗外。

高楼窗下犹如深渊，如果坠楼不堪设想。穆嵘连忙跑过去拉开穆峥，怒目道："你干什么，你疯了吗？"

和美扶住梁知璇，跟穆嵘将他们远远拉开。

穆峥道："我跟她的事，轮不到你来管！"

"是啊，我也不想管。"穆嵘看了一眼对面瑟瑟发抖的梁知璇，对穆峥道，"要不是奶奶这会儿还躺在里面，我压根儿就不想管你。你总觉得我在演戏，我看你带小璇回来才是为了演戏吧？怎么，老太太尸骨未寒你就演不下去了？演不下去就欺负人？你这天下无敌的大人物原来也就这么点本事？"

话音刚落穆峥就一拳打过来，正中他的脸颊，他也不客气，立马回敬一拳，兄弟俩就这么打了起来。

"别打了，快住手！"和美跟梁知璇异口同声，然而他们根本没听到。

和美只得松开原本挽住梁知璇的手臂，上前按住了穆嵘的肩膀，不知道是怎么施力的，硬是将他甩到身后去，然后用身体撞开了穆峥，转身一个回旋踢……

"和美！"梁知璇出声时穆峥赶紧躲开了，和美也刚好收势，踢高的脚面离穆峥的胸口只有一掌的距离。

穆皖南其实就在不远处，这时大步流星地走过来呵斥两个弟弟："你们俩闹够了没有，还嫌家里的事不够大的？非得老爷子拿鞭子抽你们一顿就舒坦了，是不是？"

穆峥挣开被他拧住的手，看了穆嵘一眼，冷哼一声转过身，头也不回地走了。

和美跟穆嵘坐在长椅上，她把从护士那要来的冰袋放在他的脸颊上说："这个你自己按住，可以消肿的。"

穆嵘接过来，闷声说了句谢谢。

和美道："你别用那种眼神看我，我又不会打你。"

刚才她出手只是为了阻止他们哥俩打架，他这种眼神看她是什么意思？

"我哪有……"穆嵘一说话就扯到脸上红肿的部位，疼得直抽。

好吧，有那么明显吗？他脑海里的确是一直反复回放她刚才那个回旋踢的动作，庆幸她是收放自如的高手，不然亲哥挨一记窝心脚该有多疼啊！

虽然他也活该。

"我是不是管闲事了？"和美垂首坐在那里，稍稍有一些沮丧，"毕竟这是你们家里的事，我不应该管。"

"不该管也已经管了，何况小璇不是我们家的人，我哥欺负她，不算是家事。"

他不怪和美，要怪只怪他们兄弟二人在处理问题的方式上各有各的不成熟。

和美不解地问："奶奶去世不是梁小姐的错，你哥哥为什么要怪她？"

穆嵘神色复杂地笑了笑："因为他认定是小璇的妈妈害死我们的妈妈，所以恨不得把我们家所有人的生老病死都怪在她一个人的头上。"

见和美露出惊讶的表情，他摇摇头："不过是父母那辈人的一笔糊涂账，其实跟小璇有什么关系？那时候她还没出生呢！"

欲加之罪，何患无辞。

不知不觉又跟她说了很多，她一定也觉得累了。穆嵘站起来摸了摸她的头，轻声道："接下来有的忙了，你可以在北京城里到处去逛逛，不一定非要守在我这。反正老太太也不在了，就不用再演戏了。"

和美抬起头："不，我也可以帮忙的。"

穆嵘弯下腰道："这回真的就是家务事了，家里的老老小小都要赶回来，有的是人帮忙。不过你放心，我答应帮你的事照样算数，等我忙完这阵子就会兑现。"

和美站起来："你以为我要留下来只是因为这个吗？你未免太小看我了。"

虽然她和老太太只相处了几天，但穆奶奶这些天对她的友善和关爱不是作假的，点点滴滴她都记在心里，不可能在老人家突然离世之际无动于衷。

她是真的想尽一点绵薄之力，可穆嵘居然认为她只是因为两人之前谈好的条件才想留下的。

她心里很难过，那种感觉很微妙，好像不仅仅是为老人家的去世，更因在他眼里她竟然是这样一个人。

她背起双肩包，离开时对穆嵘道："那我就不打扰了，我也不想留下来做一个不受欢迎的人，所以我打算听你的，到处去逛逛。"

她那么明显地生气，穆嵘不可能感觉不到，但也不觉得自己有哪里说错，哄也不知从哪哄起。

再说他为什么要哄她呢？他们又不是真正的男女朋友……

和美回到自己的小公寓，几天没回来，屋子里已经有了灰尘。她踢掉鞋子，二话不说卷起袖子里里外外做了个彻底的大扫除。在厨房看到罐子里那些没有用完的生米粉和炒好的青豆粉时，忽然又想到那天在穆家大宅里，所有人围着老太太吃果子和包饺子的情形。

眼泪吧嗒吧嗒地落在橱柜的台面上，她抬手抹了抹，有些颓然地坐在椅子上，一点力气都没有了。

第四章　每句情话都可口

和美做了新的和果子：薄糕切三角，裹豆沙叠起，如春衣一样美；软糕里夹梅肉，用手揉成不大规则的梅子形；用家里带来的味增做了味增松风，再加上蛋黄混合馅料蒸出的表面满是裂纹的黄身时雨，刚好够装满一个大点的点心盒子。

然后她意外地在菜市场看到有箬竹卖，一问果然是端午包粽子用的，立马买了一些带回去，又单独做了一小筐粽子。

当然造型跟中国传统的粽子有些不同，她包得长而尖，每六个捆到一起，像两把小小的扫帚。

她想了想，穆家好像有青花瓷的杯盘器具，她就不用专门带了。

今天是老太太的葬礼，她做的这些果子作为手作礼物是很得宜的，和果子也可以用于祭奠。

其实冷静下来想一想，她又觉得那天不该跟穆嵘怄气，毕竟他刚刚失去一位至亲，心里肯定不好受，而这世上除了生死之外都是小事。

所以，她决定带着十二分的敬意和抱歉去参加葬礼。

老太太生前早就交代过身后事要从简，葬礼也只邀请家里人和至亲好友参加。但穆家的地位和盘根错节的人际关系摆在那里，即使只有往来亲近的人来参加，也着实有不少人。

花圈挽联摆在门口，家里子孙后辈有的在门前接待客人，有的跟老爷子一起在殡仪馆里间陪着老太太的遗体。

一辈子恩爱相守的伴侣去世，曾经的铁血硬汉也伤心得不能自已，好几天没有好好吃过一顿饭，也没安安稳稳睡过一个觉了。

穆嵘从车上下来，手里拎着保温桶。老爷子没胃口吃东西，早晨他特意熬了些鸡肉粥带过来，希望他多少吃一点，否则晚一点大哥他们招呼亲友去吃饭，外面饭店里的食物老爷子就更不肯碰了。

以前老太太在世的时候，只要说是小五做的菜、熬的粥，二老无论如何都会捧场吃一点的。

他走到门口，穆皖南拦下他道：“你有朋友来了，随了份子、送了花圈，你去跟人家打个招呼，吃的就让你嫂子先拿进去。”

说完就接过他手里的东西，递给了一旁的乐言。

其实不用想都知道来的是乐队的几个兄弟，还有柳闻莺，她在人情世故上一向八面玲珑，否则也不会这么年轻就在那么复杂的圈子里身居高位。

“来了？到里边坐吧，外面热。”在这种特殊情况下他也不跟她计较了。

大家都看着他不说话，只有沙利文问他道：“小五，你还好吧？”

他们都很清楚穆峥、穆嵘的亲妈去得早，老爸又是个不管事的，娶了新老婆之后对两个孩子也不是那么上心，穆峥从小就在寄宿制学校上学，而穆嵘的少年时期有一大半是在穆家大宅度过的，老太太是他最亲近的亲人。

现在老太太走了，他肯定伤心。

穆嵘脸上倒看不出什么：“没事儿，我还撑得住。”

他在奶奶跟前尽了那么多年的孝道，还带着和美回来让她宽心，最后又亲自跟车送老太太去医院……其实没有什么遗憾了。

至少比他失去妈妈那一回要好得多。那时他不仅失去母亲，还失去了父亲，手足情深依旧，但穆峥仿佛一夜之间长大，就像变成另一个人一样，他却永远停留在那年，再也没有长大过。

那年他失去了整个家庭，身边却连个安慰他的人都没有。

现在真的不算什么。

沙利文悄悄地问他：“南城的音乐节就在下月举办，咱们还去吗？你要不方便就不去了，反正以后还有机会。”

“去啊，为什么不去？等我家里的事忙完就该排练了。”穆嵘见他还避讳柳闻莺，笑了笑说，“她又不是不知道我们的动向，你跟做贼似的干吗？”

沙利文撇撇嘴：“我这不是怕你生气吗？”

让她一块儿来参加葬礼他的心里就打鼓，但这种事人家说也要尽份心，他也实在不好拦着。

柳闻莺上前来道：“不关沙锤的事，是我自己要来的。奶奶生前对我们大伙儿都很好，我们理应来送她一程。”

“这种冠冕堂皇的话就不用再说了，我没说不让你来。”穆嵘看了看远处，“南城音乐节我估计也少不了你，要跟就跟，我没意见。”

“我不白跟的，我会给你拉到赞助的。”柳闻莺脸上始终挂着淡淡的笑意，“我知道你不在乎钱，但你也得为其他人着想。小欧在创业期，强子结婚需要钱，你也知道咱们这里买套房有多贵。”

穆嵘蓦地回头看她，她又道：“音乐是梦想，梦想能产生收益当然更好。”

沙利文眼见气氛又紧张起来，赶紧上前挡在两人中间说：“这事咱们再商量，今天先不说这个。对了，那个日本丫头呢，怎么没看见她？”

“她有事儿忙。”穆嵘搪塞过去。

柳闻莺的笑容里多了一丝不明的意味：“我听说她跟你回家为奶奶祝寿，奶奶应该很喜欢她吧？”

穆嵘狠狠瞪了沙利文一眼，他无辜地辩解：“我什么都没说。”

柳闻莺道：“是你大哥告诉我的。”

这个大嘴巴……穆嵘简直无力吐槽自家大哥，难道是年纪大了嘴碎吗？怎么什么都对外人说。

当然他自己也觉得失算了，就不该让和美离开。这么重要的场合，作为他带回家见家长的女朋友却不出席，实在说不过去。

只要说了一个谎，就需要用另外九个谎去圆，虽然情非得已，但做戏做全套也是个节操问题。

老太太不在了，还有老爷子，还有他那个不怎么管事的老爸和后妈，以及家里的兄弟姐妹。

甚至连小侄子疙瘩都不肯放过他，一直问他：“五婶婶去哪儿了，怎么不见了？”

认识这么久，他头一回真正想念那个丫头。这种感觉很陌生，除了乐队缺人的时候，他已经很久没有过这种“假如某个人在身边就好了”的感觉了。

他的好多“第一次”都葬送在这个丫头手里，难道她不应该对他负责吗？

穆嵘走到殡仪馆的休息区，老爷子果然还是不肯吃东西。他抱着保温桶坐下劝道：“爷爷，这粥是我亲自煮的，您多少吃一点吧。”

柳闻莺从身后走过来：“穆爷爷，好久不见了，您还记得我吗？”

老爷子抬头看了她一眼：“嗯，记得，你以前是小五乐队里的那个姑娘。好多年没见了。”

“是啊，以前还常到您家去排练，没少打搅你们。”柳闻莺在他身侧蹲下，“奶奶不在了，您更要保重身体。”

“嗯，你们有心了。”

柳闻莺就跟老爷子有一句没一句地聊了起来，不得不说她安慰人很有一套，居然说服他把舀出来的粥吃了一小碗。

穆嵘莫名有些烦躁，找穆峥要了支烟到门外去抽。

要点火的时候才发现忘了拿打火机，旁边有人恰到好处地点起了火，递到他跟前，正是柳闻莺。

烟倒是点着了，他一口吸得太猛，呛咳起来。

柳闻莺笑道：“看来你还是不习惯抽烟。”

她自己也点了一支，靠在旁边的墙上吞云吐雾。

“别说得好像你很了解我似的，我跟你也不是很熟。”

“睡过也不算熟？”

穆嵘吓得烟差点掉地上，狠狠道：“你别信口雌黄，咱俩那晚什么都没发生！”

柳闻莺笑得云淡风轻：“是不是如果当时真的发生点什么，你就会接受我了？”

不知为什么，穆嵘就是受不了她这样深情款款的样子。他对男女之情不上心，不等于他真的什么都不懂。柳闻莺喜欢他，可他早就跟她说得很清楚，他对她没有感觉。

很多年前柳闻莺过生日请大家吃饭，盛情难却，他实在推不开喝了一杯啤酒，当晚就不省人事，醒来的时候竟然发现跟她躺在同一张床上。

那种尴尬就不提了，他一辈子也忘不了。幸好他醉倒了之后直接睡死过去，没法做什么。

后来她跟乐队的鼓手赵栋在一起，半年以后就谋得了唱片公司的高薪职位而离开乐队。赵栋和当时的键盘手小光也相继离开，五个人的乐队一下子走了三个，相当于解散了，这个打击对他来说是毁灭性的。

当年柳闻莺加入的时候他不是没犹豫过——乐队的性质比较特殊，五个人是一个整体，男女搭配可能擦出火花来，万一有什么感情纠葛帮谁都不合适，无形中就分崩离析。可偏偏柳闻莺的吉他弹得那么好，也很有管理能力，他也有点侥幸心理，就把她给招进来了，结果后患无穷，糟心到现在。

“那个日本姑娘比我好吗？你们也不过是萍水相逢，你却让她加入乐队，还带她回家，我想不到任何值得你这么做的理由。是她吉他弹得比我好，还是你们已经上过床了？或者这根本就只是一个障眼法……为了避开我和应付你的家人，你随便带个女人回来，刚好就是她。”

现在的柳闻莺比学生时代更加咄咄逼人，这样面对面的质问，戳到了他的痛点。他大概实诚惯了，竟然没办法看着她的眼睛脸不红、心不跳地撒谎。

她把他逼到墙边，脚下的高跟鞋让她的身高只比他矮半头，抬起眼就能平视他。

她嘴里的烟圈吐出来全都喷到他的脸上，用沙哑而温柔的声音说：“我不要你的乐队，穆嵘，我一直想要的都只是你。除了你，我什么都可以不要，真的……你不明白，我什么都可以不要的。”

她似乎话里有话，眼里的哀戚让他有刹那的愣怔。

有什么事是他不知道的吗？可穆嵘一时想不明白是什么意思，她已经仰起头要吻他了……

“你们……在做什么？”

和美的声音这时候简直宛如天籁，像解开了魔咒似的，穆嵘一下子清醒过来，推开柳闻莺就跑过去。他一把抱住她，像是后怕又不无哀怨地说：“你怎么才来啊？”

和美被他这一抱给弄蒙了，还不知道自己被当作了护身符，只是本能地伸手在他背上拍了拍：“我做了新的果子带过来，所以耽误了点时间。”

他们之前不是在闹别扭吗？他还嫌她来晚了是什么意思？

穆嵘也不知道自己怎么突然变得如此奔放，一把就将人家给抱住了。不过抱住之后心里如此踏实，索性收紧双臂抱得更紧了，脸颊在她短发上蹭了蹭。

她身上那种如点心般甜软的香气很好闻，他深吸口气，像是很享受这种味道。

和美仿佛看到他身后有条毛茸茸的大尾巴翘得老高，还摇个不停。

见不远处的柳闻莺变了脸色，和美大概知道穆嵘为什么是这个反应了。

不会吧，难不成刚才她撞破的是柳小姐在霸王硬上弓啊？

她目光回到他身上：虽然弱者值得同情，但一个身高一米八的大男人被女孩子欺负也真是够了。

好不容易摆脱了柳闻莺，穆嵘就像绑定了和美似的，走到哪儿都带着她。

她不忘诚心地跟他道歉：“对不起，你家里发生这样的事，我还跟你发脾气，是我不对。其实我知道你没有瞧不起我的意思，是我自己太着急了。”

穆嵘都想不起来他们那天因什么闹别扭了，但她既然这么说了，他的态度还是要有的，昂起头嗯了一声：“那你打算怎么补偿我？”

和美想不出来：“你说呢？”

他盯着她手里精美的点心盒子，身后的大尾巴又摇了起来：“这是什么，好吃的吗？”

“噢，是我做的和果子呀，要作为礼物送给你们的。”

于是他就不客气了，代表穆家收下这份大礼，又推着她去见家里的其他人。

老爷子见了她，眉头也舒展开几分，还吃了她带来的一个小粽子。

“这么漂亮的果子都是拿来做祭品的？”

“算是礼物吧，喏，你可以吃。”她把其中一个盒子推给他，“还有粽子，加了点黑糖，味道可能跟你以前吃到的不大一样，你也尝一尝。”

终于可以吃了，就等她这句话呢！穆嵘拿出手机打算先拍照再吃，和美却说：“你直接吃吧，我已经拍过了，而且这里还有很多。”

她拍拍身旁的另一个礼盒，又把手机里的照片调出来给他看：“我还发了微博，你能给我点个赞吗？”

果然“士别三日当刮目相看”啊，这就学会发微博了！

“谁教你的啊？你中文都认不全，还学别人发微博？”

“高月姐教我的，其实也不是很困难啊！中文我会好好学的，别担心。”

他哪儿是担心啊，是要吐血好吗？表姐真不是一般的狠，也不知这么多年来姐夫是怎么挺过来的。

和美的微博粉丝和关注各一个，分别是微博小秘书和他。他偷偷瞄了一眼，不想跟她互相关注，只好选了悄悄关注。

因为照片拍得实在不怎么样，摆拍都拍成这样，滤镜也不会用，他都不好意思吐槽她。这是什么风格，“空手道黑带风”吗？

她还指望他帮她点赞！

老太太火化之后入土为安，善后的事宜由八面玲珑的大哥大嫂处理，穆峥忙着跟后母争夺公司的实际控制权，斗得不可开交。

穆嵘不愿插手这些事，留在穆家大宅里给老爷子做饭。

和美一边给他打下手，一边还不忘记录各式菜肴的做法。

穆嵘早早地就在火上炖了青红萝卜龙骨汤，然后把剁好的猪肉跟调料混合搅拌，搓成圆形之后在泡好的糯米里滚一圈再上锅蒸；又把事先抹好调料腌入味的仔鸡放进预热好的烤箱里，烤熟之后再撕肉去骨。

和美尤其对白白胖胖的肉圆感兴趣，问他："这是什么做法，有名字吗？"

他也不介意她偷师，跟她讲解道："当然有名字了，这叫珍珠丸子，做起来不难，但口感很好，不像一般的肉圆那么油腻，最适合老人吃。再说这个烤鸡，禽类不像猪和牛，没有皮下脂肪，它的脂肪直接和皮连在一起，有的人不喜欢那种滑腻的口感，比如我奶奶，但偏偏老爷子爱吃。所以我喜欢烤熟之后再去骨，省事儿，而且皮肉可以分离，表皮烤透之后渗出了油和水分，口感也变了，奶奶多少也愿意吃一点。"

只是现在老太太走了，再也没有人跟老爷子分享了。

等烤鸡出炉的空当，穆嵘又转头问和美："会做蛋包饭吗？"

和美道："我爱吃。"

这意思就是不会做喽？穆嵘叹口气："蛋皮总会煎吧？来，我教你。"

他起了油锅，把胡萝卜丁、豌豆粒和火腿丁炒熟，加了饭炒到颗粒分明之后，再加盐和番茄酱，整个过程一气呵成，香气浓郁。

和美抻长脖子看，他拿出一口平底锅差点砸到她的头："用这个摊蛋皮，快点。"

说起来容易，蛋皮的火候不好掌握啊！她以前不是没尝试过，不是煎煳了，就是撕破了。

穆嵘教她控制火候和油温，又手把手地教她拿起平底锅轻轻晃动，把蛋液摊平。他人高手臂也长，从她身后伸手过来就像把她圈在怀里一样。

和美心跳加速，思绪也跟着那平底锅左摇右晃。

穆嵘用筷子掀了下，完整的蛋皮居然就煎好了。他把炒好的饭倒上去："看到没，也不是很难啊！"

这不是日本最家常的料理吗，她居然都不会做！说好的"出得了厅堂，下得了厨房"呢？

和美被食物的色香味打败了，跃跃欲试道："我来把饭包起来。"

一折，再一折，表面上用番茄酱稍稍做了装饰，蛋包饭就做好了。

穆嵘端着两菜一汤上桌，和美就端了蛋包饭，只有他们两个人陪老爷子吃饭。

偌大的房子里有种说不出的冷清寂寞。和美看着为老爷子舀汤的穆嵘，觉得他的无为反而有另一种温柔，是在其他几位哥哥身上都不曾见到过的。

“今天的菜都是我烧的，这个蛋包饭是和美做的，跟咱们传统的酱油炒饭、扬州炒饭不一样，爷爷您一定要尝尝。”

为了让老爷子多吃一点，他也是用心良苦，还拉上了她。

虽然不大好意思邀功，但和美乐于配合：“是啊，爷爷，您尝尝，好吃的话我以后还给您做。”

有了这次的经验，下回她应该能独立地做一份蛋包饭了。

老爷子点头，筷子指了指菜盘：“你们也吃，多吃一点。”

吃完饭，和美见做好的珍珠丸子和锅里的汤都还有，就问穆嵘：“这些能让我带一点去给梁小姐吗？”

穆嵘愣了一下：“给她干什么？”

“你忘了那天在医院里，她跟你哥哥吵架的事了吗？她身体不大好……我想去看看她。”

穆嵘垂眸：“你是怕她继续被我哥欺负？”

和美默认了。那天梁知璇半个身子都被推到窗外的场景太触目惊心，他们都看到了，假如穆峥松手，她肯定就掉下去了。这样的情景让她意识到也许穆峥和梁知璇并不如表面上看到的那么要好，朋友一场，她多少是有些担心的。

穆嵘笑了笑：“他们在一起是互相折磨，只要一天没分开，我们做什么都无济于事。不过你暂时不用担心，她已经回南城去了，在奶奶葬礼那天走的。”

“南城？”

“嗯，她是南城人，我哥的生意大部分都在那边。”

见和美若有所思，他继续道：“你要不放心，过几天我们再去看她。反正马上南城音乐节就要开始了，乐队要到那边去演出。”

和美惊讶道：“你也要去吗？”

“瞧你问的，我是主唱，主唱能不去吗？不单是我，你也得一块儿去。”

"我？"

"对啊，来吧！"他拉起和美的手腕，"排练去！"

到了排练场地，和美差点被巨大的音浪给掀翻。

坦白说，这还是她第一次到这种艺术园区来看乐队的现场排练。

背着琴的穆嵘笑了笑："傻眼了吧，别说你没来过，连我也是第一次来。"

和美大声说："为什么呀，你以前没来过吗？"

"不敢这么烧钱，以前就是租个旧仓库。现在有赞助当然不一样了。"

穆嵘也不多说，把她拉到众人面前介绍道："这位就是你们一直好奇的薄叶和美，咱们的临时领队。这是沙锤，你认识了，这位是键盘手小欧，强子是鼓手，主音吉他手大白跟你一样是新人，还有就是我。"

和美跟他们一一握手，大白又高又胖，手里还拿着袋薯片在吃，和美赶紧换了只手，他抓住摇了摇："你的手好小啊。"

好萌啊。

可能乐队太久没有女孩子加入了，和美一来就特别受欢迎。穆嵘给钱让她去买下午茶，她奉命去买了饮料和点心回来，几个大男人还没练几首歌呢，一下就散了，自动进入休息时间，边吃吃喝喝边围着她问长问短，连沙锤都一脸好奇地蹲在她身旁聊个没完。

这几个家伙平时自由散漫也就算了，今天围着和美不停地问这问那，让穆嵘很火大。

"起来起来，都干吗呢？有空去给各自的家伙调调音，才多久没练啊，乐器都走音了！"他给坐着的几个人每人屁股上一脚，把他们都轰走了。

沙锤他们都了解他的秉性，被他这么一踹就乖乖跑了。只有大白还坐在那儿跟他大眼瞪小眼，无辜地说："我给和美看手相，还没看完呢……"

看你个头啊！穆嵘看了看和美展开的手心，咬牙对大白道："你的芝士鸡柳还吃不吃了？不吃要被沙锤他们瓜分完了。"

"吃啊，吃啊！"没什么比吃更重要了，大白站起来，边跑边喊，"沙锤，小欧，给我留一点儿！"

他块头太大，跑得地板都在震。穆嵘看着他的背影像目送哥斯拉似的，回头居高临下地问和美："你喜欢这样的？"

"什么？"她根本反应不过来。

穆嵘无语，摆摆手："算了，你今天到这来干什么，能不能做点实际的？"

"我不知道。"和美有点茫然地偏头看了看他，"不是你让我来的吗？"

是啊，但是让她干什么来了，他也没说啊！

"那你也不能光顾着聊天啊！"

穆嵘忽然想起柳闻莺好像提过这丫头也会弹吉他，于是顺手把自己的琴递给她："你不是也会弹吗？就坐这弹琴。等会儿要是柳闻莺来找我们，你就让她等我们排练完了再来，千万别走开知道吗？"

"为什么？"

穆嵘总不好说因为怕被那个女人非礼，所以要留她在身边做保镖吧。只好吓唬她说："这里太偏僻，周围有很多坏人，我怕你吃亏。"

和美心想遇见还真不知道是谁吃亏，不过他一心保护她，她还是挺感动的。

她接过他的琴，他这把吉他少说也值几千块，拿在手里质感都不一样。她小心翼翼的，生怕不小心给弄坏了，问道："琴给我了，那你呢？"

"我先唱，没琴也不要紧。"他是节奏吉他手，他们主要是培养其他几个人跟新人大白的默契。

其他几个人见穆嵘把琴给她了，一个个的表情都变得微妙了，面面相觑，想说的都是一句话：穆嵘居然让她碰他的琴！

只有和美浑然不觉，抱着吉他坐在那里看他们排练。

不得不说穆嵘认真投入做一件事的时候跟他平时的样子截然不同。他站在那里，脚尖轻轻踮起又落下，数着音乐的节拍，眼神原本是安静内敛的，开唱的时候却突然明亮又狂放起来。

歌声悦耳。男人诉衷情也有许多方式，但摇滚一定是其中最为浪漫的一种。

他不颓废、不歇斯底里，好像身体里有喷薄而出的能量，却又收放自如，在没有任何灯光舞美的空旷地界仅靠歌声就能打动人。

他像大师一样轻易颠覆了她过去那么多年对摇滚和音乐的偏见，又像一个至真至纯的少年，举手投足间就将这世间最美好的东西捧到她的面前。

她想起他微博里那张为他带来超高人气的照片，难怪那么多人被他吸引，也许不仅是帅、不仅是有范儿，更是因为他这种自由奔放的台风和歌声让他跟很多人的梦想融为一体。

男人想成为他，女孩希望另一半的样子像他。

他的琴在她的怀里，她的指腹碰到琴弦，不知怎的竟觉得弦上有滚烫的温度，不敢触碰，却又想触碰。

唱完三首酣畅淋漓的歌，每个人都挥汗如雨。

穆嵘看向她，黑色的瞳眸跟额际浸透汗水的发丝一样乌亮，性感得使她无法直视。

心里有头小鹿在乱撞，她抱紧他的吉他，想把那头小鹿压制住，手指无意识地拨动琴弦，声音就这样流泻而出。

乐队其他人就像发现新大陆一样，又都围过来，盯着她瞧。

她有点窘迫地站起来："我弹得不好，你们别……这样看着我。"

沙锤他们都摇头，弹得怎么样那都不重要，重要的是穆嵘居然肯让女人碰他的琴！

穆嵘不过是去洗手间洗了把脸，出来就见那几个家伙又围着和美，一脸陶醉地听她弹琴，大白居然还不怕死地抱着吉他在旁边给她和音伴奏。

也真是够了。

穆嵘这次不轰他们了，直接拉起和美就走。

她一路上踉踉跄跄的，还要顾着怀里的琴——万一要是摔坏了，就算把她卖了，也赔不起吧。

穆嵘把她拉到外面的绿地上去，离开空调环境的刹那，夏天的热浪滚滚而来。和美抬手挡了一下阳光，不解地问道："你拉我出来干什么呀？"

"不干什么，把话说清楚。"穆嵘双手叉在腰上，"我的乐队很久不接收女成员了，你是个例外。我不要求你这个临时领队做得多么到位，只要别给我出什么幺蛾子就行了。"

和美不明白："什么叫'幺蛾子'？"

"就是不准跟乐队里的任何一个人交往。"

包括你吗？和美本来想问这个的，后来想想柳闻莺的遭遇，好像不用问也知道答案是肯定的。

"还有，我之前跟你说过这次我们到南城去参加音乐节，你要跟我们一起去。"

她愣了一下："我必须去？"

"当然了，领队都不去像话吗？你得负责我们的行程安排，衣食住行。"他看出和美的犹豫，"怎么了，你在这边还有事？"

她点头："要去多久呢，我还要做兼职呢。"

穆嵘吐血："你那个扮大笨熊的工作还没辞？"

"不是大笨熊，是熊本熊。"和美耐心地纠正他，昨天她还去上班来着。

穆嵘受不了："你到底有多缺钱，这种工作也做？"

"我要付房租。"

噢，想起来了，她那所小公寓跟他一楼之隔，他去过一次，收拾得挺干净、挺温馨的。他想了想："这好办，你的房租我帮你付，你在中国待一天，我就帮你付一天，就当给你发工资好了，怎么样？"

其实根本没多少钱嘛！

和美觉得这样也不错，在哪儿打工对她来说没什么区别，跟穆嵘他们在一起体验的肯定比她现在的兼职要丰富许多。

而且要去南城啊，她可以见到程东了。

她抿唇笑了笑，穆嵘也不知她想到了什么，但莫名地看到这个笑容就觉得很不爽。

直到出发要去南城的时候，他看到她居然带了那个RB的吉他包。还以为她终于想通了要把这个包送给他做装备呢，没想到她一直小心谨慎地护在自己身边，完全不让其他人染指，他才恍然大悟："不会是你要送包的那个人就在南城吧？"

和美笑道："是啊，很巧吧？"

怪不得她这么干脆就答应跟他跑一趟，原来都盘算好了。

穆嵘内心的不爽在蔓延，没好气地说：“先申明啊，咱们说好的，这回你得寸步不离地跟在我身边，别想假公济私跑到别的地方去。”

他们什么时候说好了？和美皱了皱眉头：“男女授受不亲，怎么寸步不离呀？睡觉、上厕所也在一起吗？”

“除了这两样以外的其他时间都得在一起！”穆嵘有点恼羞成怒，凑到她耳边压低声音，手往后指了指，“你没看到谁跟来了吗？”

和美回头一看，正好对上柳闻莺的视线，两人都笑了笑，她转过头道：“那么多人，柳小姐不会把你怎么样的。”

她可算明白了，原来他怕的是柳闻莺啊，拉她这个护身符在身边是要当保镖使唤呢！

空手道黑带出场费很贵的，她要坐地起价吗？

南城比北京还热。夜里气温或许没那么高，但湿度很大有点闷，走两步就觉得身上黏糊糊的。

机场外有商务车来接机，直接将乐队一行人送到酒店。

沙利文在后座拍拍穆嵘的肩膀道：“嘿嘿，咱可从来没有过这种待遇。”

穆嵘戴着墨镜没摘下来，嗯了一声，也不知在想什么。

酒店安排的是一人一个房间。沙利文又振臂高呼：“太好了，终于不用忍受大白的呼噜声了。”

穆嵘叹了口气，看了看手里的房卡，又探头过来看和美的：“你住哪间？”

反正他们的房间离得够远的，中间隔着好几个房间，可他偏偏被安排在柳闻莺的房间旁边。

酒店的服务生帮众人提行李。穆嵘的琴是无论如何都不让别人碰的，坚持自己背，然后拎起和美的箱子道：“走吧，我送你到房间。”

其他人的眼神都变得暧昧起来——多浪费一间房干吗呀，两人住一间不就得了！

和美就不当众拆穿他了，任他帮自己把行李送进房间才说：“我现在要换件衣服，你能先回你的房间吗？”

穆嵘真的在盘算着这间房能不能加床，睡两个人，听她这么说赶紧清了清嗓子：“那我先过去，等会儿再来找你啊！”

和美无奈地摇摇头，换了件干净的T恤，背上双肩包出门。

她在楼道里遇见柳闻莺，柳闻莺关切地问道：“这么晚了还要出去？”

“嗯，天气太热了，我去给大家买点冰淇淋。柳小姐你喜欢吃什么口味的？”

柳闻莺笑道：“不了，我不吃甜食。对了，既然要出去，不如我们去吃夜宵好了，叫上大家一起，南城的夜市和晚茶都很出名。”

穆嵘正好打开房门走出来，听到她这句话立马否决：“不用了，越吃越热，我们买根冰棍儿就回来。”

这就从我变成“我们”了。他扑过来把和美拖走，急切地只差说，求你赶快带我走！

她忍不住回头看了看柳闻莺，她就站在那里看着他们俩走远，神情有说不出的落寞。

他们走到距离最近的便利店，刚好碰到大白也在买零食。他已经挑了一大堆薯片和坚果，正把巨大的身形埋进冰柜里翻冰淇淋。

和美立刻像看见亲人似的蹦蹦跳跳地跑过去，弯腰跟大白一起翻找起来，边翻边聊：“你喜欢什么口味呀？梦龙吗？这个，这个好吃……”

吃货真是……同一个世界，同一个梦想。

穆嵘远远看了他们一会儿，也学和美蹦蹦跳跳地过去，加入翻找冰淇淋的行列。

哎呀，被揍了。

每人一根雪糕，外加一大桶八喜，几个人分着吃，应该够了。

结账的时候和美从双肩包里翻出个不大不小的保温袋来，把买好的冰淇淋一个个放进去。

穆嵘看得瞠目结舌：“你连这个都有？”

“出门在外，有备无患嘛，免得冰淇淋化了。”

穆嵘看了一眼墙上的时钟，把装好的冰淇淋塞到大白手里：“你先把东西拿回去给大家分，我们晚一点儿再回去。”

可怜的大白叼着冰棍儿还没反应过来，穆嵘已经拉着和美跑了。

江边晚风习习，两个人各自舔着手里的冰淇淋，感觉总算没那么热了。

现在时间还早，他怕回去得太早又被柳闻莺纠缠，干脆在外面打发时间，晚点再回去。

穆嵘把绿豆冰咬得嘎嘣响，身体往后仰：“啊，真开心！小时候心情不好的时候吃这个最开心了。”

“你小时候还会心情不好？”

“当然会啊。作业太多做不完，考试成绩不理想被爸妈教训，偷偷藏起来的热血漫画被我哥一锅端了，一本也没给我留……多影响心情啊！拿奶奶给我的零花钱出去买根绿豆冰，吃完就好了，而且那时候一根只要两毛钱，多便宜。”

和美嗤笑：“看不出来啊，你哥哥也看漫画？”

“那可不！他自己的零花钱都在手里攥着，等着我买了看现成的，可鸡贼了。”要不长大后怎么喜欢做生意呢，奸商的本性早就养成了。

“你们小时候吵架吗？”

“岂止吵架啊，还打呢！”说起童年穆嵘的眼睛神采奕奕，却又格外柔和，“不过我一般都让着他，不能比他厉害，不能打赢他。”

“为什么？”和美好奇地问。

“什么都不如他，家里大人对他的关注自然就多一些。我爸妈感情不好，又要做生意又要照顾两个儿子，兼顾不了，他从小就被送到寄宿制学校，在家的日子少。但人和人就怕比较，只要他足够优秀，大人们也还是会喜欢他的。”

他明明是笑着说起这些，就像在说不相干的人身上发生的故事，可怎么隐隐有些伤感的味道呢？

和美笑不出来了，跟他的童年经历相比，她简直就像是在蜜罐里长大的。

穆嵘吃完手里的绿豆冰，开始好奇她的经历了：“那你呢，你小时候都在干吗？有兄弟姐妹吗？”

和美点头："有的，我有一个哥哥，现在在当医生。我记事的时候哥哥都上学了，他很爱护我，零花钱也会借我用，我们很少吵架。唯一难过的事情是搬过一次家，那时还是爷爷在掌管和果子店，为了有更好的水源，不得不带着全家人搬走。小伙伴们就不能再见面了，因为这个还哭了好几次。"

说来也奇怪，那样不谙世事的年纪竟然就明白分开之后不会再见。后来人生路上遇到的许多人都是这样，无论关系再怎么亲近，在某一个神奇的时间点之后，好像就再也见不到了。

她想起程东，想起奈奈，那些故人故事，也有心酸。

两个人都吃完了手里的冰棍，穆嵘道："想不想喝酒？"

和美吓了一大跳："不要吧，你会喝醉的！"好端端的怎么想喝酒？

"谁说是我喝了，你喝呀，我拿果汁陪你喝。"

她不觉得这种气氛很适合喝一杯吗？

和美是见识过他喝醉后的样子的，实在不敢冒这个险，但感觉他兴致很高，不喝不肯罢休的样子。

他为了保清白也是挺拼的。

和美只好又跟他去买酒，见货架上有梅子酒，还是在日本最常见的品牌，顿觉很亲切，就拿了一瓶。

穆嵘没喝过这个，拿在手里看了看："咦，这里面还浸泡了几个梅子，能吃吗？怎么吃？"

都说南城人最爱吃，天上飞的、水里游的、土里长的，只要是没见过的东西，必定都先问这是什么、能吃吗、怎么吃，他还真是入乡随俗。

梅子酒用苏打水兑着喝有起泡酒的风味，像穆嵘这种不能碰酒的，就光喝苏打水好了，反正就是喝个气氛。

他们多买了些酒和零食带回酒店，如果乐队其他人都在的话，集中到一个房间里喝喝酒、聊聊天也不错。

可沙利文他们吃完冰淇淋胃口被打开了，忍不住呼朋引伴地出去吃夜宵了，噩耗是柳闻莺没跟他们一起去，独自留在房间里。

酒店隔音效果不大好，和美都能听见隔壁的柳闻莺看电视的声音。

穆嵘简直不敢走出这道门回自己的房间，哭丧着脸道："我们就在这喝酒聊聊天好不好？”

请务必继续带他飞，这时放开他，他就要脸着地了。

和美不是不同情他，可是这么晚了，孤男寡女共处一室是不是不大好呀？

“不如你问问沙锤他们在哪里，你去找他们吧？”

穆嵘摇头：“不要，他们凑在一起肯定胡吃海喝，我又不喝酒，去了也是扫兴。”

“那我陪你去？”

她这个提议……说实话穆嵘还挺惊讶的，不过还是摇头：“你去了不也一样要喝酒？”

她比男人还能喝呢，搞不好还要帮他挡酒，那多没面子。

经不住他软磨硬泡装可怜，和美最终还是答应让他在房间里待一会儿。

他们开了一瓶梅子酒，和美倒了半杯，加一颗梅子点缀着，用苏打水兑着喝，浅浅的琥珀色，淡淡的梅子香。

穆嵘只喝苏打水，那个味道他其实不大喜欢，总觉得太寡淡了，于是又开始觊觎酒里的那几颗梅子。

单放梅子在苏打水里调个味应该没事吧。

于是他趁和美去洗脸的空当弄了两颗梅子放进杯子里，用嘴一抿，果然也有点梅子香了。

零食摆了一床，两人对酌感觉还是挺不错的。穆嵘道：“这么喝好像没什么意思，不如我们玩点小游戏？”

和美一听就警觉地捂紧了胸口：“什么游戏？我可不要边喝边比赛脱衣服！”

不要以为她天真得什么都不懂，上中学的时候她就知道有些怪叔叔喜欢喝酒的时候跟小女孩玩这种游戏，脱到最后趁机占便宜。

虽然她已经不再是小女孩了，不过掐指一算，那时候以为是怪叔叔的人其实也就跟穆嵘现在的年纪差不多！

穆嵘鄙视道：“你想哪儿去了？谁要跟你比脱衣服了，我还不想让你看呢！我只是想玩‘小蜜蜂’，‘小蜜蜂’听过吗？”

和美自然是摇头。

“没关系，我教你一遍就会了，输了的喝酒。”

看来她那位男神还没教过她这个，他们肯定没玩过，这么一想他还挺得意的。

“开始了！两只小蜜蜂呀，飞到花丛中呀，飞呀，mua mua，飞呀，piapia……”

他声情并茂示范得很起劲儿，和美目不转睛地看了一遍，脸却渐渐红了，有点不自在地问：“那个……mua mua是什么意思？”

“就是mua的意思嘛，这个叫拟声词，懂吗？”其实她懂不懂都没关系，反正面对一堆好吃、好喝的，这时穆嵘的脑子里只有那根水桶般粗的神经在线，“就是两个小蜜蜂嘛，在花丛里采蜜，互相遇见了，点头问个好呀，拍拍翅膀，再接个吻呀……”

还敢说他不是怪叔叔？他平时在外面也是这么跟其他女孩玩的吗？

和美看了一眼他的杯子，决定让他长点教训，让他以后玩起这个游戏就想吐。

两个人挥着小手开始了：“两只小蜜蜂呀，飞到花丛中呀，飞呀，mua mua，飞呀，piapia……”

“你输了，喝！”

“两只小蜜蜂呀，飞到花丛中呀……”

“输了，喝！”

“飞呀，mua mua，飞呀，piapia……”

“还是你哦，快喝！”

怎么都是她赢啊？他都怀疑她是不是有什么隐藏身份了，比如她的老爸、老哥其实是叱咤赌场的千王之王之类的……问题是这玩意儿也没法出老千吧？

穆嵘喝得肚皮朝天躺倒在床，还好灌进去的不是酒，否则再能喝这时候也该乱性了吧。

和美大度地给他一个中场休息，喝了一口自己杯里的酒道：“吃不消的时候随时开口啊，我护送你回房间休息。”

穆嵘的手背搭在额头上无声呻吟，突然猛地一下坐起来：“不行，我不服，再来再来！”

他这一下起身太猛，把和美手里的杯子都碰翻了，酒一下子泼了出来，洒了她一身。

和美：“……”

穆嵘连声道歉，小心翼翼道：“要不你去洗澡换身衣裳？”

今天一天也不知换了多少套衣服。

和美无奈道：“那你先回去。”

“不不不，我就在这看你洗……啊，不是，等你洗！”

和美拿他没辙，只好抱着衣服走进浴室去洗澡，门锁得死死的，浴帘拉得严严实实的，以防万一。

穆嵘坐在外面剥开心果吃，吃得正欢，门铃响了。

仔细一听，隔壁柳闻莺房间里的电视好像没声了。

他心里警铃大作，手忙脚乱地擦干净嘴，瞥了一眼传出哗哗水声的浴室，又赶紧把床铺扯得乱七八糟，弄得两个人好像正准备做坏事一样，这才去开门。

门外果然是柳闻莺，见了他也不意外，笑了笑问道：“和美呢？”

穆嵘往浴室一指：“她冲凉呢，有什么事吗？”

这话怎么听都暧昧，他都佩服自己的机智。

“那正好，我想咱们应该谈谈正事了，你有没有时间？”

听她要跟他单独谈，不管是不是正事，穆嵘都觉得头疼。

“我喝了酒，有什么事明天再说吧！”

柳闻莺不信：“你不是沾酒就醉吗，还能喝酒？”

穆嵘抬高下巴：“谁说我不能喝了，以前我是怕酒后乱性，把持不住自己，现在有女朋友在身边，我怕什么？”

他是怎么把这么肉麻的话说出口的，他自己也不知道。

果然这句话刺激到柳闻莺了，她的脸色变得有些苍白。

和美正好洗完澡出来，头上还裹着干发毛巾，见他们站在门口说话，微微愣了一下，赶紧说：“柳小姐来了，怎么不进来？快请进吧！”

穆嵘对她使眼色，眼珠子都快掉出来了，她也只当没看见，还暗地里拍了他一下，示意他别捣乱。

他们住的酒店虽然是她订的，却是人家出的钱，站在门口说话实在太失礼了。

房间里有点儿凌乱，和美觉得不好意思，忙着收拾了一下，穆嵘一脸无所谓的态度，巴不得柳闻莺赶紧走。

柳闻莺倒是不在意，随意在椅子上坐下道："其实我就是想跟小五说一声，明天有一场演出，后天晚上约了赞助商吃饭，乐队每个人都要出席，不要忘了。"

其实穆嵘早料到会有这样的安排，没什么情绪地说："知道了，我会去的，不用担心。"

柳闻莺点头，又看了看放在桌上的酒，眼神黯了黯："原来你们真的在喝酒。"

和美刚要开口，穆嵘抢道："谁骗你啊，都说我们在小酌了，你还不信。"

为了证明不是随口瞎编的，他端起酒杯一口把剩下的苏打水都喝完了。

不知是不是梅子多泡了一会儿，味道比刚才浓烈很多。

柳闻莺收敛不住眼里的苦涩，站起来道："那你们慢慢喝，我先走了。"

不知怎的，和美在她转身的刹那有点同情她，刚想挽留说点什么，手臂就被穆嵘抓住了。他坐在椅子上，默默拉住她的一只手，简直就像个秤砣一样坠着她，动都动不了。

等柳闻莺出去了，她才低头去掰他的手："哎，不用装了。柳小姐走了，你可以放开我了吧？"

"我没有装……"穆嵘气若游丝，抱着她的手臂就像溺水的人抱住救命的浮木，"我好像真的喝醉了。"

不会吧，他没有喝酒啊，只是往苏打水里加了几个梅子酒里的梅子，这也能喝醉？

"我可能是刚才喝得太猛，头晕……"

他一边说着一边整个人歪倒在她的怀里，和美伸手稳住他，不经意一瞥才发现，他刚才喝掉的是她杯子里的酒。

“喂，你可别睡啊，我送你回你的房间去。”

幸好她杯子里的酒剩得不多，他喝完不至于醉得不省人事吧？

穆嵘食指抵在嘴唇上做了个嘘的动作，示意她别太大声：“万一她听到就该怀疑了。”

怀疑……怀疑什么，他不是打算今晚真的住在她这里吧？

他还没醉糊涂，像是看出她在想什么，摆手道：“你放心，我不会把你怎么样的，咱们只要……只要最后装装样子就好了。”

“怎么装？”

穆嵘摇摇晃晃地走到床边坐下，拍了拍，让她坐下，一脸稚气无辜地问：“你怕不怕痒啊？”

和美点头，当然怕，她连空手道高手都不怕，唯独就怕痒。

穆嵘笑道：“那……我挠你痒痒，你就叫哦！像这样……”

他用一根手指戳了戳和美的腰窝，她果然轻叫了一声跳开。

“嗯，就是这样，等会儿我挠你，你千万别客气，叫得大声一点。”

为了不露馅，他贴在她的耳边说话，热气撩得她耳朵眼痒痒的，四肢百骸像是有股电流经过，连为什么要叫出声都忘了问。

不过她那么害怕挠痒，她怕他靠过来的时候自己会忍不住把他踹飞。

其实穆嵘也怕啊，所以两个人并肩坐着，他先大无畏地背过身，抬起手道：“你先挠我好了！”

和美不相信这世上有人不怕痒，也不跟他客气，伸手就挠。

穆嵘果然拧着身子缩成一团，她不依不饶地继续，他就差在床上打滚了，上气不接下气道：“喂，你来真的？”

挠痒还有假的吗？反正他没少占她的便宜，她今天一定要讨回来。

于是她顺势俯身过去，把他的两只手拉过头顶，一只手固定住他双手的手腕，另一只手尽情地攻击他的腰窝和腋下。

穆嵘哪受得了这个，又不敢出声大喊大叫，脸上五官都憋得错了位，身体更是乱扭，像条被扔到岸上的鱼。

和美闹够了，把他的两只手分别压在耳朵两侧，身体不知不觉地就骑坐在他的腰间，恶霸似的逗他：“快说和美最漂亮、和美最温柔，我就放了你。”

穆嵘大口喘气，哭腔似的喊：“和美……”

小女孩得意地扬起嘴角，等着听这个从初次见面就不断给她出难题的家伙好好赞美她一番，手里不知不觉地就放松了。

没承想穆嵘猛地一个翻身把她压了下去，这回换他压住她的手腕，哼笑道：“这回认栽了吧？”

她是空手道高手不假，但他到底是个男人，真发起力来她也压制不住。

他气息依旧急促，带着淡淡的梅子香，一双桃花眼潋滟生波，波心似乎有些什么随着他的呼吸起伏，她刚想看清楚些，瞬时又变得迷离起来。

他凑近了问她：“到底叫不叫？”

她鼓起腮帮子，其实只要她想，屈起腿把他顶到床下去也不成问题，她却犹豫了。他离得越近，她心脏跳得越快，像被无形的网给罩住了似的，不能动弹，也不能呼吸，贪恋他的眼睛和气息……就像被施了魔法，这样让她怎么出招呢？

穆嵘见她出神，趁机挠了她一下，她没忍住叫了一声。

她的声音本来就挺甜的，这一声清亮却不刺耳，这一刻听在耳朵里格外舒服，很想再听她多叫两声。

而这时和美已经完全反应过来他为什么叫她这么做了，毕竟少女时代也看过成百上千本漫画，没吃过猪肉还没见过猪跑？这点领悟力还是有的。

她又气又觉得羞耻：“你就为这个要挠我痒？”扯着嗓子也能叫啊！

那怎么能一样呢？穆嵘道：“人生如戏，全凭演技。少一点套路，多一点真诚，懂不？”

懂你个头！和美挣扎着要起来，他却不肯放手。这回不是故意的，实在是因为她身上的宽松睡衣襟口的纽扣绷开了，隐约露出半圆的轮廓，又白又软的，像她做过的和果子。

她刚洗过澡，他嗅到她敞开的领口透出的幽幽香气，醺然欲醉。

“你……”他怔在那里，有点傻眼，想要开口说话，却发现声音都是沙哑的。

和美还没发觉领口绷开了，只是觉得他好像俯身离她更近了。她愣愣地看着他靠近，男人的唇色也是嫣红的，近在咫尺，让人好想咬一口。

不知是不是因为也喝了点酒，她的身体开始发热，好像有什么东西在蠢蠢欲动。

我的初吻就要来了吗？他……他这么主动，我是不是只要期待就可以了？

她本能地闭上眼睛，原本如擂鼓的心跳好像突然停了，什么都感觉不到，仿佛只等陌生的触感落下。

然而预期的亲吻并没有到来，两个人的呼吸已经近到不能再近的时候，她身上忽然一沉，睁开眼睛就见穆嵘扑在她身上睡过去了。

“喂，穆嵘！你醒醒……你快起来！”

她痛苦地闭了闭眼，一时间四肢发软，推都推不开他，只能呈“大”字形躺在那任他压着。

他的一只手还握在她的手腕上，她动了动，他的手就缠上来，扣住了她的手指。

她纷乱的心绪安静下来，忍不住又偏头看了看他睡着的模样。虽然两个人也不是头一回睡在一起了，但每次看到他睡着的样子，她都挪不开眼睛。

她从来不知道自己原来也是个“颜控”，跟这么好看的男孩子朝夕相处竟然控制不住地情生意动。

她手掌微微用力，摩挲着他的手指，碰到他指腹上弹吉他留下的茧子，想到他在台上唱歌那有型的样子，跟眼前这个沾点酒就醉的蠢蛋完全对不上号，又忍不住笑了。

穆嵘一觉睡到天亮，起来也没搞清楚自己到底在哪个房间，反正酒店的房间都长得一样。

他就记得昨晚跟和美玩“小蜜蜂”喝酒来着，然后柳闻莺来了，又走了，再然后……再然后怎么来着，他一点都想不起来了。

这个一碰酒就醉、一醉就断片儿的毛病到底有没有药可以治啊？

他的行李都在衣柜里，昨晚吃吃喝喝留下的狼藉却已经不在了，看来他还是撑着回到了自己的房间，还好。

他就知道和美是好姑娘，不会趁机占他便宜的。

可细想又有点惆怅——他就这么没吸引力吗，难道她对他没一点儿想法？

或者是她有想法但不让他知道？毕竟他醉死过去了嘛，丧失了意识和知觉。

可是他梦见她了，跟他十指紧扣，她被他压在身下，好像胸口还春光乍泄，被他看到了。只不过他刚要伸手眼前就一片漆黑，又什么都不记得了。

他换了套衣服，为穿哪双鞋来搭配纠结了半天。他平时随心所欲惯了，很久没这么用心地搭配衣服、想要凸显最好的状态了。

拿了房卡打算下楼去吃早餐，出了房门才意识到不对劲，回头看了两遍……这里居然是和美的房间！

他昨天不是睡在自己房间里啊？那早上起来怎么没看到和美呢？

他火急火燎地下楼。他起床的时间不算早了，餐厅里没有太多人，他一眼就看到和美跟乐队其他人共坐一张大桌边，边吃边聊，兴致正高呢！

他随手拿了个盘子，草草夹了一堆杂七杂八的食物端着走过去，啪地往桌上一放，所有人都抬起头来看他。

和美也不例外，眸色清亮，一点暧昧和不好意思都没有。

他忽然不确定了，他们昨晚到底有没有做什么？看她这副坦荡荡的样子，更显得他猥琐。

他目光往旁边一扫，又扫到无辜的大白。大白不知道穆嵘有起床气，绝对惹不得，继续跟盘子里的食物奋战，还好心地问和美："你这个玉米不吃吗？不吃我帮你吃……"

穆嵘眼里都要喷火了，真想拿起那个玉米塞进他的嘴里。

沙利文眼看着形势不对，咳嗽了两声，拉起其他人道："吃完了吧？吃完走了，等会儿还要去现场彩排呢。"

大白："我还没吃完……"

没吃完也得走啦，没见这俩人火花四溅嘛，小心被殃及呀！

沙锤推着大白离开了，穆嵘才拉开椅子在和美身边坐下，欲说还休地朝她看了又看，最终还是什么都没说，低下头风卷残云地吃。

和美好笑：“你酒醒了，头还疼吗？”

“我没醉！”碰了泡酒的梅子都能醉，这简直是奇耻大辱，说什么也不能承认，不承认！

和美拿出手机给他看：“看看，这是你喝醉以后的样子。”早就料到他不承认，她提前留好了证据。

穆嵘脸色涨红：“你……你居然拍了我的不雅照！”

和美仔细看了看，还好呀，只是蜷着睡着了，小脸红扑扑的，并没有怎么不雅。

穆嵘把叉子一扔：“你昨晚睡哪儿了，为什么今天一早起来我是睡在你的房间的？”

既然说起昨晚，他们就需要好好谈一谈。

和美道：“你在我床上睡着了，我又扛不动你，就干脆让你在我那儿睡。我拿了你的房卡去了你的房间，反正都是干干净净的，睡哪间都没区别。”

她居然这么淡定，穆嵘气得不轻：“所以你就丢下我走了？我为什么赖在你那里，不就是想让柳闻莺以为我们是一对儿吗？”

和美心想，你真该看看你昨晚的表现，要人家觉得咱俩是清清白白的也是很不容易的。

她长吁一口气道：“我想你的目的已经达到了，柳小姐多少有点相信我们是真的在交往，不会再纠缠你了。可你不是说我不能跟乐队里的任何人有感情纠葛吗？你也是乐队的成员之一啊，让人家看见我们早上从一个房间出来，你怎么能服众呢？”

穆嵘张了张嘴，半天才说：“可柳闻莺都以为我们是一对儿了。”

“她现在又不是乐队成员，她怎么以为有什么关系？”

可她跟沙锤走得近，难保不从他那套出点儿什么来，不过显然沙锤也觉得他们是一对儿……

穆嵘不知道是哪里出了问题，总之就是觉得浑身不舒服，按照他的剧本，事情不该是这个走向啊！

和美现在是情人眼里出西施，觉得就算看他这个纠结发愁的样子也能看一年。她两只手撑在桌上，托住脸颊问他：“你们今晚的第一场演出，只唱两首歌吗？我也给你们拍照发微博好不好？主办方发来的节目表我已经发到你们的手机上了，看起来时间还挺充裕的，表演完你还有什么安排吗？刚才大家说……”

“够了。”穆嵘挥手打断她，“今晚的演出你不用来，明天有饭局，你也不用来。这两天你就在南城随便逛逛吧，你不是有朋友在这吗？你可以去跟朋友聚一聚，我这边的事，你不用管了。”

和美有点蒙：“不用管……是什么意思？”

“就是字面上的意思。我说你是乐队领队，本来就是胡诌的，就是想告诉柳闻莺‘曾经沧海难为水’，叫她别打乐队的主意。不过现在反正要签给唱片公司，绕不过她这关，有没有新的领队已经不重要了。”

他终于想明白是哪里不对劲了，其实他们只是在演戏啊，但都太投入、太当真了。

“你决定签给唱片公司？”不是说要坚持做独立乐队吗？

“就签一年，会接一些商演，出张唱片，以后该怎么样还是会怎么样。”他很难向一个未经世事的小姑娘解释现实的压力，毕竟乐队里的其他人会面临这些困难，不是每个人都像他一样含着银汤匙出生。

和美明白了，他的意思是她的使命已经完成，他不需要她了，是吗？

穆嵘看她眼睛红了，好像要哭鼻子的模样，一时也有点心慌：“喂，你别误会啊，我不是要过河拆桥赶你走，而且答应过你的事我也一定会兑现的。”

“你不需要我保护你了吗？”和美哽咽。

啊，这个……穆嵘掐指一算：今晚演出，明晚跟赞助商吃饭，后天又有演出，然后音乐节就结束，可以回北京了，怎么想都是跟大家在一起，柳闻莺应该没什么机会跟他独处。何况不是她说的嘛，柳闻莺已经相信他们是真的在交往，不会再来横插一杠子了。

和美点点头，吸了吸鼻子：“好，我明白了。”

本来就是萍水相逢，现在是时候分道扬镳了。

第五章　你眼中只有我

在陌生的城市，和美发觉她其实没什么地方可去。

原本这回到南城来，所有事情都是围绕乐队和音乐节的，现在因为穆嵘一句话就把原有的计划都打乱了。

她觉得她应该有点骨气，不能再赖在他的身边了。

穆嵘他们去彩排，她收拾好行李无处可去，只好打电话给程东。

她决定要跟穆嵘他们到南城来的时候跟程东通过电话，因为事先跟妈妈交代过，不让哥哥告诉程东她来中国的事。他一接到她的电话还挺惊讶的，还要到机场来接她，但被她拒绝了。

她知道程东跟哥哥一样，工作特别忙，不停地值班、做手术，她不想麻烦他。

可是现在不麻烦好像也不行了。

程东的手机无人接听，她只好又打到他的办公室。一个很清脆的女声接的电话："程东现在不在，你是哪位？之后我让他打给你。"

"请问他是回家去了吗，还是在上班？"

"他今天有台大手术，估计没那么快做完。"

"噢……"和美有点懊恼，就知道会打扰到他，但也没办法，只好硬着头皮说，"我叫薄叶和美，麻烦你请他有空的时候给我回个电话。"

"等会儿，你姓什么？姓叶？"

"不是，是薄叶，两个字的。"

对面的声音好像多了几分玩味："你是日本人？中文讲得可真好。"

不知道对方底细，和美也不好过多介绍自己的身世背景，只说程东知道她的，就挂了。

其实乐观一点想，那么多年没见的男神马上要见面了，应该高兴才对啊！可奇怪的是，她心里一点儿也雀跃不起来。

不开心的时候大概只有美食能治愈她受伤的心灵了，所以她打算化悲愤为食欲，去大吃一顿。

南城的美食实在太多了，路边随便一个不起眼的小门店里，都可能隐藏着最受当地人青睐的美味。

和美决定不去网上查找了，到了饭点看哪家人气最旺，就跟进去。她人美嘴甜，趁排队的时候问问排在前面的人，了解下这家店里的特色——别人总是乐于跟她聊几句——或者就等坐下之后看邻座的人点什么就跟着点什么。

她先吃了一碗鲜虾云吞，每一颗云吞里都有新鲜的虾肉，鲜美弹牙；吃完发现好像还没吃饱，见隔壁卖布拉肠的店排队排到外面来了，就站到队伍的尾巴，一边等一边看门口做肠粉的阿姨把米浆上布、翻卷、上碟，很神奇的样子。

吃的时候布拉肠上淋了酱油，咸香爽滑，配上一碗牛杂汤，一口肠粉、一口汤，是她从没尝过的新奇好滋味。

透过碗口的袅袅热气，她看到四周坐的都是老食客，桌上都是跟她点的差不多的食物，原来她不知不觉已经融入到这市井生活中来了。

她沿着小路走到旁边的大路上，看到有家糖水铺，忍不住又买了一份杏仁豆腐，反正女孩子是用另一个胃来装甜品的，怎么都能塞得下。

杏仁豆腐又甜又滑，又大大满足了她的胃，先前那些郁积在心头的委屈多少被抚平了些。

这样的美食就该跟朋友分享啊，如果奈奈、乐言和梁知璇她们在这里该多好。

咦，她忽然想起来，梁知璇就是南城人，正好就住在这里呀！

说好到南城来要去探望她的，穆嵘是指望不上了，她可以自己去。

她匆匆折回去，又买了两份糖水和云吞，然后发了个消息给乐言——她一定知道梁知璇现在的住址。

好不容易找上门，梁知璇却不在家，她只好靠着行李，抱着吃食坐在门口等。

梁知璇不是一个人回来的，还有位同事陪着她，看到和美也没表现得太意外，大方地请她进门来坐。

和美发现她脸色苍白得吓人，忍不住问她："你脸色看起来不大好，是身体不舒服吗？"

梁知璇扶着沙发缓缓坐下，眼睛里明明有痛楚，却还是挤出一个笑容："我刚刚做完流产，有点累。"

她尽量说得云淡风轻，但和美还是吓了一跳，关切地问："医生怎么说，要不要紧呢？"

梁知璇摇了摇头，似乎虚弱得连说话的力气都没有了。

"她算是自然流产，医生说是胚胎优胜劣汰的过程，已经帮她处理过了，不会有什么大问题，只要好好休养就可以了。"旁边的程洁替她回答，然后碰了碰和美的肩膀道，"小姑娘你过来，我有话跟你说。"

和美跟她走进厨房，听她问道："你是穆嵘的朋友？"

和美点点头，又连忙摇头，解释道："算不上是朋友，我是……有事情想请他帮忙，就认识了。"

这位姐姐不仅知道穆峥，还知道他有个孪生弟弟穆嵘，看来跟梁知璇不只是同事关系，应该还是很亲近的朋友。

程洁抱着手看了看客厅的方向，苦笑道："这兄弟俩把她折腾得命都只剩下半条了，她以前可不是这样的。"

和美虽然生穆嵘的气，但心里还是暗暗为他鸣不平。梁知璇跟穆家兄弟间的阴差阳错她多少知道一点，其实这也不关他的事，都是他那个高冷哥哥的错。

她也心疼梁知璇，那么漂亮、年轻，也不比她大几岁，人生遭受过剧变，被穆峥欺负不说，现在连宝宝也没了。

她抱着怀里的两个饭盒，讷讷道："我是不是来得很不是时候？"

程浩摇头："我看你拿着行李，是打算住在这里吗？说实话，小璇这样一个人我也不放心，如果有个人能陪陪她最好了。"

和美本来没有这个打算，不过听她这样说，就问："可以吗？会不会太打扰了？"

"她现在不需要一个人冷静，而是需要有人陪伴和开导。你跟她聊一聊，我也会时不时地过来看她。咱们一块儿努力，让她早点好起来好吗？"

于是和美就留下了，反正她也没有其他去处，陪陪梁知璇也好。

流产伤身，凉的东西就不能吃了，和美只好把买来的甜品自己吃掉。她在糖水铺看到有人买热糖水，于是又买了一盒回来。梁知璇本来没什么胃口，见到这个却多吃了几口，连脸色都好了一些，对她说道："谢谢你和美，你怎么知道我爱吃凤凰奶糊？"

噢，原来这个叫凤凰奶糊，和美连忙记下，然后解释道："其实我不知道的，不过我看这么热的天还有很多人买这个热的糖水，就觉得它的味道肯定很不错，没想到你真的会喜欢。"

梁知璇笑了笑："小时候家里条件不好，爸妈偶尔买一回糖水给我和弟弟吃，好像那就是世界上最幸福的事了。"

果然每个人都有记忆中的美味呀！和美给她背后加了个靠垫，说："小时候幸福来得容易一些。童年回不去，但童年吃过的好吃的还是可以还原的。你知道凤凰奶糊的做法吗？你喜欢吃的话，我来试着做啊！"

"嗯，知道是知道，不过我从来没动手做过。"

"不要紧，我们一起试一试。"

牛奶鸡蛋都是随处可以买到的材料，其实做起来也不是那么难。和美觉得自己对做点心还是有些天赋的，试到第二遍的时候，做出来的味道跟糖水铺买来的很接近了。

她心里有难以言说的成就感，最重要的是梁知璇能跟着她一起动手做，分散一下精力，就不会一直沉浸在痛苦和遗憾里。

不过梁知璇需要休养，光吃甜品是不够的。和美想起穆嵘在家里熬的那些老火靓汤，又鲜又补，应该很适合养身体的。

可惜她不会做，看了看网上搜到的食谱，她连里面的食材都认不全。

要是这时穆嵘在就好了。

她掏出手机看了看，正犹豫要不要给他打个电话呢，穆嵘的来电头像就亮了起来，铃声大作，把她吓了一跳。

她顿了顿，还是接了起来："喂，你好！"

穆嵘结束演出回到酒店就不见和美的人了，上上下下找了一圈，去问前台，前台居然说她已经退房走了。

外面已经被夜幕笼罩，她一个女孩子人生地不熟的，身上也没带多少钱，今晚要在哪里过夜？现在那么多新闻报道，单身女孩子住酒店太不安全了。南城的治安又不算太好，她突然就失踪了，叫他怎么不心慌。

还好手机是通的，一打她就接了。穆嵘气急败坏道："你跑哪儿去了！说都不说一声，让人为你担惊受怕的，很好玩儿是吧？"

"是你为我担惊受怕，还是乐队其他人？"

这不是重点好不好，穆嵘简直要咆哮了："有什么区别？"

和美就不说话了，过了半晌才说："那天你给爷爷炖的青红萝卜龙骨汤怎么做的，能教教我吗？"

这话题转得是不是太快了点，穆嵘都反应不过来了："你……你要干什么？"

"我想炖汤给朋友喝。"

说到她的朋友，穆嵘本能地想到她的那位男神。于是警钟又响了，而且敲得他脑仁疼。

有没有搞错啊，她一声不吭跑掉就算了，现在居然还要他教她煮汤给其他男人喝？

"你朋友没手没脚吗？还等着你炖汤给他喝。"要知道这丫头连蛋包饭都不会做，她还要学煲汤，没学会走，就想要学着跑了。

和美也不高兴了，他怎么这么说呢？

"不说就算了，没事我先挂了。"

"等等！"穆嵘叫住她。

亏他以前还嘲笑穆峥跟梁知璇打个电话也能生气吵架，现在看来女人都一个样，一言不合就要挂电话。

他没办法，只得无奈妥协："你先买排骨，红萝卜和青萝卜切块，加点玉米味道更好。然后排骨要先焯水，就是在沸水里煮一下，把血沫子捞出去……"

说了半天才想起来问："你们几个人吃，吃几顿啊？"

和美正在手账上做记录呢，咬着笔杆想了想："两个人，吃中饭和晚饭两顿吧！早上还可以拿汤来下点儿面条……"

他果然没猜错，她正跟男神卿卿我我呢，还一天三顿都在一起吃？

他嗓子眼里一个劲地往上冒酸泡泡，正要发作，就听一个熟悉的声音在跟和美说话——是梁知璇？

他愣了一下，立马压低声音问和美："你跟小璇在一起？"

"是啊！"不然他以为呢？

穆嵘忽然乐了，对呀，他怎么没想到啊，梁知璇也在南城，又跟和美挺投缘的，和美会去找她也是人之常情。

"你去看小璇怎么也不等我啊？还有，你怎么住她那儿了？"就算住一起也轮不到她做饭吧，梁知璇厨艺不算精深但烧点家常菜还是没问题的，还用得着来请教他吗？

和美没法回答他的问题，流产这种事是人家的隐私，不该由她来告诉第三个人。她问清楚想要问的东西就挂断了电话，陪梁知璇看刚下载的电影去了。

穆嵘有点不开心，打完电话回房间，正好碰见柳闻莺从外面回来。她一大清早就出去了，一整天都没见到人，不知在忙什么，他也不想问。

说来奇怪，和美不在身边他竟然没有那么忌惮柳闻莺了，视而不见、听而不闻就成了，他高冷起来还是能够拒人于千里之外的。可是和美在的时候他就有种依赖的感觉，有点像小孩子撒娇，就是为了引起她足够的注意。

他跟柳闻莺错身而过，她叫住他："穆嵘。"

他停住脚步回过头。

"明天跟赞助商吃饭，晚上六点皇朝酒家，别搞砸了。"她似乎很疲倦，但还是抱着极大的耐心对他交代道。

"知道了，放心。"他不冷不热，不过既然已经有了妥协，他就不会故意让她为难。

他回到房间摆弄今天演出拍的照片，大多是柳闻莺带去的唱片公司的助理帮他们拍的，乐队每个人都有，各种角度都有，修好了图发给他，就是给他发微博用的。

商业化就是这样，不说身不由己，但也绝不像以前那样随心所欲了。

微博发出去他都懒得看，顺手点开关注的人，想起悄悄关注过和美的微博，抱着侥幸的心理进去，居然还真的看到了更新。每一条都跟吃有关，看来她甩开他还挺开心的，把南城各种好吃的全都吃了个遍。最后还发了个图说是自己做的甜品，比糖水铺卖的料更足。

她那点中文水平，发了两句话都不通顺，图也拍得不怎么样，可还是害得他口水流到两尺长，抱着手机在床上打滚。

好想吃东西，好饿……她肯定是故意的，肯定是！这个坏丫头！

赞助商的饭局设在高端大气的酒家包房里，鲍参翅肚点了一桌，穆嵘却没什么胃口。对方就来了两个中年人，一高一矮，带了个小助理，加上柳闻莺和乐队几个人，刚好凑一桌。

他们开了瓶白酒，给每个人面前的酒杯都满上，美其名曰白肉配白酒，一定要喝一点。

穆嵘心里冷笑，白肉配白酒也不是这么个配法，人家配的是白兰地好吗？

他把服务生叫过来，结果大家举杯的时候其他人杯子里都是白酒，只有他端的是雪碧。

矮个子的中年男人道：“主唱怎么能不喝酒呢？这可是十五年的茅台啊。”

穆嵘笑了笑：“我不能喝酒，喝一点儿就醉。”

他还坐在大人膝头的时候，爷爷就拿筷子蘸茅台给他舔，别说是十五年的茅台，就算是三十年的茅台他也不喝。

“一个大男人哪有不能喝酒的啊，多少要喝一点。”

穆嵘不为所动：“我真的一点都不能喝。”

他这么不给面子，矮个子男人面子绷不住了，脸色不大好看。旁边清隽的高个儿男人却不以为意，倒替他解围："年轻人爱惜身体没什么不好的，再说唱歌的人嗓子不能受烟酒刺激，不喝酒就喝饮料吧，心意到位也是一样的。来，干杯！"

柳闻莺也在一旁打圆场："小五是真的不能碰酒，今天我来陪吴总一醉方休好了，我先干为敬！"

她倒豪气，小水晶杯里的酒一饮而尽。

在场有名片的人职务抬头都太复杂，记也记不住。这姓吴的高个儿男人举杯开席，连柳闻莺也要买他的账，看来是赞助商的大Boss。

饭局上少不了推杯问盏，互相恭维。穆嵘不是没经历过这样的场面，只不过都是年纪小时跟在爷爷身边被奉作上宾，哪有需要他虚与委蛇的时候，更不用说那些场面话和轮番地向人敬酒了。

沙利文都比他懂得应付这样的场面，喝酒敬酒一套套的。穆嵘只管在人家问起的时候聊一聊乐队过去的情况和他的音乐理念，可惜在喧闹的酒桌上似乎没有人对这个话题感兴趣。

吴总倒是对他很客气，有一搭没一搭地跟他聊，问他为什么被称作小五。

穆嵘道："家里的规矩，老爷子还在，不分家。上面有叔伯、姑姑家的几个哥哥、姐姐，我行五，所以他们跟着家里人叫我小五。"

"挺亲切的。"吴总又问，"你是北京人？"

"嗯。"

"我年轻的时候也在北京待过，京片子听来很亲切。"他端起杯子敬酒，穆嵘拿饮料跟他碰了一下。

那边矮个儿男人已经拉着柳闻莺喝得东倒西歪了，哈哈笑着，一定要跟她喝交杯酒，沙锤在旁边劝也劝不住。

柳闻莺倒也不含糊，说喝就喝，安抚好了矮个儿，又端着酒杯往穆嵘这边来，非要跟吴总也喝一杯。

穆嵘知道她的酒量深浅，但今晚光是赞助商带来的小助理酒量就深不见底，矮个儿男人又一直纠缠不休，她是真的喝多了。

她喝完这杯朝着穆嵘笑了笑，忍耐似乎已经到了极限，急匆匆转头往外走去。

穆嵘起身推开椅子："抱歉，我去看看她。"

他跟着她走到卫生间，听到隔间里传来呕吐的声音。

确定里面没有其他人，穆嵘把女厕所门旁的"正在清洁"挂牌挂上，进去反锁上了门。

柳闻莺刚刚吐完，正蹲在马桶边喘气，回头看到穆嵘居高临下地看着她，摆了摆手道："你出去……不用管我，我很快就好。"

穆嵘拉她胳膊："你先起来。"

她不动。他恼了，一把揪住她的头发把她拎起来拖到水池边，指着镜子道："你看看你现在像什么样子？你平时就是这样工作的吗？"

柳闻莺却笑了："你关心我？"

穆嵘没理她，随手扯了几张手纸给她："洗把脸，擦干净。我叫个车送你回去。"

她冷淡地笑了笑："回去？回去这两百万的赞助费就泡汤了，你们将来签约了也还得指望跟他们合作呢！你先回去吧，我补个妆就出来。"

"你都喝成这样了，还打算回去？好让那些家伙占你便宜吗？"

"你以为我愿意吗？如果有个人好好爱护我……如果我的手还能弹琴，我用得着这样吗？"

柳闻莺激动地在穆嵘的怀里哭了起来。她站都站不稳，他也不好推开她，沉沉地叹了口气，任她抱了一会儿。

柳闻莺伏在他的肩上，刚好点儿又忍不住想吐。穆嵘只好让她去："我在门口等你，有什么事就叫一声。"

门外有等着用洗手间的女孩子，看到他从里面走出来大吃一惊，探头探脑之余忍不住窃窃私语："男人怎么进去的？"

"偷窥？会不会装了摄像头？"

"没想到啊，长得那么帅居然是变态。"

真是听不下去了，穆嵘简直要吐血。低头看到衬衫上还蹭有口红印子，他要就这么回去，还不知被误会成什么样。

他只好到对面的男厕所去，试着看能不能用水把那口红印洗掉。

口红印不难洗，他为了图快，干脆把衬衫脱下来，把弄脏的地方直接放到水龙头下搓洗干净。

吴总正好也进来，看到他光着上身站在那儿，稍稍愣了一下，然后走近道："怎么了，吐在身上了？"

"不是，就蹭脏了，弄干净就好了。"

"要不要帮忙？"

"不用。"

吴总没再说话，但也没离开，就站在他身后看着他洗。穆嵘抬了下眼皮，两个人的目光在镜子里碰上了，对方的手在他的背上轻轻拍了拍："这里冷气足，快把衣服穿上吧，小心着凉了。"

他这一拍，穆嵘身上起了层鸡皮疙瘩，但也没多想，赶紧把衣服穿上就出去了。

柳闻莺已经离开了洗手间，看来是已经回到了包房。

他忽然觉得有点闷，不想回去，就走到另一头的露台去透透气。

有人递了支烟给他，他回过头，发现又是那个吴总。

"不想回去就不要勉强，我也不喜欢应付那种场面。更何况你是靠才华吃饭的人，用不着这么委屈自己。"

他一副长者的姿态，穆嵘不知该说什么，只好说了声谢谢，借他手里的火点了烟，深深地吸了一口。

吴总把整包烟都递给他："喜欢就拿去抽，进口烟，劲没那么冲。"

他婉拒："不用了，我很少抽烟。"只有异常烦闷、心情欠佳的时候才偶尔来一支。

"玩乐队的人不碰烟也不碰酒真少见，洁身自好，不错。"吴总赞许地看他一眼，"那我们不如换个地方聊，喝咖啡或者茶，你来选。"

穆嵘好奇道："聊什么？"两个大男人又不算熟，凑在一起有什么好聊的？

"聊什么都可以。我知道你不想让乐队商业化，反正我欣赏的是你这个人，你完全不需要那么委屈自己就能得到你想要的东西。"

等会儿！他怎么听着不大对劲儿呢，这是什么意思？怎么听着像是潜规则的暗示呢？

穆嵘眯起眼睛："你知道我想要的……是什么东西？"

"伯乐、钱，所有可以支持你音乐梦想的东西，我当然知道，因为这些我都有啊！我很公道的，跟我的人，我绝不会亏待他。"

穆嵘都要笑出声了："你知道我是谁吧？"

其实他敢肯定这家伙肯定不知道他的家世背景，要知道还敢提包养这回事他就敬他是条汉子。

姓吴的凑上来，显得有些急不可耐，手搭在他的肩上："我知道，穆小五嘛……我以后也叫你小五，好不好？"

好什么好，他快吐了好吗？这还没入圈呢就遇上潜规则了，对方还是个男人！

这厮刚才在洗手间是不是摸他了？是吧？肯定是，要不他怎么浑身感觉怪怪的呢！

啊！这是癞蛤蟆跳到脚背上了，不咬人专门恶心人啊！

他狠狠瞪了姓吴的一眼，拨开他的手道："你找错人了，把你的脏手给我拿开！"

和美你在哪里……

饭局还在继续，穆嵘却连招呼都没打就离开了皇朝酒家。无论他多么识大体，这会儿都没办法心平气和地跟乐队其他人交代什么——原谅他实在说不出口，他刚刚被一个老男人给调戏了！

他跳上一辆出租车，张口就报了梁知璇现在的住址，和美在那里，他要去找她。

和美刚跟梁知璇吃完饭，她按照穆嵘教的方法煲了青红萝卜龙骨汤，味道还挺好的，就是梁知璇胃口不好，不大想喝，她正把汤端给她，劝她多少喝一点。

穆嵘打电话来，二话不说就道："你下来，我有话跟你说。"

和美有些莫名其妙："你在哪里？"

"你不是在小璇家吗？我就在楼下，你下来就能看到我。"

和美挂了电话有点摸不着头脑，梁知璇问她：“怎么了，穆嵘找你有事？”

她摇摇头：“我也不知道，他说……他在楼下。”

梁知璇笑了笑：“那大概是真有急事，你去吧，汤就放在这里，我一定把它喝完。”

爱情不是很简单吗？两个人互相钟情，有什么想说的话，当面说清楚就好。

这样的坦诚直率，这样不加掩饰的热情和期盼，多令人羡慕。

和美本来打算直接下去，想了想，还是去房间里换了条裙子，又抹了一点唇彩，对着镜子照了照，还挺美的。这才带了丝羞涩走下楼。

穆嵘弯起一条腿靠在路灯杆子上，远看狂、帅、霸、酷、拽，近看一张生无可恋的脸。

和美走过去问他：“怎么了，出什么事了吗？”

当然出事儿了，出大事儿了，有人要包养他！穆嵘忍了又忍，才把一口血咽下去，为了不使自己的委屈看起来那么明显，气哼哼地掩饰道：“就是有些不开眼的东西惹小爷不开心了呗！这都怪你，让你保护我的，你倒好，半路撂挑子不干了，让那些家伙有机可乘。你还在这儿磨蹭什么？赶紧收拾下东西跟我回去啊！”

和美根本不明白他说的是什么意思，猜测着问道：“柳小姐又纠缠你了？”

“你真以为我怕她呢？不是她！”

不是她那是谁？和美彻底糊涂了：“你现在让我跟你回去，回哪儿去啊？音乐节的演出不是还没结束吗？”

明天还有一场，后天还有主题派对呢，他们不打算参加了吗？

穆嵘这会儿没耐心跟她解释那么多：“总之你先跟我回酒店，然后就跟大家挑明了说咱们是男女朋友的关系，对外人也这么说，看谁还敢胡乱打主意。”

“男女朋友？你不是说我不能跟乐队的任何一个人有感情纠葛吗？你也是乐队成员之一。”

“对，我是乐队成员，但你不是啊！现在用不着你冒充领队了，你负责冒充我的女朋友就好。”

和美这下总算听明白了：“你又让我陪你演戏？”

是啊，这也不是第一次了，他们之前配合得不是挺有默契的吗？

和美却挣脱他的手：“抱歉，我不能答应你。”

什么？

穆嵘没料到她会拒绝，以为她还在为那天赶她走的事情生气，耐着性子道：“还为那天的事生气？我真没有要赶你走的意思，你不要误会。”

“我没误会。”和美道，“我只想知道，你来找我，让我跟你回去，除了要我假装是你的女朋友，还有没有其他原因？”

其他原因？好像有，不过他说不上来。

“那为什么是我？”除了她，他应该还认识很多女孩子，都可以配合他演戏，甚至陌生的女孩也行，为什么一定要来找她？

为什么是她？穆嵘还是说不上来，随口道：“因为你是空手道黑带。”

和美彻底失望了，对他说：“你走吧，我不会跟你回去的，我要留下来陪着小璇。”

穆嵘傻眼了，拉住她道：“喂，你到底什么意思啊？你不想让我帮你的忙了？”

和美回过头：“帮忙的事你之前已经答应过我了，难道忘记了吗？你是这么言而无信的男人？”

她目光难得这样犀利，穆嵘愣了一下，不自觉地松开她的胳膊。

是啊，他答应过的，之前她为他做了那么多事，足够他跑一趟日本帮她一回，他不能再用这个条件来要挟她了。

可他也是到这一刻才发现，除了这个条件之外，他其实没有什么筹码来要求她做这做那。

和美看着他，眼里已经聚起水汽：“我对你穆嵘来说就是无关紧要的人物吧？因为刚到中国没有亲朋好友，没有人认识我，你可以说我是你的女朋友、是乐队的临时领队，随便怎么说都没有人会怀疑，就算怀疑也没办法查证。因为我是空手道黑带，所以你把我带在身边当保镖，帮你挡掉不想要的桃花，呼之则来，挥之则去，从来也没考虑过我的感受，对吗？”

“你的感受？”穆嵘讷讷重复。

“对啊，我的感受。你就没想过，如果……如果我是真的喜欢你呢？”

爱情来得太快，就像龙卷风。穆嵘措手不及：“你说什么……你喜欢我？”

和美点了点头，她的心跳快得仿佛要从喉咙口蹦出来了，却还强作镇定地盯着他看。

这算是表白吧？从中学时代起，她就经常听到周围的女孩子交流各种表白的经验，今天她也终于经历了一回，真的很想知道他的反应啊！

“哈哈哈哈……”穆嵘愣了半晌，忽然大笑起来，像是听到了好笑的段子，笑得弯下腰去，一边指着她一边上下左右四处看，“小璇教你这么说的对不对，还是我哥？穆峥是不是也在这里？他们不会是在拿手机拍视频，等着看我笑话吧？哈哈哈哈……这种真心话大冒险的游戏，我在十八岁的时候就天下无敌了啊，他们还教你用这个来整我，哈哈哈！”

他左顾右盼，一想到穆峥和梁知璇躲在某个犄角旮旯里暗地里看他出糗，就恨不得把这儿翻个底朝天，将两个人揪出来。

和美眼里更失望了：“不是游戏，我也不是开玩笑。我是说真的，我喜欢你。”

“别闹了啊，就算是真的也不可能，你不是我喜欢的类型！快，帮我把他们俩找出来，我翻他俩的旧账给你听。别怕他们，我罩着你！”

他看到两个半人高的垃圾桶伫立在旁边，猜想那两个坏家伙肯定就躲在后面，等他找到他们……

咦，怎么没有？他掀开垃圾桶的盖子，里面只有一包包黑色垃圾和漫天的苍蝇。垃圾桶后面也只有一堵围墙，半个人影都没见到。

穆嵘的眼角还挂着笑出来的眼泪呢，心里却忽然涌起很不好的感觉，转身一看，哪里还有和美的影子！

“和美……”

和美是哭着上楼的，梁知璇见状忙问道：“好好的怎么哭了，谁欺负你了？”

穆嵘吗？不会吧，他不是只会逗人笑吗？认识那么久，她还从来没见他把人弄哭过呢！

和美伏在桌上，哭得抽抽噎噎：“我说我喜欢他……他说我是在玩游戏，我不是他喜欢的类型……呜呜……”

梁知璇了解了整个事情经过，忍不住叹了口气，安慰她道：“他不是认真的，你不要往心里去。”

没错，他不是认真的，所以觉得她也是在开玩笑。

和美擦掉眼泪，抬头看着梁知璇道：“小璇，我能问你个问题吗？”

“你说。”

“假如，我是说假如哦，当年你没有认错人，帮你的人就是穆嵘，你会跟他在一起吗？”

梁知璇顿了顿，说：“我也说不好，没有发生的事谁也预料不到。”

她并没有显得很震惊，因为同样的问题她也不止一次地问过自己。

“那……如果现在你跟穆峥分开了，而穆嵘喜欢你，愿意跟你在一起，你会接受吗？”

梁知璇失笑：“怎么会这么问呢？”

和美不好意思地垂眸：“因为我觉得他喜欢的类型就是你这样的。”

坚强、能干、有明确的奋斗方向，又那么漂亮、那么有女人味。

梁知璇摸了摸她软软的短发：“别傻了，他不喜欢我，我跟他是绝对不可能的。”

她跟穆峥之间发生了那么多事，还失去了一个宝宝，就算要开始新的生活，她也不可能选择一个跟他有着一模一样面孔的人，那样的话要忘掉过去就太难了。

和美也觉得这么问很荒唐，拉着她的手道：“对不起啊小璇，你现在需要好好休息，我还拿这种傻问题来烦你。你别管我了，快去床上躺着休息吧，我一个人冷静一下就好了。对了，汤喝了吗？没有背着我偷偷倒掉吧？”

梁知璇点头：“你的心血我怎么舍得倒掉呢？虽然不大想喝，但还是喝完了。”

两个人都长舒一口气，梁知璇确定她真的没事，才回房间去休息。

和美之前跟程洁买了可以拼接的泡沫板子，把茶几周围这一圈改造成像榻榻米一样可以坐卧。平时和梁知璇可以围着茶几喝茶聊天，又可以趴在上面写字，晚上把茶几挪开，铺上铺盖，就是她的床了。

这会儿她一个人待在客厅，拿出本子来补今天的手账。黑色的圆珠笔先在纸上画一个倒地的男人——穆嵘，再在旁边画一个穿着道服的女人——和美，她用意念摔倒他，最后还用笔尖噼里啪啦地在他的脸上、身上猛扎，终于出了口恶气。

手机在桌上嗡嗡振个不停，她瞥了一眼，再也不想理会穆嵘这个可恶的男人了。

来电持续好久才挂断，过了两分钟居然又打来了。她抓过手机接通，气愤地说道：“我不会再跟你回去了，请你不要再打来！”

电话那头沉默了一下，传来男人沉稳而有磁性的声音：“和美，我是程东。”

沙发垫子扔了一地，懒人椅被踢得歪歪斜斜的，穆嵘站在穆峥位于南城的别墅客厅里，都半天了火气还没发泄完，握着拳头道：“你说说，多不着调！我哪里像个兜里缺钱的，哪里像个同性恋？那姓吴的算什么东西，赚个仨瓜两枣的就容不下他了，主意都打到我头上了！”

穆峥也有自己的烦心事，一杯酒喝完又倒一杯，拿在手里晃了晃：“看他不顺眼给他点教训就是了，你就为这点事发这么大的火？”

怎么看都像是借题发挥，怕是还有其他不顺心的事吧。

穆嵘蔫头耷脑地坐在沙发上，看了看桌上的空酒瓶：“还有酒没，我也要喝。”

穆峥连忙叫人来把酒柜锁上，空了的酒瓶也收走，喝掉杯子里最后一口酒才道：“有事说事，借酒浇愁不适合你。”

穆嵘嘀咕道：“你为女人喝酒就行，我就不行……”

“哪个女人又惹你了？那个小不点儿？”

“和美才不是小不点儿，她大着呢！”

穆峥摆出嘲讽的脸：“你验过了？那还一脸的欲求不满？”

穆嵘想说第一次见面就验过了，不过这种事又不好拿到台面上来讲，遂扬了扬眉毛道：“这有什么，她还向我表白了呢，说喜欢我来着！”

“是吗？不容易。”

穆嵘觉得跟精虫上脑的亲哥没啥好说的，反正他的小璇又不爱他，怕是这辈子都听不到甜甜软软的表白了，这是赤裸裸的嫉妒。

仔细一想，和美说话的声音真的超甜、超温柔，表白的时候大概是因为紧张，喉咙里还有点小小的颤音，听起来像是被拒绝了就会哭鼻子一样。

她不会真的哭了吧？

穆嵘回到房间里——穆峥的住处给他留了房间，他不想在北京待，可以随时到这儿来散心。他从来没有像今天这样怅然若失，感觉整个房间太大、太冷清，一点儿意思也没有。

他辗转反侧，整夜都没睡好。和美不理他，他还是可以去找她的呀！音乐节的现场她还一场都没看呢，说什么也该来捧捧场吧。

他想得挺美的，上门却扑了个空，和美不在。

他问梁知璇：“没关系，她上哪儿去了，我去找她。”

梁知璇的神情有点微妙：“听说你昨天刚拒绝了她，这么快又来找她是为什么？”

穆嵘有点窘迫：“她是不是很生气？”

“生不生气我不知道，不过伤心是真的。”

他急道：“她真哭了啊？”

梁知璇道：“你在乎吗？”

穆嵘眼里的怅惘藏不住：“小璇，你觉得我应该跟她在一起吗？”

梁知璇笑了笑：“我连自己的感情都处理得一塌糊涂，有什么资格建议别人应该怎样、不应该怎样。不过你真的要想清楚和美对你有没有意味着什么，有的人错过就是错过了，回不了头的。”

她把冰箱上贴的纸条取下来给他：“喏，和美今天到这里去了，似乎是约了朋友，你可以去找找看。”

她只能帮他到这里了。

穆嵘接过纸条，上面是和美一笔一画写的稚气圆润的汉字。上面交代梁知璇一个人在家要好好吃饭，她今天要去一个叫星空红酒坊的西餐厅跟朋友见面。

午餐时间，星空红酒坊。

和美正襟危坐，回头打量一番，这个餐厅真是豪华气派，于是悄悄地对坐在对面的程东道："这里很贵吧？其实你不用请我在这么好的餐厅吃饭。"

程东整理了下餐巾，笑道："以前上学的时候就答应过请你吃顿像样的西餐，那时身上没什么钱，请不起，现在工作那么久了，终于能请得起了。"

和美不好意思地笑："你还记得？"

程东住在他们家的那一年，街上新开了一家西餐厅，圣诞节的时候装饰得特别漂亮。那时她还在上中学，小女孩总有很多浪漫幻想和好奇心，总想着能进去吃顿饭好好体验一下。但西餐厅的消费也很高，家里的条件不允许，她跟哥哥哲也说起这件事的时候被程东听到了，程东就说等将来真的做了医生，能自己赚钱的时候，一定请她好好吃一顿西餐。

程东点点头："当时那家店还在吗？"

"不在了，前两年就歇业了。听说老板是像我爸爸一样固执的人，只做真正的西餐，坚决不肯迎合本土的口味做调整，加上价格居高不下，就撑不下去了。"

"那你今天一定要多吃一点，不要跟我客气。"他举杯，"来，为了重聚，为我们已经长成漂亮姑娘的和美干一杯。"

如今听到程东的赞美，她还是会有点不好意思，一紧张就一口气把杯子里的红酒喝光了。

程东又为她倒酒："现在还是跟以前一样能喝酒吗？"

"嗯，酒量有增无减呢！"

"那我以后可不敢跟你们兄妹俩一起喝酒了。"大概是薄叶家的遗传，哲也的酒量也大得惊人。

“怕什么呀，你还有我呢！不过你要是怕酒后乱性，那就另当别论。”

和美循着声音抬头看，一位穿着波西米亚风长裙的大美女站在程东的椅子后面，抬起缀满镯子的纤纤手腕冲她挥手：“嗨！”

和美不明所以，也朝她挥了挥手。

南城真是个神奇的地方，怎么她见到的女孩子都长得这么好看！

程东却垂眸不看她，脸上原本清浅温和的笑容也不见了踪影，冷声道：“你来干什么？”

“我？噢，这么巧，我今天约了客户来这里，不过他没出现。我刚好看到你也在，就过来打个招呼嘛！”

“你见客户穿成这样？”

“谁说律师见客户一定要穿一板一眼的套装了？只要法官没意见，我就算开庭穿成这样也没问题。”

“我说过了，别再骗我。”

“好吧，其实是我在外面广场喂鸽子，看到你们坐在这里有说有笑的，突然觉得好饿、好想吃东西，所以就进来喽！”

外面的城市绿地和小广场上的确都是摇摇摆摆的鸽子和蹲在地上喂鸽子的人。

程东又不说话了。

美女语速太快，和美似乎这会儿才反应过来，咂舌道：“啊……你是律师吗？”

她撩了下长发：“对啊，怎么了，看不出来吗？”

和美连忙摆手：“不不不，我也认识一位律师姐姐，跟你一样漂亮。”

俞乐言比她年纪大，也没有那么张扬明艳。其实她只是想起穆嵘说过的一句话：明明可以靠脸吃饭的人，却偏要靠才华。

美女笑起来更美了，索性拉开程东身旁的椅子高高兴兴地坐下：“对嘛，世界上总有像我一样明明可以靠脸吃饭，却偏要靠才华的人。”

果然英雄所见略同！

程东却始终冷着脸不肯理会她。美女自己倒了杯酒，又抬手打响指：

“Waiter，menu please！”

和美眨了眨眼，这就打算坐下跟他们一起吃了？她是没意见啦，不过……是不是该互相介绍一下呢？可程东好像完全没有介绍的意思。

美女拿了一片餐前面包，边啃边看着菜单点菜。程东仿佛已经习惯她这样了，只当她不存在，问和美道：“现在还在弹吉他吗？”

啊，他一定是看到了她带来的这个琴包。和美羞赧道：“偶尔弹，不过这个吉他包不是我用的，是送给你的。”

程东总算又有了点笑意：“远渡重洋，还给我带了礼物？”

和美想说这个琴包来之不易，还是她从穆嵘手里抢过来的呢！不过有其他人在场，她也就不好意思说了。

事实上在美女姐姐的注视下，她都不好意思把礼物送出手了。

倒是程东大方：“你不打算给我看一下我的礼物吗？”

和美这才赶紧把琴包递给他。

“哎呀，是RB的限量版耶！”美女姐姐探头过来张望，“我不是买了北美限量版给你吗？你放在家里都积灰了也不肯用，这个很贵欸，真是浪费！”

和美意外地说：“程东哥哥，你……你已经有这个琴包了？”

程东张了张嘴，美女又插话道：“有啊，北美限量版和英伦限量版他都有，你这个是东京限量版吧？还是不大一样的，喏，这里，还有这个拉链，真好看。你放心，他应该会用的，之前那些因为是我买的，所以他才不用。”

她一只手托着下巴，笑眯眯地说这些话，好像一点也不难过和生气。

和美简直好奇死了，他们到底是什么关系呀？

美女姐姐像是看穿了她的心思，依旧笑吟吟的：“噢，我还没自我介绍呢，我是他太太，你可以叫我莫澜。”

和美惊讶得嘴都合不拢。

程东不耐地纠正：“前妻。”

和美的下巴都快掉到地上了。

这才几年不见，他已经结婚了……甚至已经离婚了？这是什么时候的事，哥哥怎么都没告诉她，还是说连哥哥都不知道？

见她整个人都傻了，程东问：“这琴包是你用信用卡买的？”

和美不说话当作是默认。

他又问：“你现在还做和果子吗？”

“做啊，当然做！”说起本行她的脸上终于又恢复点神采。

程东微笑：“那就做一点和果子给我吧，很久没尝到薄叶家果子的味道了。以后你来看我，只要带一点你们家的果子给我，那就是最好的礼物了。这个琴包太贵重，我也确实不大用得上，放在我这里就是暴殄天物。你现在出门在外需要钱，琴包拿回去退掉，手里多一点钱，宽裕一些，我就很高兴了。”

他把琴包还给她，和美推辞：“不，这是给你的礼物……”

“听话。”

和美多少有点沮丧，但也完全体谅他的一片苦心，只好把琴包接了过来。

谁知还没拿稳呢，手里忽然一轻，琴包已经被旁边的人拿过去了。

她扭头一看——穆……穆嵘？

他到这儿来干什么？

和美还没来得及开口，穆嵘抢先道：“出来见朋友也不跟我说一声，你以为这样我就不知道你拿了我的琴包啊？”

和美一头雾水，完全不明白他在讲什么。

他干脆地在她身旁坐下了：“你之前想要这个琴包就是为了送人是吧？想要你就说嘛，不说我怎么知道呢，不可能你想要我不给你啊！琴包我那儿多了去了，难得你喜欢，要自己用或者拿去送人都没关系，用得着这么偷偷摸摸的吗？”

他又抬眼看向程东，把琴包重新递回去：“既然这个礼物是和美心心念念想着要送你的，就请收下，千万别客气。她都跟我念叨好几回了，您不给她面子就是不给我面子。”

程东微微眯眼：“你是……”

“噢，我是她的男朋友，我叫穆嵘。穆桂英的穆，峥嵘岁月的嵘，在家行五，叫我小五就行。”

他刚说完就对上了和美的眼睛，两人的目光默默地你来我往若干回合，暗地较劲，但在外人看来却是恋人之间在耍花腔。

“你怎么来了？”和美压低声音问道。

“我闲得无聊到处逛逛，本来在外面广场喂鸽子来着，刚好看到你跟人在这里吃饭，突然想起我也没吃呢，就进来找你呗！”

“……”

莫澜坐在对面笑嘻嘻道：“小五真是个靓仔，原来和美喜欢这种款的。”

穆嵘礼尚往来：“美女怎么称呼？”

“我叫莫澜。”

她千娇百媚地伸出手要握，却被程东捉住手腕狠狠摔开，她又偏着脑袋望着程东笑。

原本两个人的午餐变成了四个人，除了和美跟程东之外，彼此之间还都不大熟，真是尴尬。

程东问穆嵘道：“以前没听和美提起过你，你们交往多久了？”

和美刚要回答，就被穆嵘按住切牛排的手道：“啊，我们认识的时间不算很久，也就是这几个月的事。”

“你们怎么认识的？”

“我去日本参加音乐节，在百货公司里遇见她，我们……一见钟情。”

和美叹了口气，这男人说瞎话的本事真是天生自带的，张口就来，拦都拦不住。

“音乐节？”程东有些好奇了，“你在哪里高就？”

“我有自己的乐队，刚签了唱片公司。”穆嵘没有多说，他点的鹅肝刚上桌，忙着切下一块抿在嘴里，感受那种细滑绵密的口感。

这时西装革履的餐厅经理走过来，朝他致意道：“穆先生您好，我们又见面了，今天的菜品您觉得怎么样？”

“不错啊，挺好的。”穆嵘跟他握了握手，向在座的其他几个人解释道，“这家餐厅刚开业时请我来拍过美食照片。”

和美只好代他解释：“他还是做美食和旅行主题的摄影师。”

莫澜赞道：“好酷！”

餐厅经理为全单打了折扣后才离开。穆嵘欢欢喜喜地继续跟盘子里的食物战斗，还切了一块鹅肝给和美：“你尝尝这个，这家的酱汁很特别，鹅肝油脂的味道被保留得很好，但又一点都不腥。”

和美看了看对面坐着的两个人，赧然笑笑，手里的叉子无意识地拨动盘子里的鹅肝，脚在桌下狠狠地踩了穆嵘一下。

他正喝酒呢，差点一口喷出来。

他扭头看和美：好痛啊，你干吗踩我？

和美：我问你干吗才对！

穆嵘看了看程东又转过来看她，满脸笑意：秀恩爱啊，这都看不出来？

和美真要被他气得吐血了，好好的一块牛排吃到嘴里像在嚼橡皮，一点滋味都没有，这才叫暴殄天物呢！

他这样捣乱，她没办法再多待，只能吃完饭就跟程东他们道别了。

“礼物我收下了，谢谢你们。”程东把琴包背在身上，其实话都是对和美说的，“不过下次记得，只要你亲手做的和果子，知道吗？”

和美点头，又看向一旁的莫澜，她立马扑过来又搂又抱，笑着说：“下次一定到家里来哦，我用家宴款待你们。”

程东冷笑：“你做的菜能吃吗？”

“哎呀，我又没说我做菜，是你做呀！”她朝和美眨眼，“程东可会做菜了，色香味美，你一定要尝尝。以前我被他养得又白又胖，现在分开了才瘦下来一点……哎，你别拉我呀，我还没说完呢！”

程东等不及她说完就拽着她的胳膊，把她给拉走了。

穆嵘站在原地顽皮地笑：“这姐们儿可真有意思……”

和美瞪他一眼，转身就走。

他赶紧跟上她，倒退着、跟她面对面地走：“现在你去哪里？我送你啊！”

和美甩着两只手不理会他，到了红绿灯路口不得不停下来，被他挡住：“我看你刚才都没吃饱吧，要不我带你去吃点儿好吃的？南城我常来，可熟了。不过今天时间有限，不能去太远的地方，咱们晚上还得赶场去音乐节现场呢！”

和美在北京生活了这么久，又因他的缘故有意识地去听和模仿北京话，已经完全能理解这个“咱们”是把她也包含进去的意思。

她淡淡地看着他：“音乐节表演是你们的事，我为什么要去？”

“来捧场啊，这还用问。”

她没什么表情：“不用了，我还有其他的事要做。”

绿灯亮了，她踩着斑马线过马路。穆嵘紧跟不舍：“你还有什么事啊？男神也见了，大餐也吃了，从我手里抢去的琴包也送给人家了。你还有什么未了的心愿，说出来，我帮你实现了。”

然后他们就重归于好吧，别再闹别扭了，晚上来看他唱歌表演啊，又帅又萌的！

和美像没听见似的，继续向前走不回头。

他终于绷不住了，拉住她道：“喂，你不会真惦记着男神给你做家常菜吧？你没见那个莫澜跟他的那股亲热劲儿吗？他们俩肯定关系匪浅，我劝你可以死心了！”

他来晚了一点，没听到莫澜说跟程东曾是夫妻——也没多问，反正看两人之间暗潮汹涌的样子，肯定不止是朋友。

和美猛地停住脚步，穆嵘撞到她的身上，被她背上的双肩包给隔开了。

他揉了揉胸口，小心翼翼地看着她：“我都说那么多了，你好歹说点什么吧？”

“我要说的那天晚上都说完了，你现在这样跟着我，只会让我觉得困扰。”

所以果然还是在为那晚的事生气吗？

他摸了摸鼻尖：“我当时真以为你是在跟我开玩笑，谁想到你是当真的呀！你不是喜欢你那个当医生的男神吗？你瞧你一转身就跟人家约会去了，要不是我机智地跟着来，现在还不知道你们发展到什么地步了呢！”

他这话怎么听怎么觉得酸溜溜的，但和美怎么听怎么生气：“我跟程东哥哥认识快十年了，难道还不能见面一起吃饭了吗？再说就算我跟他约会也不关你的事，你不是拒绝我了吗？”

“都说了那不算！”穆嵘也拔高了声音，豁出去似的说，“那咱们现在约，去你那里还是跟我回酒店？”

和美深吸一口气：“不如就在这里好了，速战速决。”

穆嵘吓得往后退了一步，这……这么奔放。

附近有一个不大不小的街心公园，夏日里的草木郁郁葱葱的，躲在哪个小树丛做点坏事也是可以的。

虽然从来没体验过，不过这会儿光是想象他就不由得有点儿兴奋。

和美朝他勾了勾手，他就屁颠儿屁颠儿地跟了过去，没想到刚踏上草坪，她突然一个过肩摔，将他摔在地上。

他真应该感谢她本质上还是个温柔又懂得体贴人的好姑娘，这一下要直接摔在水泥地上，他的屁股非开花不可。

他不只是不解风情，在男女感情这回事上，他的表现简直可以打负分了。

和美眼睛里泪花闪闪，他忽然挺心疼她的，伸手要她拉他起来，那委屈的姿态像小孩子撒娇要抱。和美却没理他，只小声咕哝了一句：“可恶！”

眼看撒娇失败，他只好揉着屁股自己爬起来：“换……换个词呗！”

“你大爷的！”

她也不知跟谁学的这个骂人的词，估计还没有用武之地，今天好不容易能用在他的身上了。穆嵘一个人坐在草坪上，愣怔地看着她背着双肩包越走越远，浑身的骨头要散架似的疼，却莫名地扬起嘴角笑了。

第六章　让缘分停留

和美气归气，回去换了身衣服，想了想，还是坐地铁去了音乐节现场。

她还没看过乐队真正的现场show，沙锤、大白他们对她都很友善，情理上她是该去捧捧场的，犯不着因为穆嵘一个人而错过他们的演出。

音乐节闭幕的同时也是现场show的最后一天，观众人数众多，她在人群里挤来挤去，也没看到穆嵘他们的影子。

按照安排他们今天应该是第一轮登场的乐队，然而直到最后和美也没有看到他们登台露面。

她感到不安，不会是那个过肩摔把穆嵘给摔伤了导致他登不了台吧？她其实只是怄气，可不想影响他们的正事啊！

她好不容易找到后台去，前面的观众都散了，后台却还是很热闹。

她没有找到穆嵘他们，只见到了柳闻莺和她的助手。

柳闻莺见到她稍稍有些意外，却还是很客气："我以为你不会再理乐队的事。是穆嵘叫你来的吗？"

和美有些诧异："出什么事了吗？他们今天为什么没有表演？"

"原来你还不知道。"

"知道什么？"

柳闻莺似乎斟酌了一下才说："我们跟赞助商的饭局被他搞砸了。他一声不吭就消失了两天，沙锤他们跟他起了点争执。"

和美一惊："什么时候的事？"

穆嵘居然没有跟她提过。

“前天晚上，饭局进行到一半他突然就离开了，两天都没见着人，今天下午彩排时才来。”

那不就是他来找她被她表白的那晚？

和美之前还百思不得其解，为什么穆嵘会一声不吭地跑来找她，要她跟他回去继续假扮情侣，还说要保护他什么的。现在连起来一想，那时他应该刚从饭局离开啊，还说有什么不开眼的东西惹恼了他……是发生了什么她不知道的意外吗？

柳闻莺见她若有所思，说道：“穆嵘家境优渥，从小没吃过什么苦，难免会任性，但他向来很看重自己的这个乐队，这回搞砸了伤害了几个兄弟，他自己也不会开心。今天音乐节闭幕后还有个派对，赞助商也会到场，还有机会弥补，你有空帮我劝劝他，让他适时放下他的王子身段，体谅一下我们其他人的不易。”

和美不了解整件事的来龙去脉，她相信柳闻莺也并不知道事情的全部，或者断章取义没有告诉她全部。穆嵘的确有时没心没肺，但要说他是王子病什么的，她不能认同。

他都已经决意妥协把乐队签给唱片公司，这样做就是为了其他成员，他一定不是故意搞砸的。

她好不容易找到穆峥的别墅，穆峥一见她就指了指后面的花园道：“他在那边，自从被那个老男人撩了之后就不大对劲，今晚是特别的不对劲，你看着办。”

“撩……是什么意思？”原谅她不明白这个词的含义。

“调戏。”

“啊？”和美睁大了眼睛，他被老男人调戏？

穆峥似笑非笑，语气跟柳闻莺差不多：“原来你还不知道？”

也对，这种事哪儿好意思对外讲啊。

穆峥愿代其劳，添油加醋地就把那晚饭局发生的事跟她说了。

和美在花园找到穆嵘的时候，他正坐在台阶上弹琴，手指纤长，轻轻拨动琴弦就有很舒缓优美的音乐倾泻而出。

她以为他只擅长摇滚那种随性激烈的弹法，甚至以为他不过是跟很多擅长现场表演的人一样，懂得装酷和调节气氛。噢，对了，用她新学会的一个词就是“撩”，擅长“撩”观众也是表演者的一种特殊技能。

可没想到抒情的曲子他也弹得这么好听。一点点忧郁，一点点怅惘，很多的感情，他信手拈来，却又完全投入，不是靠简单的炫技能够做到的。

他的吉他弹得真是好，相比之下以前曾被她倾慕、被她看作吉他弹得最好的程东只能算是业余水平。

他这些深藏不露的本领，她都没见他显摆过。

其实她还是不够了解他吧？虽然已经动心动情喜欢上他，甚至已经表白，但总会有这样那样的时刻让她意识到，她对他的了解还远远不够。

和美在他身边坐下，他只是淡淡地看了她一眼，就又低头继续弹琴，仿佛白天跟在她身旁聒噪的是另外一个人。

他弹的曲子她也会唱，却只会日语的歌词，大概唱出来他也听不懂，所以都没管她，任她跟着唱。

她嗓音清甜，唱慢节奏的歌有种治愈人心的魔力。穆嵘终于停住拨弦的手指，扭头看她：“你怎么找到这儿来的？”

他哥这别墅区清幽是清幽，但也非常不好找，到了夜里出租车打不到，她一个女孩子居然找到这儿来了，是特意来找他的吗？

和美也不含糊其词，开门见山道：“你今天为什么没去音乐节现场，是因为我把你打伤了？”

“不关你的事，不想去就没去。”

“是你不想去，还是沙锤和大白他们不想去？”

穆嵘笑了笑：“你又知道了，柳闻莺告诉你的吧？”

和美站起来拉他：“走，我去跟他们解释，这根本不是你的错。”

穆嵘把手抽出来：“没什么好解释的，他们愿意怎么想就怎么想。”

“那怎么行？你们不是好朋友吗，为什么让他们误解你？”

“是好朋友还用得着我解释吗？你让我怎么解释，说我拒绝潜规则得罪了赞助商？这还没入圈儿呢，我就得为这种人委曲求全？我们老穆家随便一个人伸个手指都能捏死他！是，我是不成器，可还没到为了讨生活去低声下气求这种人的地步。他们个个都有现实的困难，个个觉得我耍少爷脾气，不知民间疾苦，是我断送了他们的前程，这还有什么好说的，干脆一拍两散得了！”

和美急了：“你别这么说你自己，我知道不是你的问题。”

“谁的问题最后不都砸在我手里？你不也觉得我是个傻瓜吗，莫名其妙撵你走，又莫名其妙去找你回来，没一点安全感。你还是去找你的男神吧，他比我好多了。”

这个家伙……是在吃醋呢，到底有完没完了？

和美抢过他的琴：“我谁也不找，就守着你行了吧？毕竟那天你在我的房间里喝醉，睡在我的床上，我该看的都看了，该摸的都摸了，你是我的人了，我要对你负责。”

穆嵘怒道：“我是个男人，要你负什么责？”

“那你是个男人被非礼了有什么好难为情的？不能‘撩’回去就揍回去呗！”啊，汉语果然博大精深，新学的词真好用。和美是铁了心为朋友两肋插刀的，重新拉住他的手：“走，咱们找沙锤他们去，有什么话当面说清楚就好了。”

要是那个欺负他的赞助商也在的话，顺便报仇也不错。

音乐节的主题派对选在南城知名的会所。会所处在久负盛名的老派仿西洋式楼群里，楼下有画廊和艺术展馆，本该是和美感兴趣想要游览的地方，她却完全没有停留的意思，拉着穆嵘下了车就直奔楼上会所。

派对现场比表演现场更加喧嚣热闹，舞曲震耳欲聋，灯光五光十色，很多穿晚礼服和朋克风服装的人，在有限的场所内往来穿梭；还有不少人化了夸张搞怪的妆容，看到乖乖女打扮的和美就吐舌头做鬼脸。

即便如此，和美还是很容易就找到了乐队的人——主要是大白太显眼了，又高又胖捧着个盘子绕着餐台吃个不停，想看不到都难。

他看到和美挺高兴的，飞快地转身给她拿了甜点，又拿了杯鸡尾酒递给她，几乎完全忽略了她身后黑着脸的穆嵘。

“沙利文呢？沙锤……沙锤他们人在哪里？”周围声浪太强，她要靠喊才能让他听见她说话。

大白指了指不远处的角落，正经要谈事的人都缩在各个角落里喁喁私语，沙利文也不例外，正跟柳闻莺一起围着两个人说着什么。

看样子就是穆嵘口中所说的赞助商了。

她跟穆嵘对视了一眼，他挑了挑眉毛，意思很明白：你揍还是我揍?

和美想了想，对大白道：“能不能请柳小姐和沙锤他们过来，就说我跟穆嵘有话想单独跟他们说。”

大白欣然点头，走过去耳语了一番，沙利文和柳闻莺果然都回头看过来。

不一会儿，几个人就在旁边的露台聚齐，沙利文和穆嵘都不说话，摆着冷漠的脸有点儿较劲的意思。

为了打破这种尴尬的局面，和美问了句：“小欧和强子呢？”

“小欧刚刚还在，强子今晚的飞机先回北京，他媳妇又跟他闹呢！”

“闹什么？”和美不解。

“未来的老丈人说他玩乐队不务正业，不去赚大钱买房结婚呗，媳妇还没跟他领结婚证呢就要闹离婚。今天不知怎么又聊到这茬儿了，又哭起来了，他得赶回去哄人家。”沙利文没好气地说完，看了穆嵘一眼接着道，“当然了，乐队也就是个闹着玩儿的事，指望什么呢？”

和美拉住穆嵘没让他出声，都在气头上说什么都不好听。

他忍了又忍，到嘴边的话又咽了回去。

沙利文也不想多说，光线昏暗，但仍能看出他好像很疲惫的样子，才说了两句话，就撑着腰弯着身道：“有没有椅子？”

叼着吸管喝饮料的大白赶紧拿来一把椅子让他坐下。

穆嵘看出些不妥，问道：“怎么了，身体不舒服吗？”

沙利文不吭声，这时在旁边一直沉默不语的柳闻莺才道：“你那天中途离席，大小吴总面子上过不去，他为了让他们喝得高兴，差点喝到胃出血。”

原来那一高一矮是兄弟俩。

穆嵘心头一震：“你们之前怎么没告诉我？”

“告诉你有用吗？反正乐队能签约就已经是你最大的让步了，还能指望你怎么样呢？”

穆嵘又气又急："你们还以为我是为签约的事闹不痛快是吧？我说过不知多少回了，既然答应了签约该配合的我一定配合，不会让你们任何一个人难做！没错，我是不习惯应酬饭局，但那天半路离开完全是因为那姓吴的跟我提潜规则好吗？这是多不着四六的主，敢在我头上打主意！"

终于一口气说出来，其实也没多难为情，看到他们震惊的表情就明白他们肯定不知道。和美说得对，又不是他的错，有什么不好意思讲的，要丢脸也是那姓吴的家伙丢脸。

对了，和美人呢？

穆嵘说完才发现和美不知跑哪儿去了。

和美从露台回到会所里，半路给穆嵘打了个视频电话："我去找那个人聊聊。"

穆嵘急道："你疯了，给我赶紧回来！"

"这么多人在场不要紧的，再说他不是喜欢男人吗？不会对我怎么样的。"

姓吴的兄弟俩还在刚才的位置边喝酒边跟旁边的人闲聊，她把手机装在背带裤前面的口袋里，露出摄像头正对着他们。

她一身邻家小女孩的打扮和娃娃脸在这样的场合显得异类，他们很快就注意到她了。

高个子的吴总彬彬有礼地问她："这位小姐，我们之前见过吗？"

和美摇摇头，脸上带着笑："本来前两天应该来见吴总的，穆嵘嫌我中文说得不好，怕在你们面前丢脸，就没让我来。我是乐队的另外一位主唱，薄叶和美。"

什么？视频另一端的穆嵘差点吐血，怎么成另外一位主唱了？他怎么不知道他的乐队有两位主唱！

高个吴总来了兴致："你是日本人？"

"我在日本出生长大的，不过我妈妈是中国人，我有一半中国血统。"

"噢，我还不知道这个乐队有两位主唱。"

"嗯，我跟穆嵘一直就合不来，很多表演都不一起出现，中国不是有句话叫'王不见王'嘛！不过这回听说他又恃才傲物得罪了您，我代他来向您赔罪。”

是谁说男人擅长说瞎话的？这女人说起瞎话来不也是信手拈来！还有这成语是谁教她的？不错嘛，连“恃才傲物”这么复杂的成语都没用错，不容易。

吴总高深莫测地微微一笑：“年轻人总是有点脾气的，我没放在心上。”

“那就好，我跟乐队其他成员也商量过了，柳小姐那边也同意，今后咱们乐队就没有穆嵘这个人了，只有我一个主唱，您看怎么样？”

吴总顿了顿：“怎么，穆小五要退出？”

“他本来也跟我们合不来，现在又得罪了您，还留下来做什么呢？乐队也不是非他不可的，您说呢？”

姓吴的示意弟弟走开，方便自己跟和美说话：“他也算小有名气啊，在网络上挺活跃的，退出对你们乐队的人气会有影响吧？你可以让他来找我聊，我可以再给他一次机会。”

等的就是他这句话，和美手指摸了摸摄像头，另一边的几个人也都听明白了。

“您这么青睐他，他真应该感恩才对。”和美不知怎的越说越想笑，使劲屏住，脸上却还是露出几分笑意，甜美可人。

“还是这个小姑娘知趣。”吴总伸手轻轻在她腰上拢了拢，“这里太吵了，不如咱们找个安静的地方聊？”

穆嵘本来就捏了一把汗，这会听到这番话简直火冒三丈，撂下手机就往外冲。

柳闻莺拦住他：“你去哪儿？”

“还能去哪儿？那家伙是个双向插头，连和美的便宜也占，我今天不好好收拾他一顿我这穆字倒过来写！”

他穿过人群，却发现和美和姓吴的已经不在刚才的地方了，心里忽然方寸大乱，见到那矮个子的小吴总，一把揪住他的领子拖过来：“你哥人呢，把刚才那个小姑娘带哪儿去了？”

对方一见是他就乐了，露出烟酒熏黄的牙齿：“我当是谁呢，原来是个小白脸啊！怎么？敬酒不吃吃罚酒来了，上赶着往我哥那送呢？”

穆嵘不跟他废话，直接把他的脑袋按进餐台最边上的巧克力喷泉里，咬牙狠道：“说不说？”

小吴总差点被巧克力呛死：“他们……出、出去了……车在楼下。”

穆嵘松开他直奔楼下，终于看到那个瘦高个儿揽着和美，正往停车场的方向去。

他上前扭过对方的肩膀，照准脸颊就是一拳。

这一拳打得真爽。这老男人体格不错，显然也经常锻炼，脸上挨了一下有点蒙，反应过来之后就反扑过来，跟穆嵘扭打起来。

和美早就敏捷地跳到一旁，也不帮忙，握着拳头低声呐喊：“穆嵘加油，加油！”

穆嵘毕竟年轻气盛，体格占优势，又有妹子助威，很快就占了上风，把对方压趴在地上狠揍一顿才起身拉住和美道：“快走！”

和美上前往那家伙身上补了几脚，才跟着穆嵘飞快地溜了。

两人手牵手也不知跑了多久，这片仿西洋式建筑群挺大的，他们不辨方向似乎越跑越远，到了幽暗僻静处才停下来，大口喘气。

“你没事吧？”和美气喘吁吁地问他，看到他脸上蹭破一点点皮，露出血印子，心疼地想伸手去碰。

他一把拉住她的手：“这话应该我问你才对，你怎么就跟着那老头儿走了，怎么让他对你又搂又抱的？你不是会功夫吗，不是空手道黑带吗？摔我挺来劲儿的，对那种变态就心慈手软，你对得起我吗！”

最关键是打架也不帮他，说好的同仇敌忾呢？光顾着看他打了，瞧他这一身泥，狼狈得要命，还有他的脸……要毁容了，好疼啊，呜！

和美的手在他掌心挠啊挠，伸手帮他拍打身上的灰：“我不是对他心软，而是派对里人太多空间太小施展不开。我原本打算跟他到停车场这种没人的地方去，打得能爽一点，你就来了。”

“哼，胡说！”

“我没胡说。要真想揍他一顿还不简单吗？我又不认识他，他也不认识我，刚才在派对现场我就可以放倒他了，之所以还跟他说那么多，就是要听他亲口承认对你有不好的企图，让沙锤、大白他们相信你。”

穆嵘怔了怔。她帮他拍完灰，又伸手帮他整理头发：“都说了要报仇，当然要彻底一点，不能让你的委屈白受了。不过既然你自己赶来了，我觉得还是让你亲自动手的好，我给你加加油就好了。你看你不是也挺能打的吗？现在感觉怎么样，心里是不是舒服多了？”

穆嵘下意识地摸上自己的胸口，感觉心脏像是要从胸腔里蹦出来似的。

“说话呀，怎么不说话了？”和美摇了摇他，有点担心，不会是刚才打架伤到头了吧？

“你别说话……”他回过神来命令她，眼睛里雾气蒙蒙的，“我要亲你了。”

亲吻来得太突然，和美还来不及反应，就已经感觉到嘴唇被压住，呼吸不畅，脑袋里一片空白。

开始只是简单的相触，然后是碾磨、吮舔，再然后她感觉有更软的东西伸到她的嘴里来——那是他的舌头。

他也缺乏经验，舌头轻易地突破守卫之后多少有点慌乱，呼吸也跟着急促起来，手臂围成一圈把她抱在了怀里。

但他很快退开一些，眼里的雾气更重了，没头没脑地问她：“你喝酒了？”

和美偏着头想了想：“喝了一点。”又强调一下，“就一点点。”

大白给她拿的鸡尾酒她喝了几口，多少能给自己壮壮胆。其实她也怕啊，她也就是个二十来岁的年轻女孩，哪有临危不惧的本事呢！

不会这么点酒……他就会醉吧？

还好他的迷醉只在眼睛里，点了点头就又重新覆上她的唇，继续刚才那个未完的亲吻。

这回又激烈了一些，和美被他压在身后的墙壁上，四肢都动弹不得，唇舌却都灵活得不得了，与他纠缠着。最后两个人拥抱着靠在墙上，仍是气喘吁吁的，像刚跑完长长一程，完全没有休息过。

穆嵘捧起她的脸，轻声说：“对不起。”

她摇摇头，嘴角慢慢扬起笑容。他也跟着笑了，额头抵着她的。两个人又缠到一起，仿佛世界没有尽头。

和美跟穆嵘手牵手重新出现在众人眼前的时候，大家都是一脸恍然大悟的表情。

沙利文特别幸灾乐祸，往穆嵘背上狠狠拍了拍："看来我这回差点喝到胃出血也是值得的，瞧你俩这模样，跟连体婴似的，打都打不散。"

"呸呸呸，散什么散，我跟我们家美美好着呢，哦？"

穆嵘把和美往怀里揉了揉，她难为情地笑了笑，然后低声道："你能不能不要在外人面前叫我美美，我不习惯。"

好肉麻！

"那叫什么，宝宝、亲亲、猪猪、亲爱的？大家都叫你和美，我才不要跟他们一样呢。"

他拉着她的手轻摇，和美被他闹得脸更红了，扬了扬下巴道："你哥哥来了！"

穆峥走进来，在座的人全都站起来，他抬了抬手："大家都是自己人，别客气，坐吧！"

还是皇朝酒家，换了一个更大的包厢，座上宾也不一样了。

穆嵘道："容我介绍一下，这是咱们新的赞助商穆总，未来一年咱们乐队的衣食父母就是他了。"

穆峥淡淡地看他一眼，他笑得更欢了，没一点收敛。

柳闻莺恭敬道："四哥做我们的赞助商真的是求都求不来的。"

穆峥低头喝茶："谁让你们不早点找我？我赞助你们这个乐队也不是一天两天了，现在才想起来要客套是不是晚了点？"

柳闻莺和沙利文都会心一笑，的确，从乐队成立之初穆峥就没少花钱供他们排练和演出。

柳闻莺举杯："那我先干为敬，谢谢四哥江湖救急。"

"你不用拿对付大小吴的那套来应酬我，随意一点就行了，我最近也不喝酒。"

穆嵘撇了撇嘴心想，那你自己在家喝的是水啊？明明借酒浇愁来着。

和美看看他，又看看柳闻莺，问穆峥道："那么姓吴的兄弟俩怎么办？"

这其实也是柳闻莺最担心的事情，人在江湖，最怕得罪小人。

穆峥没说话，穆嵘抢着回答："说到这个，我还没来得及跟你们分享是吧？昨天我哥专门到医院去了一趟，跟姓吴的在病房外来了场偶遇。你们猜怎么着，姓吴的果然把他当成我了，结果又被揍了一顿，哈哈哈哈！"

当然穆峥是不会亲自动手的，他手底下的人打人可疼多了。

穆峥道："其实不用太担心，这种人不顾别的总要顾自己的名声，有我盯着他们，他们掀不起什么大浪来。"

大家这才放下心头的负担，这一页算是翻过去了。

穆峥问穆嵘："接下来你打算干什么，回北京？"

"我啊，我不急，沙锤他们先回去，我陪和美在南城再待一段时间。"这趟来他们俩的情绪跟过山车似的，都没怎么好好玩，更别提吃了。

美食之都，来一趟不吃好、喝好怎么行？

穆峥沉吟半晌，问道："你还住那儿？"

他们都知道"那儿"指的是梁知璇那里，和美"嗯"了一声："梁小姐的身体还没康复，我也想多陪她一段时间。"

穆峥没再说话，穆嵘在桌下拉着她的手，悄声道："我哥挺感激你的。"

她不想要谁的感激，她想要天下有情人终成眷属。

粥上来，穆嵘一边给和美讲及第粥的传说，一边帮她剥螃蟹，吃完自己那只又炫技似的把螃蟹壳都堆到一起，看起来又像一只完整的蟹。和美赞叹一声，他就得意半天。

两个人蜜里调油，不再避讳什么，也不再是演戏，所有的体贴恩爱都发自内心。

柳闻莺看在眼里，神情微黯。

临走的那天，和美跟穆嵘送他们上车，柳闻莺把她单独叫到一边："你对穆嵘……是认真的吗？"

"当然。"和美想不到有什么不认真的理由。

“我知道你拿的是旅游签证，在国内最多只能停留三个月，到期之后你打算怎么办，回日本吗？”

这个……她确实还没想好要怎么办，最好的结果就是她能在国内找到合适的工作，那样就可以待很长时间了，等两个人感情稳定之后，再考虑进一步的打算。

柳闻莺笑笑：“其实你形象挺好的，会弹会唱，也有卖点，有没有考虑也签到我们公司来？我很擅长捧人的，到时说不定你就是大明星了。”

这样的提议其实挺新奇的，和美倒是从来没想过还有这种可能性。不过她对音乐没什么追求啊，虽然会弹一点吉他，但跟穆嵘他们比，甚至跟柳闻莺比都算不了什么。

她这么说，或许还是因为穆嵘吧。

“谢谢，不过我还是只对做好吃的有兴趣，音乐方面我不行的。”

柳闻莺表示理解：“我的Offer一直有效，你改变主意就联系我。”

和美低头看她的手：“你的手……受过伤吗？”

和美留意到她的右手不能提重物，都是请助手或沙利文帮忙的。

“嗯，以前受过一点伤。”柳闻莺抬起手看了看，道，“你真的很细心，穆嵘就从来没有发现过。”

或许不是他真的神经大条，只是不在意罢了。

和美感到惋惜，所以她才从此不能再弹吉他吗？

送走了乐队的人，穆嵘好奇地问：“你跟柳闻莺有什么好聊的，她跟你说了什么？”

“没什么，”和美笑笑，“她说要捧我做大明星。”

“不会吧？”穆嵘怪叫一声，“你随口胡诌是乐队的主唱她还就顺杆上树啦？你千万别听她的啊！”

这下轮到她撒娇了，抱着穆嵘的胳膊道：“那你说要怎么补偿我呢？我可是为了你错过了做大明星的机会！”

“哎呀，罪过罪过，那不如小生我以身相许，你可千万别嫌弃！”他搂过她要亲亲。

和美推开他：“你说什么呢，文绉绉的我都听不懂。”

穆嵘斜眼："这还听不懂，骗谁呢？"

她坏笑，大方道："噢，听懂了听懂了，那不如让我先验货。"

她的手悄悄地从他衣服下摆探进去，作势要撩他的衣服。

大概是刚拿过冰矿泉水，她的掌心冰凉冰凉的，冰得穆嵘一个激灵，扭身跳开了，笑道："敢对男人动手动脚的，不怕吃亏啊！"

和美摆出死猪不怕开水烫的表情："吃了亏也不要紧，多喝点水就变成'污'了。"

"你真的太'污'了！"穆嵘边躲避她的毒手边泪流满面，这丫头的中文进步得太快了，以后打也打不过、吵也吵不过怎么办？

南城美食很多，穆嵘带和美换着花样吃，还是不满足，提议道："不如来一场说吃就吃的旅行？"

和美不解："什么叫'说吃就吃的旅行'？"

"我们坐火车到别的地方去看看，沿途边玩边吃。不用走很远，就坐那种绿皮慢车，在省境内走走就够了。"

说起来他还是个火车迷，而且他们两个人还没有一起去旅行过，这倒是个不错的主意。

和美欣然同意："好啊，听你的。"

不过她也有点小小的紧张。梁知璇道："这有什么好紧张的，两个人出去旅行不是好事吗？"

和美道："小璇，你有没有听过'成田现象'？就是很多情侣出去旅行闹了矛盾，在东京的成田机场，一下飞机就分手了。旅行时两个人朝夕相处的，能增进感情，也会放大彼此的缺点。我跟穆嵘才刚刚在一起，不知道能不能通过这样的考验。"

梁知璇拍拍她的肩膀："你应该这么想，连这种小小的考验都经不起，还怎么能走到最后呢？好好享受这个过程，命中注定要在一起的人，始终是要在一起的。"

和美点头，又担忧地看她："我不在你要按时吃饭、吃药，身体才刚刚好一点，不要大意。"

梁知璇说："好。"

火车上要带点吃的东西，全都是和美用自己的双手亲自准备的。考虑到和果子在长途旅行中不好保存，她这回没做和果子，而是做了蛋黄饼干和曲奇。又买了一条新鲜的鱿鱼回来，洗干净放阳台晾了一夜，铺平抹盐和胡椒粉，放进烤箱里烤干，沿着纹理撕成鱿鱼丝。

穆嵘做了椒盐烤馒头干带着，这大概是他能做的为数不多的点心之一了，没带泡面就不错了好吗？

绿皮火车慢慢悠悠的，然而不管什么火车，只要开动起来，坐在里面的人就会不自觉地想要吃东西。他拿出馒头干的同时看到和美的点心盒子里分门别类摆好的饼干和鱿鱼丝，眼珠子都快掉出来了："连鱿鱼丝都有！"

"对啊，拿来下酒！"

"下酒？"

她拿出一罐桃子味的气泡酒给自己，又拿一罐桃子味的汽水给穆嵘，然后把点心盒推到他面前："给你吃！"

"谢谢……"真是太暖心了，穆嵘叼着饼干泪流——有女友至此，夫复何求？

和美小口地抿着酒，不时地把鱿鱼丝撕碎了放进嘴里。她吃东西很秀气，一小口一小口的，像极了某种小动物。

穆嵘托着下巴看她："你属什么的，兔子吗？"

"是啊，你怎么知道？"

还真是啊！穆嵘笑着摸她的头："因为像呗！"

兔兔一直伸手拿他的烤馒头片吃，他说："别光吃这个啊，没营养的，吃多了口干。"

她做的饼干多好吃，可他怕她把所有好吃的都留给自己，光吃他带的上不了台面的小玩意儿。

和美却道："可是这个很好吃啊，我觉得比饼干好吃！"

和美说完也觉得这话怎么听都像在拍马屁。

穆嵘却感动坏了："真的好吃吗？"

"嗯，好吃。"在吃这个问题上她一般不跟人客套，也说不了谎。

穆嵘干脆拿馒头片掰碎了喂她，看着她吃得一脸满足，仿佛又回到了小时候，喂养家里的宠物猫。

他没有丧失爱一个人的能力，他的关爱体贴终于有了去处。

绿皮火车开得慢，沿路风景的小细节都不会错过。他们打开车窗，任潮湿温热的风吹进来，河流、小山丘和村庄都收入眼底，天和树都离得很近，仿佛伸手就能触碰。

他们把带来的点心吃完，就到了目的地，穆嵘背着沉沉的摄影装备，还把她的行囊也背在身上。

“给我吧，我有力气的。”和美要求道。

“有力气就省着点，等会多吃点儿，还有不少路要走呢！”

他牵着她走，两个人在外面的时候他总是把她保护得很好。

和美甜滋滋地跟着他走，看他在离铁轨不远的地方拿出相机，装好镜头开始拍照。原来他们下车的地方是个小车站，风景独好，但要到城里去还得走很长一段。

他们一边拍一边走，难得穆嵘拍照时带着模特，指挥和美站这边、站那边，不用刻意摆造型，随意走走路或者抬头看看天。

他圈养的这只小白兔真是天生丽质。

两个人手拉手，沿着铁轨走到最近的小镇。和美惊讶地发现原来这个地方也靠海，很多当地人都是渔民的后代。

穆嵘带她去那种只有三五张桌子的小饮食店，抬头看着墙上写得密密麻麻的餐牌点单。和美觉得自己简直就是文盲，餐牌上的字她都不怎么认识。

“这里是吃什么的？”她忍不住问穆嵘。

“吃粿，听过吗？”

穆嵘用手指蘸了水在桌子上一笔一画地写给她看，和美摇了摇头。

他神秘兮兮地说：“等端上来你尝过之后我再跟你说。”

蒸的、炸的、炒的各种粿端上来，每样都只有一两块，馅料和做法都不同，味道当然也就不同。和美没什么戒心地夹起一个剔透的圆粿，一口下去，表皮Q弹又有韧性，薄薄的一层皮，裹着里面的笋丁、虾和肉糜，汁水丰富，又鲜又香。

她睁大眼睛看向穆嵘，他知道这是她觉得好吃的意思。

“这叫笋粿，用料很讲究的。笋丁是甜的，虾是鲜的，还有那么多红肉、白肉、香菇搭配着，可金贵呢！是不是有点像之前咱们在酒店里吃过的虾饺？但这皮又有点不同，你猜是什么做的？”

“大米做的米粉吗？”和美不敢肯定，只是猜测。

穆嵘道：“还真是难不倒你啊！你再尝尝其他的，这个红色的红曲粿，还有这种墨斗鱼卵做的煎粿，都是本地的特色。”

和美每个都尝了一点，原来都是米粉做主料做成的。

穆嵘这才告诉她：“粿这种东西也是作为祭祖的果品而生的，在这里几乎家家户户都会做，一年到头都会吃。现在也有专门做粿的作坊，城市里的人懒得自己动手的时候会去铺子里买。怎么样，是不是跟和果子有异曲同工之妙？”

和美猛点头，她真没想到远隔千山万水，两种截然不同的世俗文化里竟然有这样的巧合。

吃了各种各样的粿和粿条，又喝了鲜香的笋鸭汤，这一餐收获不小。

晚上两个人去吃火锅，火锅店门口的肉档里挂着各式各样的牛肉，还有牛腿和牛尾，大锅里翻滚的汤发出异香。

和美知道这个味道：“是牛杂！”

穆嵘觉得她真不容易，作为半个外国人，什么都吃，完全不挑食。

他们是从后厨的陋巷绕到前门的，有精壮的小哥裸着上身露出紧绷的肌肉，站在树墩般大小的砧板前反复捶打牛肉，最后用肉浆做成了现打的牛丸，一盆一盆的端到前面去。

和美没见过这种架势，愣怔地看了好久，打肉丸的小哥还腼腆地朝她笑笑，一脚就踢翻了穆嵘的醋缸。

他咧嘴道：“喂，往哪看呢？看我，你只能看我！”

和美逗他：“你没人家好看，我喜欢肌肉男！”

穆嵘用力地握了握她的手：“有本事晚上来我的房间看！”

和美不屑：哼，有本事别订两个房间。

牛肉火锅的味道很好，不同部位的牛肉被片成很薄的片，在牛骨熬制的清汤里涮熟了就吃，蘸一点沙茶酱、豆酱或者辣椒酱，有的肉汁饱满，有的爽脆弹牙。最后还把一点蔬菜和白萝卜落锅煮，搭配他们已经都不陌生的粿条，每一口都像是幸福的终点站。

吃饱喝足的两人靠在椅背上，穆嵘感慨道：“吃得太饱了，这样会胖的，还是得运动运动才行。”

真怕明早醒来就变成行动不能自主的大胖子。

他真没别的意思，和美却想歪了。她记得在北京跟穆家几位女士开茶话会的时候，“运动运动”好像指的是做爱啊！

她一个激灵——他这算是某种暗示吗？

在回住处的路上，和美一直悄悄瞄他，穆嵘浑然不觉，到了地方才问她：“你很热吗？手心里都是汗。”

她尴尬地抽回手在身上擦了擦：“那个……你要睡了吗？”

穆嵘摇头：“今天拍了很多照片，我打算处理一下。”

“不是说要运动吗？”

“今天太晚了，明天再说吧，早上起来再运动，给你买早餐回来。”

即使是住在镇上条件最好的旅馆，也是没有早餐供应的，他愿意出去买早餐来伺候女王大人的胃，顺便锻炼身体。

和美“哦”了一声，穆嵘道：“怎么了？看你好像无精打采的。”

“没有……”只是有一点失望罢了。

穆嵘凑上来，声音低沉暧昧，把她逼到背贴在旅馆的房间门上：“那亲一下？”

和美心跳加快，不过她渐渐习惯了这样的亲昵。

自从两个人在一起之后，抱抱亲亲自然少不了，他每次送她回去都会在楼下的树影里，跟她依依不舍地耳鬓厮磨一番。开始还只是抱抱，后来亲亲额头，再后来才是嘴唇，终于又找到那晚派对之后亲吻的感觉。他的技巧也提升得很快，常常吻得她欲罢不能，在他怀里晕陶陶的。

所以当他这时说亲一下，她毫不犹豫地就闭上眼睛，嘬起嘴巴等他来尝。

然而想象中缠绵悱恻的亲吻并没有降临，他挣扎一下，才在她额头上碰了碰，又抬手摸摸她的脸：“晚安了，早点儿睡。明早我买好了早餐来叫你。”

“嗯……好。”

和美话音未落，就见他飞快地掏出房卡，逃似的进了隔壁房间。

现在不单是失望了，她还有点蒙。

是她做错什么了吗，还是流露出的企图太过于明显吓坏他了，不然怎么连晚安吻都变得那么敷衍呢？

说好的感情升温更进一步呢，怎么变成他躲着她了？

穆嵘回到房间，一关上门就贴在门上听外面的动静，直到隔壁的门也啪嗒一声关上了，一颗心才落回原处。

他真是要抓狂了，这个小旅馆为什么处处给人一种暧昧的感觉，害得他亲都不敢好好亲，生怕把持不住直接把她推倒在床上。

看到兔兔噘起樱桃小嘴求吻，真是心碎一地。

他现在过去还来不来得及，会不会显得太刻意？

这种事虽然情难自禁的时候该发生自然就会发生了，可还是得尊重女生的意愿啊！和美成长的环境、接受的教育都跟他不一样，会不会特别保守呢？

再说她在国内只做短暂的停留，会不会根本就没想在这段感情上投入太多，也不想更进一步呢？

他拿出手机，发了一条微博：万能的微博啊，现在深夜十点，我要不要去敲她的门？

特地注明了是“她”，动机很明显了，他都可以预想到评论有多离谱。

和美也关注了他，他倒不怕她看，看到才好呢！

她现在在干什么？打电话、刷微博、看剧？

两个房间一墙之隔，虽然墙也不隔音，可除非墙上有洞，否则他也看不到她在干什么呀！

他给她打了个电话，好半天她才接，他尽可能显得镇定：“睡了吗，怎么才接电话？”

“没有啊，怎么啦？”

“噢，没什么，想跟你视频来着。”

两个人就住隔壁用得着视频吗？不过……这也许算是恋人之间的情趣？

“我刚准备洗澡，要不等我洗完？”

洗澡？穆嵘脸上发热，脑海里一时间跳出无数个活色生香的画面：“啊……已经开始洗了吗？”

“刚脱好衣服，还没开始洗。”

所以她跟他说话的时候什么都没穿吗？

不行了，穆嵘觉得要流鼻血了！墙上为什么没有洞，为什么？

“穆嵘？”和美见他不吭声，以为他生气了，“你不想等的话，我们先视频，我再去洗好了。”

“不用不用，你去洗吧，我也要去洗了，等会儿再说。”

开玩笑，现在跟她视频他还能把持得住，那他就是柳下惠了。

他是该去冲个凉水澡降降温了。

和美低头看了看自己，她匆匆忙忙从浴室跑出来没穿衣服，胸口围着她自带的粉色HelloKitty浴巾，两团雪球勒出一个小小的沟，该有的都有，其实也不算很糟糕啊，怎么他一点兴趣都没有呢？

一定还是因为她不够诱人、不够有女人味吧？

她如果能像梁知璇那样多好，身材高挑，玲珑有致，内衣裤都是蕾丝或软缎的，不乏紫色、黑色、大红色的丁字裤和深V型内衣，怎么看怎么成熟性感。她不过比人家小几岁罢了，内衣都是素色或者小碎花图案的保守款式，衣服也都是舒适、宽松的，在男人眼里她是不是就跟个没长大的孩子一样啊？

她在这边惆怅，穆嵘在墙的另一边也纠结得不行。刚才那条微博下面已经有两百多条评论了，跟他想的一样，大多都没什么用。等着看直播的、冷嘲热讽的都有，还有卖金戈银戈的说：大兄弟，你不行我给你支支招，用了咱们的药肯定好使。

他关掉微博，想了想，还是打给有经验的人问问看吧！

他先是打给了穆皖南，结果打了半天才有人接，大哥声音喘得都有点抖：“小五？”

穆嵘吓得舌头打结，结巴道："大、大哥……嘿嘿，你忙呢？"

"嗯。"有话快说，有屁快放。

瞧他这是什么人品，打断人家的好事。穆嵘快哭了："那你忙吧，代我问大嫂好。"

虽然需要经验，但也不用这样言传身教嘛！

他迫不得已只好打给亲哥，穆峥电话倒是接得快："什么事，讲。"

穆嵘斟酌了一下，还是选择比较保守地问："你跟小璇第一次……那个的时候有没有说点什么？"

虽然说得很模糊，但穆峥居然秒懂："你问这个干什么？"

穆嵘的脸红得快要滴血了："还能干什么，当然是取经啊！"

"噢。"穆峥想了想，"你还是不要知道比较好，我的经验不适合你。"

"说说看嘛！"

穆峥皱了皱眉："那个小不点不是空手道黑带吗？如果你硬来的话应该会被她一脚踢到墙上去吧。"

对啊，那样墙上就会有个大洞了。

穆嵘苦着脸："好吧，那不说第一次，后来……再要……那个的时候总会说点什么吧，怎么说比较好啊？"

穆峥想了想："直接做就行了，说什么？"

难道说"坐上来，自己动"这种吗，他是不是脑残剧看多了？

穆嵘抚额，没想到你是这样的总裁，一母同胞的亲兄弟差别怎么就这么大呢？

不过穆峥最后还是提了一句："我看那个小不点儿吃准了你，顺其自然就行了，心急吃不了热豆腐。"

哎，这倒是，其实他就想了解一下她对此是个什么态度，这样万一真的情难自禁，才能顺其自然。

他不想对心爱的姑娘有一点点的勉强。

他删了之前那条微博，也没再去骚扰和美，一觉睡到天亮。

他们这段乘坐绿皮火车的旅行持续了三天两夜，有一个夜晚是在火车上度过的。车厢里没有太多人，闷热的车厢摇摇晃晃的，他们不用再分隔在两个房间，而是并排躺在卧铺的床上，中间隔着窄窄的过道，伸手就可以握到对方的手。

穆嵘问她："有心事啊？"

和美转过脸来："没有啊！"

撒谎，明明就有。她的手像是会说话，握在手里不是那样软软的，他就能感觉到她不开心。

"对了，那个……昨晚本来是想跟你视频的，结果我自己睡着了，就没打给你。"无论如何都要解释一下，希望她没有白等。

"嗯。"

两个人躺在卧铺上手拉着手过了一夜。火车在凌晨六点多的时候到了南城，和美睡眼惺忪地就被穆嵘拉下了车，将其塞进接他们的车子里。

他碰了碰她的脸，在她耳边道："和美，我有点事必须走开一下，你先一个人回去啊！我哥的司机会把你送到地方，不用担心。"

她这才一下子清醒了："这么早，你要去哪里？"

"我……我有点活儿要干，刚接到的邀请，让我去拍一组照片。"

和美抬头看到火车站的大钟，清晨七点，什么活儿需要他这么早开工？

他什么时候打电话接的生意，她居然都不知道，是故意避开她的吗？

穆嵘已经撒手关上车门，她心里却更加忐忑了。

这趟旅行轻松愉快，他们没有吵过架，但她不确定自己是不是有什么地方做得不好，两人并没有变得更亲昵，他对她也没有表现出男人对女人的那种兴致，是不是他也察觉到这一点，所以找借口疏远她呢？

成田现象，他们果然无法幸免吗？

她没有太多时间胡思乱想，回到梁知璇的住处，才知道他们离开的这几天，她把父亲从养老院接出来了，在重新找到合适的养老院之前，梁爸爸要暂时住在家里。

梁国兴是性格温暾的男人，好人一个，但没什么大本事，老了之后先是患了老年痴呆，还有严重的糖尿病，每天都要吃药和注射胰岛素。虽然他已经不太认得人，但仍然很疼女儿，时常跟和美说要给梁知璇做好吃的，她听得两眼放光："您会做菜？"

"当然，小璇和她妈妈最爱吃我烧的菜。"

和美便请他教她做，很多南派的点心他也会做，只是因为老年痴呆常常忘了下一步要做什么。和美帮他捋顺步骤，边看边学，竟也收获颇丰。

只是有一条，梁知璇现在的住处太小了，梁爸爸回来之后和美再住在这里就有点不大方便了，她必须尽快找到其他地方搬出去。

其实最好是搬到穆嵘那里去，可他会同意吗？

他这几天好像很忙，都不见人影，要不是还会跟她视频和通话，和美大概又要忍不住胡思乱想了。

她趁晚上两人视频的时候把要搬出来的想法跟他提了下，穆嵘一听果然支吾起来："呃……搬到我这里好像也不大方便啊！"

他当南城是散心的后花园，嫌麻烦没有置产，自己也只是在穆峥的别墅里小住，现在她要搬进来"同居"，好像不大合适。

和美当然能理解这种不便，可她期望穆嵘至少表现出一点欢喜和渴望，那样才能证明他是希望能跟她一起生活的，然而她还是失望了。

"要不你还是在小璇那将就几天吧，过几天咱们就回北京了。小璇她爸身体不大好，她一个人照顾不过来，你就再帮帮她吧！"

穆嵘没看出和美的沮丧，还在耿直地给她建议。

"嗯，我再看看吧。你最近忙什么呢，都见不到你，是遇到什么困难了吗？"

"啊？噢……没什么，我自己搞得定，你不用操心。"

他轻描淡写地又把她排除在外了。

梁知璇请了护工来照顾父亲，定时定点上门，护工不在的时候和美也会帮忙，提醒梁国兴吃药和注射胰岛素。

梁国兴对她也很友善，就像对待自己的女儿一样，不厌其烦地教她做自己拿手的点心和菜肴，一老一少相处得很融洽。

然而毕竟男女有别，他脑子又有点糊涂，有时分不清人和时间。梁知璇是空姐，时不时地飞晚上的航班或者在外地过夜的航班，家中就只有和美和梁国兴两个人，他会把和美当作梁知璇，甚至是小时候的梁知璇。有一天夜晚和美没有锁房门，他半夜进来给她盖被子，把她给吓哭了。

她知道他没有恶意，可是这样将就下去着实不是办法。

她只好打电话给程东，他正好值完夜班在调休，立马就开车过来见她。

他不是空手来的，还为老人家带了新鲜的水果和一些常用药品，免得他们再专门跑医院去开药。

和美不是他的亲妹妹，但他仍然如此周到，感激梁家父女这段时间对她的照顾。

然后程东开车带她回他的住处："上回说好请你来家里吃饭的，正好今天有空兑现。别客气，说说你想吃什么，我来做。"

上回说请她吃家宴的人好像是莫澜吧？他倒记得清楚。

和美环顾了下他的公寓，简约明快的风格，色调都是很中性的黑白蓝，收拾得非常干净——看得出是真的干净，而不是因为她来才草草应付出的。

他还跟以前留学时一样，自律、谦和、爱干净。

程东给她倒了杯水："你先坐一会儿，我做两个菜，很快就能吃饭了。"

和美拉住他："不用麻烦了，我不饿。"

"那我们等会儿出去吃，对面酒楼的点心很不错，你应该会喜欢的。"

正说着，门铃响了。他起身去开门，外面站着莫澜，拎起手中大包小包的袋子朝他喊："Surprise！"

不等程东开口，她已经扭身进来了，胡乱踢开脚上的高跟鞋，光着脚踩在地板上："我在对面买了虾饺、肠粉、凉瓜卷、蛋挞、煎饺、奶黄包，他们在门口摆出来的花胶好大个，所以还买了花胶当归炖鸡汤给你补补……咦，小和美也在？"

和美起身跟她打招呼："莫澜，你好。"

莫澜照例奔过来热情拥抱她："你今天怎么来啦？还好我买的东西够多，万一不够吃我再去买！"

程东拉开莫澜："你别添乱！"

和美尴尬地笑笑："你们吃吧，我……我先回去了。"

莫澜道："怎么了，发生什么事了吗？"

和美简单把情况说了一下，莫澜听完了问："你那个小男朋友呢？"

和美答不上来。

看她的样子莫澜心里就有数了，一拍桌子道："这还不容易啊，你搬来跟我住呗！"

"你？"和美跟程东异口同声。

她笑盈盈道："对啊，我的房子可大了，比这里还宽敞。"

程东冷哼一声，和美有点茫然："可是……"

"哎呀，没有可是，我那里什么都有，拎包入住。难不成你想搬到程东这里来吗？他可龟毛着呢，这个东西放这，那个东西放那，稍微弄乱一点都得马上收拾，你要住进来随时随地变女佣，累死了！"

更何况他们也是孤男寡女的啊，不是一样不方便？

莫澜不理会程东冷飕飕的眼神，上前揽住和美的胳膊说走就走："咱们现在就去帮你收拾东西搬出来，我那里就我一个人，你想住多久就住多久。你看像程东这样的大男人总会有需要的嘛，对不对？万一晚上带人回来让你听到妖精打架的声音多不好！"

和美不解："什么叫妖精打架？"

莫澜在她耳边悄悄地说了几个字，和美的脸立刻红了。

越说越离谱了。程东忍无可忍地把两个人拉回来："先吃饭，搬家的事稍后再说。"

第七章　终于住进你心里

没想到就在和美离开的这么一小段时间，梁国兴就发生了意外。他趁护工出门帮他买药的时候，自己锁上门出去了，没人知道他去了哪里。

他患有老年痴呆，出门不辨方向，甚至连自己住在哪里都说不清楚，失去联络之后找起来很困难。

梁知璇都快急疯了，联络了所有可以帮忙的亲友帮她一起找。

和美自责不已。程东安慰她道："别着急，我这就送你过去，咱们一起找，总能找到的。"

莫澜难得一脸正经："我也去，多个人多份力。"

所有人都出去了，只有梁知璇留在家里等消息，以防万一父亲回来家里没有人。

但空等显然更折磨人。和美他们赶到的时候，正好撞见梁知璇在楼下焦灼地踱步，大概是想出去找人，穆嵘正一边劝一边拉住她。

实际上他已经有点力不从心，看到和美他们来如蒙大赦，立即喊道："你到底跑哪儿去了，怎么才来啊？"

和美本来就自责，被他这么一嚷嚷，一着急眼泪都出来了。

"小璇，对不起……我不知道伯父会跑出去，我应该在家里看住他的。"

梁知璇摇头，她不怪任何人，其实她更多的是自责。

一旁的程东见和美哭了，连声安慰道："现在不是追究责任的时候，还是找到人最重要。你们都别着急，大家分头找，有消息用手机联系。和美你在这里陪梁小姐，其他的事情交给我们。”

穆嵘一听不是滋味儿了，程东跟他们算是素不相识，跑这儿来凑什么热闹呀，还指手画脚地管起事来了！

他把和美往身后一拉，压低声音问她：“这个家伙怎么来了，你不在家待着是跑去找他了？”

莫澜听见了，手往程东的肩上一搭，笑道：“你还真得感谢这个家伙和我，不然你的和美宝贝就要露宿街头了。”

穆嵘蹙眉：“怎么回事？”

和美不想这时候跟他就这件事论什么长短，小声道：“我晚点再跟你解释。”

什么事都堆在一块儿，千头万绪，穆嵘心里也窝着火呢，就没再继续追问，只是一直对程东没有好脸色，暗中较劲。

隔了一天才找到梁国兴，他误入一片废弃的工地，是活活饿死的，送往医院的时候已经太晚了。

命运弄人，那片工地是穆峥公司旗下的项目，而最早发现梁国兴的也是穆峥。

梁知璇在医院见过父亲最后一面之后，跟穆峥爆发了严重的冲突，扬言跟他不共戴天。

穆嵘跟和美都亲眼目睹了事情的经过，遗憾却又无能为力。

梁知璇身边有一位机长自始至终陪着她，单是看眼神就能看出端倪。

有这样的护花使者在，其他人好像都不能再多做些什么了。尤其是穆嵘，他明明也是关心梁知璇的，每次她身上有不好的事情发生时，他原本对她抱有的那些愧疚感就会被激发出来，可他自问也是最不宜安慰她的人。

他跟穆峥长着一张同样的脸，她现在根本就不想看见他吧？

他的沮丧、落寞都写在了脸上，和美看在眼里，心里一阵酸楚，于是更加难受了。

她问程东：“梁伯伯的死真的是意外吗？”

程东就是这家医院的医生，梁国兴送来抢救的时候他也参与了，宣布死亡的时候他就在旁边，从诊断上来看这件事纯粹就是意外，没有可疑之处。

可他毕竟只是医生，不是侦探，有些事也不敢妄下判断。

他关心的是和美："你还打算搬出来住吗？"

梁国兴去世，梁知璇又一个人住了，她其实可以不用搬的。

但她想了想："我还是搬出来住吧，小璇……她可能想要一个人静一静。"

穆峥肯定也会时不时地去找梁知璇，有第三个人在场，始终不大方便。

她知道这不是一个好时机，但还是有必要跟穆嵘交代一声。

她想尽量委婉一些，于是问他："穆嵘，你打算什么时候回北京？"

"我也不知道。"他的情绪低落，"暂时还不能走，我哥跟小璇闹成这样，我实在不放心。"

他不止关心梁知璇，当然也关心自己的亲哥。

和美抿了抿唇道："如果你不急着回北京的话，我打算搬出来住一段时间。梁小姐那里不大方便再继续住下去了，我跟程东哥哥他们商量过了，他们会为我安排的。"

果然，他一听就炸了："你要搬去跟程东住？"

和美连忙摇头："不是不是，是搬去莫澜姐那里暂时住几天。"

穆嵘一口否决："不行，我不同意！"

"抱歉，这是我自己的事，即使你不同意，我也打算按照我自己的计划去做。"

和美执拗起来也是寸步不让的，穆嵘气得牙痒："你就是为了这个才丢下小璇她爸一个人在家跑去找程东的吧？我还没说你呢，有事为什么不先找我商量，一声不吭地跑出去，你知道你有多离谱吗？"

莫澜听不下去了，插话道："我说离谱的人是你吧？你把小和美当什么了，保姆还是护工啊？她是客人，生病和走失的又不是她的亲爹，她帮忙照看是美德，不帮忙是本分，现在出了事她跟你一样难受，你就不考虑她的心情吗？"

吵架不要口不择言啊，笨蛋！覆水难收，将来有你哭的！

和美虽然自责，但亲耳听到穆嵘的话，心里像针扎似的疼。她好不容易才调整好情绪，对他说："你可能忘记了我跟你说过的我想搬出来住。

梁小姐有时飞晚上的航班不在家，梁伯伯是好人，但毕竟男女有别，我们这样住实在不方便……我没有办法继续将就，你又太忙，我只能找程东哥哥商量。”

对啊，和美是跟他提过这件事的，然而穆嵘直到这时才意识到她那不是矫情，是真的遇到困难了。

“和美……”

他应该一直板着硬邦邦的脸对她没个好脸色，她也好继续冷着脸跟他吵，可眼看他软下来了，她的委屈反而像泉涌似的堵在嗓子眼，说话都哽咽了：“我到莫澜姐那里暂时住几天后，可能就会回北京了，梁小姐那边我会找机会跟她好好道歉的，这段时间很感谢你的关照。”

咦，这话什么意思？

穆嵘有点慌，拉住她：“喂，和美，我不是怪你……”

程东挡开他：“不管是不是，你们暂时都需要冷静下。”

他气不过还想理论，和美拉了拉程东的衣角道：“程东哥哥，咱们走吧！”

咱们，她跟谁是咱们？穆嵘眼睁睁地看着她挎着程东的胳膊离开。

莫澜带和美回到住处，她的公寓果然很大，只不过她随性惯了，不像程东那样爱收拾，从进门开始就见她不穿的鞋子、衣物一路蔓延到卧室。

程东默默地把脚边歪歪倒倒的两只高跟鞋拎到一边，把和美的行李放好，问她：“看看还缺什么，我陪你去买。”

她的行李很少，一个小巧的皮箱而已，都没多重。

和美摇头：“这样就可以了，有需要的我自己下楼去买就好。”

莫澜住的地方就在南城市中心，周围配套设施齐全，要买什么都很方便。

程东抬眼看了看这屋子，其实他也是第一次来这儿。莫澜抱着高高的一堆衣服扔进洗衣篮里，总算把沙发收拾出来了，对他们笑道：“坐啊，你们先坐，我去给你们倒杯水。”

热水壶里空空如也，她干脆扔下水壶，从冰箱里拿了两瓶冰矿泉水给他们："喝这个吧，天气热，解暑。"

和美已经没什么戒心地坐下了，程东嫌弃地蹙着眉，左看右看怎么也坐不下去。

和美打开网站，程东看见了，问她："订机票？"

"嗯。我在南城待的时间也够久了，该计划一下接下来到哪里去。"

"这么快就要走了？回北京吗？"

和美摇头，说实在的她也不是很确定。她之前之所以到北京和南城两个地方都是因为穆嵘，她是打定了主意要锲而不舍地请求穆嵘，直到他肯答应帮她为止的。现在她也算达成了最初的愿望，接下来没了目标的她不知道该何去何从了。

她心里空落落的，再也不是最初无拘无束、潇潇洒洒的和美了。

穆嵘的日子也不好过，习惯有另一个人在身边之后，只要看不到对方，就像丢了东西似的，失魂落魄。

他也不是拉不下脸去哄和美，只是觉得她那么懂事，等冷静下来想明白之后就不会跟他计较了。

然而等了几天和美都没再联系他，甚至在梁国兴下葬时也没见到她。

他这才真的着急了，问梁知璇道："和美呢，怎么没见她来？"

梁知璇道："她来过了，还亲手做了和果子送过来。"

穆嵘看到桌上用精美盒子包装好的和果子，急道："什么时候，我怎么没看见她？"

"昨天。"父亲今天下葬，大部分人来慰问都会在今天，就像穆嵘，所以她想和美应该是故意不想见他，才选在昨天来的。

"我还没问你呢。"梁知璇道，"和美那么内疚自责，一直向我道歉，是不是你跟她说什么了？"

穆嵘支支吾吾："我……那天在医院，我听说她要搬出去住，一时没控制好情绪，就问她是不是因为这样才会让你爸爸一个人跑出去的……"

他越说声音越小，梁知璇却已经听明白了。

他犯浑的时候跟穆峥还真像。

她深吸口气道："和美跟我住的这段时间，哪怕我下班回来再晚她都会给我留门。前几天我六点飞的航班晚点，回到家已经凌晨一点了，我发现她把房间门反锁了，我敲了好久她都不敢开，还是我打她的手机才把她叫起来开门的。后来她才告诉我，前一天夜里我不在，房门没锁，我爸夜里进了她的房间……"

"什么？"穆嵘几乎跳起来，屏住呼吸道，"你……你爸爸对她做了什么？"

她摇头："你别紧张，我爸不是禽兽，他只是脑子糊涂，把她当成了我，而且是小时候的我。那天夜里下雨变天，他去帮她盖被子。"

但凡任何一个女孩子都会被吓坏的，和美也不例外。

穆嵘像是被人狠狠地揍了一拳，耳边嗡嗡作响："她怎么从来没有告诉过我……"

不，她是告诉过他的，只不过怕他误会、怕他担忧，所以用了一种比较委婉的方式。可他是怎么说的？他说让她将就和忍耐，让她在那么孤独无援的时刻一个人去住酒店。

他忽然明白后来和美那么委屈是怎么回事了，根本就不是其他人的问题，更不是她的问题，问题出在他自己身上，是他在她最需要关心照顾的时候硬生生地把她给推开了。

梁知璇又一次遭逢人生的打击，脸上有掩饰不了的疲惫，但还是忍不住说道："穆嵘，你听好，我爸爸的事要不是你哥做了手脚，就完全是我自己的疏忽，跟其他任何人都没有关系。这段时间和美已经帮我太多了，我不知道该怎么感谢她，现在出了这样的意外你还把帽子扣在她的头上，让我情何以堪？"

其实用不着她说，他也想把自己揍一顿替和美出气，这回真的是他太过分了。

爱情不仅是你侬我侬、耳鬓厮磨，更是在对方需要的时候伸出手，给她足够的信任和安全感。

他竟然全都没有做到。

换个稍微骄矜点的女孩早就跟他大吵大闹了，和美是脾气好才选择把眼泪咽到肚子里，默默地走开。

她这一走……不会是想要分手吧？

不要啊，都是我的错，我会改正的，兔兔再给我一次机会吧！

穆嵘好不容易找到莫澜的公寓，按了半天门铃都没人开，看来是没人在家。

和美的电话也停机了。这方面他很了解她，她是那种十天半个月没有手机也能生活的人，什么都能靠双手去做，怕是停机了连自己也不知道，这会儿又不知跑哪儿去了。

没办法，他只好坐在楼下等。这个小区挺高端的，巡逻的保安大叔来来回回从他面前走过好几次，每次都用一种打量通缉犯的眼神看他，然后对着对讲机哇啦哇啦说两句。

真是够了。他只好出去买了一束不大不小的玫瑰回来捧在怀里，直接跟保安大叔解释道："您别盯着我看了，我是来找我女朋友的，她不在家，我在这里等她。"

大叔一脸过来人的了然："跟人家吵架了吧？死缠烂打也不是办法，就算送花好歹也送999朵吧，这么小一束多没诚意。"

要是鲜花攻势奏效，要他拿集装箱拉一车玫瑰来也没问题，可惜他家兔兔不喜欢这个，她喜欢和果子，喜欢吃好吃的，那也得见了面才能实现啊！

等来等去，他居然靠在门边睡着了。夜幕降临，他是被什么东西给扇醒的，睁开眼有点不大适应光线，以为又是保安大叔来赶人，没想到面前站着的竟然是和美。

她跟莫澜手里各拎着好几个购物袋，刚才啪啪扇在他脸上的就是这些了。

莫澜一手叉腰，撅起翘臀弯下身打量他："咦，这里有一个卖玫瑰的小男孩。"

怪不得刚才觉得手里的袋子碰到什么东西了呢！

穆嵘手脚并用地站起来，谁知坐得太久两条腿都麻了，使不上劲儿。

和美好心地扶了他一把。

穆嵘趁机抓住她，把玫瑰塞进她的怀里道：“这花是送给你的。”

“你怎么找到这里来的？”和美低头看了看玫瑰，不为所动，淡淡地问道。

一旁看好戏的莫澜“嘁”了一声：“这还用问，肯定是我的前夫告诉他的呗！”

这回还真让她说对了。虽然一百二十万分不乐意，但为了能找到亲爱的和美，穆嵘还是硬着头皮到医院去找程东了。

正好程东今天在门诊，诊室外面里三层外三层的病人。穆嵘径直跑进去，人家还以为他是插队的，几位中年大叔、大妈恨不得直接把他给架出去。

程东大概也猜到他是来干吗的，抬头瞥他一眼，继续问诊写病历，把他晾在那。

他足足等了一上午，要是那些病患的目光可以杀人，他早就被凌迟了。

好不容易拿到地址又扑了空，还被保安大叔撵了好几次……哎，心里真是苦，好想求安慰！

和美没吭声，莫澜一见穆嵘露出那种小狗求主人抚摸的表情，就把两个人往外推：“出门左转有麦当劳，右转有星巴克，你们有什么话出去说清楚再回来，实在搞不定再找我来调解。要是点了麦当劳的儿童餐，记得把赠送的蒙奇奇留给我，就这样！”

去吧，皮卡丘！

穆嵘跟和美坐在麦当劳里，每人面前一个儿童套餐。

和美没什么胃口，默默地把套餐里送的玩偶收好，只低头喝饮料。

穆嵘斟酌半天，还是从梁知璇说起：“小璇的爸爸下葬了，我去帮忙，看到你送的和果子了。你为什么不露面，还在生我的气吗？”

和美道：“我没有生你的气。”

还说没生气，她都打算抛弃他了！

他不管那份套餐了，挪到她坐的这一侧沙发上坐下，拉住她的手摇尾乞怜：“你气我是应该的，但别跟自己过不去。小璇都跟我说了，她爸爸回来之后你住在她那里确实很尴尬，我之前完全没想到，是我疏忽了，没照顾到你的感受。”

想到和美半夜被吓醒他就心悸，拉着她的手放在掌心摩挲着不肯放开，越说越难受。

和美心软，不忍心见他这样，但心里又确实过不去，看他一眼道：“非要小璇姐跟你说，你才相信吗？”

穆嵘一怔，感觉出有点不对劲了：“你、你想哪儿去啦？我对小璇的信任绝对不会比对你的多，只不过她爸爸的事情发生得太突然，我也只能尽量站在她的角度去想，这才冤枉了你。”

他对梁知璇就只有愧疚，但愧疚的情绪一旦被激发出来，就只有指责别人才能让自己好受些。

说白了还是他太自私了，竟然拉和美来陪他承受这一切。

和美敛眸：“我知道，梁伯伯去世我也很难过。”

她甚至连续几晚做梦都梦到自己的爸爸，她知道自己是想家了。

穆嵘不喜欢她脸上露出忧伤的表情，这让他有种很不好的预感。他又摇了摇她的手，撒娇似的拖长了音：“美美……”

她被他缠得无奈：“我真的不怪你。”

“那你跟我回去，不要跟那个莫澜住。”

“为什么，你那里不是不方便吗？”

穆嵘“哼”了一声：“她这里倒是方便，方便程东常常来找你呢，我不同意！”

他吃醋吃得毫不掩饰，但和美心里却漾开一丝甜蜜。

穆嵘见她动摇了，趁热打铁道：“我又不是非得在我哥那里住，咱们自己找地儿安顿也是一样的。南城这么大，还怕找不到合适的房子吗？”

“你打算在南城待很久吗？”和美疑惑，她记得之前他跟她说马上就会回北京的。

“啊？噢……是啊，还要再待一段日子。”说到这个他又遮遮掩掩起来，“小璇跟我哥闹得很厉害，我也不知道我哥会不会做什么出格的事，所以还是留下来看着他点比较好。”

这其实都是借口，和美问他：“你这段时间都在忙什么？”

分明是他自己的事，跟穆峥和梁知璇都没什么关系。

穆嵘又打个哈哈准备搪塞过去："哎，咱们先别说这个了，反正我哥在南城扎根，咱们今后也会常来，先物色个漂亮的房子再说吧！"

这就要开启同居生涯了吗？一想到和美要搬来跟他住就很开心呢，他就可以一日三餐给她做好吃的，把她养得白白胖胖的。

和美脸上却不见喜色："可我没打算继续待在南城，过几天我可能就会回北京了，然后再到其他地方去看看。你有事就先忙吧，不用管我。"

她说完就起身要走，穆嵘连忙拉住她："喂喂喂，这是怎么了？咱们不是说好了吗，你不生我气了，然后搬来跟我住……"

怎么又变卦了呢？

他嚷得太大声，周围的人都斜眼看过来。和美用手捂住他的嘴，压低声音道："我什么时候跟你说好了？"

"唔唔唔唔……"他被她捂着嘴，话也说不出来，只得无辜地睁大眼睛。

和美的手心被他的呼吸弄得痒痒的，只好放开他道："你有不想让我知道的事，我也不想勉强你。我觉得现在不是搬到你那里住的好时机，还是等一等再说吧！"

穆嵘反应过来，还想再解释，她却已经头也不回地走了。

莫澜摆弄着新的蒙奇奇玩偶，把柜子里以前收集到的大大小小的玩偶也捧出来，跟它们一起摆在茶几上，满意地看了又看。

和美坐在一旁叠衣服，刚买来的新衣服她都洗好晾干了，一件件整整齐齐地叠起来放进衣柜。

她来了之后，这间屋子简直大变样，干净整洁得跟程东的住处有一拼了。

莫澜放下手里的玩偶扑过去把叠好的衣服都弄乱："哎呀，不要收拾了，衣服买来都还没穿过就收进衣柜，下回再见到它们还不知是什么时候呢。来来来，先穿上过过瘾。"

和美已经习惯了她的乖张顽皮，就连这些衣服鞋子也是莫澜非要帮她买的——跟她的拮据和小心翼翼不同，莫澜喜欢赚钱更喜欢花钱。

都很好看，有些不过是她多看了一眼，莫澜就买下来送给她，比穆嵘更有霸道总裁范儿。

她还真没好好试穿过，反正家里也没别人，她就放肆一回，跟莫澜两个开始换装比美了。

只是新买的内衣看着叫人为难。莫澜见她把内衣攥在手里不肯换，好奇地问道："怎么了，不合适吗？"

和美脸红地在身前比画一下："这个……好像太暴露了。"

"这你就不懂了吧？内衣除了舒服之外，就是要讲究那种将露未露的魅惑感，要凸显身材的。你不是就想要这种的吗？"

这都被她看出来……和美脸更红了，其实她不过是在成熟性感的款式前多流连了一会儿罢了。

"没关系，我来给你示范！"莫澜一扭身脱掉刚穿上的真丝衬衫，"让你看看同一个人穿两种不同款式的内衣区别有多大！"

莫澜天生丽质，虽然不如梁知璇和柳闻莺高挑，但即使只穿中规中矩的款式，也能勾勒出火辣性感的身材。换上成套的蕾丝深V型内衣就更不得了了，枚红和深紫色衬得她肤白如雪，称得上"尤物"二字。

和美赞叹之余更不好意思换同款了，莫澜却非让她换上，然后把她推到占据整面墙的穿衣镜前："谁说乖乖女就不能走性感路线了？瞧瞧，多好看！你那位小男朋友要是见到你这个模样还能把持得住不碰你，我就敬他是个汉子！"

这个傻妞，居然会为这种事情胡思乱想不开心。

和美抬眼看镜中的自己，陌生又新奇。她第一次穿这种风格的内衣，没想到居然挺好看的，原来人靠衣装还真不是随便说说的。

清纯的姑娘也可以有性感的美，只要愿意尝试，生活总会给人以惊喜的。

这时门外有人敲门，和美一惊，赶紧套上衣服。莫澜却一脸淡定："别紧张，先看看是谁来了。"

和美一副如临大敌的样子，透过门镜看到门外是程东才松了口气，想着莫澜也在房间换好衣服了，才开门放他进来。

“只有你一个人在？”程东进门就问。

和美还没来得及回答，莫澜就出来了，身上只套了件真丝睡袍，刚才那套性感内衣还若隐若现，笑着说：“哎呀，真是稀客！”

程东转过头不看她，只对和美道：“在这里住还习惯吗？”

和美点头：“挺好的。”

“那就好。有没有想好要去哪里？我接下来可以休几天假，如果你想去周边的城市玩，我可以开车陪你去。”

南城的治安不大好，如果她一个人出发上路，他始终不放心。

和美却想起跟穆嵘乘火车出游的日子，心里五味杂陈。这个家伙醋劲儿这么大，要是知道她跟程东出游肯定要气炸了吧？

“和美？”

“噢，不用了。”她回过神来，“我暂时还不打算离开南城，想在这里再待一段时间。”

她也不知该怎么解释自己突然改变主意，但穆嵘有他的理由要留在南城，她也想留下来再看看。

就当她是不甘心吧，即使穆嵘让她受了委屈又有事情瞒着她，她也不甘心就这样放开喜欢的人。

程东倒没有异议，她愿意多待些日子当然更好，他就在南城，有什么事也方便照应。

倒是一直在旁边拈蜜饯往嘴里送的莫澜插话道：“既然你不打算立马就走，我带你去个好地方。”

程东蹙眉：“你又出什么歪点子？”

“怎么是歪点子呢，真的是好地方，很适合和美的，到时候你们就知道了！”

莫澜带和美去的是一个艺术生活中心，她平时在这里上瑜伽和陶艺课。

和美一眼就看到前台的照片墙上有和果子的照片。

“难道这里还教人怎么做和果子吗？”她有些按捺不住了，就像他乡遇故知。

“对啊，烘焙课里有一门细分是专门教人做和果子的，茶道课程里也有。可惜现在的老师都不精通这个，会做的品种很有限，如果有专业的人来教就好啦！”

和美明白她的意思，充满期许地抬起头来却又很快失望道：“可是……我拿的是旅游签证，不能工作的。”

莫澜冲她眨眼：“这你就不用操心了，我可以帮你搞定。找一份工作重新换发工作签证也未尝不可啊，你不想跟你喜欢的人长相厮守吗？”

和美想都没想就点头。其实她心里是很清楚的，她是真的喜欢穆嵘才放不下这段感情的，但在这段感情里的犹疑和不自信有很大一部分也是来自对未来的不确定。

如果能暂时找到一份工作也不错，也许他们的感情因此更稳定一点。

莫澜把她介绍给艺术中心的副主任，能有这样专业的老师授课当然是求之不得的，对方当即表示可以安排课程让和美试试看。

和美不仅会做和果子，由于果子和茶道本身就有很深的渊源，对茶道她也是信手拈来，当即就在和式的茶室里为艺术中心的老师们和莫澜冲了一道茶，从礼仪到口感都恰到好处。

只是没想到从茶室出来时，她竟然看到一个熟悉的身影一闪而过。她以为自己看错了，追上几步看到那个人绕过走廊的转角，才确定真的是柳闻莺。

她不是刚回北京吗？怎么会出现在这里呢？

于是和美问艺术中心的主任道：“请问你们这里有与音乐相关的课程吗？”

“有啊，我们有钢琴、舞蹈和架子鼓，跟外面针对小朋友的培训机构不同，我们这里都是针对成年人开设的课程，目的是让在重压下生活的人们有个放松的机会，换一种生活方式。”

和美沉吟半晌：“那么有哪些授课老师呢，我可以了解一下吗？比如他们的资质，擅长的领域……”

“当然可以。”主任笑道，“你是想学音乐课程吗？也挺好的，我们随时欢迎。”

和美笑了笑，接过对方递过来的平板电脑，里面各个课程的授课老师的名字一目了然。

她在架子鼓那栏往下拉，果然看到一个名字：赵栋。

穆嵘跟她提过，柳闻莺曾经跟乐队里另一个成员恋爱，那个人叫赵栋，是乐队的鼓手。

她没见过他本人，更没想到世界会这么小，这个人居然也出现在这里。

柳闻莺到这里来是来见他吗？可他们不是分手了，还有不远千里来相见的必要吗？

和美越想越觉得蹊跷，忽然意识到，穆嵘在这段时间也神神秘秘的不知在忙什么，不会也跟他们的事有关吧？

和美把烤盘推进烤箱里，刚刚她已经烤好一炉蛋黄小饼干，再加上这盘话梅软曲奇，这两天的零食就够了。

莫澜很喜欢吃零嘴儿，看剧、看书的时候嘴巴一刻也不停歇。刚好和美喜欢动手做吃的，这里厨房又大，各种器具一应俱全，平时没用过，都还跟新的一样，她用起来得心应手。

莫澜寻进厨房，抽了抽鼻子："好香啊，是曲奇吗？"

"你的鼻子太灵了。"和美把装蛋黄饼干的小竹篮递给她，"先吃这个解馋吧！"

莫澜往嘴里塞饼干："我还能闻得出你这个曲奇里加了梅干之类的东西，对不对？其实我这都不算灵啦，凑到跟前还闻不出来吗？门口来了条大狗，那鼻子才是真的灵，隔着三层钢板的防盗门和这么厚的墙都能闻到咱们这里有好吃的。"

"大狗？真的吗？"

"不信你去看看啊，放心吧，我从门镜里看了，很温驯的品种，不咬人的。"

和美好奇地穿过客厅走到门口，结果狗没看到，先听到悦耳的吉他弹奏，竟然是岸部真明的《奇迹之山》。

特殊的调弦以及难以把握的滑音，每个人弹出来的感觉都会不大一样，但弦动如心动，总有一个人的琴声能打动你。

即使隔着一扇门，优美的琴声也足以把那些怒气和委屈磨平。和美渐渐扬起嘴角，要不是怕琴声扰民她真希望能这样无止境地听下去。

一曲到了尾声，最后的琴音落下，她哗啦一下就把门打开了。穆嵘“哎哟”一声，抱着琴躺倒在地。

他的眼睛亮亮的，正好看到和美居高临下地看着他，忍不住笑着叫她：“美美！”

果然好大一只狗啊！

穆嵘坐在沙发上喝水，悄悄打量着和美，她正忙着把曲奇从烤箱里拿出来，手上戴了大大的隔热手套，显得胳膊又白又细。

莫澜以豹的速度从房间里跑出来，抱起装曲奇的盒子又施施然地走回去，朝穆嵘招招手：“你们慢慢聊啊！”

她难得没教训他，也没把他往外推，还给两人留了空间，也是不容易。

和美把小小的骨瓷碟子放到他的跟前：“喏，这是给你留的，配这个茶喝。”

穆嵘望着碟子里的曲奇和蛋黄饼干——这可是她从另一个吃货那里抢下来给他的，真是太感动了。

“谢谢美美！”

和美搓搓手在他身旁坐下：“吃完就可以老实交代了吧？坦白从宽。”这个新词是莫澜大律师教的。

穆嵘叼着饼干发呆：“交代什么？”

“你不是背着我去找别的女人了吗？别想瞒着我。”别以为弹首曲子给她听就万事大吉了，哼。

“什么别的女人啊，我哪有别的女人！”穆嵘傻眼，“你是不是认错人了？”

他有位双胞胎哥哥跟他长一样啊！又高冷又能打又爱泡妞，从小他就特别怕被认错，亲哥做什么坏事都能推到他的头上。

和美叹口气：“我能认错你，还能把柳闻莺也一块儿认错吗？”

穆嵘明显僵了一下：“你在哪里见到她的？”

“我上茶道课的艺术中心。”

他两眼冒桃心："你上茶道课呀，好厉害！"

和美皱眉："别岔开话题！"

穆嵘清了清嗓子："你想知道什么呢？我可以发誓，我跟她没做过任何对不起你的事！"

他竖起三个手指对天发誓，和美按下他的手："我没说你跟她怎么样，但这段时间你遮遮掩掩的，难道不是跟她有关？"

穆嵘不说话算是默认。

"瓜田李下，你说我是不是应该生气？"

"是……咦，美美你居然会用'瓜田李下'这个词？"

眼看吵架斗嘴是进行不下去了，和美直入正题："我在艺术中心看到了赵栋的名字。"

穆嵘突然紧张起来："你认识他，还是他认识你？"

"没有。"和美摇头，"我只是看到他的名字，在架子鼓老师那栏。以前听你提过，知道他是你们乐队的前鼓手，刚好我又看到柳闻莺出现在那里，心想不会这么凑巧吧，所以才问你呀！"

他松了口气，但随即又道："你是跟他在同一个艺术中心上课吗？能不能调开？"

"为什么要调开？"其实她还没正式开始授课，怎么都行，但就是好奇为什么他一副如临大敌的模样。

"我怕他骚扰你，之前一直不告诉你这件事，就是不想把你卷进来，怕你有危险。"

和美一听也正襟危坐："到底是怎么回事啊？"

穆嵘握了握她的手，拿出手机翻照片给她看："你看这个。"

那是只女人的手，整个手掌被长长的血色伤口贯穿，看得出是清创缝线前的照片，但皮肉外翻仍显得触目惊心；手腕也布满伤，肿得老高。

和美看得揪心："这是什么？"

穆嵘没回答，示意她滑动照片，于是更多的画面展现在眼前，这回和美看出来了，惊异地叫出声来："是柳闻莺？"

原来受伤的不仅是手，还有被掐出指印的脖子、肿胀的脸颊和被撕扯得流血的耳朵……哪怕只是侧脸，也能看得出照片里的人是柳闻莺。

“怎么回事？她发生什么事了，怎么会弄成这样？”和美有点着急，她昨天见到柳闻莺的时候明明还是好好的啊！

穆嵘这才说：“这不是最近的照片，是几年以前的。那时她还跟赵栋在一起，这些都是被赵栋打的。”

家暴？和美脑海里闪过这个词，但似乎不够确切，两个人都还没有结婚，这个男人……就这样打她？

穆嵘语调平静，手却已不自觉地握成拳头，有点自嘲地说：“知人知面不知心。我这辈子最见不惯对女人动手的男人，没想到跟我一块儿组建乐队的好朋友竟然是这样的人。”

和美对他的心寒感同身受。她从小学习空手道，只为强身健体，且从入门第一天老师就教导他们：尚武精神不等于可以用暴力解决问题。男女力量本就悬殊，偏偏就有男人仗着天生的力量优势欺负女人。

如果是她身边的人做出这样的事，她也会跟穆嵘一样失望。

柳闻莺喜欢的人其实是他，赵栋……只是将就吧？

穆嵘看出她想什么，跟她十指相扣：“你别乱想啊，我心里之所以过意不去，是因为他们俩曾经是我的朋友。事情过去这么多年了，我居然都不知道。要不是闻莺这回被赵栋纠缠，我还不知道她的手曾经受过这么严重的伤，严重到不能再弹琴。”

所以她才离开乐队去唱片公司工作，幸好她聪明又圆滑，在职场也算顺遂。

和美点头：“我明白。”

要说心里一点酸溜溜没有那肯定是骗人的，他还真是招人啊，各种桃花接踵而来，还没正经恋爱过呢，情债先背了一大堆！

可谁让她喜欢的人又帅又可爱呢？人人都喜欢，证明她眼光好呀！

知足常乐吧，尤其看到柳闻莺这样惨痛的经历，更觉得自己现在这样真的很幸福了。

赵栋有这么严重的暴力倾向，为了纠缠柳闻莺还不知道会做出什么事来，穆嵘之前也是为了保护她才没跟她说这件事的，她能够理解。

“现在是什么情况，我们要怎么帮她？”

有她的谅解，穆嵘就有了底气，慢慢跟她解释道：“赵栋缺钱，也不知怎么又想起前女友了，特意跑到北京，找到闻莺现在的公司和住处去堵她。她完全不想面对这个人，也吓坏了，想都没想就请假从北京来了南城，想避一避。”

“可赵栋不是也在南城？”

他无奈地笑了笑：“很多玩音乐的人不做北漂就会选择去南城，也是意料之中的。不过最危险的地方就是最安全的地方。”

“所以你这段时间都陪着她？”

“也不完全是，她不是一个人来的，沙锤听到消息也跟来了。我们首先要保证她不会被赵栋骚扰，另一方面也要搜集证据，该报警的时候报警，想办法不让赵栋再找上她。”

和美点头：“那柳小姐为什么又会到艺术中心去呢？”

她不是应该对赵栋避之不及吗，为什么又到他工作的地方去呢？

穆嵘往沙发背上一靠：“她那个人呐，闲不住。也算是个优点吧，人生里就没有坐以待毙这个选项，肯定是打听到赵栋的消息先去看一看，想反客为主呗！”

不要弄巧成拙才好。

和美想了想说：“你可以跟柳小姐说让她不必再到艺术中心去，我会帮她盯着的，如果赵栋回来，我就通知你们。”

穆嵘紧张地拉着她的手道：“不好。我就是不想把你卷进来，所以之前才不告诉你的。你看你都气了这么久，现在知道真相了就要做女英雄，那之前咱们不是白闹别扭了吗？”

和美故意拉下脸：“你自己说，我生气是因为这个事吗？”

好吧，他承认是他某些时候心太大又乱吃醋才惹她生气的，可他费那么大劲儿瞒着她这件事，不就是想要保护她吗？她有空手道的本领防身不假，可要她面对一个有暴力倾向、打女人毫不手软的渣男，他说什么也放心不下。

“那让我跟着你，有我在身边，他不敢把你怎么样。”

“哦，你不是要贴身保护柳闻莺吗？”和美故意说。

穆嵘耷拉下脑袋——看吧，还说不吃醋，女人哪有不吃醋的嘛！

不过他倒是很开心。

和美双手捧着他的脸迫使他抬起头来：“那就这么说好了，这回看你的表现，咱们齐心协力把这件事处理好了，我就原谅你。”

“原来你还没原谅我？”他真是欲哭无泪，脸颊被她的手挤压着，大着舌头说，“不过美美你的成语真的是越用越好了呢！”

千穿万穿，马屁不穿。

和美这个台阶给得好，不管原不原谅，至少不用彼此猜忌冷战了，穆嵘又可以大大方方地来找她，还带她去见了柳闻莺。

柳闻莺还是那副干练漂亮的模样，只是看起来有点憔悴，一见面就说：“谢谢你和美，因为我的事闹得你们个个不得安生，我心里很过意不去。”

和美摇头：“不用客气，这是应该的。”

即使是不相干的人见到那样的照片也会于心不忍想要为她做点什么，不管怎么说她们也算相识一场，女人对这样的事往往更能感同身受。

柳闻莺自尊心很强，如今却为这样的事对她说感谢的话，大概赵栋是真的令她感到恐惧又无可奈何。

还好还有穆嵘和沙锤，如今再加上和美，多少能让她安心一点。

穆嵘道：“我跟和美商量过了，赵栋工作的那个艺术中心由我们盯着，等他回来就找机会跟他谈，你不要露面。”

柳闻莺苦笑：“你们打算跟他谈什么？他已经不是上大学那会儿的那个赵栋了，完全不讲道理，自私到极点，一心只想着要钱，从我这里能讹多少是多少。一天拿不到钱，就一天不会罢休。”

一旁的沙利文急道：“你千万别想着给钱就能解决问题。他今天能找你要十万，明天就能找你要一百万，你有多少钱供他挥霍？这是个无底洞，填不满的。”

和美问：“他为什么急需钱？”

沉寂了几年，突然找上门来，是有什么特别的原因吗？

柳闻莺沉吟半晌：“我听圈子里的人说，他沾毒了，这几年身体也垮了，所以大概急需钱。”

拿钱换毒，或者拿钱换命，无非这两样。

但不论哪种，都不值得同情。

穆嵘蹙眉，如果真是这样的话，事情可能比他们想的还要棘手。沾染毒品的人往往会丧失理智，不顾基本的人伦道德，就是人们常说的没有人性。

要让和美跟那种人同在一个屋檐下共事，光是想象就够让人不安了。

柳闻莺看出他的疑虑，对和美道：“和美你有心我就很高兴了，但这毕竟是我自己的事，小五他们帮我是看在当年的情分上，我不想再连累你。这件事你还是不要管了。”

她喜欢穆嵘，羡慕他对这个姑娘呵护备至，也许她这辈子都盼不到一个人这样待她，但至少可以让穆嵘不那么失望。

和美却坚持：“我必须管，你们不要担心我，还是想想怎么让他知难而退吧！”

说到这个他们真的是一筹莫展，沙利文道：“既然知道他涉毒，能不能让艺术中心开除他，这样也许他就没法在南城待下去了。”

“不好。”穆嵘道，“这样说不定狗急跳墙，不知他还会做出什么偏激的事情来。”

和美点头，表示赞同，其实目前最要紧的是稳住他，敌不动、我不动是最佳方案。

这样看来，也只好走一步看一步。

和美的和果子和茶道课程一周只有两次课，穆嵘都准时送她去上课，到点儿就去接她下课，中途却并不在艺术中心里等。

和美好笑地问他：“怎么来无影去无踪的，好像在偷情。”

穆嵘嘻嘻笑：“中国有句话叫‘妻不如妾，妾不如偷，偷不如……’哎哟！”

没说完就挨了一记栗暴，厉害啊，她现在连这样的俚语都能听得懂。

他牵住她的手晃啊晃的，解释道：“其实我是怕赵栋突然回来，他可能不认识你，但肯定认识我，万一暴露了你的身份就不好了，你是内线呀！”

他要在暗中保护她。

和美想说没关系，她并不怕赵栋，难得穆嵘这样心细，还是听他的好了。

两个人手拉手去看电影，终于可以买大桶的爆米花吃了。黑暗中穆嵘的手伸过来，在纸桶里碰到她的手，故意把她挤出去，拿起几颗喂到她的嘴边。

由于光线昏暗看不清，一切全凭手感，爆米花差点塞进她的鼻孔里去。

本来挺温馨的爱情片，最后结局不大好，女主角死了，穆嵘看得眼泪汪汪的，靠在她的肩膀悄悄地擦眼泪。

和美只好低声细语地哄他，直到散场的灯亮了，她还抱着没吃完的小半桶爆米花，坐在那里安慰这个多愁善感的男朋友，颇为尴尬。

清洁工来赶他们走："散了散了，没有彩蛋，别傻等了。"

穆嵘揉揉眼睛拉起她："我们走吧，我没事了。"

出去之后果然又活蹦乱跳的，仿佛刚才她安慰的是另外一个人。

好在和美也习惯了，反正她的泪点高过喜马拉雅山，哥哥哲也也是，以前两个人不管是一起看漫画还是一起看剧都很无聊，现在有穆嵘跟她互补其实也不错。

看完电影去吃夜宵，南城除了甜品和粉粿，当然也有烧烤和麻辣烫，烧烤以海鲜为主，也算是特色。穆嵘带着和美挑了个看起来干净的门脸坐下，每种点一份，元贝、大虾多多益善，再吆喝来一瓶啤酒，就开吃了。

当然啤酒是为和美点的，他只喝饮料。

和美怕长痘，晚上不敢多吃，稍微尝了一点，就撑着脸看穆嵘大快朵颐。

"你光看着我干吗，多吃一点儿啊！是不是嫌麻烦？来，我帮你剥。"他放下手里的筷子，三下五除二剥好一只虾递到她的嘴边，"啊……"

和美笑笑，张嘴吃下去才说："你好像特别喜欢喂我吃东西。"

穆嵘也不否认："想把你喂胖一点啊，你现在太瘦了，抱着都硌人。"

听起来好像要养肥之后宰杀似的，还是嫌她不够有料吗？和美不服气地挺了挺胸："我觉得我现在这样刚好。"

他笑眯眯地又喂一个虾给她："多补充点蛋白质总没错。"

经他的手剥出来的虾好像特别好吃，而且看他修长白皙的手指、灵巧的动作本身就是种享受，和美受不了这样的诱惑，不知不觉又多吃了两个。最后她凑得太近，不小心含住了他的手指，慌乱之下想用舌头顶出去，结果舌头也在他的指尖上扫了扫。

穆嵘像突然通了电似的，全身都酥了，呆呆地盯着她的嘴唇，手也忘了缩回来。

他眼里的春光都快要漾出来了，和美脸红，他这是什么反应嘛！

吃完夜宵出来，和美敏感地往后看了看。

穆嵘揽住她的肩膀："时间不早了，我送你回去。"

"嗯。"她回过头，希望是她太多虑了，从看电影开始就总觉得有人在跟着他们。

吃夜宵的地方离她住的地方不远，本来完全可以走路过去，穆嵘却还是招手打了辆车。

上了车她才感觉到不对劲，问他道："你也察觉了对不对？"

有人跟着他们，从看电影开始就跟着，所以他才在最后散场的时候等到所有人都走光，就是想要甩开对方。

穆嵘笑了笑："人为财死，鸟为食亡。看来赵栋那小子为了要钱也是蛮拼的。"

又不是什么高明的跟踪技巧，他怎么可能没有察觉，不让和美频频回头去看，不过是不想打草惊蛇罢了。

该来的始终会来，和美再去上课的时候，果然看到教架子鼓教室的门边贴了赵栋的名字。

在课间休息的时候赵栋果然到茶道教室来找她，开门见山地问："你是穆嵘的女朋友？"

和美也就不绕圈子了："是啊，你是赵栋？"

他略长的头发扎在脑后，穿着宽松的T恤和牛仔裤，在玩音乐的人中这种打扮不算出格，脸上却有种不健康的消瘦和苍白，跟穆嵘他们都不一样。

他笑了笑："看来穆嵘还会不时地提起我。"

别嘚瑟，就算提起也不是好事。

和美装傻："请问……你找我有什么事吗？"

他示意她借一步说话。

和美也不怕他，隔壁的教室没人上课空着，她跟着他走进去，虚掩上门："现在可以说了吧？"

赵栋问她："你跟穆嵘怎么认识的？"

和美摆出惊讶的表情："你想追我？"

赵栋本来想抽烟的，听到这话刚到嘴边的烟都吓掉了："怎么这么说？"

"不然为什么要问这种问题？好像不关你的事啊！"

赵栋这才意识到和美并不像外表看起来那么温柔，这个姑娘其实是带刺儿的。

他笑了笑："哦，没有，就是想提醒你，他长得好、家世也好，觊觎他的女人很多。"

"比如呢？"

"你认识柳闻莺吗？她以前在穆嵘的乐队做吉他手和领队，是他的师姐，这么多年了都没结婚，也没找男朋友，就是因为放不下他。"

终于说出口了吗？和美也笑了笑："你这样说自己的前女友好像不大好吧？"

赵栋愣了一下，和美补充道："他们乐队的人我都认识，这个世界上没有不透风的墙。"

"原来你知道。"他更无所顾忌了，"那你就该知道虽然柳闻莺离开乐队了，他们俩直到现在还藕断丝连吧？"

和美想笑，忍住了，努力让自己表现得无措一点："有这样的事？我不信。"

"你不信可以问问穆嵘最近都跟谁在一起。柳闻莺这几天都不在北京的公司上班，她的同事说她忙刚签约的乐队的事，不就是到南城来找穆嵘了吗？"

和美没说话。

他又道："不过也不用太担心，穆嵘要跟她在一起也不用等到现在，不过是可怜她罢了。但柳闻莺这个女人很偏执，你看她对穆嵘执着了这么多年，恐怕没那么容易放弃。”

和美一副愿闻其详的样子。

赵栋却不再细说柳闻莺的事了，顿了顿才说：“就算穆嵘对她不是认真的，但感情是两个人的事，有这么个人横在中间，你也会觉得不痛快不是吗？”

“你有办法？”和美已经听出了弦外之音。

“二十万，我可以保证柳闻莺今后都不会再来纠缠你们。”

真是没想到啊，他居然把主意打到她的头上来了。

别说二十万了，就算是拿二十块给这种人她都嫌浪费。

和美深吸一口气，笑得很勉强：“可是……我手上没有这么多钱。”

“没关系，穆嵘有啊！你大概还不清楚他家里的情况，二十万对他那样的家庭来说就是九牛一毛。你是他的女朋友，你要花钱，他不会吝啬的。”

和美犹豫：“这……我需要一点时间来考虑。”

赵栋显得有点急：“还考虑什么，难道你要像我当年那样被甩了才甘心？他们不仁，我们不义，各取所需罢了，你怕什么？”

“我凭什么相信你？”

“你把钱准备好了告诉我，我把柳闻莺提到你面前来，让她亲口告诉你还敢不敢去纠缠穆嵘！”

他有的是手段叫这个女人害怕。

和美把赵栋的话原封不动地放给穆嵘他们听，沙利文听完义愤填膺：“这家伙真是没底线了，吃完本家吃庄家，要钱居然要到和美那里去了，幸好和美机智，把对话都用手机录下来了。这是赤裸裸的敲诈勒索吧？能报警抓人吗？”

莫澜被当作法律顾问来帮着出主意，她在一旁摇摇头道：“他没拿钱很难认定，而且对话中还有点商量的意思，不算是敲诈。”

“那怎么办，难道就随他这样狮子大开口？”

穆嵘沉吟半晌，问道：“是不是只要给他钱，就能算作是敲诈？”

“让小和美再跟他周旋几回，等把他逼急了说了狠话，再像今天这样录下来，然后假意给钱，应该能成。”

还要和美再跟他接触几次！穆嵘不放心，一直没说话的柳闻莺看出他的为难，紧紧握住手中的玻璃杯，恨不得将杯子捏碎：“你们都别管了，我去找赵栋说清楚。”

索性让他再把她伤得重一点，这样也许就能以故意伤害的罪名判他几年。

沙利文第一个反对：“那怎么行，他去北京找你扑了个空，你现在自己送上门去，不是任他为所欲为吗？”

“那也是我自找的，跟你们都没关系。”

她这话说得有几分自嘲、几分凄苦，如果当初不是因为被穆嵘拒绝之后退而求其次地跟赵栋在一起，让他来填补自己感情的空虚，或许根本不会有今天这样的事。

和美拉住她：“我们说好的，一起想办法不让他再来骚扰你，现在也算刚有点进展，你不要冲动啊！你看赵栋都懂得迂回，不能直接从你那里要钱就从我这里想办法，我们也一定可以想出办法来对付他的。”

就当她也有私心吧，总觉得这件事情处理好了也是解了穆嵘的一个心结，否则万一柳闻莺出了什么事，他又该内疚了。

“你们不觉得他要钱要的太少了吗？”穆嵘说，“他其实可以直接找我要更多的钱，为什么只找你们要这么一点？”

“我也这么想。”和美接话道，“我觉得他可能是有急需用钱的地方，怕要多了我们负担不起，干脆要一个折中的数字，可以立马拿到钱。我看他的脸色不好，会不会是生病了？”

莫澜拍拍胸脯：“这个交给我吧，医院我熟啊，我来帮忙查一查他有什么病。”

“那样最好不过，把他的底摸清楚，咱们不能冒险。”

穆嵘难得这么严肃，和美都有些不习惯了，等只有他们两个人的时候对他说：“我知道你担心我，但事情总会解决的。我看赵栋现在也不像是完全失控的样子，他没拿到钱，不会对我们怎么样的。”

穆嵘看着她："你搬来跟我住吧，这样我也许可以稍微安心一点。"

和美一笑："你使诈啊，我都说了还没原谅你。"

"我是认真的，不是开玩笑。之前在我哥那里，你过来住确实是不方便，现在我已经找好了房子，自由自在的，你随时可以过来。"

他这么一说把和美给唬住了："啊……你已经……那个……"

穆嵘拉起她："你跟我去看看，就看一眼，要是喜欢你就考虑一下好不好？"

她怎么能说不好呢，他这急吼吼的样子虽说是关心她的安危，其实也很像恋爱中横冲直撞的愣头小子，是在热恋中才会有的样子。

房子真的很漂亮，小小的跃层，有点像他在北京时住的公寓，两个房间都在楼上，其中一个是和式榻榻米的设计。

他给她介绍说："看了不少房子，就这个最合我意，因为这个榻榻米的房间可以当你的茶室，累了也可以睡在这里。平时咱们就在客厅玩。看到那个60寸的大彩电没？还有体感游戏机，我装了很多女孩子喜欢的游戏，咱们可以一块儿玩。玩累了我给你做饭，管吃管饱，不用你动手，你早晨给我做份早餐就行了。"

越说越是憧憬那样的二人世界，他忍不住又拉住她的手撒娇："你就搬过来吧，好不好？这里也是主城区，周围什么都有，到那个艺术生活中心也很近。"

和美在整洁如新的公寓里转了一圈，心也被装得满满的。她问他："只有两个房间，你……不用留一间做暗房吗？"

他喜欢自己动手冲洗照片，在北京的时候也说过暗房对他的重要性，如果他打算在这里长住，那么肯定要考虑这个问题的。

穆嵘却说："也不是每个玩摄影的人都能有自己的暗房，我在北京有一个了，时不时地回去也能满足我的需要。茶室多实用啊，你有你的空间，咱们也可以坐在一起喝喝茶、说说话。"

暗房只能是他一个人的空间，但茶室却是可以两个人共享的。他喜欢这种感觉——他不再是一个人了，她也不是。

说不感动是假的，和美很想紧紧抱住他说愿意，可现在真的不是好时机。

现在就是要给赵栋有机可乘的错觉，他们搬到一起，他该有所怀疑了。

莫澜那边很快有了消息，原来赵栋得的是再生障碍性贫血，急需要钱治病。他过去染毒导致几乎没有什么积蓄了，到了这种时候穷途末路了，只好打起歪主意。

和美推托了几次，他终于绷不住了，阴森森地说："你是拿的日本护照和旅游签证吧？照理不能在国内打工的，假如我去举报你，你应该很快就会被驱逐出境，到时候穆嵘跟谁在一起你都没办法了。"

和美想说这个问题莫澜早就帮她解决了，她只是顾问和志愿者的角色，不是打工者。但他不知道也好，话说到这个份儿上了，他们要的效果已经达到了，她就顺坡下驴，假意答应给钱。

第八章　幸福开始有预兆

本来说好下了课在艺术生活中心见面，结果赵栋却没有出现，一问才知道他住进了医院。

听到这个消息，和美倒稍稍松了口气，毕竟生病中的人就算有心做坏事，杀伤力也大打折扣了。

穆嵘却还是寸步不离地跟着她，赵栋让她去医院，他也跟着去。

和美道：“我觉得这几天柳小姐会遇到危险，你们还是多照顾下她比较好！”

“她身边还有沙锤，你身边只有我。”

这也算某种意义上的甜言蜜语吧？和美抿唇笑。

他们在医院住院楼楼下遇见沙利文，他显得很焦虑：“闻莺非要自己去，让我在这里等，可她已经上去好半天了，不知道赵栋那家伙会对她怎么样。”

和美道：“别担心，我这就上去，他需要钱，不会太过激的。”

穆嵘眉头拧成川字：“我也不放心，还是一起上去吧！”

和美想了想：“莫澜姐说钱要到他的账上才算数。等会儿我把卡给他，让他到ATM机上转账，到时候你们再趁机抓住他。”

这个主意也不错，到时候她们不在旁边还比较安全。

穆嵘轻轻掐了下她的脸颊：“小心点儿，千万别逞能，知道吗？”

和美上楼，在赵栋的病房门口深深地吸了口气才敲门进去。

柳闻莺果然也在，坐在椅子上正拿着水果刀认真地削苹果，红色的苹果皮一圈圈慢慢地垂下来，赵栋就半躺在床上看着她。

没有想象中剑拔弩张的情形，平和得就像真的只是老朋友来探病。

赵栋见她来了，披了件衣服坐起来："真不好意思，还让你专程跑一趟。来，这是柳闻莺，这是小五的女朋友和美，应该用不着我介绍，你们都见过面了吧？"

和美站在那里没动，柳闻莺连眼皮都没抬，把手里削好的苹果递给赵栋道："我去洗手。"

赵栋笑："你看你这表情，你现在是不是特想往我脖子上割一刀呀？"

柳闻莺没理他，转身进了身后的卫生间。

病房是两个人住的，另一张病床的被子叠得很整齐，病患不知去了哪里，暂时不在，只剩赵栋和她们两个女孩。

他伸出手："钱呢？"

和美把准备好的银行卡递给他："密码是135790，里面有20万，你可以去楼下的ATM机上查一下。"

赵栋把卡收好，从容地说："先不急，难得闻莺今天过来看我，咱们把该了的事儿了了。"

柳闻莺洗完手出来，赵栋对她说："刚才咱们是怎么说的，你跟人家和美说说。"

她没看和美，甚至也没看他，只是轻蔑地笑了一下："你以为二十万就够买我的心甘情愿吗？你还能活多久，这二十万也就够买你的命而已！"

赵栋二话不说抬手就给了她一巴掌。

和美急了："你怎么打人？"

赵栋也笑了："小妹妹，你不懂，有的女人就是贱，给她好的她不要，偏要惦记那些不属于她的，还觉得自己特别高尚、特别了不起。今天咱们就把话说开，拿五十万来，不然我让整个公司的人都知道你对穆嵘是个什么心思！"

和美道："我已经给了你钱了，你怎么还这么贪得无厌？"

"贪得无厌？我生病每天都要花钱，要不是这个女人，我现在还好好地在北京待着，也早就签了其他的唱片公司，哪会像现在这样！"

柳闻莺嘴角出血，啐道："我呸，臭虫在哪儿都是臭虫，别异想天开了！"

赵栋恼羞成怒，反手又是一巴掌，这一下打得很重，柳闻莺站不稳跌倒在地上，他上去又用脚踢她，绊到输液架，干脆拎起来把那铁架子硬生生地往她身上砸。

穆嵘和沙利文在楼下等了一会儿就坐不住了，都说有人分担悲伤就会减半，然而两个焦虑的人凑到一起却是双倍的焦虑，简直一刻都没办法忍受。

"她们都上去半天了，卡也应该给赵栋了啊，怎么还不见人下来？"无论是她们还是赵栋，至少该下来个人吧！

穆嵘沉声道："我看我们还是上去一趟，万一发生什么事，咱们赌不起！"

沙利文就等他这句话呢，立马就跟着他上了楼。

正是午休的时间，护士站也没什么人，他们绕过去走到赵栋住的病房门口，听到里面的动静，一推门正好看到他把输液架往柳闻莺背上砸，和美在旁边拦了他一下，也被他推得一个趔趄。

"闻莺！"

沙利文喊了一声就冲进去，赵栋正是肾上腺素飙升的时候，身体里的暴戾因子都被激发出来，一见沙利文和穆嵘更是红了眼，顺手勒住旁边和美的脖子，抄起桌上刚刚削苹果的那把小刀抵在她的脖子上："你们别过来，否则我连她一块儿收拾！"

"赵栋，你拿刀对着女人算怎么回事？放开她，有本事冲我们来！"

穆嵘相对冷静一些，一边慢慢试着靠过去，一边说："赵栋，几年不见，不管你有什么委屈、什么怨气都可以直接说出来，你要钱我给你钱，不要伤害无辜的人！"

"无辜？你说谁无辜，你们有哪个是无辜的？当年你坚持要做独立乐队不肯签给唱片公司，害大家白白错过了大好的发展机会！你倒潇洒，该干吗干吗，我呢，没钱还落一身病！"

"当初是你们主动离开的。"

"我不离开行吗？难道看着我的女人在我的眼皮子底下天天跟你眉来

眼去？”

穆嵘看了一眼匍匐在地的柳闻莺，又看向仰起头被他困在身前的和美，强按住心里的火，说：“我对闻莺从来就不是男女间那回事，这你应该比谁都清楚。当年的事就当是我对不起你，你现在想要什么补偿，我都可以给你，只要你别伤害她们。”

赵栋其实也不想把事情闹得不可收拾，刚才完全是情急之下丧失了理智，才会拿起刀来，现在听他这么一说也犹豫了。

和美离他最近，他的情绪和状态的微妙变化她都观察得一清二楚，同时穆嵘也跟她的目光有接触，她大概已经摸准了时机。

说时迟那时快，她趁赵栋放松的刹那抬腿后踢，脚尖正中他的前额，踢得他大大往后退了一步，不得不松开了她。

和美挣脱了他的控制，本来可以跑的，但眼见柳闻莺还趴在地上，仍然可能会有危险，于是上前扶她一起离开。

赵栋这时已是困兽，没了任何理智。穆嵘几步冲上前来护住和美她们，沙利文跟上来推开了赵栋。

和美感觉有热乎乎的液体溅到手背上，回头一看才发现穆嵘的手臂上被刀划开一道血痕。

“穆嵘！”她喊了一声，又焦急又心疼，声音微微发颤。

“我没……”他想说我没事，话还没说完呢，已见他的宝贝突然杀气腾腾地站起来，回身跑了两步，噌的一声腾空踢出一脚，直接就把赵栋给撂倒了。

这个过程太快，快到穆嵘脑海里只闪过古龙大师描写小李飞刀的一句经典台词：没有人看到他是怎么出手的……

他看得目瞪口呆，连手臂的伤都没顾上。

不过最后还是缝了几针，医生说幸好伤得不深，没有伤到动脉和神经，休养几天就会没事。

即使是这样，和美也忧心忡忡地跟进跟出，还问医生他要不要住院。

穆嵘笑道：“别介，这么点小伤就住院，要是传出去让我面子往哪儿搁啊？”

和美气得拍他一下："都什么时候了，你流了这么多血，还只想着面子！"

穆嵘"哎哟"一声，佯装被她打到伤口，又吓得她泪花往外冒，边无措地摸他的手臂边担忧地问："哪里疼？"

他嘻嘻笑着，展开手臂抱住她："逗你的，都说了没事了，就是皮外伤，流点儿血就当排毒了，别担心。"

柳闻莺比他伤得重，好几处软组织挫伤，脸也肿了，沙利文陪她在另一个诊室里处理伤口。

赵栋这狗东西真是丧心病狂，好在人已经被警察带走了，这回闹得大，估计他一时半会儿出不来，没法祸害人了。

和美有种劫后余生的后怕，在穆嵘怀里静静依偎了一会儿，才问："你不知道我刚才看到血的时候有多害怕，我没想过会有人受伤的，我应该早点出手制止他就好了。"

然而"空手道不能先出手"是其修行的准则，意思是学习空手道的人，无论发生什么事不得先于对方出手，不战而胜是最好的。

穆嵘却说："我觉得你的时机把握得挺好的，真该把整个过程拍下来给你瞧瞧，最后那个飞踹太帅了！"

"都是套路。"和美有点不好意思。

他在她的头顶亲了亲："套路我也喜欢！"

一眨眼的工夫就替他报了这一刀之仇，真爽！

"你说赵栋会不会被判刑？"

"当然会了，你没听刚才莫澜姐说吗，判个十年八年都算轻的，就算保外就医也有人看着他，放心吧！"

莫澜听说他们在医院里出了点岔子，心急火燎地就赶来了。

穆嵘这是在模仿她说话的语气。

和美莞尔："你别学人家。"

她这种小女孩的娇态腼腆又可爱。穆嵘忍不住捏她的脸颊，又轻捏她的下巴："那你快说，我这回表现得怎么样？"

和美就猜到他会这么问，故意想了想才说："也就那样吧，你看，你都受伤了。”

穆嵘急了：“我那是为了保护你才受伤的！”

“就是这样才不好啊！”她坐直身体看着他的眼睛说，“以后你要记住了，我不要你当英雄，我要你好好的。”

穆嵘心里又感动又不是滋味：“我知道你有一身好本事，但我毕竟是男人，保护你是我的责任。你瞧动物世界里的狼爸爸都要保护狼妈妈和小狼崽子的，这是雄性的天职啊！”

“那雌性呢？”

“雌性负责貌美如花呗！”

和美又被他逗笑了，重新投入他的怀抱：“总之我不要你受伤，我可以保护自己，也可以保护你。”

“如果有了孩子呢？”

“也可以保护孩子。你只管负责貌美如花就好。”请务必将颜值保持下去。

穆嵘将她抱紧，以前他还不觉得，现在才发觉他是那么爱这个姑娘。

赵栋被批准逮捕，柳闻莺终于不用再怕他了。回北京之前，她特意来见和美跟穆嵘，道别并道谢。

“这次真的要谢谢你们，没有你们帮忙，我真不知该怎么办。”

她脸上的红肿已经消退，也不再那么憔悴，神采又慢慢回来了。

但外伤容易治愈，心灵创伤的康复还需要一个过程。和美建议道：“不用客气，如果你不急着回去工作的话，在南城多待几天或者到其他地方去散散心也不错。”

柳闻莺笑笑：“散心是不错，不过对我来说还是工作更能分散注意力，有些不开心的事忙着忙着就忘了。”

她杯子里的茶凉了，身旁的沙利文默默地为她添上热的。

穆嵘看了看老友，若有所指地说：“还有，要忘了旧爱最有效的方法就是尽快找个新欢。”

“这个方法无效啊，还惹上赵栋这么一朵烂桃花。”柳闻莺半开玩笑地说。

"那是因为新欢不够好。"

"那倒是，下回我会擦亮眼睛，好好珍惜自己的缘分。你放心，天涯何处无芳草，我也不会再在你这棵树上吊死的。"

柳闻莺他们走了之后，和美才问穆嵘："你有没有觉得……沙锤好像很在乎柳小姐？"

穆嵘轻笑："这还用你说，我早就看出来了。"

"那你觉得他们俩会在一起吗？"

"不好说，感情这种事是双向的，也不是努力就一定有回报。你喜欢我，恰好我也喜欢你可不容易。"

有的人一见钟情，就能执子之手，与子偕老，有的人终其一生却都没有尝到爱情的滋味。

不是有一句心灵鸡汤说：前世的五百次回眸才换来今生的一次擦肩而过。像他跟和美这样的，大概前世两个人啥也没干，就忙着回头了。

不过经历了这样一番波折，柳闻莺应该也算看清了身边真正值得珍惜的人，会重新给自己和对方一个机会也说不定。

穆嵘现在没那闲心管别人了，一门心思都在和美身上——她原谅他没有？到底要怎么做才能让两人的感情进一步升温啊？

不能让英雄流血又流泪啊！

还好和美心疼他，每天都来看他。为此他不顾只有一只胳膊能动弹，硬是搬进了先前就看好的新居，还特地把穆峥家里的帮佣王嫂借来，帮他把屋子里里外外收拾得干干净净。

为了能让和美每天待的时间长一点，他辗转托朋友买了很多做和果子的材料，各种米粉、薯粉、玉米粉，还有上好的红豆和白小豆，连之前和美一直找不到的葛粉都有，十二分的齐全，够她发挥好一阵子了。

和美惊喜不已："你从哪里买来的，真了不起！"

连她现在授课的艺术生活中心都没有这么齐全的材料。

穆嵘假装很淡定："这不算什么，你喜欢就好。"

当然福利也是他的，想吃什么果子和点心只要跟她讲，基本上都能满足。

和美熬了红豆沙，放了黑糖调味，本来是想做果子的馅料，穆嵘闻到香味想尝，她也欣然舀了一碗给他，还不让他自己端着吃，非要喂他。

“你的手还没好，我喂你吃吧！”

这么温柔贴心，他能说不好吗？当然乖乖地在床头躺好当乖宝宝，张嘴等她喂一口才吃一口。

不光是吃红豆沙，连吃饭也由她来喂。医生说他有伤口要忌口，饮食以清淡易消化为主。和美不知从哪里学来的本事，换着花样给他煮各式各样的粥喝，还极耐心地喂到碗底朝天才肯走。

虽然穆嵘很享受被女朋友嘘寒问暖的过程，但连着吃了好几天的粥他也有点绷不住了。不管什么食材跟大米一起熬，那种香味他都觉得受不了，实在不想再吃了。

他的伤口也好得差不多，马上可以拆线了，忌口的规定不必再守。可问题是和美除了做点心，也只会熬粥、煮面条了，他的伤好了，她就不会再这么无微不至地照顾他了吧？那还有什么理由让她在他们的爱巢里长待呢？

真是伤脑筋，看来只好装作伤口还没好博取同情了。

和美心细，记着医嘱上的复诊拆线时间，问他道：“你的伤口还不能拆线吗？医生怎么说？”

他打哈哈道：“啊……医生说还有点炎症，皮肉没长好呢，得再观察一段时间。”

她的心又提起来了：“怎么会这么严重呢？不是都已经不疼了吗，要不要我陪你换一家医院看看？”

“不用不用。”为了避免露馅，他连忙婉拒这个提议，“也不是很严重啦，医生说继续吃清淡的东西，注意休息就好。美美你不会不管我的，是吧？”

和美道：“当然不会，不过食谱可能要调整一下。”

她绞尽脑汁地回想，是不是之前做的食物营养不够才导致他的伤口愈合不好。之前请教程东，他说要注意蛋白质的摄入，看来是很有道理的，是她疏忽了。

刚好穆峥知道弟弟受伤，让人送来熊胆、燕窝、人参、鹿茸等各种珍贵的补品。王嫂手把手地教她做药膳，她干脆就做了药粥给穆嵘喝。

这可比之前的杂粮粥、鸡粥、皮蛋瘦肉粥都难吃多了好吗？穆嵘闻到那个药味就要吐了，偏偏还不能不吃。

什么叫作茧自缚？他这样就是。

还好现在他受伤的胳膊也能动了，给自己做一顿好吃的绝对没问题。

只不过不能让和美发现，所以都是趁她不在的时候把事先买好的排骨和五花肉拿出来，放姜片、料酒去腥，焯水，然后起油锅炸或炒，最后炒糖色，把排骨和熟肉放进去收汁儿，做成糖醋排骨和红烧肉，装在密封饭盒里藏到冰箱深处，要解馋的时候就偷一块吃。

啊，真是没有比吃肉更美好的事了！

然而他忘了纸包不住火这个道理。

这天他想赶在和美来之前吃几块排骨，结果没想到和美提前到了，指纹锁的动静一响，吓得他差点被肉噎到，赶紧手忙脚乱地把没吃完的肉倒回饭盒里，扔进冰箱，胡乱擦了擦嘴跑回房间跳上床，整个过程一气呵成，大概还不到两分钟。

和美走进来时他已经酝酿好情绪装柔弱了，有气无力地说："美美你来啦？今天给我带什么好吃的？"

粥里又放了熊胆还是人参？来吧，他已经做好心理准备了。只要别再是鹿茸就行，说是补气血，他吃完燥得很。

和美没回答他，用鼻子嗅了嗅："我怎么觉得有一股糖醋排骨的味道。"

女侠，你的鼻子要不要这么灵呀？穆嵘心里很慌张，表面上却还要装得跟没事人一样："啊，糖醋排骨？哪有糖醋排骨啊，是不是美美想吃了，所以产生了幻觉？"

"是吗？可我觉得是真的有……"

这香味很熟悉呀，就是穆嵘做出来的那种糖醋香，他在穆家大宅给奶奶过寿那会儿做过的，她尝过一回就不会忘。

她放下粥桶，追寻着那香味，一路闻啊闻，闻到了冰箱旁边。

她打开冰箱就看到了装排骨的饭盒，穆嵘藏得太着急，没来得及往里推，所以她一下找到了。

和美打开一看就心里有数了，再翻翻发觉居然还有一盒红烧肉。

好哇，明明胳膊的伤都好了，都能下厨烧菜了，居然还欺骗她的感情，害她一直为他担心！她不给他点教训，以后还要变本加厉呢！

不过怎么惩罚也是门技术，要让他长记性，又不能太过火，她得好好想一想。

穆嵘正抱着粥桶，一脸视死如归的表情，舔着汤勺上的鹿茸粥，对和美道："亲爱的，咱们商量下，能不能别再炖药粥给我喝了？尤其是这个鹿茸呀，我吃完以后好热啊！"

中医说鹿茸有补肾壮阳、生精益血的功效……他还是处子身呢，补了要怎么散啊，逼得气血逆流就不好啦！

没想到和美毫不含糊，一口应承下来："好啊，我也觉得粥吃得太久了，明天开始咱们吃别的吧！清淡的小菜啊、滋补的炖汤啊可以吃一些了。"

哎呀，真是太好了，他的宝贝一定是感应到他想吃糖醋排骨了，决定给他恢复正常饮食了。

可是……煲汤、炒菜她会吗？

和美的确不会，但程东会呀，她请他不上班的时候就过来教教她，反正穆嵘为她设置了开门的指纹，她随时都可以过来。

穆嵘出门接了个活儿，为一家互联网创业的创意菜餐厅拍宣传图片。这也是背着和美悄悄进行的，她要是知道他受伤了还背着那么重的摄影器材出去，肯定得发飙。

走到门口就闻到饭菜香了，他也吸了吸鼻子，仔细辨别了一下，应该是清蒸鳜鱼和红烧狮子头的味道。

这么难做的菜式不在和美的能力范围之内，难道她为了给他做好吃的特意去学的？这味道香的……应该有几分功底！

他欢天喜地打开门，果然看到和美穿着围裙在厨房里忙碌着，正想奔过去给她一个拥抱，没想到旁边有个人影晃了晃。

咦，好像是个男人呢！

他以为自己看错了，他不在家，这间屋里哪里来的男人？可是和美居然跟对方说话了，两人谈笑风生的，穿插着还说了几句日语。

他的脑海里警铃大作，叫了一声和美。她从厨房跑出来，笑容甜美："你回来啦？"

对呀，回来了，那个奸夫是谁？光天化日之下竟然自己上门来了，现在跳窗逃走了没有？

他气势汹汹地绕过和美进了厨房，结果程东站在厨房里，动作娴熟地打蛋，见了他依旧是眼皮都没抬一下，淡淡地说："怎么了，以为会看到我跳窗逃走？"

穆嵘愣了一下："你怎么会在这里？"

和美道："是我请程东哥哥来的。你不是想吃菜喝汤吗，我不会做，只好请他来帮忙，顺便教教我。"

穆嵘要吐血："你请他来咱们家教啊？"

"不然呢，他又不肯去莫澜姐那里。再说做好了趁热吃不是很好吗？"

"那得教多久你才能学会呀？"

和美想了想："一天学两个菜，至少一周不重复，唔……怎么也得一个星期吧。"

一个星期这么久？程东是他的情敌，是他爱的姑娘从小倾慕的男神啊，他可不想吃一个星期情敌做的菜，否则就要变成"男神经"了！

他拉过和美跟她商量："你要想学做菜，我可以教你的，用不着这样舍近求远。"

"可你的伤不是还没好吗？我看剔鱼骨、拌肉馅儿都要用力的，就连给鱼身上开花都很有讲究，你胳膊上的伤还没拆线，怎么使得上力呢？"

她说得好有道理，他竟无法反驳。

"可是……程东不是医生吗？医生都很忙的，难得休假还让他来咱们这里教你做菜，多不好意思啊！"

这回程东听见了，插话道："无所谓，反正我自己在家也是要做的。小和美想吃，我正好给她做。"

小和美、小和美叫得这么亲热，哼！穆嵘横看竖看就是看他不顺眼，可是没办法，总不好在这个时候坦白说自己的伤已经好了，之前都是博取同情，也不能进厨房里去帮忙，只能眼睁睁看着和美跟程东在杯盘碗盏的碰撞声中谈笑风生。

他要处理照片，无法忍受独自闷在房间，干脆把电脑搬到餐桌上，一边假装在做事，一边悄悄监视他们。

两个人动作还挺快，程东做的菜色香味美，摆盘还有花样，用胡萝卜雕个花放在旁边。穆嵘忍不住损两句："这不会是用手术刀刻的吧？"

程东冷冷地瞥他一眼，这分明就是挑衅：对啊，就是手术刀刻的，你吃不吃呢?

凭良心说菜的味道真不错，对于吃了大半个月粥的穆嵘来说简直就是福利，哪有不吃的道理?

可他看到和美跟程东坐在一起有说有笑的，还互相夹菜，再美味的食物放进嘴里也是味同嚼蜡。

这样可不行，他只好等程东走了之后，硬着头皮跟和美商量："那个……咱能不能别请他来了，你要做什么菜，我可以指导你。"

"不行，你的伤没好，不能干活。"

"不动手，指导还是可以的呀！需要示范的时候，我再手把手教你，不用力就行。"

"不好，我想让你休息。"

穆嵘终于忍无可忍："可我就是不想家里有陌生人走来走去，这里不欢迎他！"

"程东哥哥不是陌生人。"

"对，他是你的男神，我才是陌生人行不行？"

和美道："你这是吃醋吗？"

"没错，我快被醋淹死了，因为我不想看见我的女朋友跟别的男人卿卿我我！"

他什么都顾不上了，捍卫主权最重要。他把两个饭盒从冰箱里拿出来放在桌上，向她坦白道："其实我的伤早就好了，下厨烧菜完全不成问题。这些都是我之前自己用来解馋的，你那天闻到的糖醋排骨香就是从这个散发出来的。”

和美淡定地看了看：“就这些？”

“就这些，绝对没有私藏！”

“那你为什么骗我？”

“我不想骗你啊！可你不肯答应搬到我这儿来住，每天看到你来我就舍不得让你走，为了跟你多待一会儿，只好骗你说伤口还没长好，想让你多陪陪我。”

和美又好气又好笑：“你觉得伤好了我就不理你了？”

“有可能啊，你过得那么滋润，要上课，还有要好的朋友，要不是顾着我有伤，肯定不会天天来看我了。”

又撒娇！和美捧起他的脸：“听着，你想要我多陪陪你就跟我说，想要我留下来也跟我说，我不可能不答应的。”

不知是不是喝下去的鹿茸粥发挥功效了，穆嵘觉得身体发烫，血液像在身体里沸腾了似的，烧得耳朵也不大好使，只看到她可爱的嘴唇一张一合，有选择似的听到她说：“你想要我……就跟我说……”

他愣愣地看着她，轻轻问：“可以吗……真的可以？”

和美心想他怎么又犯傻了，摸着他的脸道：“当然可以，我喜欢跟你在一起。”

我也是。这句话穆嵘没说出口——他吻住她的唇，用另一种方式来表达。

他们已经不是第一次亲吻了，可唯有这一次澎湃的欲望来得特别强烈。

她的唇似乎也特别柔软，穆嵘碾得用力一些似乎都可以把它们融化。他意识到是自己的体温太高，而她也在这样绵长深入的亲吻中软成一汪水，迁就他甚至迎合他。

他真的很喜欢这个姑娘，喜欢到明知她也愿意，可哪怕动作粗鲁一点、匆忙一点都像是亵渎。

他自己热得受不了，才稍稍退离开她的唇，喃喃道：“美美，我好热。”

她也热，盯着他漂亮的唇形脑海里想的却是：我的男朋友怎么这么美……

她的手臂本来圈在他的腰上，听到他说热，两只小手已经不自觉地从他的衣摆下悄悄地溜进去，摸到他腰背上沁出的汗水，觉得好性感。

有什么比男人绷紧肌肉、大汗淋漓的样子更性感呢？他在为她流汗，而且……他的皮肤真好，摸着会上瘾。

她的手像有了自己的意识，一直往上摸，后来就干脆把他的T恤给脱了下来。

这下他整个人都是她的了，第一次看到他正面不穿衣服的样子，虽然有点羞涩，可她按捺不住自己体内的荷尔蒙，瞪大眼睛看过去，脸红却又满足。

穆嵘也被她看得脸红了，腹部微微用力，六块腹肌更加明显，她终于伸手摸了摸，他抬头轻轻地喘息。

这怎么得了，这才刚刚开始，他已经丢盔弃甲。

和美很快放弃了这种浅尝辄止的试探，双臂又缠上他的脖子，仰头主动亲吻他。

她柔软的衣裳摩挲着他的身体，痒痒的，把他最后隐匿的一点热情都给勾了出来。他开始觉得这样不公平了——她也应该脱掉她的衣服才对。

和美大方又贴心，在他手忙脚乱的时候主动帮了他的忙。

她的皮肤白得耀眼，里面穿了成套的粉红色内衣，带黑色的蕾丝边，勾勒出窈窕美好的曲线。

她眼眸水亮，轻声问：“好不好看？”

她早就准备好要让他惊艳到，虽然还有一点点不够自信，但在他看来已经足够美了。

他依然是用亲吻来回应她，冲动地将她压向身后的餐桌。

噢，不，对两个新手而言在餐桌上是不是难度太大啦？

穆嵘吻着她的眼睛和鼻尖，声音沙哑：“去我房间。”

他托起她，让她挂在自己的腰上，一直在难舍难分地亲吻。这样的姿势和美只在漫画书里见过，要不是亲身实践，她都不知道原来穆嵘力气这么大。

她的小腿甩啊甩的，一只拖鞋掉了，另一只也掉了，他干脆也将自己的拖鞋踢开，光脚踩在地上，抱着她踏上楼梯。

她有点顽皮，也有考验他定力的意思，每走几步就抛下一点东西：她的小内，他的皮带……漫画和小说里不都是这样描绘的嘛，一路都有衣物散落，就像他们现在这样。

最后的战利品是他的牛仔裤，在卧室门口被他踩在脚底，他们终于坦诚相见，抱紧了彼此，吧嗒一声关上门。

穆嵘到穆峥的别墅去找他，印象中自从穆峥跟梁知璇翻脸，他就没到亲哥这里来过。不是他不上心，主要是他跟和美好得蜜里调油似的，不忍心来刺激情场失意的某人。

一大早穆峥从楼上下来，就见穆嵘坐在餐厅里，两只手托着下巴傻笑，面前王嫂为他准备的一份西式早餐还原封不动地摆在那里。

穆峥问自己的司机小曾："他这副模样多久了？"

小曾跟他一样面无表情："他八点就来了，来了就一直这样。"

穆峥心中有数了，下楼在弟弟对面坐下，低头一边吃早餐一边跟他说话："来了？"

"嗯。"

"这几天都在南城，没往别处跑？"

"嗯。"

"还跟那个小不点儿在一起？"

"嗯。"

"你们昨晚做过了？"

"嗯……嗯？"

穆嵘跳起来："你连这都知道？"

穆峥瞥他一眼："不都在你脸上写着吗？"

穆嵘揉了揉脸，腼腆地低声问："有这么明显吗？"

穆峥懒得搭理他："无事不登三宝殿，又跑我这儿干吗来了？"

穆嵘一脸讨好地笑："没什么，不是好久没来看你了吗，过来看看你怎么样。”

穆峥没吭声，他养的两只猫刚吃完早餐，一边一个跳到他身旁的椅子上，跟他一样摆出高冷的脸鄙视穆嵘的言不由衷。

好吧，他承认他是有“羞羞”的问题要请教，于是把那两只讨厌的猫赶走了，悄声问穆峥：“我就想问问……怎么才能知道自己表现得好不好？”

穆峥觉得这种问题根本就不应该来问他，因为他从来就没有过类似的烦恼。

他怎么可能有表现不好的情况呢？他的表现从来都是最好的。

他拿出手机放在桌上：“要不你打给梁知璇问问她，她的感觉比较直观。”

穆嵘面色涨红，撇了撇嘴腹诽：你想打给人家就明说嘛，干吗扯上我！

穆峥的早餐已经差不多吃完了，用餐巾擦了擦嘴：“还有事吗？没事我去公司了。”

“喂喂喂！”穆嵘连忙拉住他，絮絮道，“其实昨天还是很顺利的，我们家和美又温顺又主动，我都没想到她那么有潜质，而且……”

“说重点！”穆峥不耐烦地打断他。

他敢再秀恩爱试试看！

“噢，我们一晚上做了三次哦……”

穆峥已经怒了，推开他就要出门。

穆嵘也急了，豁出去似的喊道：“我就想知道她为什么还是不肯搬来跟我住！”

穆峥终于停下脚步回头看他。

穆嵘赧然道：“昨晚折腾得厉害，一睁眼天都亮了，我们还紧紧地抱在一块儿。我想给她做早餐让她吃了再走，可她说早上有茶道课，快迟到了来不及吃，就这么走了。”

“你让她搬过来跟你住？”

“不是今天，但也提过好几次了。之前我觉得她可能是害羞，可现在该做的都做过了，她怎么还是不肯面对这个问题呢？”

穆峥轻笑了下：“你确定你昨晚做了三次？”

“对啊！”他精力充沛，再来一次都没问题，可是看到和美好像很累了，才从身后抱着她睡过去。

“我觉得你还是先关心下她的身体有没有不舒服吧！”

两个人都是第一次，一上来就连着三回合，他可真够凶猛的。

穆嵘还有点蒙，中午赶到莫澜的公寓，和美在电话里说她已经上完课回来了，这个时间应该就她一个人在家。

他在门口敲了半天她才来开门，穿着宽大的睡裙，抱歉地说：“对不起啊，我刚睡着了，没听到你敲门。”

“不要紧。”他看着她潮红的脸色和浮肿的眼睛，担忧道，“可你怎么这么早就睡了，是不舒服吗？午饭吃过了吗？”

和美摇摇头：“早餐就没吃，好像不大饿，没什么胃口。”

“你从早晨就没吃东西吗？”穆嵘探手摸她的额头，“好烫啊，你在发烧呢！”

和美见他一脸大惊失色的表情，笑了笑：“没事的，不过就是感冒罢了。昨晚……大概受了凉。”

其实现在已经入秋，只不过南城是海滨城市，气温仍旧比较高，穆嵘住处的冷气开得很足。

昨晚情难自禁的两个人显然太忘乎所以了，着凉了也不奇怪。

和美身体一向很好，偶尔生个小病根本就不在意。

倒是穆嵘紧张得很，半抱半扶地把她弄进卧室，非让她躺在床上，给她倒了杯热水，小心翼翼地端给她：“喝一点热水，小心烫。”

和美接过来，见他还直勾勾地看着她，不由得想到昨晚，垂下眼睑轻声说：“我真的没事，你别这么看着我。”

“都发烧了还说没事？你得吃点儿药，这里有药吗？没有我去买。”

穆嵘难得这样强硬，和美只好指点他去翻莫澜的药箱。莫澜不愧有个做医生的前夫，家居常用的药倒是一应俱全。

可他把感冒退烧的药握在手里又犹豫了，放下药瓶去弄了一个冷毛巾放在和美的额头上道：“说是着凉，有感冒症状没？除了发烧，流鼻涕、打喷嚏、咳嗽……有吗？”

和美想了想："没有，就是有点头疼。"

穆嵘沉吟半晌，突然动手掀她的睡裙。和美吓了一跳："啊……你干什么呀？"

"昨晚是不是我弄伤你了，让我看一下。"

这回轮到和美大惊失色了，抬手压住裙角："不行……这、这怎么能让你看？"

至情至性的时候两人互相看是一回事，平时又是另外一回事，那么私密的地方，怎么……怎么能给他看嘛！

和美见他一脸快要哭出来的表情，说："你别这样，我是有点不舒服，但也不是太严重吧？应该……应该都会有这个阶段的。"

穆嵘倾身抱她："对不起，都怪我太不小心。疼怎么不说呢？"

"不是都会有点疼的吗？克服一下就好了。"她红着脸低头。

"那昨晚……有一点点舒服吗？"

虽然疼痛和不适的感觉占了大多数，但和美还是点了点头。其实生理的感觉都是次要的，跟所爱的人在一起心里真的是很满足的。

穆嵘跳起来道："你躺着别动啊，我去给你做好吃的！"

他跑到厨房去了，发现这两个女人的冰箱里几乎没什么菜，都是些冷冻的薯条、鸡翅、玉米、青豆粒之类的，还有一碗剩饭。看来只有炒饭了。

他煎了蛋皮裹住炒好的饭，用番茄沙司在蛋皮上写"I love U"的字样，然后端进房间去。

和美其实没什么胃口，可是他特地做了爱心蛋包饭，说什么也要吃一点的。

穆嵘端着盘子喂她，边喂边哄："多吃一点，我放了很多番茄酱的，酸酸甜甜的应该很开胃！你还想吃什么，等病好了我都做给你吃。"

"我想吃饺子，就是在北京你爷爷奶奶家吃的那种。我当时也学了，可是做出来的味道却没有那么好吃，而且一下锅就散。我问莫澜姐，她也不懂，我们俩只能吃饺子皮汤了。"

穆嵘笑道："你就这么点儿追求？我还以为你至少会点个大菜，比如红烧肉什么的。"

“那个也想吃，你上回偷偷做的糖醋排骨和红烧肉，我想吃。”

“你的程医生不是教你做了吗？”

和美噘了噘嘴：“没学到精华，还是你做得好吃。”

她这是在撒娇？

穆嵘十二万分的满足，摸她的头：“行啊，我都答应你。等会儿咱们去医院，赶紧把身体养好了，想吃什么我都给你做。”

和美有几分怯色：“啊，还要去医院？”

“咱们又不是一锤子买卖，万一有什么问题，今后怎么办呐？”

和美拗不过他，加上发烧确实不舒服，吃完饭还是跟着他去医院了。

妇科医生见怪不怪，但还是语重心长地把作为家属的穆嵘数落了一顿：“年轻人精力旺盛是好事，但也要注意节制，要多体谅女孩子。弄成这样，你就不心疼？”

谁说不心疼，心疼死了！

穆嵘唯唯诺诺跟着和美转，她整个人也放松一些了，靠在座位上对他笑：“去拿药吧，我在这里等你。”

她竟然一点都不怪他，贴心得让他无地自容。

他拿了药回来，见她确实没那么难受了，体温也下去了一点，揽住她的肩膀道：“还好吗，能不能走？不能走我背你。”

和美看了看周围，不好意思道：“没那么严重啦，我自己能走。”

他们下楼后要穿过医院的花园，此时花园里没多少人，和美拍拍他的肩膀：“不是要背我吗？就这一小段好了。”

她站在凉亭的台阶上，看穆嵘弯身背朝她蹲下，心里甜甜的，扑上去道：“不许说我胖啊！”

他笑了笑，毫无压力地站起来：“你这哪叫胖啊，再瘦就没有肉了。再来一个和美我也背得动。”

她伏在他背上笑，呼吸拂在他的后颈：“是啊，我也没想到你力气那么大。”

花园的小路不长，穆嵘故意七歪八扭地绕着走，就想多背她一会儿。没想到刚走到大路上，迎面就见程东穿着白大褂走过来。

真是冤家路窄，在哪儿都能遇见他啊！穆嵘不爽，即使感觉到和美在他背上扭动想要下来，也故意不肯放下来。

程东见了他们也有点意外："你们怎么在这里？和美怎么了，病了吗？"

病得这么严重，都需要人背着了？

穆嵘庆幸不是在妇科诊室门外遇见他，不然还不知该怎么说。

他一扬下巴："对啊，美美不舒服，所以我带她来医院，不然你以为是来干吗？"

程东向来不接他的话，抬眼看向和美。

和美羞赧地使劲拍了拍穆嵘的肩膀示意放她下来，脚碰到地面才咬了咬唇道："嗯，我有点不舒服，只是小问题，已经看过医生了。"

奇怪，她为什么有种偷尝禁果后在长辈面前抬不起头的感觉呢？

程东瞄她一眼，没再追问是什么病，只是对穆嵘有点不满："和美以前都很少生病的，跟你在一起之后怎么出这么多状况？"

咦，他知道他们真的在一起了吗？那么是肯承认他的主权啦？穆嵘强压下心里的那股兴奋劲儿："那又怎么样，今后不管她有什么状况我都会负责到底的。"

程东没再跟他争论，对和美道："其实我本来也想问你，这周日方不方便出来吃顿饭？现在你生病了，身体撑得住吗？"

周日，不就是后天？和美想了想："应该没问题，是什么纪念日吗？"

他跟莫澜的生日她都知道，都不是现在啊！

程东摇摇头："没有，就是朋友间见面吃饭而已，不过我有惊喜给你。"

等等，这画风不对呀！穆嵘咬牙咬得直酸，不是知道他们俩在一起了吗，居然还当着他的面约她出去，当他不存在吗？

和美也觉得有点奇怪："莫澜姐也去吗？"

"不去。"提起莫澜，程东就一脸冷冰冰的。

"好，那你定地方，然后告诉我吧！我想那时候身体应该没问题了。"

穆嵘急了，刚要拉住她，却听程东道："地点就在我家对面那个南城酒家吧，你们过来也方便。”

穆嵘有点蒙——你们？这是让他也去的意思吗？

程东果然瞥他一眼：“这顿饭不是单请和美一个人的，到时请你也一起来。”

鸿门宴，这绝对是鸿门宴！

穆嵘越想越肯定，程东主动邀请他跟和美一起出去吃饭，一定是要考验他或者跟他论高低，他无论如何都不能输。

他出门买走地鸡回来炖汤，顺便又拎回好几套潮牌衣裤。和美已经见怪不怪了：“又买新衣服呀？”

“嗯，等下穿给你看！”

穆嵘手脚麻利地将剁成块的土鸡洗净下锅，水烧开之后又下了黄芪到砂锅里煮，然后到浴室冲了个凉，衣服也不穿就跑出来直奔那堆新衣裳：“男模来啦！”

和美大叫：“你又不穿衣服！”

“回归自然嘛！再说你都看过那么多次了，怎么还害羞呀？”

和美正忙着把各个窗帘拉严实。他的脸皮真是厚，她是不害羞，她是怕外面的人害羞好吗？

穆嵘从身后拦腰抱过来：“哎呀，我家娘子怕我被人看光光耶，独占欲好强哦！很好，女人，你已经成功引起了我的注意。”

他身上还没干，被体温催蒸出热腾腾的湿热感，跟他的怀抱一样温柔又亲昵地圈住她。她忍不住靠在他胸口蹭了蹭：“还不快把衣服穿上，想要像我一样感冒吗？”

“你那根本都不算是感冒好吗？”他撇了撇嘴，“你是气血不和，气不足而生寒，所以除了医生开的药，我还得给你食补啊！今天给你炖的鸡汤里加了补气健脾的黄芪，吃下去应该能好一些。”

这些天他借口和美生病，趁机把她从莫澜那里夺过来，安置在自己这里亲自照顾。她身体本来也没什么大问题，在他的悉心照料下当天就退烧了，胃口也大开，被他趁机塞了不少好吃的。

她真觉得已经离不开他了，除了两情相悦，还有他做的菜、他熬的汤，渐渐都跟他身体的气息一样，成为她熟悉的味道。

穆嵘在大大的穿衣镜前试衣服，每试一套都要问问和美的意见："这样怎么样？好不好看，帅不帅？"

其实和美觉得他是天生的衣架子，怎么穿都好看，为了满足他男人的虚荣心，和美还是不遗余力地赞美他。他自己转过去左看右看，又总能挑出些不满意的地方来，所以到最后也决定不下来到底该穿哪套衣服去赴宴。

他还是把程东当作假想敌了，这样折腾了半天，看来不到出门前一刻也搭配不出个所以然来。

和美也有点好奇，程东说有惊喜给她，到底会是什么呢？

周日中午，和美跟穆嵘一块儿出门。她没做什么特别的打扮，不过毕竟是兄长般的程东请客，又不知道是什么缘由，为了显得郑重些，她穿了不久前莫澜逛街时买给她的新连衣裙，领口到肩膀的位置斜斜地打了一个蝴蝶结，俏皮可爱。

穆嵘反倒只穿了最普通的休闲衬衫和牛仔裤，和美问他为什么不穿新衣服，他气定神闲地"哼"了一声："我女朋友美就够了，我要甘当绿叶。"

话虽这么说，看到楼下那辆保时捷跑车的时候和美还是不淡定了："这……这是你的车？"

"找我哥借的啦！不过要说是我的也没错，这本来是前几年我爸送的生日礼物，我一直用不上，就放穆峥那里了，需要的时候借来开开。"

现在就正是用得上豪车的时候，要配美人嘛！

他们在饭店楼下的车库停好车，乘电梯准备上楼的时候，穆嵘忽然揉了揉胸口："美美，我有点紧张。"

和美好笑："紧张什么呀？"

"不知道呢，没来由的就是很紧张。"

和美伸手抚了抚他的领子："你今天超级无敌帅，任何人都比不上你，包括程东哥哥。"

他不是一向都很自信吗？这时应该拿出点自信来呀！

穆嵘露出乞食的表情："不够，这样还不够。除非……亲一下！"

就知道他是趁机撒娇。和美四下看了看，反正电梯里就他们两个人，亲一下也不要紧吧。

穆嵘已经闭眼噘起嘴凑过去，发出“么么”声等着她来亲。和美本来站在离按键最近的角落，眼看电梯门就要关上了，她也就扭头缓缓迎上去……

两人的唇瓣还没碰上，有人砰的一声把即将合上的电梯门给挡住了，然后是个惊喜的声音喊：“和美！”

穆嵘还没反应过来，和美已经被扑到电梯最里面去了。她抱住那个圆润的身体，也同样惊喜地叫出声：“奈奈！”

她怎么都没想到会在这里遇见自己最好的朋友，奈奈不是应该在日本吗？

而惊喜还远不止这样，奈奈指了指身后：“哲也学长也来了！”

可不是！和美抬眼就看到电梯外走进来的两个男人，程东身旁的那个不是哥哥又是谁呢？

“哥哥！”她扑进哲也的怀里。其实也没有很久不见，但这次见面多少有点五味杂陈的感觉，大概是因为她想家了吧！

穆嵘原本还噘着嘴等亲亲呢，被这声哥哥给吓得一个激灵，加上奈奈毫不留情地指着他问道：“这个色狼为什么会在这里，他有没有欺负你？”

好吧，他终于知道刚才没来由的紧张是怎么回事了，这果然是鸿门宴。

五个人坐在酒楼二楼的包厢里，有朋自远方来，气氛还是很好的，有说有笑。

介绍穆嵘的时候，和美顺道把来中国之后的情况也说了一下，奈奈表示很吃惊，而哲也却很有风度地向他道谢：“谢谢你这么长时间以来一直照顾我妹妹。”

“不用客气，照顾女孩子是应该的嘛！”

在电梯里初见的刹那，穆嵘觉得哲也好像对他有敌意，程东又在一旁一脸看好戏的表情，不知是不是在中间挑拨了，他一度很是担心。现在见哲也这么友善，他多少有点惶恐。

和美问哲也：“哥哥，你怎么会到中国来，医院的工作不是很忙吗？”

“我听说你来了中国，怕爸爸妈妈会寂寞，所以一直想找机会回去看看他们。这回请了两天假，回去刚好遇到奈奈，她和家人也要到中国来，所以我就跟他们一起来了。”

和美没太明白，奈奈接过话向她解释道：“我爷爷和爸爸因为工作的关系要到中国来一趟，他们都有心血管方面的疾病，尤其是我的爷爷去年刚刚做过搭桥手术，出行要带一位保健医生。但那位医生大叔的太太最近要生第三个孩子了，没办法跟着一起来，所以只好再临时找一位，刚好哲也学长回来了，我就向他们推荐了他。”

“噢，原来是这样。”和美故意拖长了音调，“可奈奈你不也是医学生吗？马上就毕业了呢，应该也可以胜任保健医生的职位啊！”

奈奈脸红了，在桌下掐她的手：“我……我还不是正式的医生呢，怎么能跟学长相提并论。”

和美眨了眨眼，表示她完全明白。奈奈真是不容易，医学生的学习本来就很辛苦，她还在努力地学习中文，这样大家用中文交流的时候她也不至于听不懂。要说这不是爱情的力量，她都不会相信。

两个女孩子凑在一块儿叽叽喳喳地说话，程东和哲也也没闲着，把带来的清酒倒进桌上的酒杯里，每人面前都放了一杯。

穆嵘装作镇定地瞪着自己面前那杯，实际上闻到那味道就要醉了。

和美反应过来，拦住哥哥道：“穆嵘不能喝酒的，不要给他倒了。”

哲也顿了顿，看向穆嵘道：“这我倒不知道，是身体有什么不舒服吗？”

又来了。穆嵘这下才知道，原来不是他的错觉，这位大舅子就是有点挑衅他的意思。

这真是进退两难，说不喝吧真不好，好歹他也是个北京爷们儿，头一回见女朋友家里人就在酒桌上矮了半截，说出去让人笑话；说喝吧，他对酒精那点儿耐受力就不提了，要真一杯倒还好，万一倒不了撒起酒疯来还不知要出多少洋相。

好在他有个善解人意的女朋友，一把将酒杯抢走，豪迈地把那些酒全都倒进自己的杯子里，撒了个小谎：“他真不能喝，是医生说的，医嘱。我代他喝就好，好久没有尝到清酒的味道了，怪想念的。”

哲也挑了挑眉，似乎有一点点惊讶，但也没再坚持。

穆嵘感激地看了看和美，她笑了笑，两人的手在桌下悄悄地缠在一起。

菜和点心一样样端上来，穆嵘就开始了攻防大战，一边给和美舀汤、剥粽叶，一边忙着跟另一侧的奈奈抢好吃的。他发现这个妞太能吃了，而且也很会吃，专挑每个菜里最精华的部分下筷子，爱吃的东西跟和美很相近，这样他家美美都吃不到东西了呀！

和美发现了，看着碗里的食物堆成小山，压低声音笑道："你这是干什么呀，我吃不了这么多的。奈奈是客人，让她吃。"

穆嵘嗓子眼儿哼了哼，用手里的乳鸽腿换下她拿着的翅膀部分："别吃翅膀，都没肉，吃腿！"

给她舀的汤也晾好了，他把汤碗推到她面前："喝吧，汤里有百合，滋阴润肺，对你身体有好处的。我吹过了，不烫了。"

和美拿起勺子喝了一口："嗯，不错。"又悄声对他道，"不过没你炖的好喝！"

穆嵘也喜滋滋的。

哲也正跟程东喝酒叙旧，把那两个人的互动都看在眼里，却什么都没说。

或许是很久没见到哥哥和好朋友，和美高兴得多喝了几杯，到后来竟然有几分微醺，穆嵘想拦也拦不住。

严格意义上来说，哲也这次回来也是因为工作的原因，还有保健任务在身，不能离开太久，跟奈奈吃完饭就要去跟奈奈的父亲会合。好在他们住的酒店也在市中心，离穆嵘的住处不远，要见面还是很方便的。

"改天……我要去拜访一下伯父和爷爷，谢谢他们……带你和哥哥来看我。"

和美有点口齿不清地说，拉着奈奈不肯放手。

"好的，你先回去休息，我们在南城大概要待到周四，保持联络哦！"

奈奈扶住和美，有点不放心地把她慢慢放到穆嵘怀里，不忘充满怀疑地抬头看他一眼，那意思好像是说你敢欺负她试试看。

哼，我跟我们家美美好着呢！

穆嵘心里轻嗤一声，反正他的形象在她眼里暂时扭转不了了，他也不打算勉强，拨开她的手把和美揽进怀里："放心吧，我会照顾她的。"

哲也对和美道："听说你没有固定的住处，这几天要不要到我们住的酒店去住？这样我们就可以随时见面了。"

奈奈附和："对呀，你可以跟我住，多好！"

穆嵘一听赶紧抱住和美："谁说她没有固定的住处啊，酒店多不方便！"

和美酒劲上来了，推了推哥哥："我有住处啦，不是跟你们说了吗，我跟莫澜姐姐住一起，她以前是程东哥哥的太太，不信你问他！要不……我打电话叫莫澜姐来，你们当面问她好了。我的电话呢……"

她低头作势翻手机，程东清了清嗓子上前一步，说："不用打了，我知道你住在她那里。"

他在哲也耳边低声说了句什么，哲也似乎松懈下来，轻轻拍拍她的头："好了，那就请穆嵘送你回去，我们明天再联络。"

"是啊是啊，你们也早点回去吧，别耽误了工作。"

哲也把手里的一个包裹交给她，眼里有几分宠溺："这是给你的，拿好。"

穆嵘替她拿过来，差点被压断手，好沉！

哲也笑了笑，跟奈奈和程东一起朝他们挥手道别。

第九章　直到永远那一天

穆嵘的跑车升起顶篷，一路风驰电掣地往回开。

和美大概是真的喝多了，兴奋地大声吹口哨，扬起手来又唱又笑，穆嵘吓得一直伸手去拉她：“宝贝你坐好，危险呀！”

她只有在等红灯的时候安静一会儿，转过来看着他甜甜地笑了笑，又忍不住凑过来在他脸上一吻，“啵”的一声脆响。

周围车里的司机和过马路的行人目光各异，艳羡居多。

香车宝马，美人在侧，啧啧，果然是老司机。

穆嵘脸上仿佛着了火，又红又热，虽然这场景跟他的预期有点不一样，但心里还是幸福得直冒泡。

再乖的女人喝多了也会化身小野猫，他算是领教到了。

他把和美带回自己的住处，电炖锅里还有他出发前炖上的老火汤，不过他现在想的是该弄点什么给她解解酒。

和美路上折腾得出了一身汗，进门就喊热，开始脱衣服。

穆嵘大惊失色，忙把家里所有的窗帘都一一拉严实，转头一看，她身上只剩内衣了。

今天穿的是素雅的小碎花款式，白色的蕾丝花边，可爱得要命。

穆嵘呆了呆，她已经穿着拖鞋啪嗒啪嗒地走过来牵他的手：“我想冲凉，你要不要一起来？”

鸳……鸳鸯浴？

穆嵘晕陶陶地被她牵着走进浴室，不敢想象作为一个新手，他竟然已经可以享受像大哥穆皖南那样的乐趣了。

和美刚走进浴室就把身上最后的那件衣服抛到了外面的地板上，然后看着穆嵘笑了笑："你怎么还穿着衣服呀，不热吗？"

圆形浴缸渐渐被注满，穆嵘周身的血液也沸腾起来。她的小手已经搭在他的襟口，解他的纽扣了，他按住她，声音微抖："现在……现在还是白天。"

和美眼睛亮亮的："白天怎么了，白天就不能洗澡吗？"

她的手脚奇快，哗啦一下就把他的衬衫剥下来了。他护住裤腰带："我自己来，我自己来……"

两人终于一前一后地踏进浴缸，被热水包围的感觉舒服极了。穆嵘的手臂也自然而然地绕到她身前把她拥进怀里，轻轻摩挲摆弄："先洗这里好不好呀？"

他力道正好，手心暖暖的，和美像小猫被捋毛似的窝在他的怀里："先擦背！"

"遵旨！"

喝醉真不错，有这么好的待遇，终于又吃上肉了，不然还不知他要谨小慎微地帮她养伤养到什么时候。

哥哥都来了，她的时间其实也不大多了呢……

这回的肉炖得够味、够彻底，真是酥到了骨子里，与之相比，上回两人的第一次只能算作是囫囵吞枣，连味都没尝到。

穆嵘醒来嘴角都还带着满足的笑，怀里的和美却已经被一床薄被取代了。

他揉揉眼睛起床，看到和美正在厨房忙活，身上只套了一件他的衬衫，下摆刚刚遮住大腿。

以前听人说女人穿男人的衬衫性感他还不觉得，现在看果然名不虚传，性感得让他又有点把持不住了呢！

和美被人从身后拦腰抱住，就知道他醒了。他已经以搭乘火箭的速度学坏了。

她笑着在他怀里扭动，不仅挣不开他反而感觉到他更加变本加厉，于是威胁道："我要动手了啊！"

穆嵘这才消停了，静静地揽着她，下巴搁在她的肩膀上，探头看案板上的东西："在做什么呢？"

"和果子啊，哥哥给我带了些材料，在这里不容易买到的。"

她把半成品的果子给他看，黄色的粟米羹里卷着绿色的羊羹和粒馅儿，透明的质地里有绿色和金黄色的馅料，似乎还有没蒸熟的米糕和薯粉，看起来很隆重的样子。

难怪那个包裹那么重，原来都是漂洋过海而来的和果子材料。

哲也应该很疼这个妹妹，即使没有事先沟通，也知道她可能会需要什么。

穆嵘也不傻，一下就猜到："这是要送给奈奈的家人的？"

和美点头："明天我打算去拜访下她的爸爸和爷爷，她的家人都很喜欢我们家的和果子。"

"我陪你一起去。"

和美停下手里的动作，转过身看他："对哦，你好像也认识小川家的人。"

他们俩第二次见面就是在小川家，穆嵘是小川先生的座上宾。

穆嵘抬手理了理她额前的发丝："小川跟我爸有生意上的往来，以前都是我去日本他们招待我，难得在国内遇见他们，照理是要尽地主之谊的。说不定我哥和我爸也会去见他们谈正事呢，我只是陪你去探望长辈，不冲突。"

不出所料，穆峥很快来电话说小川家的人到了，让穆嵘跟他一块儿去参加饭局。

和美道："你去吧，我跟奈奈改天再约时间。"

穆嵘瞥了一眼桌上的盒子："你的果子都准备好了，何必要改天，咱们一块儿去。"

"这样会不会不大好？"她不想喧宾夺主。

"有什么不好？"穆嵘压了压她的肩膀，把她抱进怀里，"在我看来，你做的和果子比什么鲍参翅肚都金贵。"

他不允许他的好姑娘自卑，甚至萌生任何配不上他的家世之类的想法。

奈奈的父亲和爷爷在酒店大堂恭候，穆嵘跟和美到的时候，穆峥已经到了。

和美奉上亲手做的和果子，向两位长辈问好。他们见到和美挺高兴，欢欢喜喜地收下礼物，邀请她跟他们一起去吃饭。

穆嵘原本也是这样打算的，打过招呼问过好就一起把酒言欢，公事什么的本来跟他还有和美也没什么关系。

没想到哲也却站出来道："我跟和美还想去为父母挑点礼物，时间紧迫，饭局我们就不去了，真是不好意思。"

奈奈惊讶地说："怎么不去呢？先吃过饭再去买礼物也是一样的呀！"

奈奈的父亲道："是啊，难得见一面，大家一起吃个饭。"

哲也看了看穆嵘，又瞥了一眼跟他有着相似容貌、倨傲地坐在另一边的穆峥，鞠躬道："我跟和美下午再回来。"

和美领会哥哥的意思，也附和道："是啊是啊，我们就不去吃饭了，挑礼物还要花点时间，下午我还要去上茶艺课。"

听她这样说，两位小川先生也不再坚持，毕竟是晚辈，时间让他们自己安排就好，跟穆峥的饭局才是今天的重中之重。

他们一直说的是日语，穆嵘开始还没太明白，直到和美要跟哲也离开他才知道是怎么回事，拉住她道："你要跟你哥去哪儿啊？咱们不是说好的……"

"我回去再跟你细说，你先跟大家去吃饭吧，别耽误正事。"和美打断他，在他手心用力地握了握。

穆嵘心里不痛快，可眼下人多又确实不是说事的地方，只能眼睁睁地看着他们兄妹离开。

和美跟着哲也到一街之隔的咖啡馆点了些吃的当作午饭。哲也一坐下来就问她："出来这么久了，对未来有什么打算吗？"

和美猜到哥哥有话跟她说："哥哥，你有什么要说的就直接说吧！"

果然，哲也换了个话题道："你之前都没告诉过我穆嵘有这样的家庭背景。"

“什么样呀，听你说得他们家好像是山口组似的。”她想开个玩笑，觑了一眼哥哥严肃认真的神色，才清了清嗓子道，“我一开始认识他的时候也不知道啊，他没有什么世家贵族的架子，家人也都非常友善。”

“你已经见过他的家人了？”哲也眼里的担忧又多了几分。

“见过了，还相处了几天，为他奶奶庆祝生日。”说到去世的穆奶奶，她的脸上还有几分怅惘，“他的家人真的很好，也没有反对我们交往的意思。”

尽管那时他们还只是假扮的情侣，并没有真正在一起。

哲也却摇了摇头：“你看到他的哥哥了吗？穆峥的公司，还有他父亲的公司，加起来比小川家的财势还要雄厚。如果我事先知道他有这样的背景，我会反对你们交往的。”

“哥哥！”

和美没想到他会这么说，都什么年代了，还要讲究门当户对吗？

“我知道你在想什么，但即使人类文明发展到现在这样的阶段，婚姻里的门当户对也仍然是必要的。”

“他是不一样的！”和美有点急了，不知该怎么向他解释，“他并没有依附于他的家庭，他有自己的事业和理想，也很支持我想做的事。”

“所以我才问你对未来有什么打算。你想做的事是什么，他知道吗？你不打算回去继承爸爸的店了吗？”

哥哥的话太直白，虽然她有心理准备，但由其他人说出来还是有当头棒喝的感觉。是啊，最近她沉溺于爱情的炽热和浪漫，有意识地逃避太过于遥远的事，都几乎要忘记她最终是要回去的。

出来游历的初衷，其实也是想把和果子店继续经营下去，把匠人之心传承下去。

现在又有了放不下的人。

哲也到底是疼爱妹妹的，点到即止，轻拍她的脑袋：“快吃东西吧，别想太多。反正你的签证也快到期了，马上就要回去了。”

和美叹口气，狠狠咬了一口手中的三明治。

没有和美在身边，穆嵘吃鱼翅也像在吃粉丝。同样心不在焉的还有奈奈，一直低眉顺眼的不怎么说话，都不跟他抢吃的了。

穆峥和助手都在，饭局没那么快结束。穆嵘到外面透透气，刚好跟上完洗手间的奈奈狭路相逢。

这两个人一个日语不灵光，一个中文才起步，单独凑一起基本就属于无法交流。但奈奈还是拦住他，磕磕巴巴地问了一句："你为什么，跟和美在一起？"

虽然初见有过误会，他还被这丫头撞得摔了一跤，但他其实能感觉到奈奈是真的跟和美很要好，出于对朋友的关心才会对他持保留意见。

他本应该很谨慎地回答这个问题，但感情本就微妙，又受语言所限，有很多东西他没办法一下子说清楚。

他想了想，拿出手机道："你听过周杰伦，Jay吗？"

奈奈一怔："听过。"周杰伦在亚洲也算是很有知名度的，多少也是知道的。

穆嵘在手机上搜索到歌曲给她看："这首歌，《甜甜的》，里面有句歌词就是我对和美的感觉，你可以听听看。"

奈奈不是很明白，他连解释带比画，终于让她明白了什么意思。

"你给她唱过？"听和美说他有自己的乐队，如果是真的，那还挺酷的。穆嵘一哂："还没有，不过以后有机会的。"

奈奈终于露出几分羡慕的神色，却很快又黯淡下去："哲也学长也会弹吉他唱歌，只是从来没弹给我听过。"

穆嵘早看出端倪："你喜欢人家吧？喜欢就告诉他啊，这一点你可得学学和美。"

奈奈弄懂他的意思后咂舌：不会吧，难道他们在一起是和美主动的？

两人正聊着，哲也从楼梯上来了："你们怎么在这里，饭局结束了吗？"奈奈一见他就笑："学长你回来了，快，帮我劝爷爷和爸爸少喝点酒，你一不在他们就管不住自己。"

哲也微微点头："你先去，我马上就来，我有两句话跟穆先生说。"

其实穆嵘也有话想问他："为什么拉走和美，不让她跟我们一起吃饭？

“她不适合在这样的场合出现。”

“你也是吗？”

“对，我也是。”

穆嵘抬头望天，哼笑一声：“你这是什么意思，觉得我跟她不应该在一起吗？”

哲也沉吟半晌：“你们不是同一个世界的人。”

穆嵘简直不知该说什么好，咬了咬牙：“所以呢，你这趟来是要逼她跟我分开吗？”

哲也摇头：“她会有自己的决定，我不会勉强她什么。只是我希望你也能郑重地考虑一下你们两个人的将来。”他又强调一遍：“是将来，你们两个人的将来。”

不得不说，他的话是有分量的，穆嵘的心被寥寥数语压得直往下沉。

艺术生活中心的老师们要聚餐，主任非要拉和美也一起去，回来已经很晚了。

为了珍惜两人最后在一起的这段日子，也是该给彼此一点信心和安全感，和美已经答应搬来跟穆嵘一起住。

她进门看到屋里的灯都亮着，穆嵘却不在，手机也放在桌上没有拿。

和美瞥到墙角的琴包不见了，大致就猜到他去了哪里。

她推开天台的门，果然看到穆嵘抱着吉他坐在地板上，手指随性地拨动琴弦。

穆嵘找的这个住处有个很棒的天台，虽然面积不算大，却都铺了胡桃木色的防腐木，周围种了花草，还有一辆巨型摩托车放在一旁做装饰，有种复古的气息。

夜风习习，把他的琴声和低声吟唱吹到她的耳朵里。

她转身下去，很快拿了自己的吉他上来，在他对面坐下，跟着他的琴声慢慢和音。

他弹琴唱歌的时候总像另一个人，有更丰富的情感，像拥有另一段人生。

尽管那是首法语歌，她听不懂是什么意思。

他抬眼看她，眼里就全是她了，微微一笑特别好看。

等他弹完最后的尾声，她才问他："这首歌叫什么名字？"

"Belle Journ é e Pour Ne Rien Faire。"

"什么？"

"《美好的日子要什么都不做》。"他解释一遍，又轻轻拨弦，"歌词是这样的：美好的日子要什么都不做/完满的生活/就此而生/来自美丽的季节与现实中阳台的视野/天空的视野……"

和美笑："真的是美好的日子呢，这样多好！可是……你弹得有点忧伤。"

穆嵘看她："忧伤？"

"嗯。"她坐到他的身边靠在他的怀里，"今天发生什么事了吗？"

"没有，"他揽住她的肩膀，"下午你哥哥回来的时候我们的饭局还没有结束，我遇见他了。"

和美心头一震："啊……他跟你说什么了吗？"

他还是摇头，偏着头跟她的脑袋挨在一起，显得很无辜："我只是觉得……你哥好像不大喜欢我。"

和美笑了笑："怎么会，他没有不喜欢你。"

哲也只是不喜欢相爱的两个人隔着世俗门第。

穆嵘也笑："是啊，我也觉得，没理由啊！毕竟我是人见人爱，花见花开……"

"车载车爆胎！"

两人异口同声，相视而笑。

穆嵘抬手摸摸她的头发："对了，你刚才说我弹得太忧伤？"

"嗯。"

"那我再弹首欢快的曲子给你听？"

"好哇，是什么曲子？"

穆嵘笑了笑："今天我还推荐你的好朋友去听呢，这首歌是我对你的表白。"

和美似乎不敢相信的样子："你推荐给奈奈听？真的吗，是什么歌？"

她的好奇心已经被挑起来了。

穆嵘拨了拨琴弦："我唱给你听不就知道了。"

"我轻轻地尝一口你说的爱我/还在回味你给过的温柔/我轻轻地尝一口这香浓的诱惑/我喜欢的样子你都有……"

虽然经他重新演绎了，但和美很肯定这首歌她之前就听到过。他对她的表白……是哪一句呢？是轻尝一口你爱我，还是回味你给的温柔？

或是……我喜欢的样子你都有？

和美的脸泛起红潮，手里的吉他已经跟不上他的节奏。她一直以为穆嵘是对感情大而化之的男人，先前两人假戏真做也是她主动的，等他表白什么的她都没想过，谁能知道他的心里居然藏着一首恰如其分的歌！

虽然表白来得有点晚，但在有情人听来这是最动听的节奏。谈情说爱到了他们这里就成了弹琴说爱，其实也是值得珍藏纪念的。

一曲终了，她啪啪鼓掌，撒娇似的问："以后也可以为我唱吗？唱到咱们都七老八十、头发花白的时候。"

"可以啊，有什么不可以的，这歌就是给你的，我绝对不为别人唱。"

和美心里泛着甜，但又要故意难为他一下："这首歌又不是你写的，做你的专属情歌是不是太霸道了？你也拦不住别人要唱啊，万一以后有其他人对我唱呢，说不定我也把持不住就心神荡漾了呢？"

穆嵘紧张起来："谁，谁还敢对你唱？程东吗？"

对哦，他也会弹琴，想想就心塞。

和美白他一眼："不是你就非得是程东哥哥吗，说不定是原唱呢？"

她觉得周杰伦也很帅好不好？

好吧，就是嫌他唱的不是原创作品是吧？穆嵘眼珠子转了转："原创的情歌我也有，这样，我今天就即兴唱一首给你听，当作定情信物怎么样？"

和美来了兴致："好啊，我要拍下来！"

她打开手机的摄像镜头，对准了穆嵘。

他轻拍了一下手里的琴，清了清嗓子，开始唱了："我想有个家……"唔，好听。

“家里有个她。”

温馨。

“白天萌萌哒……”

捧脸。

“晚上还能……”

咦?

“啦啦啦……啦啦啦……啪啪啪呀啪啪啪……”

和美强忍体内的怒火，红着脸听他把整首歌唱完，按下手机拍摄的终止键才举起琴作势要砸他。

穆嵘哇的一声，起身就跑，边跑边笑：“喂喂喂，明明是你让我唱的呀，怎么唱完没有掌声还要打我？现在的粉丝都是这样对待偶像的吗？”

“谁是你的粉丝！”和美把他逼到墙角，放下手里的吉他，捋袖子打算给他点颜色看看。

“好好好，我是你的粉丝。女神手下留情！”他不想又被过肩摔。

事实是，即使没有过肩摔和扫堂腿，他也一样不是和美的对手——她只要上下挠他的痒痒就能够让他求饶了，哧的一声笑出来，泄了真气似的无力反抗：“美美，饶了我吧，今晚任你发落还不行吗？”

行，当然行，不过她可不是好打发的。

她走神去想怎么惩罚他，就被穆嵘趁机抱住，她转了个身，背部贴着墙壁。他带着笑意俯身过来，他的吻铺天盖地落下来，绵绵密密地缠住她。

凉凉的夜风从两人身旁掠过，她张开手，像是要抓住什么，温柔的风却最终还是从她的五指间溜走了。

于是抬手抱住他，全心投入这亲吻。

和美醒来的时候，发现穆嵘也醒了，正撑起身子用手指拨弄她的头发。

她揉了揉眼睛：“早安，今天怎么这么早起来？”

平时一般都是她先醒的。

穆嵘“嗯”了一声，问她：“今天还有茶艺课吗？”

“没有，不过我还是得出去一趟。”

她回答得比较含糊，没告诉他其实她代的课程已经结束。

穆嵘也没在意："那你要去哪里，我陪你一块儿去。"

"不用了，我随便逛逛，你去做你的事吧！"

她知道他最近有几套照片颇受好评，很多人约他拍照写稿他都推掉了，因为她在这里，他不想远行。

穆嵘沉默一下，她觉得他深沉的样子难得看见，又有点可爱，戳了戳他的脸颊："怎么了，就这么离不开我呀？那中午我陪你吃午饭？"

他点点头，终于松开绕在手指上的她的发丝："美美，我陪你回日本吧！"

和美吓了一跳："啊？怎么突然说这个？"

"我答应过你，要陪你回去给你家店里那些漂亮的和果子拍照做宣传的，你忘了？"他扭身换了个姿势，撑着脑袋看她，"我觉得现在是时候了，答应过的事就要兑现。"

和美的心微微一沉："可你现在很忙。"

"再忙也能抽得出时间的，那些找上门来的活儿钱再多也没你的事重要。美美，我想帮你，你的事就是我的事。"

"这边的活可以推，那乐队呢？你们要录唱片，要参加音乐会的演出，那可是签了合约的。"

穆嵘拧眉："柳闻莺找你了？"不然她怎么会知道。

和美摇头："大白告诉我的，他说你们有很久没排练了，大家也很记挂你。"

他不可能永远留在南城不回去的，毕竟他的根在北京。

穆嵘叹了口气："是啊，是该回去了。等我哥订完婚吧，他不愿意回北京操办，想在这里简单弄一下，大概很快的。"

和美撑起身："他跟梁小姐要结婚了？"

"不是他们俩，跟他订婚的不是小璇。"穆嵘眉眼间愁云密布，"说来话长，总之是笔糊涂账。我看他俩都挺难受的，我怕出什么状况，最近还是先留在这儿，等他们办完事，再做其他打算吧！"

和美点头。她最近四处在考察日式料理店和各色甜品店，也认真地在考虑有没有可能到中国来开和式点心屋。但这种市场调研光凭直观的感觉是不够的，还需要专业的数据和分析，所以暂时还没有确定。

她没跟穆嵘提过这个打算，毕竟八字还没有一撇，希望越大失望也就越大。

哲也已经跟小川家人先回日本去了，临走前和美去送行，哲也没有再多说什么，更没有逼迫她一定要怎么做。该说的话，那天他已经说得很清楚了，和美自己心里也有数。

但家人越是宽容，她越是有负罪感，离她签证到期的日子越来越近，她的压力也就更大了。

穆峥的订婚仪式选在城中的高端酒店举行，邀请的宾客不多，连穆家的人都没有来，只有他和父亲公司高层的管理者和南城的一些朋友。

这是一桩因公司股权而妥协的联姻，在有些人看来也许是美谈，但在爱情至上的和美看来，却是彻头彻尾的悲剧。

哥哥说得对，对穆家这样的家族，她了解得太少，有很多事难以想象，也不愿面对。

她跟穆嵘一同出席，目光在人来人往中搜寻，悄悄问他道："梁小姐呢，她今天会来吗？"

穆嵘摇头，说实在的，他宁可梁知璇今天不要出现。

但偏偏事与愿违，订婚仪式要开始的时候，梁知璇还是来了。她与周遭的一切格格不入，不论有意无意的，她还是闯了进来。

穆峥原本冷峻到近乎麻木的脸，在看到她的那一刻就起了微妙的变化，像完美的面具硬生生地出现裂痕。

和美不自觉地攥紧了穆嵘的手，他们都有预感，今天怕是要出大事。

在天下大乱之前，和美跳起来跑过去，挽住梁知璇的胳膊："梁小姐，你来了，过来这边坐。"

大家都站着，无端生出更多的尴尬。

梁知璇跟着她一路走到观礼台最前排的位置。穆峥要为准新娘戴上戒指求婚了，却怎么也没办法把那个指环戴上去。

他们都知道那是为什么、为了谁，准新娘当然也知道，忽然笑了起来，表情有些扭曲，指向梁知璇："穆峥你要放弃是不是？是因为这个女人吧？你怎么就不敢承认呢……你可以为了她赴汤蹈火，就是不敢承认喜欢她……"

和美的心跳得很乱，看了看梁知璇，又看看穆嵘。

就这么一眨眼的工夫，放在台子上的蛋糕刀忽然刺了过来，和美本能地想拉开身边的梁知璇，有人比她更快，挡在了她们身前。

穆峥倒在血泊之中，梁知璇蹲下去扶住他，死死地按住他的伤口，鲜血却还是不断地涌出来，染红了两个人的衣服。

他已经说不出话来，眼睛却一直看着她，直到渐渐失去焦距。

场面一时大乱，来宾惊慌失措，失去理智的准新娘还拿着长长的刀站在那里，显然也被吓坏了。

和美反应过来，顾不上害怕，上前一个过肩摔将她摔在草坪上，把落在她身旁的刀踢得远远的。

穆嵘冲过去跟梁知璇一起护住受伤的穆峥，焦躁地朝着周围的人大喊："救护车！快叫救护车！"

穆峥被送入手术室抢救，梁知璇和穆嵘坐在门外，两人都是一身的血，看起来格外触目惊心。

最冷静的人反而是和美，不断地安慰他们："程东哥哥为他做手术，一定不会有事的。"

穆嵘难得在她提及程东的时候没有醋意大发，只是握紧了她的手。

梁知璇形单影只地坐在最角落的位置，身体像纸片一样，瑟瑟发抖。

和美只觉得眼睛又酸又胀，却又不知还能再说些什么。

那几个小时的等待特别煎熬，手术结束之后，几位主刀医生从手术室里走出来，程东在最前面。

大家都围了上去，程东摘下口罩后朝他们点了点头，所有人的心这才稍稍放下。

手术很成功，但穆峥并没有脱离危险，他还要对抗术后的感染和并发症，离痊愈还有漫漫长路。

多事之秋。

和美联想到穆奶奶去世时，他们一家人哀恸的样子仿佛还在眼前，假如不是穆峥运气好能挺过去，今天又是一场生离死别。

生命其实是很脆弱的，看不到尽头的人生可能很长，也可能很短。

和美知道穆嵘暂时是无法离开南城了，孪生子从生命的开端起就是紧密相连的两个个体，他们之间的默契和感应跟其他任何人都不大一样，她相信穆峥疼，穆嵘也会疼。

还有，家里和公司内部需要有人善后，穆峥不在，重担就理所当然地落到了穆嵘的身上。

他比任何时候都要焦灼，也比任何时候都要稳重。大概他也深知自己安逸了那么久，其实一直是有孪生哥哥在他身前为他顶住了现实的压力，如今他也该为哥哥做些什么了。

和美理解他，也想再多陪陪他，可是她的签证已经到期，她必须要回去了。

回去之后会怎么样，还会不会再回来，其实都是未知的，她不敢承诺什么，也不愿意在这种时候逼迫穆嵘在亲哥和她之间做选择，这样太不公平。

就连哥哥提过的那些门当户对的话，她也还没机会跟他谈。

直到这一刻她才发觉，在现实面前，两个人光谈感情是远远不够的。

她跟穆嵘说起即将启程回日本的打算，他正埋首于一堆完全不熟悉的文件中忙得不可开交，抬头看她一眼："一定要现在走吗？等我处理完手头的事情，等我哥身体好一点，我再陪你一起回去啊！"

和美解释道："我的签证到期了，不走不行的。"

"那你回去后有什么打算，真的接手家里的和果子店，就不再回来了吗？"

他这话问得有点着急，和美道："我爸爸身体还好，并不急于把店交给我。我还有很多需要学习的地方，回去也只是做个帮手，为家里减轻点负担罢了。"

"你不做和果子店的宣传了吗？"

"做的，但你现在不是忙不过来吗，我可以先想想别的办法。"

“想什么办法？我都答应陪你一起回去了，你跟我到中国来的目的不就是这个吗？”

说者无意听者有心，他这番话其实是和美最怕听到的。她结识他的初衷确实是为了家里和果子店的生意，但后来跟他在一起完全是因为感情，因为她爱他，她甚至觉得他不为她家店做宣传也没关系，只要他别把两人的关系当作一场交换就好。

爱情应该是纯粹不掺杂质的，掺杂了利益的感情有多伤人他们在穆峥的订婚宴上也已经看到了。

穆嵘没察觉自己伤到了和美，他忙着给梁知璇打电话：“喂，小璇，你在医院吗？我哥今天怎么样……”

在这场悲剧中除了穆峥外受伤最严重的两个人，需要互相扶持和安慰。

穆嵘在千头万绪中想起和美还在一旁，捂住听筒对她道：“你先回去也好，等我忙完再来找你。路上小心一点，回去有空就给我打电话。”

和美无话可说，默默收拾好行李，看到厨房里没用完的原料，动手做了些和果子，用盒子装好，给梁知璇带去。

爱不得，恨不得，近不得，远不得——她知道穆峥出事以来内心最受煎熬的人非梁知璇莫属。

梁知璇看到她有小小的惊喜。

她依然单薄而苍白，和美记得第一次见到她的时候她根本不是这副模样。

和美摇摇头：“我不打扰了。明天我就要回日本了，这些和果子是我亲手做的，你留着吃吧！”

梁知璇接过她手里的盒子：“怎么突然要走，穆嵘他知道吗？”

“知道，我的签证要到期了，所以必须回去一趟。最近发生这么多事，我想他一时半会儿也没办法走开。他留在这里跟你也好有个照应。”

梁知璇一直有种奇异的直觉，就是和美可能多多少少真的误会过她跟穆嵘的关系，但她也没问，只勉力笑了笑：“那天在酒店……还是要谢谢你，不然不知还会发生什么。”

“不用客气，任何人都会那么做的，她已经伤了人，不能再放任下去。”

大概她们都同时想到了还躺在医院的穆峥，面色都沉重起来。

和美临走的时候，回头看了看梁知璇，似乎想到什么，对她道：“如果哪天你想离开这里，换个环境散散心，可以到我家来做客。虽然城市很小，在很靠北的位置，但很安静，一年四季的风景都不错，生活节奏也很慢，是很适合居住的。”

她脸色微赧，又补充：“只不过没南城这么繁华，你不嫌弃乡下地方就好。”

哥哥那些在东京生活惯了的同事就会觉得他们那样的小地方是乡下。

梁知璇倚在门边看着她，目光里有不加掩饰的感激：“谢谢你和美，有机会我一定会去的。”

男人跟女人像是有两种不同的大脑构造，只有女人最懂女人的心思。

和美跟程东和莫澜也分别辞行，他们虽然有不舍，但都跟穆嵘一样有信心——她终究还是会回来的。现在交通这么便利，即使是国际往来也没有什么限制，往返不过是几个小时的飞机罢了。

只有和美心里酸酸的，她知道现实的考验永远不会有那么简单。

不过还是要说一句谢谢，说一句再会，这一趟经历对她而言是宝贵的，也是值得的。

三个月后，行走于南城大街小巷的人们终于裹上了厚厚的棉袄甚至羽绒服，这俨然是南方沿海城市最冷的时节。

北京已经下过两场雪，穆家大宅的门口堆了一排大大小小的雪人，小朋友们还觉得不过瘾，在雪人间来回穿梭，从地上捧起雪捏成雪球追着彼此。

穆嵘又被任命为孩子王，领着几个小祖宗玩雪。

疙瘩仍是最淘气的一个，出手又快又准，小小的一个雪球正中穆嵘的脸，啪叽一声，孩子们都欢腾起来，边笑边叫：“五叔五叔，你又输了！给我们买糖！”

“我要吃糖葫芦！”

“我要巧克力！”

“哈根达斯！”

还是疙瘩的姐姐思思最贴心，给穆嵘递上纸巾，抹了抹他的脸：“疼吗，五叔？你怎么又发呆呀？”

穆嵘擦掉一脸的雪碴子：“没，五叔就是反应慢。”

“你是不是又想和美姐姐呢？”

穆嵘揪她的小辫儿：“你又听谁瞎说了？”

“我昨天听爸爸跟妈妈说的，‘小五整天魂不守舍的，八成是想人家和美了，又拉不下脸去找人家。他要是有我当初去找你的那种决心，今年咱们家过年都能办喜事了。’”

穆嵘失笑，家里模仿大哥说话最惟妙惟肖的就数他这对宝贝子女了。

他撑着下巴：“那你妈妈怎么说？”

思思立马换了温柔细软的声线学着俞乐言道：“妈妈说，‘那你也不叫他去争取争取，这么等来等去的，不怕等到老四那样的结果吗？’”

穆嵘抚了抚胸口，大嫂真是一针见血，句句戳心，知道全家最惨的那个就是他的亲哥。

小璇走了，穆峥伤好了，却再也没笑过。

他不想弄得跟他们一样，他一直以为和美肯定会回来的，但隔了这么些日子，他忽然也不是那么肯定了。

度过了昏天黑地的那段日子，眼看穆峥的伤渐渐好了，他才意识到身边少了点什么。

他很早就下定决心不让心爱的姑娘受委屈，可他有意无意地忽略了人家的感受，居然那么久才反应过来。

和美一定很生气，所以再也不要理他了……

春节就要到了，他本来该到南城去把穆峥接回来跟大家一起过年的，可柳闻莺突然找上门来，简明扼要地向他下达任务：“准备一下，我们可能要到日本去一趟。”

他心口一紧：“去日本？”

“对啊，拍摄MV的外景，你忘了吗？”

他不是有首歌写的是异国他乡偶遇的爱情吗？外景地定在日本，她早就跟他提过的，他不记得了？

穆嵘是真的不记得了，前段时间家里出事，他根本顾不上这个。现在柳闻莺跟他说起来，他倒觉得像是冥冥之中自有天意似的，帮他下了莫大的决心。

于是他拜托大哥穆皖南去南城把穆峥接回来。他要去找和美了，要是顺利的话，说不定明年……嗯，新年的时候就能办喜事了呢！

北海道的三月还很冷，和美在门口哈了哈手，朝屋里喊道："我回来啦！"

妈妈探出头来："和美，奈奈来了。"

和美跑回楼上的房间，奈奈正在她的房间里喝茶，对着一盘点心发呆。

"这盘点心怎么了，不好吃吗？"和美走过去在她身旁坐下，"这是今年早春的新品呢，是我的创意，你给点意见啊！"

奈奈皱了皱鼻子："我减肥，甜食不能吃。"

和美上下打量她："真的瘦了不少呢，爱情的力量真是伟大。"

"才不是！"奈奈放下茶杯，"明明是因为实习太辛苦了，在医院里上班跟上学时的感觉完全不一样呢！哲也学长居然坚持了那么多年，太不容易了。"

还说不是爱情的力量，三句话不离哥哥。和美偷笑，奈奈这一年来脱胎换骨似的变漂亮了，眼看着离从小追逐的男神越来越近，她又高兴又有点小惆怅。

心里还是忘不掉那个人，尽管他们从相识到相处也只有三个月时间，现在早已超过三个月没见面了，却一点也没有淡忘。两人相处时的点点滴滴，不管苦的、甜的、酸的、涩的，都还时常在脑海中浮现。

有无数次半夜醒过来都搞不清自己身在何处，下意识地伸手去摸身边，并没有人，原来睡在家里的榻榻米上。当即眼泪就流下来了，原来一个人真的会那么思念另一个人，这简直是她始料未及的。

她一直隐忍着不去想，也不联系，穆嵘也没来找她，她想他们之间是不是就这样算了。

奈奈搭住她的肩膀，问：“想什么呢，又在想你的吉他手？”

奈奈终于不叫穆嵘“色狼”了，用这么个文雅的称呼来代替。

和美的父母都还不知道有穆嵘这个人的存在，哲也并没有跟他们提及。

和美笑了笑：“你今天怎么有空过来找我？”

奈奈道：“今天女孩节呀，我刚好有半天假，来找你玩。”

和美看向桌上的台历，噢，不说她还真的忘了，竟然已经三月份了呢！

可外面还是那么冷，北海道的桃花还没有盛开。

楼下妈妈已经为她搭好了人偶架子，她珍藏的人偶娃娃们又可以摆到架子上了。

奈奈帮她把蒙了灰的娃娃擦干净摆到架子上。和美的人偶娃娃并不多，架子也不大，摆得稀稀疏疏的并不是那么壮观。

和美的妈妈来自中国，娘家没有人会送女孩节的礼物给和美，加上家里条件一般，这个有点奢侈的收藏爱好没有也就没有吧！

她见过奈奈家的人偶架，很高很宽，各种精美的娃娃几乎摆不下了。

两个女孩都换了和服，外面虽然气温不高，天气却不错，可以一起出去玩。

和美其实没有多少时间，初春店里很忙，爸爸又刚生过一场病，做果子的重担自然落到她的肩上，她离开一阵子店里就只有妈妈一个人了，她不放心。

“跟奈奈出去好好玩一会儿再回来。”薄叶秀文叮嘱女儿，压低声音道，“如果聚会认识了合适的对象，去看电影或者聚餐，晚点回来也没关系。”

和美娇嗔道：“妈妈你说什么呀！”

终于开始了，父母也开始为她的终身大事操心了。

和美跟奈奈玩到日影西斜，拍了不少照片。回到家的时候妈妈对她道：“怎么不多玩一会儿再回来？”

和美摇头，她要帮家里做事。

妈妈随手递给她一样东西：“有你的包裹。”

咦，会是谁寄东西给她，哥哥吗？她狐疑地接过来，发现是从京都寄来的，还有一枝新鲜的桃花。

“这个也是跟包裹一起寄来的吗？”

“是啊，不知道怎么带过来的。你是有朋友从那边来吗？”

看来妈妈也跟她一样奇怪，这枝桃花分明是刚从树上折下来的，京都的桃花是开了，可是怎么能跟这个包裹一起寄过来呀？

难道真是有人带过来的吗？

她回到房间小心地拆开包裹，里面竟然是一整套女孩节的玩偶，精美绝伦，比她那些旧的收藏不知漂亮多少倍！

她小心翼翼地捧起一个玩偶娃娃，嘴角已经不自觉地上扬。这是谁给她的惊喜呀？不仅有这个时节北海道难得一见的桃花，还有新的玩偶。

娃娃捧在手里爱不释手，心里的疑问却像水面的涟漪一样一圈圈扩大。想了很久也没想到会是什么人给她寄这样的礼物，她在京都明明没有什么朋友的。

她把整套的娃娃在架子上摆好，气势上顿时增色不少，小时候一直羡慕别人家的娃娃能摆满玩偶架，现在在自己家里终于也实现了。

将来出嫁的时候，是要带这些玩偶一起到婆家去的。

只不过还不知道该怎么查清楚这是什么人送来的礼物。

即使是最忙的时候，到了晚上店里也不会再有什么生意。和美帮着妈妈打烊关店，对她道：“你去陪爸爸吧，这里我来就好了。”

薄叶秀文拿出一个包好的包裹：“那你把这个送过去吧，一位客人订的，今天的最后一份订单。”

和美看不到盒子里面的东西，只见地址是城内最好的酒店，不由得好奇道：“是什么样的客人，订了什么果子？”

“就是全套早春的新款。”妈妈指了指柜台后面的照片，“就是你摆出来的盘子里的那几样。”

早春上巳时节必吃的引千切和草饼，贝壳造型的果子，还有各色各样的雏果子，有她自己的创意在里面。

这位客人住在酒店，看起来是游客，但又很懂门道，点的都是店里的特色。

当然，也有可能是那张照片起了作用。那是她自己用相机拍的，虽然不如穆嵘拍得那么专业好看，但偷师学了两招，还是拍得很好看。

如今果然是眼球经济，没有好看的照片和招牌，酒香也怕巷子深呐！

和美拿着点心盒，骑上自行车往酒店去了。

这个酒店她之前只从门前路过，从没进去过，没想到里面别有洞天，很奢华。

她忽然想，客人会不会是程东或者莫澜呀？

酒店前台听说她是送和果子来的，立刻点头："客人交代把东西放在这里就好，他等会儿过来取。"

和美有一丝犹豫："这样……可以吗？生果子不能放太久。"

"没关系的，客人很快就会来拿的。"

和美只好把盒子放下，前台小姐还代为转交了一笔小费。

钱还不少呢，和美悄悄咂舌，这位客人很慷慨呀！

回到家里，她忍不住又去摆弄那些漂亮的人偶，还有那枝插在瓷瓶里的桃花。

礼物要是穆嵘送的该有多好，可她知道那是不可能的。

那个人沉不住气，当然也没有这么细腻的心思。

他大概早就把她忘了吧，否则要找的话早就找来了，也不会等到现在。

三月三日，上巳女孩节，她难得做了个美梦。

第十章　我喜欢的样子你都有

接下来一连几天，店里都收到那位住酒店的客人下的订单，不同的和果子，包装精美，都由和美送到酒店去。

店里人手不够，她又要做果子，又要看店，有时还要负责送货，一个人顶起了半边天，竟也不觉得累。

爸爸的身体差不多好了，但并不亲手做果子，只在和美做的时候在旁边指导，或者跟妈妈一起挑选材料。

和美看过账面，这个月的生意不算差了，但盈余还是很有限，一家人的日子始终过得紧巴巴的。爸爸有意把店交给她打理，自己退居幕后，可如果照这样下去，她也不过是继承了原本的经营模式，和果子店不会有任何明显的起色，也不能改善一家人的生活。

说好了不气馁的，可到了真正面对的时候还是难免感到沮丧。

事情往往在最糟糕的时候迎来转机。上巳节之后，店里的生意突然好起来了，比逢年过节时还要好，而且一连几天没有减少的态势，反而越来越好，到后来甚至果子一到下午就卖光了，他们不得不早早打烊。

和美仔细观察了一下，客人中不少是观光客，像是特意赶来的。

他们家店的位置有点隐蔽难找，除了当地的老主顾之外，外地来的游客可不容易找到。

她一时也没弄明白这些客人是从哪儿来的，直到奈奈又跑来找她，向她扬了扬手中的一本杂志道："和美，看，你们家的店！"

这本知名的旅游杂志正是当初刊载小川太太娘家料理店的那本，也就是由穆嵘供稿的杂志。

这回的旅游美食专栏的主题就是和果子，从东京到大阪再到北海道沿线，共同的起源，不同的特色，有名或冷门的和果子店都有，其中有整整一页写的都是薄叶家的店。

那些图片从构图到色彩都精美无比，当然，图片中的和果子和美也认得。

不仅如此，她还能看出摆在各式容器中的果子虽然组合做过调整，但分明就是她这些日子送往酒店给那位神秘客人的果子嘛！

她仔细看了看撰稿人的笔名……不认识。咦，对了，穆嵘撰稿时用的什么笔名她还真不大清楚！

和美打开他的微博刷了刷，发现他最近虽然没有更新，但早在一个多月前就到东京拍摄MV的外景了。

心里有数了，她安抚自己少安勿躁，回家之后立马动手做了新的果子。

今天酒店的客人没有下单，但她打算也给他一个惊喜。

和美照例把点心盒子送到酒店的前台，服务生有点蒙："今天客人没说订了和果子啊！"

她撒了个谎："不是的，他昨天给我们店里来电话的时候订了今天的果子，会不会忘了跟你们交代？"

这当然也是有可能的。服务生道："那请你先把东西放在这里吧，我们等会儿联系客人来取。"

"好的，麻烦你了。"

和美放下点心盒子并没有马上离开。果然，前台很快致电客房，派了一个员工把点心盒子送上去。

和美就悄悄地跟在那个人的后面一起进了电梯，不动声色地看她按哪个楼层，然后拉了拉肩上的双肩包，装作也是住店的客人，跟她一起出了电梯。

1103号房间，她看到酒店员工在房门前站定就知道是这里没错了，于是径直走过去："啊，是有人送和果子来吗？"

服务生回头看了看，发觉不认识，问道："您是1103号房的客人吗？"

"是的，我们预订了和果子，每天都会送来，今天好像提早了呢！"

服务生不再怀疑，干脆把盒子交给她："那就交给您了。"

“谢谢！”

和美等服务生走了后才敲门，来开门的人果然是穆嵘，见到她大吃一惊。

“你怎么会在这里？”

两人几乎异口同声，和美也装出颇为吃惊的表情：“不是程东哥哥来了吗？怎么会是你？”

穆嵘呆滞了几秒，很快就像生吃了一个柠檬一样，酸得五官都皱到一起去了：“你到这里来，是为了见程东？”

“不是，我只是来送和果子的。”和美没好气地把盒子往他手里一塞，“东西送到了，我也该走了。”

“别走哇！”穆嵘连忙拉住她，把她拽进房间，“我有话想跟你说。”

这个骄奢淫逸的家伙，住在这么奢华的酒店里，天天打电话让她来送和果子却不肯与她见面，也不主动去找她，分明就是耍弄她，现在不管他有什么话她都不想听了！

穆嵘还在冰箱里翻来翻去：“美美你要喝什么，可乐还是果汁？要不我给你冲杯咖啡？美美……”

他没听见她的回答，扭头一看才发现她竟然靠在墙边哭鼻子呢。

认识这么久，他还没怎么见过她哭呢，一时间心都乱了，连忙上前抱住她：“对不起对不起，是我错了，我来晚了……”

和美抬手推开他，不让他抱，他化身牛皮糖使劲儿黏上去：“美美乖，别哭了，哭得我心疼。你打我骂我都行，别哭了啊！”

哭得他也想哭了。

和美硬是被他抱住，他的怀抱有熟悉的温度和力道，这么长时间以来隐忍的相思和委屈就像找到了出口，哗啦一下子全都倾泻而出，她哭得更加大声了。

穆嵘轻轻拍着哄着她，到后来自己也红了眼眶。他抱着她在沙发上坐下，声音都有点哽咽：“我知道是我不对，我今天做好准备了，你要摔要打我绝没有二话！”

和美还气他呢，听他这么说便止住了哭，仰头道：“你说真的？”

穆嵘一副豁出去的表情："当然，大丈夫一言既出驷马难追！"

和美却不吭声了，伏在他的胸口抽抽噎噎。

穆嵘心喜："你还是心疼我的，对吧？"

话音刚落，他眼前就已经天旋地转，整个人都仰躺在地上了。

这身手真是……快、狠、准，可他怎么不觉得疼呢？反而感觉心里踏实了、轻松了。

他躺在地上哼哼，和美真想踩着他的身体一走了之，再也不要理这个傻子了。

可她刚抬脚就被绊倒了，他翻身抱住她一滚，把她压在身下，感慨似的说："美美你别再跑了，你不知道我想你想得有多辛苦。"

和美别开脸："你是寂寞了才想起我来的吧，不然之前那些日子都干什么去了？"

穆嵘嘟了嘟嘴："我哥出事你也知道，伤口愈合得不好，老是反反复复的。小璇一走，他像垮了一样，什么事都不想管，什么都扔给我。我也搞不定啊，每天都觉得一个头有八个大，还失眠呢！你要知道我这辈子只有睡不够的时候，哪尝过失眠的滋味啊！总之，整个人都不好了。"

和美怔了怔："梁小姐走了？"

"嗯。"穆嵘点了点头，这其实都不是重点，于是接着说，"我想跟你联络的，可拎起电话又不知道该说些什么。我知道之前是我忽略了你的感受，可那么忙乱的时候打给你，说不定还要你来安慰我。等我哥想通了，重新回来接手工作，我才意识到日子已经过去这么久了。你也几乎没联系过我，一定是气急了，我就更不敢打电话给你了，我怕……怕你说分手之类的话。"

"所以你就亲自跑来了？"

穆嵘不瞒她："我们乐队到东京拍摄MV的外景，上个月就来了。拍完我让他们先撤，然后自己乘火车一路往北来找你。我不能就这么空着手来，随便一份礼物也显示不出我的诚意，所以多花了些时间去准备，去了很多地方，拍了很多照片。可即便这样，到了这里我也不敢贸然去见你……"

"你倒是敢去见我的家里人。女孩节的玩偶和那枝桃花是你送到我家去的吧？"

穆嵘蹲跪在地上露出笑，尾巴摇啊摇："伯母人真好！"

和美气已经消了大半，但面上还是冷冷淡淡不给他好脸色："哼，别以为这样我就会原谅你。"

穆嵘当作没听到，随手抓过茶几上的杂志问她："这个你有看到吗？里面的照片……和果子的照片，有没有觉得很眼熟？"

和美坐起身来："你就为了显摆这个？这不是等价交换来的吗？"

穆嵘傻眼："什么……等价交换？"

那些伤人的话和美都说不出口，一说眼眶就又红了："就是你说的，我一直跟着你就是为了这件事，不管为你做什么，或是……或是跟你上床也是为了达成这个目的，不是等价交换是什么？"

天哪，他什么时候说过这么口不择言的话啊，完全想不起来了！

穆嵘眼见她又要哭了，倾身抱住她道："美美，你要相信我，就算我真的说过这种混账话也绝对不是真心的。汉语博大精深，也许是我措辞不当让你误解了，我真的……真的从没想过用感情交换什么，你不能这么瞧不起我！"

这话有点言重了，他也挺激动的，和美都能感觉到他的身体微微颤抖。

她刚想抬手摸摸他安慰两句，他已经松开她，直视她的眼睛，似纠结又似动容地小声道："我爱你，美美……我爱你。"

说了说了，说出口了！穆嵘自己也很惊讶，之前两个人相处那么长时间都没跟她说过这句话，如今隔了这么久没见，竟然一见面就自然而然地说出来了。

临走前，家里的哥哥嫂子都告诉他这是三字真言，他还不屑，以为"两情若是久长时，又岂在朝朝暮暮"，这种肉麻的情话不必说。

可这会儿看到和美的表情他才真的相信三字真言的魔力。

他摸了摸和美发愣的小脸："我就想知道，之前你对我那么没信心，是不是因为我从来没对你说过这句话？"

和美舌头打结："什、什么话？"

要是在以前，穆嵘肯定撇撇嘴说"这么肉麻的话，你休想让我再说一遍"，但现在面对自己喜欢的姑娘，他却坦然重复："我爱你，傻瓜。"

说多少遍都没关系，只要她爱听，只要能给她足够的信心，他愿意每天都说给她听。

和美还是没有反应，她不是故意冷淡他，更不是不爱他，只是在这种时候她不知该说点什么才好，羞涩窘迫得只想躲。

穆嵘却不给她躲避的机会，直起身压过去，把她抵在沙发旁边就亲。

他好像刚喝过茶，唇上有点凉凉的、苦苦的，而和美的嘴巴永远像是含着糖，永远都是甜丝丝的。

亲吻的感觉已经变得有点陌生，但重温起来也很快。和美本来还要挣扎的，谁知他的舌头那么灵活，很快就让她溃不成军，只能发出低低的呜咽声，像小猫在撒娇。

和美被他吻得晕乎乎的，心里尚存的一丝理智却在气自己每次都这样被他吃定，于是果断推开他："不可以。"

"啊……为什么？"

和美抓紧衣襟："不为什么。"就是不想让你为所欲为！

穆嵘咬住下唇，表情泫然欲泣："可是我好疼！"

和美吓了一跳："哪里疼？"

他爬到她的身边抓住她的手往自己胸口上放："这里。"

和美气得使劲掐了他一把。

"哎哟！"他顺势倒地，满脸痛苦地喊，"真的好疼！美美你好狠心……"

和美又好气又好笑，明知他演技浮夸，装的成分居多，还是忍不住关切道："真的疼？"

"真的啊！"

"那怎么办？"

穆嵘在地上躺平："要亲亲！"

和美斜睨他一眼，慢慢俯下身去碰他的嘴。谁知他嘻嘻一笑："不是亲这里。"

哪里受伤亲哪里呀！

就知道他没安好心！和美随手抓起一个伊贺饼塞进他的嘴里，站起来道："我走了！"

“唔唔……”穆嵘说不出话来，手却拉住和美不肯放，继续发挥牛皮糖攻势，硬是把她又给拉了回来。

“干什么呀？”和美没好气地说，“我可没你这么闲，家里还有很多事等我回去做呢！”

穆嵘拿着饼边吃边说：“你看到旅游杂志上的报道了吧？最近生意应该好了很多啊！”

“就是因为生意好，所以我才必须在店里帮忙啊！”

“不是有你爸妈吗？”

“我爸爸前不久病了一场，最近身体刚好一些，不能太操劳。最近店里的果子都是我在做。”

“难怪我觉得味道这么好呢，我们美美是‘青出于蓝而胜于蓝’。”穆嵘讨好地笑着，小心翼翼地观察她的神色，“以前你不是一直都希望店里生意能好起来吗？现在为什么还是不开心？”

她的情绪全都写在脸上，并不是振奋开心的模样。

和美长叹口气：“还不是因为你。”

“我？”

是啊，中国有句古话叫“人无远虑，必有近忧”，人生各个阶段、不同时间的烦恼是不一样的。

和美看着他，认真道：“以前我以为只要能让店里的生意好起来就什么事情都解决了，现在看来好像不是这样的。”

穆嵘似乎也明白她指的是什么，神色郑重起来，认真地听她讲。

“你应该明白吧？继承和果子店是我从小的理想，不管家里的生意是好或是坏，我都不可能丢下爸妈和这个小店一走了之。”

假如像以前那样生意不好、经营不下去，说不定他们一家人最后关掉果子店另谋生路，她不再囿于这片天地，想去哪里就去哪里，反倒自由一些。

如今小店有了名气，生意渐渐好起来了，她留下继承家族手艺就是理所应当的事，是不能跟穆嵘回中国去的。

而穆嵘这样的家世，她也不指望他能抛下一切在异国他乡与她偏安一隅。

哥哥说得对，她跟穆嵘之间隔着太多现实的阻碍，根本就不适合在一起。

穆嵘却不这么认为，他信心满满，轻轻拍了拍她的背："你别胡思乱想，事在人为，总会有办法化解这种矛盾的。"

对，只是矛盾，不是死局。如果是死局，他一开始就不会跑这一趟。

和美有点为难："我不知道该怎么跟家里说。"

穆嵘装傻："说什么？"

她瞪他一眼。

"噢……说你什么时候有了我这么一个英俊潇洒、玉树临风的男朋友是吧？没关系，到时候他们自然就会知道了。"

"到时候是什么时候？"和美警惕地瞥他一眼，警告道，"你可别再搞什么惊喜了啊，他们可吃不消这个。"

"那也要看是什么惊喜嘛！一般的当然瞧不上了，但要是咱们突然给他们带来个'金孙'，他们怎么会不喜欢呢！"

"什么叫'金孙'？"

穆嵘的目光挪到和美的腹部，一脸憧憬迷醉，伸手摸了摸。

嘿嘿嘿。

和美懂了："你想得美！"

"可以吧？晚点我送你回去。"他主动抱她献吻。

和美跟他拉开距离，一脸嫌弃："你是为了这个才来找我的吧？"

砰！穆嵘就像个饱满的气球突然被针给戳爆了，瘪了下来，把身体的重量压在她的身上，欲哭无泪地辩解："真不是！"

好吧，和美给了他那么多空间和时间处理家务事，他也应该多给她一点空间和时间。

他捧住她的脸揉了揉："好吧，那你先回去忙你的事，我暂时不会到别的地方去，你随时都可以找到我。"

他居然真的就此作罢了，和美还挺惊讶的。和美由他牵着手送到酒店门外，她推着脚踏车往前走了几步，回头见他还站在那里冲她招手，即使凛冽的北风擦着脸颊而过，她的心里还是暖融融的。

和美回到家里，妈妈没问她去了哪里，也实在顾不上问。店里生意太好，但依旧是早早就打烊了。

和美听到父母凑在一起商量："要是生意能一直这么好，我们就该考虑请个人了，否则和美太辛苦了。"

"嗯，我也是这么想。"

和美连忙道："这么快就要请人吗？还是再看看情况吧！"

薄叶夫妇抬眼看她，笑道："我们和美回来了。"

她坐到父母旁边："我听到你们说要请人，还是再等一段时间吧，最近店里的情况虽然不错，但不知道能持续多久，贸然请人回来，到时又是一笔大的开销。"

父亲没表态，只问她："那你知不知道最近店里生意红火的原因？""是因为旅游杂志上的宣传吧！"说到这个和美的脸上就微微发热。

薄叶秀文微笑道："我听奈奈说了，当初帮助她妈妈娘家的料理店起死回生的就是这本杂志。"

"那只是机缘巧合，归根结底还是要料理本身做得好吃才行。"

"爸爸说得对。"和美附和道，"杂志上的报道虽然能让很多人认识我们的店，但从根本上来说，还是要果子做得好才能有口碑，才能把生意继续下去。"

"那你对我们店里的果子有没有信心呢？"薄叶大辅问她。

"当然有。"和美斩钉截铁地回答，但随即又犹疑道，"可我觉得现在要增添人手还早了一点，再过一段时间怎么样？"

薄叶大辅看了看妻子，她摸了摸和美的头发，柔声道："我和你爸爸是不忍心看你太辛苦，店里多个人手你也好轻松一点。"

和美狐疑道："可是……爸爸你不是说不会收徒吗？"

"那是以前。到了现在这把年纪，收个关门弟子也未尝不可。再说我们现在商量请人也未必是要请做果子的师傅，平时看店、外送都可以啊！"

和美听出了弦外之音："你们……不打算让我来接手和果子店吗？"

"接手这个店是你从小的志向，可现在你长大了，也要为自己着想。或许你有其他更想做的事。"

薄叶夫妇眉眼间都有淡淡的心疼，没人比他们更了解自己的孩子，和美这趟游历回来，明显是有了更挂心的事或者人，他们都看在眼里。

和美不知道该怎么说。她知道有些事是瞒不过父母的，但如果真就这样把穆嵘带到他们跟前，说不定他们真的就会认为她是放弃和果子店了。

她该怎么做才能让他们明白她的初心未变呢？又怎么才能平衡她的爱情和她的家庭呢？

奈奈却觉得这完全不是问题："你想这么多干什么，把吉他手直接带来见他们不就行了，说不定他们一见如故呢！你爸妈知道是他为你们的店撰文拍照，肯定很喜欢他。"

和美愁眉不展："要真是这么简单就好了。"

"有时候事情本来就没你想象的那么复杂呀！而且我觉得他既然千里迢迢跑来找你，肯定是有备而来的，心里也许早就有主意了。你与其在这里自寻烦恼，不如跟他好好聊聊，说不定一下子就想通了呢！"

和美没去找穆嵘聊，他却自己找上门来了。

店里门庭若市，和美忙得不可开交，忽然听到外头音乐声大作，正在挑选果子的客人和路过的人都被音乐声吸引了。

她探出头去，看到门外那个摇摇晃晃的熊本熊就有种不祥的预感，果然见他转过身来冲她招手。

即使隔着厚厚的道具服，她也能认出那是谁。

爸爸妈妈都感到奇怪，出来边张望边问道："是你找了人来做活动吗？"

她只好装糊涂："啊……没有呀，不是你们请来的吗？我以为是你们请来的呢！"

他千万别出什么幺蛾子，不然她不知道该怎么解释啊！

穆嵘倒也没叫她为难，一直在向围观的人群招手卖萌，换了首舞曲之后扭动笨重的身体跳起舞来。

这么有模有样显然是练过很久了，他的阴谋还真不少呢！和美好笑，却又忍不住拿出手机来悄悄拍视频。

今后他耍帅的时候就拿这些照片出来灭他的威风。

舞跳到一半还有互动，穆嵘迈着碎步一路小跑过来，把围观者的目光也都吸引了过来，然后摆出邀请的姿势要拉和美一起跳。

这真是……和美就在众目睽睽之下被他从店里拉了出去，被迫跟着他的节奏载歌载舞。

不止快歌劲舞，还有华尔兹？这熊掌……往哪儿放呢！

和美狠狠瞪他一眼，熊本熊却一脸呆萌地看着她。

熊肚子里装的都是坏水吧？

和美忍耐着跟他跳完这一曲，回头看到爸妈都在店里笑着鼓掌。穆嵘拉着她跑回去，直扑柜台，示意给他一盘和果子。

和美妈妈立马会意，每样果子都给他拿了一点。

他就端着那个青瓷盘子跑到路中间去，招呼路过的人们品尝这些果子。

别说，还真的招来了不少新客人，加上本来生意就不错，最直观的结果就是比平时更早打烊。

穆嵘终于可以脱下熊皮休息一会儿了，他悄悄地把和美拉到一边问：“我今天表现得怎么样啊？”

大半天的时间又跑又跳的，确实辛苦了，这么冷的天他的头发都被汗水浸湿了，说话也气喘吁吁的。和美心疼他，但又不敢跟他太亲昵，压低声音道：“你怎么跑来了？”

她以为他们已经达成共识，要以不变应万变呢！

穆嵘张了张嘴，薄叶夫妇不知道什么时候走过来了，朝他致意道：“今天真是太感激你了，请问你是和美的朋友吗？”

穆嵘连忙用生涩的日语回答：“是的，我是和美的……朋友。”

薄叶秀文听出端倪：“你是中国人？”

“对呀！”

“是留学生？”

一定是他特别显年轻才会被当作留学生，穆嵘心里美得很：“我已经工作了，不过有部分工作要在日本完成，所以……才会认识和美。”

薄叶夫妇看了看女儿，又看看他：“既然这样，就是客人了，请到家里来坐坐吧！”

“好啊！”

“不用了！”

穆嵘跟和美各说各的，难得有分歧。

关键时候还是一家之主说了算，薄叶大辅道：“请进来吧，你帮了我们这么多，一定让我们尽一下地主之谊。”

穆嵘得意地朝和美扬了扬下巴。

她无奈地咬紧牙——这家伙，根本就没打算听她的。

穆嵘第一次跨进和美家的大门，他没想到略显破旧的小店后面还有这样的世外桃源，其实他们家的格局挺大的，还有个不大不小的院落。

薄叶夫妇准备了十分丰盛的晚餐款待他，有生鱼片、白芝麻豆腐拌菜和浇汁盖饭，光是看已经令人食指大动了。

穆嵘却不急于起筷，恭恭敬敬地坐着：“我总是听和美说家里的饭菜好吃，今天有机会吃到才真的相信。”

薄叶大辅看向女儿：“真的吗？”

和美只好赔笑。

“我尝过伯父亲手做的味增，味道很好，没想到料理也做得这么好。”

“我做的味增？”

“是啊，和美出门在外都带着，一定是因为那最能代表家的味道。”

薄叶夫妇狐疑：“话说回来，你们是什么时候认识的呢？”

和美长这么大也就真正出过一次远门，也只有那一次带着家里的味增。

“爸爸妈妈，别说这些了，还是让他赶紧吃饭吧，不是饿了吗？”

“噢，对对，今天辛苦了，别饿坏了。”

穆嵘悄悄在桌下拉了拉和美的手才笑着拿起筷子吃饭。他们家的生鱼片切得很薄，搭配橙醋吃有种新鲜生嫩的口感；而浇汁盖饭看起来很家常，但汤汁是自家熬的高汤调配的，放了些培根和鸡肉，味道浓厚，幸福感满满。

穆嵘吃着吃着忽然停下筷子，薄叶秀文忙问他：“怎么了，是不是不合口味？”

她是中国人，更了解中国人的口味，也许他是不适应日本料理的这种清淡的口感。

穆嵘却摇了摇头：“不，每样东西都很好吃，是我自己很久没这样……

跟爸爸妈妈坐在一起吃饭了。”

薄叶夫妇微微一怔，和美也停下筷子看他。

他看了看他们，有点不好意思地解释道：“我妈妈很早就去世了，我爸爸工作忙，而且也有了新的家庭。”

他没有说谎，上回跟父母、哥哥坐在一张桌上吃饭是什么时候，他已经完全想不起来了。

他很少说起自己的家庭，所以尽管和美都了解，但听他亲口提起，还是会为他心疼。

他却不再多说了，打个哈哈，说：“啊，吃饭吃饭，这个豆腐也好香啊！”

和美的父母更觉得这个年轻人不容易了，劝他多吃一点，浇汁盖饭不够还可以再加。

一顿饭吃完，穆嵘抚着肚子：“好饱！”

和美道：“饱了吧，饱了我送你回去。”

他眨巴眨巴眼睛：“不着急呀，我带了龙井茶给伯父，总要煮一回茶才能走。”

和美一家人爱茶，不仅是因为和果子与茶道密不可分，就连薄叶大辅和周秀文当年也是因茶而结缘。

穆嵘也不知什么时候学来的本事，说起茶经也一套一套的，哄得二老格外开心。

他很懂得投其所好，即使以陌生人的身份出现也一点不显突兀。

喝完茶聊完天，时间已经不早了。和美在玄关处换好鞋要送他，他轻握一把她的手，说：“不用送了，又不远，我自己走过去。”

和美妈妈问：“你现在住在哪里呢？”

穆嵘道：“我就住附近的民宿，走过去五分钟就到了。”

咦，他不是住在城里最高、最奢华的酒店吗？

和美一怔，他却朝她挤了挤眼。

“那不要紧，还是让和美送你过去吧，她对这里比较熟悉，你们年轻人在一起也可以多说说话。”

二老显然是很喜欢穆嵘的，还尽力撮合两人在一起，多加接触和了解。

和美亮了亮手中的点心盒子：“是啊，就当是我把点心给你送过去吧！”

他可真行，把爸妈哄开心了，又吃又拿的，一点也不客气。

夜风凛冽，两人走在路灯下，穆嵘偏过脸问：“你冷不冷？”

和美摇头。他的手伸过来握住她的，感慨一句：“哎，终于可以牵你的手了。”

多少还带了点委屈——两个人是正经的男女朋友呀，怎么换个地方就像偷情了？

他果真换到附近的民宿住，站在小清新的木质门扉外，穆嵘拉着和美不舍得放她走：“来都来了，进来坐坐吧！”

和美一直都知道附近有经营民宿的人家，但还从来没进去参观过，四下张望一下，比穆嵘还好奇。

“酒店住得好好的，为什么突然搬到这里来？”

虽然看起来干净整洁，但跟酒店的舒适度相比肯定差远了，空间也很小。

穆嵘在榻榻米上坐下，笑了笑道：“这里离你更近啊，推开窗就能看见你。”

和美吓了一跳：“什么意思？”

穆嵘拉她到窗边，他住的房间在第二层，推开窗看过去，正好能看到和美家的屋顶。

他从身后拥住她：“是不是又觉得我在说甜言蜜语哄你玩？”

和美心里美，却不说话。

“其实我从来就不喜欢住酒店，民宿多接地气，又能感受当地的人文风情，我早就想住在这儿了。”

住酒店完全是权宜之计嘛！

和美肩头放松下来，靠在他的怀里：“那跑我们家去，又怎么解释？”

穆嵘的脑袋在她颈窝蹭了蹭：“你开不了口的事由我来，省得你为难。”

“你突然跑我们家去，我就不为难了？”

其实为难倒不至于，她就是很紧张，看到他自然地跟她的家人相处，她却紧张得心脏都快跳出来了。

或许是太在意了吧，她比她自己想象的还要在意穆嵘，怕他表现不好，怕家里人不喜欢他。

穆嵘不接茬了，只问她：“你觉得这个民宿怎么样？”

和美道：“不错啊，干净整洁，交通也很方便。”

对背包客来说，是再好不过的选择。

“嗯。”穆嵘点点头，“早晨还供应早餐，味道不错，但跟你爸妈做的比起来差得远了。”

和美似乎听出一点弦外之音，扭头看他。

他揽紧她：“你们家有没有考虑过做民宿？”

“我们？做民宿？”

“嗯，我刚才喝茶的时候探了探你爸爸的口风，他似乎并不排斥。”

“什么？”和美差点跳起来，“你跟我爸爸说了？”

穆嵘安抚她：“冷静，冷静，伯父可比你淡定多了呀！”

那当然，父亲永远是定海神针。和美长吁一口气：“到底怎么回事呀，你跟我好好说说。”

穆嵘却开始卖弄了：“还是不说了吧，我怕你打我。”

和美眯了眯眼：“真不说？”

“哼。”比比谁傲娇。

和美抿嘴笑：“好吧，不说就不说。时间不早了，早点休息。”

她起身开始帮他整理床铺，睡在榻榻米上他一定还不大习惯。

穆嵘傻眼了：“美美……你要走了呀？”

她嫣然一笑：“谁说我要走了？”

她拍了拍松软的被褥：“过来坐这边，我陪你一会儿再走。”

坐……坐床上啊？

穆嵘现在满脑子都是不纯洁的想法，经不起一点点撩拔，她对他笑一笑他都觉得那是某种暗示。

他毕竟是男人嘛，血气方刚的，下半身已经自动开始思考了，万一她看到多不好……

他赶紧站起来，东翻西找："我买了好吃的零食，咱们一块儿吃。"

他大概童年有缺失，特别偏爱糖果，各式各样的糖塞满了一个包。他全都抖了出来，让和美挑。

她一眼就看到六花亭的酒心糖，打赌他不知道这糖果里的奥妙。

她清了清嗓子，拿过糖盒道："我们吃这个吧！"

"好。"这时候她说什么都好。

和美打开糖盒，一颗颗圆润的糖果整齐地按颜色码成六边形。穆嵘伸手要来拿，被她推开了。

"这么吃糖多没意思，又不是小孩子。"

"啊？那要怎么样？"

"咱们玩个游戏。"

"什么游戏？"

和美想了想："你含一颗糖喂给我，糖到我嘴里必须是完整的，否则就算你输，输了就要回答我的问题。反过来轮到我也是一样。"

"噢……"穆嵘反应很快，"就是真心话大冒险嘛！"

"不完全一样。你不能选真心话或是大冒险，只能说真心话。"

"那公平一点，你也不能选，只能大冒险，怎么样？"

和美仰头稍稍一想："行啊！"

穆嵘摩拳擦掌，拿起一颗红色的糖放进嘴里，还在想不就喂颗糖嘛这有什么难的！

咦，这糖怎么就化了？看起来像个糖球儿，外面那层糖壳是入口即化的啊，还有浓浓的夹心流出来……怎么有酒精的味道？这是酒心糖吗？

穆嵘愣在那里，抿紧了唇，一不小心就把整颗糖咽下去了。

和美暗自发笑："你输了哦，愿赌服输。"

穆嵘还有点蒙，和美的脸已经在眼前放大："我问你啊，你到底是怎么跟我爸说起要经营民宿这回事的？他是怎么回答的？"

"一次……一次只能问一个问题呀！"他意识还是清醒的，还懂得讨价还价。

“好，那你就说说到底怎么跟我爸说起要经营民宿的？”

“也没什么，就是觉得现在旅游产业这么发达，为什么不好好利用呢？最近你们家的和果子店生意好转，不少都是慕名而来的游客。我为旅行杂志上发文和拍照也是利用旅游经济来做文章。既然这样，就再干脆一点，做成民宿之后，靠上门的游客来带动和果子的销售，不是也很好吗？”

“那我爸爸怎么说，他有什么意见？”

穆嵘晃了晃脑袋，眼神迷蒙：“这是第二个问题，轮到你喂我了美美。”

和美也不含糊，拿了一颗糖放进嘴里喂他。她急了一点，薄薄的糖壳还是化了，她碰到他唇的时候糖心刚好流出来。

她本能地往后缩了缩，穆嵘当然不能让她跑了，赶紧张嘴通通含住。

好甜，他要醉了！

“你输了……”他一脸陶醉的表情，还不忘主张自己的权利，展开双臂，“好久没抱你了，要抱抱。”

这么简单的要求，和美都不好意思拒绝他，俯身过去投入他的怀中。她是想要小鸟依人的，可穆嵘似乎喜欢这样拦腰抱住她，把脑袋放在她的胸口蹭了蹭，梦呓般叫她的名字：“美美……”

她心里涌上酸酸甜甜的滋味，抚了抚他的后背，轻轻回应他：“穆嵘。”

游戏还在继续，心急吃不了热豆腐，糖果根本没法完完整整地喂到她的嘴里。于是和美又问：“就算经营民宿能把和果子店的生意继续下去，但那样店里不是更忙吗？这样一来我就更不能离开家了。”

对他们俩的未来有什么实质性的帮助呢，她怎么看不出来？

穆嵘抚摸她的脸，笑了笑：“不仅是生意继续下去，而且客流量会是原来的十倍、二十倍，这样店里肯定需要人手，营业收入也能允许聘请新的人工了。”

和美了然，请了专人来帮忙，店里就不需要她时时守着了。

爸妈一直希望她不要太累，不要为和果子店牺牲太多，难怪会认同穆嵘的提议，觉得可行。

穆嵘又拿起一颗糖塞进她的嘴里，咂巴一下嘴，道：“啊……喂我。”

他的脸颊绯红，眉眼含春，还真有点醉了，但能占她点便宜就不愿意放过。

和美太小瞧这酒心糖了，在唇间保持它完整不化绝对不容易，喂到穆嵘嘴里时又化开了，被他缠住把最后一丝甜都吮得干干净净。

两个人气息都有点乱，微微喘息着凝视对方。

穆嵘嗓音沙哑地问她：“说实话，我不在的这段时间，你有没有想我？”

他们分开的这几个月，他其实一直都很想她，但对于她想不想他却没什么信心——谁让他忽略了她的感受，而时间和空间又极易消磨默契和感情呢！

和美看着他的眼睛不由自主地点头，都忘了轮到她只需“大冒险”而不必回答他的问题。

穆嵘欣喜，但很快又耷拉下嘴角，露出几分痛苦的表情。

和美问他：“你怎么了，不舒服吗？”

穆嵘却拉住她的手往小腹按：“好痛，要揉揉！”

和美抽回手，作势要打他，他却不怕死地又抓住她的手道：“说话不算话吗？愿赌服输啊！”

她红着脸使劲按了一下：“你这个家伙一点也不乖，每天就想着做坏事。”

穆嵘申辩：“我没想做坏事，只是饿得太久了……”

和美突然收回手：“好了，不玩了，我要回去了。”

这种时候她怎么能走呀？穆嵘抱住她，一翻身把她压在榻榻米上：“把我撩得七荤八素了就想走啊，不行！”

“不行也得行，明明是你撩拨我的。”

“那你继续让我撩啊，我是客人。”

“客随主便。”

“……”

穆嵘发现说是说不过这个丫头了，好在唇舌还有另外的用途，他还是发挥他的专长比较好。

这个男人还是挺固执的，和美要真想反抗当然还是有办法的，可来自爱人的亲吻是蜜糖也是毒药，轻而易举就瓦解人的意志，令人浑身酥软，连空手道高手也不例外。

和美被他紧紧地抱在怀里，两个人安静地并排躺着，享受快慰之后的温情。

和美又剥了一颗糖放进嘴里，这才发现他已经睡着了，睡相很可爱，像个小孩，还抱着她不肯撒手。

她为他拉好被子，摸摸他的头发，又低头在他的唇上吻了吻，贪恋地看着他在梦里还吧唧嘴的样子，心里那种酸酸甜甜的滋味又冒了出来。

他其实一直在努力，反倒是她不战而退，这样就连胜利的可能性都看不到了，真是不应该。

就听他的，勇敢一回又能怎么样呢？最坏的结果也不过是天涯海角，彼此怀念罢了。

想明白了好像就没那么多顾忌了。和美开始认真考虑穆嵘的提议，跟家里人商讨经营民宿的可能性。父母的回应果然都是非常积极的。

穆嵘也常常会来，有时是光明正大的，有时是悄悄地约她。他常跟和美的父亲讨论茶经，和果子店里推出新品时也总是第一个品尝的客人，他能给出中肯的建议和评价，实在非常讨人喜欢。

和美心头的欢喜渐渐代替了原本的忧虑，也会在不需要看店的时候主动约他出去。穆嵘娇羞地问："娘子又想灌醉我为所欲为吗？"

是啊是啊，一盒酒心糖灌醉你，说出去都没人相信。

和美没好气道："做实地考察呀，不同的民宿风格都了解一下，对将来的经营有好处。"

她甚至拜托了奈奈请小川企业的专业部门帮忙做市场调研。

穆嵘笑了笑，耐心地陪她一家一家看，远近的民宿各有什么特点他居然都能说出个所以然来。

和美好奇："你怎么知道的呢？"

“因为我都住过呀，你以为我还住在原来的地方？”

和美惊讶了一下，她还真没想过这一点。穆嵘从高端酒店搬出来就挺不容易了，居然还不嫌麻烦地不停换地儿，就为知己知彼吗？

不仅如此，他连市场调研的部分都做好了，报告递到她的手里，他的建议是有依据的，完全可行。

他果然是不一样了，以前她所认识的穆嵘似乎想得没有这么周到啊！

他像是看出她在想什么，扬了扬眉毛：“喂，你不会真的觉得我就是个纨绔子弟什么都不会吧？我以前只是懒得做罢了，不代表我做不好啊！”

付出也是要看对象的，为自己亲哥，为和美，他可以付出百分之两百的努力去做一件事，哪怕是他并不大擅长也不大感兴趣的事。

说不感动是假的，和美道：“那你现在住在哪里，我来陪你一起感受。”

穆嵘笑起来，拉住她的手：“你有这份心就很好了，不过我可不希望你把这当成一种交换。咱们今后日子长着呢，结了婚，天天都住一起。”

两情若是久长时，又岂在朝朝暮暮。

他这是拿她闹别扭时说的话来噎她呢？和美脸红：“谁要跟你结婚？”

“你呀，你想不负责任吗？没想到你是这样的和美！”

她追着他打，他边跑边笑：“哎呀，君子动口不动手！你看你看，前面就是百货公司了，你不是说要买东西的吗？不如咱们把戒指买了吧。”

和美当他胡言乱语，正经道：“我们今天是来买礼物的，别瞎闹。”

“买什么礼物，你有什么想要的吗？”

“不是给我买，是给家里人买的。”和美说，“给爸爸妈妈买点像样的礼物，你总要正式登门拜访一次。”

穆嵘欣喜若狂：“你终于肯带我见家长啦？”

“你不是早就见过了吗？”

“那不算啊，都不是正式的。你爸妈都还不知道咱们俩的关系呢。”

他现在还是没有得到官方认可的“非法”男朋友，连求婚的资格都没有。

和美捧住他的脸：“马上就知道了。我爸妈想请你到家里来吃饭，讨论一下经营民宿的事，到时我会顺便告诉他们……我们的事。”

其实她心里紧张死了，完全没底。穆嵘永远比她乐观，在她的手背上亲了亲：“别怕，我会让他们放心地把宝贝女儿交给我的。”

穆嵘带着礼物登门，和美的爸妈已经准备了丰盛的饭菜，就等他来。

和美到门口来接他，看起来脸色不大好，他的手绕到她身后偷偷地揽了揽她的腰，低声问：“怎么，想我了吧？待会儿人多不好意思说没关系，在这里先说说。”

和美欲言又止，示意他抬头看。

咦，门口站的那个人不是在南城见过的哲也吗？

穆嵘低头看和美一眼，她点了点头。

不是说好跟和蔼的伯父伯母吃顿饭吗，他怎么会出现在这里？

和美对他耳语道：“哥哥听说家里来了客人，特意趁周末赶回来的。”

哲也不动声色：“欢迎，请里面坐吧！”

反正面上是看不出一点欢迎的意思，冷冷淡淡的。

穆嵘长吁一口气，这家伙横看竖看都不可能看未来的妹夫顺眼了。兵来将挡，水来土掩，也没办法了，谁让他是和美的家人呢！

进屋才发现奈奈也在，比以前更瘦了，也更会打扮了，见了他也不再横眉冷对，而是挥挥手跟他招呼。

她还真是执着呢，哲也到哪里她就跟到哪里，任何机会都不放过。

和美家准备的饭菜比之前他上门蹭饭那回还要丰盛得多，有家庭料理常见的汤豆腐和烩年糕，有切成厚薄不同的生鱼片，还有散发异香的烤鱼，穆嵘几乎都看不出来那是什么。

一旁的奈奈见他一脸小猫看到鱼的表情，忍不住又鄙视他，说：“那是烤的长枪乌贼。”

“啊？”乌贼怎么看起来那么萌？

薄叶夫妇邀他坐下，薄叶秀文笑着招呼他：“这是用自家做的白味增腌制的活长枪乌贼，加了清酒入味，腌好之后再烤，味道很好的，希望你能喜欢啊！”

“绝对喜欢，伯母你们家的料理味道特别棒，在别的地方我都吃不到味道这么好的料理。”不怪穆嵘嘴甜，和美家无论料理还是点心，味道都好极了。

他跟奈奈是客人，薄叶夫妇露出欣慰的笑意，忙着招待他们，只有哲也不动也不笑地坐在那里。

和美今天也异常安静，都没怎么说过话。

薄叶大辅举杯对穆嵘道：“家里难得来客人，你又来自中国，相当于内子故乡的亲人，又帮了我们这么多，真的非常感谢你。”

这是未来的岳父大人，穆嵘可担待不起，连忙举杯回敬：“其实没帮上什么，反而一直来打扰你们，实在太不好意思了。”

未来丈母娘在一旁帮腔：“你就别客气了，以后也要常来做客。等民宿真的开张之后，你要做我们的第一位客人啊！”

“好的，绝对没问题。”

穆嵘仰头，杯子虽然是满的，装的却是茶。看来他沾酒就醉的毛病连和美的家人都知道了。

二老对他客气，哲也可没那么容易放过他，他拿过旁边的酒瓶道：“原来民宿是你的主意，那怎么也得敬你一杯才对。”

来者不善，穆嵘感觉到了，笑了一下：“我……不能喝酒的，以茶代酒好吗？”

哲也笑了笑：“你太谦虚了，我们家和美都能喝酒的，你是男人还不能喝吗？”

穆嵘有点无奈，别人也就算了，这是和美的哥哥，就算明知是有意为难也不能不给他面子。

他向和美求助，却发现她脸色发白，好像很不舒服的样子，不由担心地轻声叫她：“和美。”

她“啊”了一声，抬起头来，看看他又看看哲也，不忘为他解围：“哥，他真的不能喝酒，喝了立马就醉。”

“你倒挺了解的，你们不是认识的时间不长吗？怎么连这点小事都知道？”

和美知道他是找碴，故意要戳穿她的谎言，指明她跟穆嵘的关系。可她从一开始就一直浑身不舒服，头晕又恶心，吃了几口饭菜之后胃里更是翻江倒海，说话都有气无力。

哲也一心给穆嵘下马威，没注意到和美的异样，倒是奈奈发现了，停下筷子问她："和美，你身体不舒服吗？脸色不大好呢！"

和美摇了摇头，想喝口茶水压一压，谁知一口茶刚喝进去就感觉胸口气血上涌，连忙捂住嘴起身往洗手间跑。

"和美！"穆嵘焦心不已，什么都顾不得了，忙站起来跟着她去。

见女儿不舒服，薄叶夫妇也有点慌神，薄叶秀文赶紧放下碗筷也要跟过去看个究竟。

奈奈及时站出来："阿姨，我去看看吧！您先叫个出租车，如果真的不舒服恐怕等会儿要到医院去。"

和美跟穆嵘的恋情还没向家里坦白，万一有什么意外在这种时候被父母撞破就很尴尬了。

和美在马桶边吐得一塌糊涂，穆嵘也心疼得一塌糊涂，蹲在她的身边用手抚着她的背，边用纸巾给她擦，边忧心地问："怎么回事啊……怎么突然吐得这么厉害呢？"

奈奈跑进来帮忙，拿了毛巾给她擦汗，又示意穆嵘给她拿一杯干净的水漱口。

她搭住和美的肩膀悄悄地问："病了吗，到底哪里不舒服？"

和美指了指自己的胃部，整个食道和口腔都被胃酸灼得难受，说不出话。

"不会是怀孕了吧？你们有没有采取措施啊？"

和美愣了一下，随即笑了笑，嘀咕道："怎么可能。"

"怎么不可能呀，现在意外怀孕的人可多了，你可别大意。是不是这家伙不想负责？我去跟他说。趁你家里人还不知道，要是知道了就更麻烦了。"

太晚了，家里人已经知道了。和美一抬头就看到哥哥哲也站在门口，也不知在那儿站了多久，不过她们的对话他应该都听到了，二话不说径直走到穆嵘面前给了他一拳。

穆嵘只觉得眼前一黑，像被人闷头打了一棍，手里满满一杯水全都洒了，身体一歪就撞倒了洗手间的架子，卫浴用品稀里哗啦地掉了一地。

等看清了动手的人是哲也，他火冒三丈："你有病啊，我哪儿招你了？有你这么招呼客人的吗？"

哲也抿紧了唇，还要上前再打他，被奈奈拉住："学长，你冷静一点！"

哲也气恼道："你让我怎么冷静？我早就说过不让这家伙跟和美在一起，现在他不仅占了和美的便宜，连孩子都有了……我还怎么冷静？"

"孩子……什么孩子？"穆嵘彻底蒙了，刚才两个女孩叽里咕噜的那几句对话全是日语，他没听明白，原来是说和美怀孕了？

幸福来得太突然，穆嵘还来不及欢喜，转念一想不对啊，他们隔了好几个月都没见，最近一次还不到一个月，就算怀那也没有这么快啊！

他想解释，和美却拉住他让他别多说，谁知她两腿发软，眼前直冒金星，一下子站都站不稳，只得靠在他的怀里。

"和美！"穆嵘一惊，也顾不上自己身上的疼痛了，把她抱起来，喊道："她房间在哪里？"

说起来，他还没好好参观过和美家，连她住哪个房间也不知道。

和美上吐下泻严重，一家人早没了吃饭聊天的兴致，赶紧叫车把她送到附近的医院去了。

和美挂上点滴，呕吐和腹泻都暂时止住了，躺在病房休息。

穆嵘从病房出来，薄叶一家和奈奈都在外面等着他。

奈奈笑了笑："和美没事就好，你们聊吧，我先回去了。"

薄叶夫妇向她道谢，她微微鞠躬，偷偷看了一眼哲也。他没什么表示，依旧是一脸淡漠的表情。她好像习惯了他这样的淡漠，尽管心里落寞，却掩饰得很好。

和美只是普通的肠胃炎，医生让留院观察一晚，没什么大碍。但接下来的事，就是薄叶家的家事了。

闹成这样，想再隐瞒什么也瞒不住了。穆嵘反而特别平静，对薄叶夫妇和哲也道："医生说可以留一个人陪夜，今晚我守着她就好，你们回去好好休息，明天再过来看她吧。”

和美的爸爸已不见之前的和蔼，目光带了几分严肃审视的意味，面色沉沉地看着他。

“你跟我们家和美到底怎么回事，现在可以好好地跟我们说一说吗？”还是和美的妈妈主动开口问话，她始终觉得这个年轻人为人处世都极为真诚，不像是游戏人间的纨绔子弟。

“其实我跟和美早就认识了，她到中国去的那段时间，一直都跟我在一起。”

他们既然要听，穆嵘索性把两人从相识到如今的经过都原原本本讲给他们听，说完了才毅然决然地说：“我对和美是认真的，绝对不是玩玩而已。她对我们的未来有顾忌，信心不足，所以才没告诉你们我俩的事，怕你们也觉得为难。我之前是因为家里的事浪费了那几个月，这回我特意到日本来就是想征得你们的同意，让和美跟我在一起。”

薄叶秀文问：“在一起的意思是……”

“我想跟和美结婚，娶她做我的太太。”

这些话跟当时向和美表明心意一样，以为会很难开口，实际上自然而然就说出来了，说出来后反而感觉特别轻松。

薄叶夫妇对视一眼，薄叶大辅的脸色稍稍缓和了一些，沉声问：“婚姻大事不是随便说说的，我听哲也说你的家世很不一般，他们会同意这门婚事吗？”

穆嵘看了哲也一眼，他也明白这是哲也一直针对他的根本原因，与其大家心里都不痛快，不如今天摊开来说个明白。

“其实家世好又怎么样？我反倒羡慕和美，有这么好的爸爸、妈妈关心爱护她，一家人其乐融融地生活在一起。”穆嵘自嘲似的一笑，“我说过，我还没成年妈妈就不在了，从小爸妈都很忙，也没怎么管过我。一手把我带大的爷爷奶奶年纪也大了，奶奶去年也走了。他们都见过和美，也很喜欢她。我不需要依靠我的家世达成什么目的，所以我要跟什么人结婚他们也不会为难我。”

他从不拿家世说事，唯独这次，是为了争取最在意的那个人，为了争取两个人下半生的幸福。

薄叶夫妇情绪都好了一些，他继续道："我知道和美是你们的掌上明珠，你们怕她受委屈，其实我也一样。今后只要我在她身边，就不会让她受委屈。"

哲也开口道："你怎么证明？"

"给我时间，日久见人心。"

和美睡了一觉醒过来，发现病房里只有穆嵘一个人。

她问他："爸爸妈妈呢？"

穆嵘回答："我让他们先回去了，今晚我在这里陪你，明天就能回家了，没事。"

他扶她坐起来，又给她倒水喝，无微不至。

她笑笑："他们没说什么？我哥没再打你吧？"

穆嵘哧了一声："怎么可能？之前他那是攻其不备，我要有了防备还能被他轻易撂倒吗？他又不是你，空手道冠军。"

"他以前上学的时候拿过地区跆拳道冠军的。"

穆嵘一口血卡在喉咙里，垮下嘴角："这也太狠了啊，你家里还有什么高人全都告诉我，也好让我心里有个谱。"

和美笑笑，摸了摸他的脸颊："还疼不疼？"

他握住她的手在脸上蹭："你心疼我，我就不疼了。"

"我哥也真是的，怎么能打人呢？"她有点生气，"他想到哪儿去了！"

穆嵘道："也不怪他这么想，要真怀孕了，我不知多高兴！"

"喊，想得美！"和美娇嗔道，转念一想又有点难为情，"我不知怎么跟爸妈解释才好……"

"你不用解释，该说的我都已经说完了。"穆嵘敛起调皮逗乐的神情，郑重地说，"你这回肠胃炎虽然吃了苦头，但总算让我有机会把咱们的事告诉你家里人了。他们或许还不够了解我，不相信我能给你想要的生活，但我可以证明给他们看的。你相信吗美美，你信我吗？"

和美握紧他的手："我信。"

天气转暖，和美家经营的民宿终于要开张了，和果子店也推出一系列的新品和特别的礼品包装做宣传。

和美跟奈奈去车站发完传单回来，就跟门前忙着卖萌的熊本熊一起做试吃活动。

熊转过来看她一眼，她就很有默契地上前抱了抱他，有点心疼地问："你累不累，要不要休息一下？"

天气有些热，穿着这么厚的道具服真是体力活儿。

熊摇了摇，又用力抱了她一下才放开。

站在店里照顾生意的薄叶夫妇把这些都看在眼里。和美妈妈道："这段时间多亏了穆嵘这孩子，不光对和美好，对我们家里的事也尽心尽力。"

薄叶大辅"嗯"了一声，其实也是从心眼里认可这个未来女婿的。他们一开始也怕女儿远嫁会受委屈，他们会寂寞，然而穆嵘却用这几个月的时间向他们证明，他们不仅不会失去女儿，还多了半个儿子。

家里来了特殊的客人——穆皖南和俞乐言，他们是代表老穆家来的，带着贵重的礼物和十万分的诚意，替穆嵘郑重其事地提了这门婚事。

穆嵘说得很恳切："本来应该我亲哥来一趟的，但之前家里出了事，他受了很重的伤，我爸身体更糟，实在来不了。大哥是我们这一辈里最沉稳、最有成就的人，所以我请他和大嫂跑这一趟。他们就是我的家人，能够证明我之前说的不是空话。"

穆皖南笑了笑："你不这样恭维我，我也是要替你说话的。我们来之前爷爷特意叮嘱，和美这么好的女孩子千万别错过。我们这回来就是为商请伯父伯母同意小两口的婚事。"

俞乐言夫唱妇随："是啊，和美是小五唯一带回家见家长的女孩，而且我们都很喜欢她，小五不敢欺负她的。"

只怕想欺负也有心无力，不被过肩摔就很好啦！

过了父母这一关，对两人的未来持保留意见的似乎就只剩和美的哥哥了。民宿正式开张的前一晚，哲也赶回家来，虽然对穆嵘的态度还是那样，却意外地跟穆皖南夫妇相谈甚欢。也不知大哥跟他是怎么说的，第二天他在自家院子里见到正在调吉他的穆嵘，难得主动跟他攀谈："希望你记得你的承诺，如果将来我妹妹受了委屈，我绝对饶不了你！"

穆嵘绽开笑："你放心，不会再有让你对我动手的机会了。"

哲也敛眸看他手里的琴："这是要干什么？"

"弹琴啊，今天不是咱们家民宿开张的日子吗？有乐队助兴。"

"你亲自上场？"

"当然。"

"不会是要求婚吧？"

"……"

哲也一脸"小样儿我就知道"的表情，换了轻松调侃的语气："戒指什么的准备好了吗？这场可不能演砸了。"

穆嵘猛点头。

在北海道的这座小城，有他人生中最重要的一场秀，又远不仅是一场秀。

沙利文、柳闻莺和大白、强子他们从院子里走出来，手里都拿着各自的乐器。他们千里迢迢专为他友情出演，不可谓不隆重。

他们是想给和美一个惊喜，这么多远道而来的贵客本身就是一个惊喜，作为女主角的她大概多多少少已经猜到了。

她可爱就可爱在这里，有的事她明明心里有数，就是不说出口。

"穆嵘！"和美招呼完店里的客人，在院门口冲他招手，开张的吉时到了，轮到他们上场了。

沙利文笑着拍了拍他的肩膀，穆嵘的嘴角扬起笑，拎起琴，对乐队其他人道："走吧，该咱们了。"

有件事她大概是不知道的——他早在去百货公司为她父母买礼物之前就买好了钻戒。这枚亮晶晶的钻戒放在红丝绒的盒子里，现在就装在他的口袋里，随着他的步伐轻轻拍打着他的身体，仿佛提醒着他每走一步就离幸福又更近了一些。

独家番外

更深人静，冷月如钩。

寻常百姓家到了这个时候往往都已入睡了，而在一些达官显贵家里，好戏此时才刚刚上演。

穆嵘就曲起一条腿坐在屋顶上看戏，不要钱的，挪开半片瓦便能就着屋内的灯火看尽乾坤，比戏台上演的那些还精彩。

当朝户部尚书大人的小金库被夫人发现了，也就二三十两银子，夫妻俩为此吵得不可开交。

堂堂二品大员原来是个“妻管严”，除了日常花销外压根儿摸不到钱，也难怪要养外室另觅温柔乡。这小金库就是为了养外头那位存下的，现在败露了，显见今后的日子就不好过了。

两个人越吵越激烈，摔杯摔盏，这么下去博古架和屏风都得遭殃。穆嵘却百无聊赖，只恨今天出来得匆忙了些，忘了带吃的，昨天的这个时候他都啃完一个鸭梨了。

他昨晚扔的梨核顺着瓦楞滚到一半被卡住，现在还在那里。穆嵘瞥了一眼，发觉一墙之隔的书房亮着灯却空无一人——主人们为了吵得尽兴，把丫鬟、小厮都赶到前院去了。

“闭嘴，休得放肆！”

“哎呀，你这老不死的竟敢动手打我！几十年的夫妻啊，我……我不活啦！”

尚书夫人在推搡中被推倒在地，哭天抢地。一哭、二闹、三上吊本就是有些女人惯用的武器。

张尚书气得吹胡子瞪眼，指着地上的人“你……”了半天也没说出话来。

穆嵘揉了揉太阳穴，实在不想再看他们闹下去，站起身，沿屋脊快行几步，身形飞掠，从屋檐倒钩着身子翻入了书房。

他身轻如燕，隔壁又吵闹得厉害，根本没人发觉屋里进了外人。

他在桌前铺纸作画，提笔泼墨。寥寥数笔，刚才所见之泼辣乖戾、无可奈何已跃然纸上。

谁说锦衣卫只会用刀？他运笔作画也是极好的。

他擅长工笔，尤擅长画人物，线条明晰，技法精巧，就连当今皇上也夸过他的画。

这张大人虽然后宅不安生，但无谋反、大逆、奸党之罪，用这张画去交差也无不可。

他将画作揣入怀中，笔洗、砚台恢复原状，如不曾有人来过一般。

次日早朝，皇上坐在金銮殿上听完文武百官各方陈奏，特地点了户部尚书张大人的名，问道：“爱卿的俸禄可是不够花了？为区区二十两银子也能与夫人吵起来。”

张大人额际渗出冷汗，词穷道：“微臣不敢。”

年轻的皇帝笑了笑，命近身的侍者展开一幅画卷，道：“难道这画上吹胡子瞪眼的不是张爱卿吗？我看倒挺惟妙惟肖的。”

张大人两股战战，腿软得马上跪下：“皇上……”

皇上却挥了挥手，命人收起画卷，笑道：“行了，夫妻吵架本是常事，但吵吵也就算了，千万莫要真伤了和气。须知一日夫妻百日恩，家和才能万事兴。”

他口吻戏谑轻松，众人却笑不出来——在自家后院与老婆拌个嘴皇上都一清二楚，任谁都笑不出来了。

下了朝，张大人背上的冷汗把里衣都浸湿了，偏偏迎面还遇上穆嵘朝他揖手：“张大人。”

“噢，千户大人。”他连忙还礼。

穆嵘看他这狼狈的样子就好笑，也知他素来打心眼儿里瞧不上锦衣卫，并不多说话，只问道：“张大人脸色不大好，昨儿个是睡在夫人房里，还是睡在书房里呢？”

张大人一惊，刹那间似乎明白了什么，瞪目道：“你……”

穆嵘哈哈一笑，已经大摇大摆地走了。

他从皇上那里得了褒奖，也领了新任务。在开启新任务之前，他打算先吃点儿好吃的，犒劳犒劳自己。

桂子飘香，他有点馋白云居的桂花糕了。

白云居是京城鼎鼎大名的点心字号，绿豆凉糕、枣泥饼和桂花糕最合他的口味，时不时就去买来解馋。

他下朝换了身玉色缎面直身，不着飞鱼服、不挎绣春刀，看起来就是位普通贵公子，低调不张扬，连买点心都规规矩矩地排队。

当朝锦衣卫指挥使是他的亲哥穆峥，是皇上跟前的大红人，却比谁都低调内敛，任锦衣卫同知时便整肃风气，谁要敢利用锦衣卫的身份欺压百姓、寻衅滋事，是要受重罚的。

穆嵘排了半天队，轮到他的时候刚好一笼桂花糕出炉，香气袅袅。白云居的掌柜认得他，亲自出来招呼：“穆大人，您买桂花糕啊？赶巧了，这是今天最后一笼，您要多少，我给您包起来。”

穆嵘的馋虫在肚里乱窜，早已等不及了，豪气地挥手：“我全都要了。”

“好嘞！”掌柜知道他是什么人，这样的人再守规矩也是不能得罪的，连忙拿油纸为他打包。

身后排队的众人却颇有微词：“他一个人哪吃得了那么多，我们也排了半天队，店家为何不照顾我们一下？”

穆嵘回头看了看，心里说我一个人还真就能吃这么多，你们普通人三更就睡了，我三更还有任务当值呢，总得留点夜宵填饱肚子啊！

大伙儿抱怨抱怨也就散了，点心今天没了，明天还可以赶早。只有原本排在穆嵘身后的姑娘却不肯离开，焦急地向掌柜比画着。

原来是个哑女。

掌柜等穆嵘走了才说：“哎，和美姑娘，今天桂花糕真没了，人家付了钱我没有不卖的道理啊，要不你看看别的？”

和美摇头，急得不知该如何是好，又比画半天。掌柜道：“噢，你问刚才那位公子啊？他住的倒离这儿不远，但你可千万别去找他，那是我们招惹不起的人物……哎，姑娘，和美姑娘，你去哪儿啊？”

和美也知道有些人不能招惹，可今天买不到这白云居的桂花糕她回去也肯定是要遭罪的，不如赌一把。

穆嵘抱着桂花糕边走边吃，越走越偏僻，直到拐入一条小胡同才突然停住脚步，身后的人果然撞上来。

他常年习武，身材硬朗，大概把小姑娘给撞疼了，听她闷哼了一声。

“你跟着我干什么？走了这么远你不累？”他转身上下打量和美，小家碧玉的清秀模样，看打扮像是富贵人家的丫鬟，没缠足。他故意带着她从白云居绕了半天走到这里，也够远了，她还真是锲而不舍。

和美不能开口说话，眼睛却一直盯着他手中的桂花糕，然后朝他比画。

穆嵘竟然看懂了：“你想叫我把这桂花糕让你一半？”

她点头。

这哑女看来只哑不聋。他好奇地问道：“你不能说话？”

和美又点头，指了指自己的喉咙，又紧盯着他手上的桂花糕。

穆嵘缩了缩手：“把桂花糕给你，你拿什么来换？”

和美连忙拿出钱袋子要给他钱。

他一扬眉：“一块一两银子，可别给少了。”

和美的手握紧钱袋，悬在半空，似乎对他说的话感到不可思议。

一两银子可以买两石大米了，他居然只卖她一块桂花糕！

穆嵘笑起来：“嫌贵啊？那不要银子也行，我看你长得挺水灵的，不如跟了小爷我，要多少桂花糕都有。”

没错，他就是故意欺负她，好让她知难而退，谁叫他根本就不打算卖呢！

他有一双漂亮的桃花眼，不用故作轻浮也足以让姑娘脸红。和美又气又急，拍开他伸过来轻抬她下巴的手指，朝他的小腿狠狠踢了一脚。

穆嵘没有防备，被踢个正着，疼得抱着小腿跳，差点连桂花糕也掉在地上。反应过来再抬眼一看，那丫头早就不见踪影了。

大约是以为真的遇到了坏人，逃命去了。

穆嵘一瘸一拐地回到家，进屋就看到哥哥穆峥坐在椅子上喝茶，见他回来头也不抬地问："回来了？"

穆嵘"嗯"了一声，不敢瘸了，忍着疼也把两腿捋直走过去，讨好地问："嘿嘿，哥你今天怎么有空到我这儿来，不用去衙门？来来来，吃桂花糕，我刚买的。"

穆峥看也没看，放下手里的茶杯，说："听说皇上让你去查兵部左侍郎江世忠？"

"是啊，有什么不妥吗？"

穆峥没答他，又问："腿怎么了，受了伤？"

还是被看出来了。穆嵘暗自吐了吐舌头："刚回来的路上走太急，磕石头上了。"

说什么也不能让亲哥知道这是被一个小丫头给踢的。

穆峥面色不改，只微微蹙了蹙眉头："既是如此，那就告假在家休养吧，江世忠那边我会安排其他人去盯。"

"那怎么行啊？"穆嵘诧异极了，别说他压根儿没受伤，就算是真受了伤，只要不影响任务也不要紧的。

他跟穆峥是孪生子，没人比他们更了解彼此的能耐，穆峥官阶一直比他高，但从不插手他的任务，这回是怎么了？

似乎也预料到他会有这样的反应，穆峥这才解释道："你可知道皇上为何叫你去查江世忠？"

"知道，他之前任直浙总督，奉旨抗击倭寇，吃了败仗，皇上怀疑他暗中与倭寇勾结。"

穆峥道："胜败乃兵家常事，皇上怀疑他，是因他之前无往不利，那一战明明也胜券在握，最后却惨败而归。"

那还不降职反而升至兵部侍郎？除了朝中有人保他，只怕皇上还有其他用意。

这大概就是他此行任务的目的了。

抗倭艰险，官场诡谲，背后多少惊心动魄不是一两句话能说得清的。但穆嵘已明白这回事关重大，沉声道：“哥，你放心，我会谨慎行事。”

穆峥背着手看窗外：“江世忠家族世代锦衣卫出身，锦衣卫惯用的伎俩他最清楚不过，恐怕没那么容易被你抓住把柄。”

搞不好把他也要折进去。

穆嵘却笑了：“没事，你知道我爱出奇招。”

他向来是脚踩西瓜皮，滑到哪里算哪里。皇上大概也是看中他懂得灵活应变才肯重用，把这样棘手的任务交托他去完成。

江家深宅大院，府邸富贵却不奢靡。

江世忠连京城的书房里都摆有行军沙盘，在夜阑人静时仍紧锁双眉，时而奋笔疾书，时而在沙盘前徘徊，苦苦研究排兵布阵之道。

看起来他对那场大败仍不能释怀。

这样的人，很难想象会为了金银和权势弃国家大义于不顾。

穆嵘从他本人这里看不出什么端倪，于是到府上的其他地方看看。

他最爱去的地方是厨房，不仅是因为他好珍馐美食，更因民以食为天，从一家人的厨房里能看出不少门道。

厨房还有光亮，隐隐有点心的香气传来。许多大户人家的厨房夜里也备着吃食，以防主人饿了要吃来不及现做。

这个香味儿有点熟悉，很像是……他今天吃过的桂花糕？

循着香味儿飞身掠过去，穆嵘意外地发现厨房外跪着个人，头上还顶着个盘子。

时已入秋，早晚已有凉意，跪在这么冷硬的青石板上就算不得风寒，膝盖也受不了吧？

尤其这被罚跪的人还是名女子。

穆嵘心里犯嘀咕了：江世忠看起来一脸忠义，连名字都取得这么正气，在自己府上竟然这样苛待下人，果然是人不可貌相呀！

他本想去看个究竟，小门那头却走来一个丫鬟，走到罚跪的女孩身前停下，抱着手冷笑道："知道厉害了吧？我们小姐说了，这回只是小小的教训，要再有下次，非把你赶出去不可，看你还敢不敢跟老爷和少爷们眉来眼去！也不瞧瞧自己什么德行，哑巴还想当狐媚子，呸！"

跪着的人不动也不说话，看来真是哑巴。

哑巴……穆嵘不由得想起白天的遭遇，小腿还在隐隐作痛。

他挪了个位置，借着昏暗的光亮看清了跪在地上的人，还真是他白天遇见的那个哑女！

他正幸灾乐祸，就听旁边那狐假虎威的丫鬟道："盘子可顶好了，天亮我们可是要来查看的，里面的东西要是掉出来一点儿，小姐饶不了你！"

她"哼"了一声转身走了，穆嵘却开始好奇：那盘子里装的是什么呀？桂花糕的香气好像就从那里来的，可看上去又不大像白云居卖的桂花糕啊！

他伏在屋顶没动，跪在地上的和美却慢慢站起来了。她把头顶的盘子抱在怀里，揉了揉膝盖，长舒一口气之后竟然坐在石阶上吃起了盘子里的点心！

穆嵘眼珠子都快掉出来了，就差喊出声：喂，你还在受罚呢！

和美只吃了两块点心就不吃了，把盘子放在膝上，眼睛看着远处微微发愣。

穆嵘等她把剩余的点心放回厨房才从屋檐上下来，翻身而入，掀开灶台上反扣的另一只盘子，发现那点心原来是莹白色的，跟白云居用糯米粉加桂花糖蒸出的米糕不同，这是用熟糯米反复揉捏至光滑柔腻之后切件，再浇上糖汁。他用手指蘸了盘子里黄澄澄的糖汁——是桂花蜜！

耳畔有风声，他利落回身，挡下从身后偷袭而来的擀面杖。

一天两次，真是够了，老虎不发威，真当他是病猫啊？

和美手中的擀面杖生生被穆嵘断作两截，她看着眼前人惊愕不已：怎么是你？

"是啊，是我。"不知怎的，穆嵘好像天生就能看懂她眼里的情绪。她不会说话，他连捂她口鼻叫她别嚷嚷都省了，指着那盘子里的点心道："这是你做的？"

和美点头，虽然不知他是什么人，但她还算临危不惧。

嗯，味道挺好的，软糯香甜，桂花香气浓郁，比起白云居的桂花糕来有过之而无不及。

她能做这么好吃的点心，为何还要受罚？

门外传来脚步声和其他厨工的咳嗽声，穆嵘没有多想，揽住和美轻轻松松就带她跃出窗外，从窗台借力上了屋顶。

和美几乎从没到过这么高的地方，不由得有些害怕，拉住穆嵘的袖子动也不敢动。

他轻笑道："放心，我不会伤害你的。只要你别乱动，等会儿我就送你下去。"

两人并排坐在屋脊，和美也不问他到底是什么人，反正他若真要杀要剐，她也没法反抗。倒是穆嵘还惦记着刚才那点心的美味，忍不住问她："你既然自己会做桂花糕，为什么还去外面买，又为什么大半夜的被罚跪？"

说到这个和美就来气，瞪他一眼，手指朝他戳了戳。

穆嵘指着自己："怨我啊？"

和美点头，要不是他把刚出笼的桂花糕全包圆儿了，她也不至于因买不到而受罚。

穆嵘一撇嘴："我觉得你的手艺不比白云居的差啊，你家主人怎么还不乐意呢？你早说你的点心做得那么好吃，我就跟你换了。"

这世上没人不爱听好话，和美也不例外。被他夸手艺好，她心里那些委屈怨怼也淡了许多，比画着跟他聊了起来。

原来江世忠的掌上明珠江思月是位刁蛮千金，吃穿用度无一不是要求最精最好的，而且她要星星决不能给她月亮，她要吃的是白云居的桂花糕，厨娘就不能拿自己做的去充数，否则就得受罚。

穆嵘内心"嘁"了一声，瞧不上这种千金小姐任性起来刁难下人的作为，但对和美多多少少也感到有点愧疚："那你今晚就不睡了，真在厨房外顶着盘子跪一宿？"

和美笑了笑，比画道：小姐和屋里的人都休息了，不会有人来查看的，明早再做做样子就行。

“管家和厨房的管事嬷嬷也不来查？”

和美摇头。

穆嵘懂了，大概这位江小姐平素就太过于任性不得人心，大家都被罚过，遇到这种情况就彼此维护。

墙外传来更鼓声，他伸了伸胳膊，道：“既然这样，那走吧，我送你下去。”

这时和美终于问他：那你是什么人？

“我啊？”穆嵘眯眼一笑，“我是特地来找你报仇的，你今天白天那一脚可踢得不轻啊！”

和美红了脸，她那是气急了，谁让他怎么看都不像个好人呢！

“不过看在你被罚的份儿上，我就不跟你计较了。”他故作大度，“啊，你把厨房里剩下的桂花糕给我，咱们就当扯平，怎么样？”

和美摆手：明早还得用剩下的糕点放在盘子里应付小姐屋里的人呢！

得让他们以为她整晚都顶着盘子没挪动过啊！

穆嵘又一笑：“你放心吧，明早也不会有人来查你的。不过呢……”他话锋一转，威胁道：“你要是敢把今晚在这里见到我的事告诉别人，我就让你今后不仅开不了口说话，连点心也做不了，明白吗？”

为了证明他是个说话算话的锦衣卫，他用一支迷烟把江思月和屋里的婆子丫鬟全放倒了，让她们睡到第二天日上三竿也叫不醒。

江府上下吓坏了，以为她们中了邪，江世忠赶紧请了郎中到家里来问诊。

普通郎中看不出穆嵘用的迷烟的成分，但也知道这一屋子的人只是睡死了，最好的办法就是用冷水泼醒。

穆嵘在树上吃着和美做的点心，看着底下的人把一盆又一盆冷水端进屋去，很快就传来哗啦啦的水声和女人的尖叫声，他忍不住偷笑起来。

他等郎中出来，然后想个法子把人引到和美那里去。他昨晚就发现她有些发热，女孩家到底身体单薄，又跪又冻的，果然还是风邪入体，得了风寒之症，今天就起不了床了。

他本想等郎中开完方子、净完手出来，装成江家的下人带他去账房拿诊金，半路把人引到和美那里去为她看病。没想到郎中出来的时候，江世忠也跟在他身后，压低声音道："府上还有病人，先生请随我来。"

两人一路走到下人房，江世忠请郎中医治的人竟然就是和美！

他把郎中带过来就悄悄离开了，但穆嵘居高临下把一切都看在眼里。

他抿紧了唇，似乎嗅到一丝不寻常的气息。

和美烧得昏昏沉沉的，醒来时闻到药香，再定睛一看，坐在床边的人居然是穆嵘！

她吓了一跳，穆嵘却端起碗来："醒了啊？先把药喝了吧，喝药病才能好。"

和美看看那碗药，又看看他，比画道：是你帮我抓的药？

穆嵘本来从不贪他人功劳，这回却没有否认，平静地问："不然你以为会是谁？"

她眼里闪过一丝落寞，摇了摇头，接过药碗，咕咚咕咚几口就把药给喝完了。

那么苦的药，她眉头都没皱一下就喝下去，可见她过去所受的磨难比起这个来更甚百倍。然而就是这么一个出身低微的小姑娘，却能在生病卧床时让堂堂兵部左侍郎江大人第一时间带郎中来医治探望。

她跟江世忠究竟是什么关系？

穆嵘沉吟，想起昨晚江思月身边那个丫鬟所说的话，莫非这个哑女真是个媚主求荣之人？

可为什么他一点都看不出来呢？

喝了一副药，和美的身体已经好多了。

穆嵘还是每天都来，入夜时分才出现，总能变戏法儿似的拿出一包蜜饯或者糖球，等她喝完药就塞一粒到她的嘴里给她解解苦。

她觉得他大概还在为她这回受罚生病而内疚，其实她早就不生他的气了，也知道他是好人。

她身无长物，想要对人好唯一能做的就是给对方做好吃的。穆嵘吃过她做的桂花糕、绿豆凉糕，赞不绝口，只可惜她毕竟是下人，留给他的是多出来的或是小姐发脾气不肯吃的那些，再多再复杂的点心也没法做了。

穆嵘却不介意，边用凉薯蘸着梅子蜜喂进嘴里，边说："要不你到我家来做厨娘吧，江世忠给你开多少工钱，我给你双倍。"

和美笑了笑，却想也不想地拒绝了。

穆嵘问："为什么啊？我对下人很好的，保证不会像江思月那样动不动就罚你。"

和美解释道：我签的是死契。

穆嵘暗自嗤笑，管它死契活契，他这个锦衣卫千户要向江世忠要一个小厨娘，对方不可能不给。

但她与江世忠之间的关系这么神秘微妙，留在江府里头，对他的调查只会有好处。

江世忠果然是老狐狸，除了在和美这桩小事上略有蹊跷外，穆嵘盯了他不少时日，还真没发现什么别的线索指向他与倭寇暗中勾结。

好在近来钦差总兵正使凯旋，带回不少西洋的珍宝和独特见闻，皇上的注意力都在这上，没空召见他询问调查的进展。

满朝文武也都得了些西洋来的宝物，有的是使节大人送的，有的是得了赏赐，大概都知道穆嵘喜欢稀罕物件，一批一批都往他这儿送，甚至涉及穆峥，给他那儿也送了不少。

穆峥不喜欢这些玩意儿，又吩咐人给他送过来了。

穆嵘正为任务发愁，没心思玩这些玩意儿，倒是想拿一两样送给和美，毕竟吃人嘴软，最近和美一直给他做好吃的，他也是会不好意思的。

送来的礼物太多太杂，他一时不知该挑什么好，就问："我哥就没留下什么东西？"

他知道穆峥最近将一个姓梁的女子神神秘秘地藏在府里，连他都没见过，但向来无情的男人动了真感情，他多少是能感觉到的。

送东西来的锦衣卫小旗悄悄地告诉他："大人像是留了些胭脂和玫瑰露。"

啧，果然。穆嵘决定效仿亲哥，也挑了瓶玫瑰露带去给和美。

和美到底还是小丫头，捧着玲珑剔透的琉璃樽爱不释手，比画着问他：

这是什么？

穆嵘见她喜欢，心里也很高兴，扬起眉毛，道："你打开闻闻，可香了！"

和美打开琉璃樽，果然嗅到馥郁花香，颜色也美，艳而不俗。她再傻也知道这是名贵的香料，不是她这样的人该得的。

她把东西还给穆嵘：这太贵重了，我不能要。

"这有什么，不过是小玩意儿，给你你就拿着。"

和美为难：我也没处用啊！

穆嵘想了想："你可以把它滴在胭脂水粉里抹脸。"他以前见张大人家的女眷似乎就这么用的。

和美摇头：我都不用胭脂水粉的。

"是吗？那你怎么看起来白白嫩嫩的？"穆嵘盯着她吹弹可破的小脸，不敢相信她这白皙水嫩的模样竟是天然的。

和美脸色绯红，别过头去。

穆嵘脸上不知怎的也有点发烧，轻咳一声，把玫瑰露又塞回她的手里："那就掺在头油和皂粉里，也一样用。"

他的手指碰到她的，两个人都微微一颤，和美脸更红了。

再见面的时候，她递给穆嵘一个绣工精巧的香囊。穆嵘拿到鼻子下面闻了闻："好香啊，你用了玫瑰露？"

和美点头，不止是玫瑰露，还填入了茴香、雄黄和晒干的艾草。她身份低微，买不起名贵的香料，只能用这些，驱邪避祟。

穆嵘欢欢喜喜地接过来，心里也一阵阵悸动。他对她的好总能得到回应，然后他就想给她更好的，周而复始，竟然也不觉得厌烦。

这种感觉对他来说很陌生，却又很美好。

和美告诉他，玫瑰露虽然稀罕，但用玫瑰入馔却是很常见的，她也能做玫瑰馅儿的点心，还能酿玫瑰卤给他泡茶喝。

穆嵘馋得慌："那要去哪里找玫瑰？"

和美用树枝在地上画大致的地形图给他看：原来京城北面就有一个玫瑰花谷，可以到那儿去采玫瑰花瓣，并找养蜂人买些玫瑰花蜜。

于是两人约好一起去玫瑰花谷。到了约定的日子，和美却没有出现。

穆嵘到江府打探才知道，江思月从她房里搜出了玫瑰花露，认定她是家贼，把她给关了起来。

他竟又给她惹来一桩祸事。

穆嵘心里憋着火气，但毕竟是江府的家务事，他不好插手，更不宜打草惊蛇，只能伏在屋顶上，静观其变。

江思月刁蛮任性惯了，很快就把事情闹到了父亲那里。本来只是一桩小事，照理都不需要一家之主来过问，但江世忠却命人把和美带到偏厅，屏退了其他下人，只留江思月和她的贴身丫鬟翠儿问话。

他问女儿："思月，你为何说她偷窃？"

江思月道："翠儿嗅到她头油里的玫瑰香气，带我去搜她住的地方，就搜出这瓶玫瑰露来。这是西洋国出产的名贵物什，她一个灶下婢从何得来？不是偷的是什么？"

江世忠问和美："这真是你偷的吗？"

她连忙摇头，委屈焦虑，却又无法开口诉说冤情，只是否认，然后一个劲儿地跪在地上磕头。

穆嵘握紧了拳头，恨不得闯进去径自带她离开这是非之地，不让她受这莫须有的污蔑。

江世忠沉吟半晌，转头又问江思月："你说她这玫瑰露是偷来的，府中上下可有人丢过类似的东西？"

"这……"江思月犹疑，别说府中其他人了，这西洋玫瑰露乃是珍品，连她都没有，又怎么会丢呢？

翠儿气不过，在一旁帮腔道："府上也有其他人往来，她定是偷了其他公子小姐的，不曾被发现罢了。"

"放肆，我问小姐话，哪里轮到你说话？"

江思月平时骄矜惯了，连身边的下人也是颐指气使的。翠儿白了脸不敢说话了，江思月急得跺脚道："爹爹为何不信女儿说的话却偏袒这个哑巴？莫不是被她迷惑了，要给我找个年轻的后娘不成？"

"住口！"江世忠拍案厉声道，"你没有证据便随口编排他人偷窃，现在又说出这样忤逆不敬的话来，看来是我平日太宠着你，疏于管教了。从今天起，你就在闺阁闭门思过，没我的命令，哪里都不许去！”

江思月大概万万没想到事情会是这样的结果，自己竟然还挨了父亲的责罚，惊怒不已，大哭着跑了。

穆嵘稍稍松了口气，心想这江世忠虽然教女无方，但还不算太糊涂。

和美还跪在地上，双眸盯着地面。江世忠将装玫瑰露的琉璃樽还给她：“这是你的吧，不管从哪里得来的，收好它，别再弄丢了。”

她这才抬起头来，刚才被大小姐她们揪着头发指称偷窃都没掉一滴眼泪，这会儿却泪如泉涌，说不出话来。

江世忠扶她起来，眼里的情绪也很复杂，问她在府上过得可好，家里还有些什么人。

和美在他面前有些手足无措，好像都不懂得怎么比画交流了，抬手用衣袖抹了把眼泪，竟用手指蘸着茶碗里的茶水，在桌面上写起字来。

穆嵘心惊，拧紧了眉头伏在屋顶，一动也不敢动。

她不过是江府厨房里一个不起眼的厨娘，甚至天生残缺，连话都不会说，居然能识字写字？而且她看江世忠的眼神绝对跟其他人不同，充满了孺慕之思。

穆嵘做锦衣卫已不是一两天了，做这一行的敏感度告诉他这是不容小觑的线索。然而他还是不愿相信和美会骗他、隐瞒他，光是想到那样的可能性他就觉得一颗心直往下沉。

事实比他想象的更加惊人。穆嵘着手调查之后才发现，江世忠并非从一开始就战无不胜，年轻时奉旨剿灭海盗就经历过大败，不仅自己受了伤，所乘的那条船也跟大部队冲散了，在海上漂了一个多月才回来。在这一个多月的时间里，他已经漂到了东瀛的地界，受一位东瀛女子的帮助才养好了伤，并且率领部下找到了正确的方位回航。

尽管那只是一位穷苦善良的平民女子，但毕竟是东瀛人，江世忠大难不死后屡立战功，平步青云，这段轶事也就不再有人提及。然而穆嵘几经周折查到那女子在江世忠离开后不久就生下了一个孩子，终身没有嫁人，直到积劳成疾去世。

孩子应当是江世忠的，原来她不仅对他有恩，还有情。

据说那个孩子在母亲去世后就跟着商船出海到了直浙一带，再无音信。

而穆嵘看到和美在江世忠面前的种种表现之后，几乎已经可以认定，她就是江世忠与那个东瀛女子所生的孩子。

她不肯离开江府，是因为亲爹就在眼前，她希望有朝一日能够与他相认。

造化弄人。本来凭这样一个事实，已可附会说江世忠与东瀛有暗中往来，等下了昭狱，用上各种酷刑，能说的不能说的便都说了。

可穆嵘现在却不能这样做，因为他知道和美会伤心，甚至会因此而……恨他。

他是堂堂千户大人，背得起圣谕，背得起无数条人命，却背不起一个小丫头对他的仇恨。

果然英雄气短，儿女情长。

穆峥不久便问："江世忠的案子你打算怎么处置？"

穆嵘知道锦衣卫经手的案子全都瞒不过穆峥，他迟早是要过问的。

他只得说："还没有直接的证据显示他跟倭寇勾结，怎么处置……要看皇上的意思。"

穆峥转身看他："是看皇上的意思，还是看你自己的意思？"

穆嵘背上渗出冷汗，抿紧了唇不说话。

穆峥瞥了一眼他的腰间，问道："这个香囊是那个叫和美的小丫头送你的？"

穆嵘默认。

穆峥忽然笑了笑："一个身份卑贱的哑女，值得吗？"

穆嵘表情未变，也笑了笑："那么……一个行刺当今圣上不成的女刺客，又值得吗？"

穆峥瞳眸微缩，蓦地以迅雷不及掩耳之势抽出穆嵘腰间的佩刀指向他。他也不避、不躲，双脚仿佛在地上生了根，默默与之对峙。

"你知道多少？"穆峥问。

“知道得够多了，”穆嵘不疾不徐地说，“你只是想要保护你想保护的人，其实我也一样。”

穆峥看他良久，终于慢慢放下刀：“江世忠的案子若是你觉得为难，我来替你善后。”

穆嵘一怔：“哥……”

“不过你要答应我一个条件。”

“你说。”

穆峥将刀柄向上递到他跟前：“杀了那个哑女。”

什么？穆嵘惊骇不已，险些叫出声来。

穆峥却已恢复冷静：“江世忠是否忠义其实只是小事，但朝廷抗倭之举牵连甚广，你不懂揣测圣意，一意孤行，迟早要捅娄子的。你保护不了你想保护的人，就只能杀了她，否则她就会成为他人用来击垮你的软肋。你须谨记，无情才能无敌。”

无情才能无敌。这几个冰冷的字一直在穆嵘脑海里徘徊，挥之不去。

他明白穆峥是为他好，也明白他跟自己是不同的。穆峥今时今日的地位，已是一人之下万人之上，皇上不仅欣赏他、依仗他，还感激他曾经的救命之恩，赐他免死保命的丹书铁券，他能做到的事，换了其他任何人可能都无法做到，包括他这个孪生兄弟。

穆嵘的手紧握刀柄，腿脚沉重得迈不开步子。

走在他身边的和美却浑然不觉，手里用野草野花编成的花环终于收尾了，开开心心地往穆嵘头上一放，笑容莞尔。

穆嵘看着她笑，觉得胸口就像被人撕了一个大口子，正汩汩地流着鲜血。

和美背上背着个小竹筐一蹦一跳地走在前面，她难得有这样的机会出来玩，雀跃不已。她只当穆嵘是兑现承诺，带她到郊外玫瑰谷去采花采蜜的，哪里会想到这里可能就是她的葬身之地。

玫瑰谷不仅有玫瑰，也有野菊、木槿、凤尾兰，姹紫嫣红的山花开满山谷，一年四季都有美不胜收的风景。来时他们一起乘马车，和美还比画着问穆嵘：你说在这样的地方搭个屋子，过日出而作、日落而息的生活好不好？

好啊，当然好，穆嵘生平第一次觉得离开京城找个世外桃源隐居，才是世上最令人羡慕的。

只要身边有那个人陪伴，便足够了。

和美在一片花田里停下来，小心翼翼地剪下花枝放进背篓里。她都想好了，哪些花瓣可以入菜，哪些可以做点心，哪些可以做花卤用来泡茶，风味不同，做法也会有点不一样。

紫色的野菊开得正艳，她摘下一朵别在鬓边，想问问穆嵘好不好看，谁知刚起身回过头，就见冷冰冰的绣春刀直指她的眉心，刃如秋霜。

握刀的穆嵘与她不过咫尺之遥，此刻却仿若已在银河的彼端，相隔岂止万水千山。

她愣住了，想不通他为什么要杀她。

“我不想杀你的，我喜欢你，想跟你找一个像这玫瑰谷一样的地方，日出而作、日落而息。”穆嵘听到自己的声音略带沙哑，“但如果我不杀你，也会有其他人来杀你。你不该到江府来的，如今这样的形势之下，你的亲生父亲也不会与你相认。”

和美被这番话震得三魂七魄都几乎出窍。原来他都知道……她苦守多年的秘密，原来他已经知晓了。

他喜欢她，即使她只是个身份卑微的哑女，即使两人云泥之别，他仍坦承喜欢她……

和美眼里涌出泪水，不知是因为难过还是欢喜。

她一哭，穆嵘就再也没法用刀指着她了，立刻放下手臂，上前一步安慰她：“你、你别哭啊，是不是吓着你了，我也不想的，我……”

在心爱之人的安危面前，他感到深深的无力。

他拉起她的手，像是下了莫大的决心：“我带你走，咱们离开京城，找一个地方重新开始。”

他愿意抛弃锦衣卫千户的身份，她也不要再执着于与亲爹相认了。

可惜已经来不及，几乎就在他放下刀的同时，周围突然窜出一拨黑衣人，全部蒙着脸，却全都拿着绣春刀。

穆峥真是他的亲哥，知道他下不了手，亲自派人来帮他。

他将和美揽到身后，拔出本已入鞘的刀来，沉声道："别怕，有我在。"

穆峥派来的都是高手，虽然杀不了他，但也不至于被他所杀。这一战拼得惨烈，穆嵘带着和美且战且退，终于在太阳落山后利用夜色摆脱了追杀，自己也负了重伤。

和美吃力地架着他，好不容易找到一个山洞暂避，一边用手帕为他包扎伤口，一边哭着问："你怎么样，是不是很疼？"

穆嵘确实疼得连惊讶都忘了，只笑了笑："原来你会说话啊，你不是哑巴……"

和美抽噎着说："我娘从小就教我识字和学说大明的官话，但临终时交代我不要轻易跟爹相认，保守秘密最安全的法子就是装聋作哑，所以我才一直不敢开口……"

她说着说着又哭了："我不想骗你的，可我也不知道该怎么办……"

穆嵘伸手在她的脸上摸了摸，手上的血蹭到了她白净的小脸上："那现在呢，我都说了喜欢你了。"

"我也喜欢你……"她多少年没开口说过话了，跟他一说就说了这么多，还挺顺溜的，只不过带着哭腔。

在这种生死关头听到对方心声，穆嵘居然还挺高兴的，忍不住得寸进尺："有多喜欢啊？你看我都肯为你拼命了，要是咱们都能活着，你愿意跟我一起走吗？"

和美边抹眼泪边点头。

穆嵘心里暗笑，伤口好像也没那么疼了，故意叹口气："唉，我这就要死了啊，都还没亲过姑娘，不知道一亲芳泽是什么滋味。"

见和美愣在那里，他点了点嘴唇："都说喜欢我了，亲一下吧，别让我带着遗憾死……唔！"

她不想听他说这么不吉利的话，于是铺天盖地就堵住他的嘴狠狠地吻了一通，天啊，好热情！

缠绵半晌，两人的唇瓣刚分开，穆嵘就张嘴吐了一大口血，整个人晕了过去。

后来的事他都不大记得了。不过只要他们没死，被穆峥的人找到也是必然的，两人又被带了回去。

江府的家奴拐带锦衣卫千户大人私奔，这简直是京城近来最大的奇事，惊动了半个紫禁城。

本来像和美这样草芥一般的人物因此被诛杀或死在昭狱里都是再正常不过的事，谁能想到江世忠竟向皇上求情："微臣教女无方，请陛下看在小女年幼无知的份上饶她性命。"

皇上笑道："教女无方？我记得爱卿只有一位掌上明珠，闺名思月。"

江世忠于是将当年流落海外时的一段情与和美的身世和盘托出。他已对不起当年那位至情至性对他有救命之恩的女子，不能再对不起这个孩子。

"这样啊……"皇上摸了摸下巴，又看看另一边的穆峥，故作为难道，"那这该如何是好？近来倭寇又来犯我沿海，朕为此事也颇为伤神啊！"

江世忠声如洪钟："微臣愿领兵抗倭，为陛下分忧。"

他汲取了上回大败的教训，到直浙沿海重新募兵，加紧操练，并用反间计和美人计成功俘获多年来一直与倭寇勾结的海盗头目，来年便大败倭寇于东南，令其三年不敢再大举侵犯。

其间，锦衣卫也立下汗马功劳，搜集了足够多的情报，让抗倭将士打得对方措手不及。

皇上龙颜大悦，论功行赏，便问穆峥："我已经不知道该赏你什么才好了，不如你自己说说看。"

穆峥如今仍掌锦衣卫，但已官至左都督，加少保兼太子太傅，已是当朝第一人，再加官进爵好像都没什么意思了。

穆峥下意识地拨弄了一下手腕上的一串佛珠才说："臣想跟江大人结一门亲事。"

"噢，让穆嵘娶江家千金？"

"是。"

皇上笑了笑："你的年纪也不小了，自己还未娶亲，倒替弟弟操心。听说江家原本那位大小姐刁蛮任性，人倒生得很美，最近缠上了穆嵘，一心要做穆夫人。依我看，不如你娶了她，让穆嵘娶他想要的那个，今后你们既是兄弟又是连襟，也是一桩美谈。”

反正他们兄弟俩长得一样，江思月嫁给哪个都差不多嘛！

穆峥冷冷地说：“只怕臣没有那个福分。”

亲弟弟已经够瞎了，他可没那么不开眼。

不过用这个法子吓吓穆嵘也好。

穆嵘之前到江府去看和美的时候不巧被江思月给撞见了，人家对他一见钟情，又是鸿雁传情、又是送亲手绣的荷包、又是相约郊外长亭……他烦都快烦死了。一听说皇上要保媒让他娶江府千金，他的第一反应果然是要娶江思月，一脸欲哭无泪，只差央求穆峥带他去面圣了。

还好，最后的新娘子是和美。洞房花烛夜，他看着娉娉婷婷坐在床边的新嫁娘，心口有一股股的热气涌上来。

这是他八抬大轿迎进门的媳妇，也是历经千难万险才走到一起，今后要携手白头的人啊！

真好。

穆嵘一撩衣摆坐上床，揭了红盖头，贪恋地看着和美绯红的脸颊，越凑越近，喃喃地唤她：“娘子……”

乒！乓！咚！轰！

新婚夫妇还来不及温存，窗外听壁脚打算闹洞房的人不小心把窗户给挤破了，窗扉落在地上，外头的人也就干脆挤了进来。

锦衣卫里毕竟还是有不少武夫糙汉的，并非个个都是穆家兄弟这样的玉面阎罗。

“啊，穆大人，你怎么不亲下去啊，是不是酒还没喝够？”

“对对对，还有交杯酒没喝，喝完再亲！”

“不行的话可以先啃这个苹果，啃着啃着就亲上了。”

“喂，你怎么能说大人不行呢，今天不行也得行！”

……

穆峥远远看着这一切，身旁是轻裘宝带、微服出宫的年轻帝王。

“皇上这杯喜酒喝得可还尽兴？”

“还不错，什么时候轮到喝你的喜酒？”

穆峥又轻轻拨弄腕上的佛珠："我的事还是不劳您操心了，您这法子也就用得了这一回。"

皇上笑看他："江世忠手握重兵，朝中首辅又有意与他争权，他们都是我的左膀右臂，伤哪一边我都不忍心，总得想个对策平衡一下。好在穆嵘也很争气，证实了江世忠的清白，又抱得美人归，一举两得嘛！"

所以把他们穆家牵扯进来，跟江家结为姻亲，对大家而言都有好处。

最重要的是千金难买两情相悦。

同为锦衣卫，穆嵘也不傻，有些事只要有一丝疑窦，便不难查出幕后真相。被皇上和亲哥坑，他也只好认了，唯有他跟和美的感情不是闹着玩儿的，他心爱之人，自然是要一生一世捧在手心的。这会儿他正忙着应付闹洞房，暗自咬牙切齿：这帮臭小子，还有院子里看热闹的亲哥，你们都给我等着，有你们大婚的那一天，看我到时不十倍、百倍的讨回来！

啊……啃到苹果了，不对，是和美的嘴唇呀，好甜好甜！娘子，求安慰！

"娘子是谁？"

"唔……不知道，是苹果吗？爸爸刚才一直在叫苹果。"

"是吃的苹果吗？爸爸睡着了，我们喂他吃吧！"

"好，但是……哥哥，我好像尿床了。"

三个长得几乎一模一样的小家伙在大床上爬来爬去，不时就围观一下睡得正酣的爸爸——原来大人睡觉也会流口水、说梦话呀！

最小的弟弟小毛尿床了，大毛二毛赶紧爬过来摸了摸濡湿的床单，也有点笑不出来了。

怎么办？等会儿妈妈回来了要挨骂的。

幸好刚才伯伯到家里来了。还是大毛机灵，揪着床单哧溜滑到地上，二毛怯怯地跟在哥哥后面有样学样。两个小家伙摇摇摆摆地光着脚丫子走到房间门口，一边一个抱住穆峥的大腿，仰起头奶声奶气地悄悄说："伯伯，爸爸尿床了。"

"不对，二毛，是小毛尿床了。"

穆峥手里端着一盘切成小块的苹果，不动声色地让两个小家伙挂在他的腿上往里走："是吗？咱们去瞧瞧。"

床上好大一个"世界地图"，小毛就坐在地图中央，满眼无辜。

大毛和二毛见弟弟有人管了，也放心大胆地坐在床上开始吃苹果，还不忘往穆嵘嘴里塞。

穆嵘是被满嘴的苹果给噎醒的，醒来的刹那都搞不清自己身在何处，不经意间伸手摸到床上那一摊童子尿，愣了一会儿，啊一声跳起来。

"惨了惨了惨了，是谁尿床了？"

三胞胎你看看我，我看看你，然后都呆呆地看向他。

穆峥在一旁已给小毛换好了干净的衣裤，不咸不淡地说："你睡得比孩子们熟，怎么不问自己呢，说不定是你尿的。"

"哈哈哈哈！"三个小家伙都忍不住大笑起来。

穆嵘头疼不已，揉了揉脑袋，赶紧起床，手忙脚乱地换床单。

干净的床单、褥子刚铺好，和美就进门了，亲亲热热地挽着梁知璇，冲屋里喊道："我在门口遇到小璇姐，就多买了点菜，我们晚上吃火锅吧！"

穆嵘忙把脏床单塞进洗衣机，打哈哈道："好的好的，老婆大人你说吃什么就吃什么！"

三胞胎又摇摇摆摆奔过去求抱："妈妈，伯母！"

梁知璇抱起小毛，和美一只手里抱一个，亲亲他们的脸蛋："今天午睡乖不乖？"

三个宝贝异口同声："乖！"

大毛补充道："我们又把爸爸哄睡着了，然后小毛尿了床。"

嗯？

和美瞪着眼睛看向穆嵘，他扑过来抱她："亲爱的，你听我解释……"

三胞胎一脸期待：噢耶，要上演过肩摔了吗？

然而并没有，和美在兄嫂面前还是很给穆嵘面子的，直到晚上哄睡了三个小宝贝，两人依偎在大床上，她才道："说吧，今天又是什么理由？"

他跟很多奶爸一样，明明是哄孩子睡觉却总能比孩子先睡着，孩子醒了他还没醒，孩子尿床都不知道。

穆嵘亲了一下她，有点心猿意马："唔……我又做那个梦了。"

和美仰头看他："古代的那个梦吗？"

"嗯。"

"真的吗？那你快讲给我听，我们逃出来没有啊？"

穆嵘之前就说他做过一个很奇怪的梦，两人在距今几百年前也有一段刻骨铭心的爱情。本来梦境往往是不连贯的，但穆嵘的这个梦很清晰，清晰到像是一个完整的故事，有起承转合，惊心动魄。

所以他上回讲给她听之后，和美就被这个故事吸引了，更愿意相信那是两个人跨越前世今生的缘分。

他上回讲到两人在玫瑰谷遇险，今天终于可以把后面的故事讲给她听了。

夜很长，无论何时何地，有情人只要相遇，总能体会到圆满的真义。

《余生太长，你太难忘》精彩试读

“下午好！”

“欢迎登机！”

梁知璇脸上挂着职业的笑容站在机舱门口迎接刚刚登机的旅客。

梁文东拎着随身行李从她面前走过，笑着动了动嘴型，无声地叫了声“姐”。

她朝他笑了笑。

他身后戴墨镜的人也无声无息地走了过去。南城的深秋还不算太冷，那人已经穿上了深灰呢长外套，下颌线条也藏在格纹围巾后面，分明看到她了，目光却没在她身上停留半刻。

没想到重逢这样猝不及防，梁知璇的呼吸仿佛停滞了几秒，脸上的笑容瞬时有些僵硬。

“刚才过去那个是你弟弟吧？”乘务长程洁在她身边轻声说，“他旁边个子高高的那个男人是谁啊？”

她回过神来，哦了一声：“是他老板，他们去江城公干。”

“有点眼熟啊，气质也不错，是不是在电视上见过？姓什么来着……我想想啊，我肯定见过的。”

“程姐，你看帅哥都眼熟。”梁知璇笑了一下打断她，“我先过去了。”

她从厨房间取了热毛巾端过去。头等舱今儿总共只有四位乘客，一对姓吴的中年夫妇，另外两个并排坐的就是梁文东跟穆峥。

穆峥的位置靠窗，他似乎也不在意周围是什么环境或者有什么人，依旧戴着墨镜，淡漠地坐在那里。

她定了定神走上前，先招呼那对夫妇，然后才转过来躬身递上毛巾，轻问道："要喝点什么？"

梁文东从杂志里抬起头来，嬉皮笑脸地问："那你们有什么？"

她想叫他别胡闹，但还是耐着性子道："苹果汁、橙汁、矿泉水，要哪一种呢？"

"那就橙汁吧，加冰块。"

梁知璇点头，看了一眼他身边的人，又问："穆先生呢，喝什么？"

穆峥没说话，梁文东在一旁起劲："四哥，这是我姐，我跟你提过的，漂亮吧？"

穆峥仿佛没听到，正眼都没瞧她一眼，直接摘了墨镜换上眼罩躺在椅子上将头扭向一边。

梁文东像是早已习惯了他这样，也不在意，跟梁知璇贫完了才压低声音道："给他一瓶矿泉水就行。"

这个弟弟不省心，她其实想拿高跟鞋狠狠踹他一脚。

收回毛巾的时候她无意中多瞥了穆峥一眼，他依旧睡着，深色的眼罩遮住了大半张脸。

他还是那么怕光。

起飞的时候，天色已经暗了下来。

进入平飞之后，陆续有旅客起来用卫生间。前舱的卫生间是仅供头等舱旅客使用的，偏偏总有后面的旅客等不及要跑过来用。

他们要用还只能让他们用，梁知璇只能言语客气地提醒。但前舱卫生间用一次就必须打扫一次，保证地面、水台和镜子没有污渍，她进进出出忙完了这一阵子，才净手系上围裙开始准备餐食。

这时身后有人靠近，她太过投入地忙碌着没太在意，直到男人的气息到了耳畔，她才惊了一下连忙回头。

"吴先生？您……是要使用洗手间吗？"

虽然男人过于靠近的距离让她不太舒服，但梁知璇发觉不是她以为的那个人，竟有种松了口气的感觉。

“嗯。”中年男人含糊地应了一声，探头往她身后张望，“在忙呢？你们准备餐饮也挺辛苦的。”

对于这种再明显不过的搭讪，加之男人不加掩饰的眼神，梁知璇心里泛起厌恶，却还是警醒而有礼地回答：“都是分内工作，不辛苦。洗手间现在没人，您进去吧！”

男人恋恋不舍地转身，没过一会儿就出来了，恰好闻到食物的香气，又凑上来：“已经烤好了？你动作真麻利。”

梁知璇憋着一口气正要开口，飞机遇到气流忽然颠簸起来，两人都晃了一下，姓吴的男人顺势揽住了她的身体，把她往餐台上压，那只手覆在她腰上，还有乘机往下游走的趋势。

她像吞了只苍蝇般恶心，只能用手臂挡住他，再过分她就只能呼叫安保组长了。

男人正享受着鬼祟的喜悦，忽然背上一凉，伸手摸了摸，整个背上都是水渍。

他有些慌张地收回“咸猪手”，恼羞成怒地回头看向泼了他一身水的人。

穆峥抬了抬手中的杯子，不慌不忙道：“飞机晃得厉害，你不是也站不稳？”

“你！”

他要发怒，然而穆峥始终冷冷注视着他，年轻男人的冷冽强势压迫得他一个多余的字也说不出来。他不敢多做纠缠，悻悻地赶紧掀开帘子回座位去了。

梁知璇松了口气，对穆峥道：“谢谢你。”

他像没听到，只是抱着手臂冷眼看她。

她跟他也没有更多话好说。

飞机这时已经恢复了平稳，洗手间却还没打扫，她脱下手套拿了抹布进去，刚弯下腰，身后被人推了一把，洗手间的门也关上了。

她转身看向穆峥：“你干什么？让我出去！”

她有一丝慌乱。他们这样挤在洗手间里，无论是被同事还是其他乘客看到，后果都不堪设想。

他终于开口："你现在挑金主的品位这么差了？"

这狭小的空间里几乎容不下两个人，动一动两个人的身体就会紧挨到一起。她心跳得很快，声音却已经冷静下来，艰难地站直了身体问："你想干什么？"

"还是那么直接。"他难得地有了丝笑意，正好，他也不喜欢拐弯抹角，"你们今晚在哪家酒店过夜，云朗大厦？"

她抿了抿唇没有说话，无从否认。

云朗航空的机组，当然是在公司自有的空港酒店过夜。

"我也住那儿。"他顿了顿，"也难怪，是你宝贝弟弟订的酒店。"

她像被针扎了一下，抬起眼看他，却看不出喜怒。

"你别为难他，他不知道我认识你。"

他还是那样不置可否的样子，两人之间有刹那的安静。

他眼睛看着她，耳朵却似乎在听，确定门外没有其他人，才回身拉动门闩走了出去。

梁知璇摸不透他是什么用意，但手心里已经全是汗。她还没来得及喘口气，就见他又折了回来，手里拿着她们给头等舱旅客盛饮料用的玻璃杯子，打开卫生间洗手池的水龙头接了一杯水递给她："端去给那家伙。"

他没说是谁，她却立马就明白他指的是那位吴先生。

他不是乐于助人的人，也许只是恶作剧。

他回到座位上，仍旧蒙上眼罩睡觉。梁知璇给姓吴的男人端去加了"作料"的矿泉水，回身顺手为穆峥关上旁边的阅读灯。

梁文东不在位子上，但也不在前舱的洗手间，不知跑到哪里去了，直到飞机开始下降才回来。

她有些不好的预感，不知道是因为这个还不定性的弟弟，还是仅仅因为又遇见了穆峥。

下客之后，程洁挨过来拖长了声调道："噢……原来那个男人是穆峥，我说怎么好像在电视上见过呢！是那个穆家的老四？你弟弟跟着他做事，不错呀！”

是啊，那个穆家，那样煊赫的家世无人不知无人不晓。

程洁并不是自己想起来的，她是又看了一遍旅客名单。梁知璇也打开手机里的系统，今天那姓吴的男人毛手毛脚，她有必要让程洁提醒姐妹们，下次再遇见他就当瘟神要格外留意。

经济舱旅客的名单也在列，她无意中瞥见一个熟悉的名字，以为看错了，又定睛看了一下。

这人也在今天这班飞机上？不可能啊，如果登机她应该至少有点印象才对。

梁知璇顿时觉得脑子有点乱。

她打电话给梁文东，他的手机转到了来电提醒，不知是没有开机还是别的什么原因，更是让她心里七上八下。

千万别出什么事。

梁知璇拖着箱子乘航空公司的班车到酒店入住，在酒店前台办理入住手续的时候，感觉到旁边有人拿余光瞄她。

那是个戴墨镜和鸭舌帽的年轻人，因为打扮太中性了，乍一看都很难分清楚男女。

对方很快收回视线，拿起自己的东西飞快地往电梯走去，因为只有一个随身的包所以步履轻快，梁知璇没能跟上。

幸好她跟酒店的前台比较熟，问了一句：“刚才那位客人住几号房？”

“她不是酒店的客人，是来找3305号房梁先生的。”

梁知璇的脑子里嗡的一声，世上没有这样的巧合，梁文东肯定就住在3305，那么刚才那个人……

她有点想明白了，走进自己的房间就又开始给梁文东打电话。这回他终于接了，声音还带着笑意：“姐，你下班了？”

“你现在在哪儿，在不在酒店？”

“在啊，云朗凯润嘛！”

“你一个人，还是跟其他人在一起？”

梁文东在电话那头怔了一下，支吾起来："我出差，当然跟着四哥了……可他刚出去了，他在江城有朋友要见，不让我跟……"

梁知璇深吸了口气："所以你就跟他的女朋友在一起？冯晓晓是吗？我今儿在旅客名单上看见她的名字了，她也搭同一班飞机跟你们来江城了对吧？乔装打扮，瞒天过海，很刺激是不是？梁文东你是不是疯了……她是穆峥的人，你招惹不起的！"

"姐……"

梁知璇摇头："你什么都不用说了，你房间号多少，3305是吗？我现在过去，你给我在那儿等着，哪儿都不许去！"

云朗凯润酒店，3305号房。

不出梁知璇所料，冯晓晓就在梁文东的房间里，一身中性打扮，正是在酒店前台悄悄打量她的那个人。只不过此刻她已经摘掉了墨镜和帽子，露出一张娃娃脸和棕色的短卷发。

"嘿！"她坐在床沿还招了招手，一副无所畏惧的模样。

梁文东还是有几分心虚，像做错了事的小孩见到家长，讨好地递给梁知璇一杯咖啡："姐，你先别忙着发火，好歹听我说两句。"

梁知璇确实是有一肚子的火，但眼前的两个人，说不好谁是谁非。冯晓晓就像别人家的小孩，哪怕做错了也轮不到她来管，她能管的只有自己这个弟弟。

"冯小姐，现在时间不早了，你待在这里不方便，先回去吧！我有事想跟阿东说。"

冯晓晓不说话，那模样竟有几分神似穆峥，然后她抬眼看了看梁文东。

他知道姐姐要不留情面了，也有些豁出去似的说："姐，你有什么话就直说吧，晓晓不是外人。"

"那我是外人对吗？所以我说的话你一个字也听不进去。"

梁知璇有些痛心。长姐如母，她从小呵护这个弟弟，不愿看他行差踏错。他贪玩儿、做事冲动都没关系，但像现在这样明明是错误的坚持，却不计后果、不听劝告地越陷越深，她都不知该怎么敲醒他才好。

“姐你别这样说，我跟晓晓是真心相爱的，感情里哪儿分什么先来后到呢！”

“这话听起来很有道理，你跟穆峥说过吗？”

梁文东缩了缩肩膀，嗫嚅着低下头。

冯晓晓忽然笑了笑，打圆场似的说：“哎，你们别把四哥想得太可怕了，他没有三头六臂的。”

正说着，房间门外传来敲门声，梁文东高声问了句：“谁啊？”

穆峥在门外道：“我。”

这不轻不重的一个字惊动了房间里僵持的三个人。

说曹操，曹操到。

“他怎么这么早就回来了……是不是发现了什么？”梁文东这下有点儿急了。

冯晓晓道：“现在说这些有什么用？要不我来跟他讲清楚？”

两人一起看向梁知璇，好像她才是最该紧张的人。

其实冯晓晓在听到穆峥声音的刹那也整个人紧绷起来，人的第一反应伪装不了，她并非像她自己所说的那样不怕他。

但也就是那么一刹那而已，她也不是真的要摊牌，甚至这一刻的目光里还掺杂了些别的东西，梁知璇都感受得到。

她当然不会跟弟弟一起陪她玩这样的冒险游戏，于是一把抓住了她的胳膊将她推进玄关的衣橱里，低声道：“你躲在这里别出声。”

冯晓晓愉悦地勾了勾唇角，似乎觉得这样很好玩儿。

梁文东去开的门，穆峥打量他：“怎么这么久？”

“噢，我……我给我姐冲咖啡呢！”

穆峥其实一眼就看到了梁知璇，她坐在房间的沙发上，见他来了就放下手里的咖啡杯站起来，一杯咖啡已经喝了大半。

“穆先生。”

尽管她不露声色地极力掩饰，但他从踏进这房间就感觉到一点微妙的不寻常。

他四下看了看，回身问梁文东：“明天要用的东西呢，准备好了没有？”

“准备好了，分公司的人把密钥和文件都送来了。”

梁文东说着要把东西给他，挪了两步却僵在原地。东西都锁在保险箱里，而保险箱就在衣橱旁边，只要拉开门，冯晓晓就躲不住了。

穆峥挑了挑眉：“怎么了，东西呢？”

梁文东脸色涨红。

梁知璇上前一步挡在两人中间，以责备的语气问道：“是不是放在前台还没拿上来？刚才我办理入住手续的时候前台就说有人送东西来，是给你的，你到现在还没去拿？”

“我……我忘了，我现在去！”梁文东赶紧借坡下驴。

穆峥微微昂起下巴，这是他生气的征兆。

但让他以为是工作上的疏漏，总比直接在房间里抓住冯晓晓这个大活人要好。

梁知璇赶在他发火之前拉住他：“穆先生，我有话想跟你说，能不能借一步说话？”

穆峥有点奇怪地看着她。

这种眼神她见过，他们第一次见面的时候，他也曾用这样的眼神看她。

她几乎是用尽所有勇气，生拉硬拽地将他推出门去了。

听到房门咔嗒关上，冯晓晓才从衣橱里爬出来，一边拿手拍着胸脯一边却还咬着唇笑：“他们走啦？”

“幸好有我姐，”梁文东一身冷汗，忽然想起什么来，“你刚刚给她咖啡里到底放的是什么，不会出什么事儿吧？”

冯晓晓扬了扬手中的小纸包，神秘地道：“我本来是拿来给我们今晚助兴的，你肯定喜欢。不过放心吧，她顶多就是有点儿出汗和兴奋，自个儿感觉不舒服就不会管我们的事儿了。”

穆峥住的房间在走廊另一头，宽敞的套房，落地玻璃外是江岸夜色。

“你想说什么？”他一进门就很放松地给自己倒了杯苏打水，似乎不管身后的人说什么都无关紧要。

梁知璇站在玄关处不愿再往前一步，深吸了口气才说："我弟弟他……心性还不成熟，恐怕胜任不了你这里的工作，我想代他向你辞职。"

穆峥似乎并不意外，背对着她，听不出情绪地问："这是他自己的意思？"

"对。"

"那让他自个儿来跟我说。"他终于转过身来，头顶射灯的灯光落在他身后，让他的脸色看起来晦暗不明。

梁知璇脸颊发热，垂在身侧的手止不住地微微颤抖，还想要争辩但大脑里忽然乱得她不知道接下来该说些什么。

她面对他会紧张、会不自在，但不是现在这样不可自控的感觉。

她觉得有些不妥，本能地想要后退，穆峥却已经一步步走近她，顺手搁下手里的杯子，低头道："我告诉过你了，你撒谎的技巧太不高明，骗谁也别来骗我。"

两人距离太近，他的唇轻而易举就压住她的，漫不经心，却又带着掠夺的意味。

他没喝酒，气息却带有酒精的热度和辛辣，加上她身体中莫名燃起的火焰，几乎将她的脑海烧成茫茫荒原。

"你……走开！"她在他唇间含糊地说着。

她意识不清，但一定是挣扎了，穆峥才会狠狠吮咬一口之后松开她："你到底在干什么？"

她在干什么……其实她也不知道，只觉得四肢都不是自己的了，两腿软得像面条，如果不攀住一样东西根本连站都站不住。

她攀住的是穆峥的肩膀，整个人都挂在他身上，瑟瑟发抖。

穆峥本来还想再讥讽她几句，可是看她身子不住地往下溜，目光焦距都开始涣散，也意识到了不妥，一把架住她的胳膊将她拉了起来。

"怜香惜玉"对他来说是个陌生的词语，他直接就将梁知璇拉进了洗手间里，摁在浴缸边用花洒放出冷水浇在她头上。

她想尖叫，可是胸口抵在冷硬的瓷石边缘根本叫不出来。她伸手去拨按住她的那只手，却徒劳无功。

穆峥冲了一遍又一遍冷水，直到她几乎精疲力竭才松手丢开她："清醒一点儿没？"

梁知璇大口喘气，头发湿漉漉地坐在那里，说不出话来。

药力没有那么快过去，她还是浑身无力，意识不清，但至少身体不像刚才那样不听使唤了。

穆峥在她跟前蹲下，掐住她的下颌迫使她抬起头："我从来不勉强女人，也不喜欢玩花样。这回你又想要什么？费尽心机重新出现在我面前，还玩欲擒故纵那一套？"

他站起来，拿洗手台上的干净毛巾使劲擦了擦手道："还有，我最讨厌嗑药的女人，真是倒尽胃口。"

他丢开毛巾出去了，丝毫没有再管她的意思。

梁知璇凭借脑海里回归的那一丝清明也知道要回自己的房间，不该再留在这里，可她站不起来，地面的湿寒就像沁入了骨头里一样，她又忍不住哆嗦起来，这回是因为冷。

她费尽力气才跌跌撞撞地挪到玄关，再也没办法多走一步。

这是一间套房，穆峥不在客厅应该看不到她了，就让她歇一会儿，一会儿就好，她还是要走的。

她渐渐失去意识睡了过去，醒来的时候发现窗帘的缝隙间泄入光亮，竟然已经是第二天早晨了。

她闭上眼睛又睁开，想伸展一下身体然后坐起来，手脚却动不了。

她两手的手腕被领带捆在了身前，原本穿在身上的衣服不知去了哪里，眼下就只盖了一床被子躺在床上。

半梦半醒间，她一直以为自己是睡在地上的。

全身的血液都在往头上冲，她试着回忆昨晚发生的一切，却什么都想不起来了，记忆在她来到穆峥的房间之后中断。

"醒了？"穆峥不知什么时候进来的，扣好衬衫的袖扣，拿起放在桌上的腕表戴在手腕上，"醒了就起来，然后穿好你的衣服滚出去。"

梁知璇将身体重新缩回被子里："我怎么会在这里？"

他不无嘲讽地瞥了她一眼："这个问题难道不是应该我问你？"

她将两手从被窝里拿出来伸向他："那这个麻烦你先替我解开。"

穆峥走过去，解开绑住她的领带，顺手就扔进了一旁的垃圾桶。

"别想多了，我没那癖好跟你玩游戏。你昨晚那个样子，不这么绑住你，我怕我半夜会忍不住把你踢下床。"

梁知璇忍着手腕的疼痛，拉住被子盖住胸口："是你把我抱上来的？你能不能告诉我，昨晚到底发生了什么事？"

他显然看到了她的动作，笑了笑，曲起一条腿跪坐在床沿，俯身过去："你是不是想问，昨晚我们到底做了没有？"

她抿紧了唇不说话。意识的恢复需要时间，但一夜之后身体感官已经基本恢复正常，有没有跟他发生什么，其实她自己可以感觉出来的。

穆峥已重新冷下脸，一把掀开她身上的被子，看着她骤然暴露在空气中的身体道："你躲什么，你身上还有哪里是我没看过的吗？我说了，欲拒还迎的把戏用得多了只会让人讨厌。马上穿上你的衣服，从我这里滚出去！"

他转身要走，梁知璇有些紧张地叫住他："你去哪里？"

他顿住脚步转过身，嗤笑了一声："看来你还真是舍不得走啊，是不是昨儿夜里被撩起了兴致又没满足你让你不痛快了？可惜现在我有要紧的正事儿要办没那闲工夫，而且我也不想碰一个刚嗑过药的女人，脏！"

原来她昨晚是真的被人下了药。

她却还在担心他会去找梁文东的麻烦。

梁知璇并非不谙世事的小姑娘，但从他口中证实被下药的事实，还是令她心中涌起悲凉。

她昨晚下了飞机什么都没吃，甚至衣服都没来得及换一件就跑去找梁文东，只喝过他递过来的那一杯咖啡。

她最亲、最信赖的人，就这样回报她的关心。

而她直到刚刚那一刻还在担心穆峥会去找他的麻烦。

返回南城的航班上，她有点恹恹的。程洁问了她两次，她都只推说没事，强打起精神保证工作不出错。

她在休息区拼命喝水，体内那些不好的药物成分需要加快代谢排出去。同时她脑子里一直在拼命回忆昨晚到底跟穆峥进行了怎样的一番对话。

执飞的机长雷霄明走出来，正好看到她这副出神的样子。

“你在想什么？”他重重地将手中的咖啡杯放在厨房台面上，高拢着眉头道，“我强调了三遍给我一杯黑咖啡，你这冲的是什么？”

梁知璇低头看了看杯子里的茶水，抱歉地说：“对不起，我弄错了，我重新帮你冲。”

黑咖啡，黑咖啡……她转身在餐台上摸索。

雷霄明抱着胳膊看她：“你看起来不太对劲，是不是发生了什么事？”

她摇头：“没有，我只是昨晚没睡好。”

“你出去了？见朋友，还是夜店狂欢？”

梁知璇此时闻到咖啡的味道就觉得很不舒服，听他这样一说，心跳又咚咚快了两拍。

她尽力稳住手脚，将杯子端给他，笑了笑道：“你不是也休息得不好？不然怎么非得喝黑咖啡呢？”

其实她是知道的，他飞完夜班的第二天总是习惯喝黑咖啡，而她竟然连这都弄错。

他们这一行，大多数情况下都是不允许犯错的，尤其雷霄明，他是公司最年轻的技术骨干，因为业务能力出众，对自身和周围人的要求都很高。他有火眼金睛，看得出她犯错不是偶然，因为她已不是第一次在他面前这样狼狈了。

果然，他接过杯子，挑起眉道：“四年前我升机长的时候你刚开始飞……那次你也是这样，还记得吗？”

其实那次真的是偶然，他意气风发地穿过雷雨区，将航班稳稳降落在目的地机场，任务结束之后却发现一个空乘小菜鸟躲着悄悄抹眼泪。

他以为她是有种“劫后余生”的后怕，可她却说是家里出了点事，希望他不要告诉别人。

那之后她渐入佳境，工作上没再出过纰漏，从经济舱飞到头等舱，乘务长们都夸她。

偏偏今天这模样又被他撞见。

她笑笑：“还没好好谢谢你，帮我保守秘密。”

“那时是秘密，现在呢？”

梁知璇心酸难言，有些事她没有办法对人讲，特别是眼前的这个人，在她最无助的时候递给她手帕，给她无声的安慰，却不问为什么。

其实有时把一个人放在心上，也不过是因为他不问为什么。

那些秘密她只能闷在自己心里，以为终有一天会过去，可事到如今才发现那都是自欺欺人。

梁知璇回到南城的家里，发现梁文东还没回来，只有父亲梁国兴一个人在家，见她下班回来就问：“想吃什么？我去菜场买来做。”

“爸，你别张罗了，我没什么胃口，什么都不想吃，只想好好睡一觉。要是阿东回来了，你就叫我起来。”

梁国兴点头，又问一句：“真的什么都不吃吗？”

她摇摇头，顺手摆好行李就回房间去了。

她不忍心多看父亲在她面前总是赔着小心的样子。

老旧的两室户住房在老城区随处可见，两个八到十平方米的房间她住一个，父亲和弟弟住一个，高低床一放，房间里几乎就转不过身来。

在她记忆中，她小时候，弟弟还没出生的那段时间，他们一家人也住过这样的房子，后来越搬越宽绰，也过了几年好日子，没想到最后还是回到这里来。

母亲生病不在了，父亲又犯了大错，大房子被卖掉，存款清零……一个家瞬间就垮掉，他内疚也是人之常情。

苦日子熬起来很慢，时间仿佛过去很久了，其实也不过就两年而已。

梁知璇这一觉睡了一天一夜，起来发现梁文东已经回来了，坐在桌边吃炒饭吃得正香。

她气不打一处来，对父亲道：“不是让您等他回来就叫我起来吗？”

梁国兴搓着手道：“我看你睡得沉……”

她什么都不想听，径直走过去，夺过梁文东手里的碗筷拍在桌面上，揪着他的衣领将他拎进他的房间，砰的一声关上了门。

“姐，你干什么呀？我饭还没吃完呢！”

梁知璇盯着他，两只眼睛几乎滴出血来："说，为什么给我下药？"

梁文东低下头嘀咕："你说什么呀……"

"别给我装傻！我问你那晚在酒店你为什么给我下药？"她揪着他的衣领，恨不得像小时候那样遇到他不懂事儿的时候直接给他一巴掌把他拍醒，"是谁教你的，冯晓晓吗？你到底结交了些什么下三烂的人教你碰这些玩意儿！它会害死你的你知不知道！"

"够了，跟晓晓没关系，我不准你再这么说她！"梁文东终于爆发地朝她吼道，"我不是小孩子了，不用什么都由你来管！你别装出关心我的样子来插手我和晓晓的事儿，四哥还没管呢！其实你就是因为嫉妒，因为她是四哥的未婚妻，你才对她有这样那样的偏见！"

梁知璇怔怔地看着他："你说什么……你再说一遍。"

他也急红了眼："别以为我不知道，晓晓都告诉我了，你跟过四哥的，一晚上多少钱明码标价！可惜他喜欢的是晓晓，要结婚的对象也是晓晓，所以你才嫉妒，嫉妒有她在你不能跟你的金主在一起！"

梁知璇都蒙了，抓着弟弟衣领的手不自觉地松开，僵硬地往后退了一步。

梁文东撒完了气大概也察觉到话说得过分了，可他不认为自己有说错什么，他刚刚说的其实都是事实。

他年轻气盛，拉不下脸说句软话，拎起外套就要走。

"你去哪里？"梁知璇没回头，哽声问了一句。

"我出去住两天，免得在家里你又看我不顺眼！"

"你不用走，我走。"

梁知璇抢在弟弟之前打开门跑出去，看到梁国兴垂手站在门外，表情惶惶的。

她抹掉眼角的眼泪："爸，你这两天在家里看好阿东，别让他乱来。我去朋友家住两天就回来。"

"小璇啊……"

梁国兴还想再说什么，梁知璇已经拖着箱子离开了。

这两年都是这样，她的行李箱放在固定的角落里，拎起来就可以走，跟她一样，在这个家里永远只做短暂停留。

她其实没有什么其他的地方可以去，只能投奔公司里跟她关系最要好的程洁。

她到的时候程洁正在厨房里忙碌，她儿子小元宝来开的门，很乖巧地说："梁阿姨你先坐一会儿，我妈妈在做饭。"

梁知璇把箱子放到墙角，低头看了看窗边小书桌上的作业本问他："在做作业？"

"嗯。"

程洁听到动静，探出半个身子招呼她："哎，小璇你先坐啊，我这儿还有最后两个菜就可以开饭了。"

她当然不好意思坐享其成，走进厨房道："我来帮你吧！"

"不用不用，别把衣服弄脏了，你出去帮我看看元宝作业做完了没。"

小元宝刚上一年级，数字和拼音都写得极为工整，梁知璇检查了一遍基本没有错处。

他做完作业把本子收到一边就自己开电视，还回头对她解释："妈妈说我写完作业可以看一会儿电视。"

她帮程洁把四菜一汤摆上桌，不无怜惜地说："元宝这孩子真懂事，你可省心了。"

程洁摘了围裙在她对面坐下："孩子的事儿哪有真正省心的，将来你当妈后也就知道了。"

梁知璇沉默了好半晌才说："你这么辛苦把孩子带大，如果他将来问起你他爸爸去了哪里，你怎么回答？"

程洁一个人带着儿子过是同事都知道的事，只是她从来不提孩子的父亲，一般人也就不好多问。

梁知璇跟她关系好，关于她的过去隐约知道一些，有的事聊起来也没有那么多避讳。

程洁耸耸肩膀："能怎么说，就说去了很远的地方回不来了呗！他既然大了，该懂的都会懂，怎么说都没关系了。最重要的是，我是他妈，他会体谅我。"

"嗯。"是啊，至亲之人应该会懂，梁知璇点头，本来是想冲她笑的，眼圈儿却红了。

"怎么了这是，今天到底是为什么跑出来了？"

程洁厨艺很好，但梁知璇真是一点胃口都没有，她放下手里的筷子道："程姐，你尝过缺钱的滋味吗？"

程洁一哂："谁没尝过，你没看我给儿子取名都叫元宝吗？我这辈子估计都得尝着这滋味过了。"

"我是指被钱逼上绝路的那种感觉。"

程洁抬起头："怎么了，是不是真遇上什么难处了？"

梁知璇摇头："最难的时候已经过去了，我以为有些事情也会跟着一块儿过去的，可现在才发觉不是这样。连我最亲的人也不理解我的选择，我有时就不由想，是不是我真的做错了。"

"最亲的人……你跟你爸吵架了？"

"不是，是我弟弟。"

"为了什么？跟那个穆老四有关？"

梁知璇猛地抬头："你知道？"

程洁也是一惊："还真是他？我瞎猜的，你们在飞机上明枪暗箭、你来我往的，真当所有人都瞎了啊？"

其实是那姓吴的老色鬼事后投诉梁知璇的服务，顺带提到了穆峥。梁知璇是什么样的工作水准她心里有数，至于穆四，一看就不是路见不平拔刀相助的那种人，两个人之间的暗流她这个过来人也多少感受到一些。

梁知璇苦涩地笑笑："看来真的是我自欺欺人。"

"你到底怎么招惹他了？"

"我爸爸……以前是他公司的财务，工作了好多年，最后却挪用了几笔公司的钱，还做了假账来掩盖，东窗事发，差一点去坐牢。"

程洁咋舌："怎么会这样，你爸看起来不像那种会乱来的人啊！"

梁知璇摇头："他挪用本来的确不是为了他自己，是为了我妈妈。我妈几年前查出肝癌，要做肝移植，治疗费用不是小数目。他一开始挪用只是想应急，想着等凑齐了钱就给还上。结果他拿了那笔钱去赌，一天一夜就输得精光，只好再挪第二次、第三次……拆东墙补西墙，很快就被发现了。”

“那你妈妈……”

“她病情恶化很快，根本没用上那笔救命的钱。”

程洁忍不住唏嘘：“老天真是太捉弄人了。那一共欠多少钱啊？穆峥好歹是穆家人，值得他耿耿于怀这么久？”

梁知璇自嘲地勾了勾唇：“不大不小的一笔钱，大概不够他大手一挥买辆车的。但那时候他的公司正准备上市，万事俱备却被查出做假账，上市计划就只能搁置了，损失的税金、公关费用、咨询费、律师费难以计数，更不用说上市之后的一切。”

“所以他把这些都怪在你爸爸头上？”

“嗯，他放出话来，就算我们倾家荡产也要堵上被挪用的钱，而且我爸必须坐牢。”

“然后呢？”程洁骇然，“然后你就跑去找他了，送上门去让他把你给吃了？”

穆峥那样的人什么都不缺，梁知璇又有什么可以与之交换谈条件的？无非就是年轻女孩大好的青春。

“还不只是那样，我起先没打算去找他的。”

他也因此有不止一个理由厌憎她、嫌恶她，可又偏偏在极短的一段时间里与她做尽男女间最亲密的事。

那样阴错阳差的误会她已经没法再向外人宣之于口，反正最终的结果都已无从改变，她在那段日子里做了穆峥的玩物。

程洁没再追问，只是好奇：“那你们既然分开了，你爸爸也没事，现在为什么又来纠缠？你弟弟怎么会帮他做事的？”

“阿东那时还在读书，很多事我们都没告诉他实情。他以为我爸没事是因为穆峥宽宏大量网开一面，加上他有点崇拜穆峥……”

很多人都生活在别处，羡慕他人的生活。穆峥家世煊赫，年纪轻轻已事业有成，在南城名头很响。要说梁文东年少叛逆的时候有什么现实中的偶像，大概也就是穆峥这样的了。

“穆峥也不介意？”不说父债子偿，但有过那么不愉快的雇主经历，他应该不会愿意再雇佣梁文东才对。

梁知璇抿了抿唇："我想他应该是没想到阿东是我们的家人。"

程洁蹙眉，其实她是不太相信这一点的，留在身边做助手的人怎么可能完全不清楚身家底细？

"你真的确定穆峥他不是冲着你来的吗？"

梁知璇笑了笑："他图什么呢？他身边什么样的女人都有，我给不了什么特别的。"

就连他们在一起的那一小段日子，也算不上什么美好记忆，他大概转身就抹去，一时半刻也不会留恋的。

夜里梁知璇睡在客房，程洁带着小元宝睡。

就这样在程洁家住了两天，她刚好没有飞行任务，就帮着照顾一下元宝，接他放学，陪他一块儿做作业。

家务自有钟点工阿姨料理，孩子渴望的只是陪伴。元宝眨巴着大眼睛说："梁阿姨，我妈妈要是也每天都能这样陪着我就好了。"

她摸摸他的脑袋："你妈妈也很想陪你，但她得努力工作赚钱，才能有更好的生活呀！"

小元宝垂眸："如果我们找到爸爸，妈妈是不是就不用那么辛苦了？"

梁知璇心里微微发酸："元宝乖，你好好学习，快点长大，妈妈就不用那么辛苦了。"

晚上她陪元宝吃了晚饭，手机忽然响了，是家里打来的。

梁国兴的声音带着一丝明显的慌乱："小璇啊，你在哪儿啊？现在能不能赶紧回来一趟？"

"爸，出什么事儿了？"

"你别问了，回来再说。"

梁知璇最怕父亲这样，一个人的懦弱最直观的反应就是遇事逃避，越是大事越是谈都不愿意谈起。

她也紧张起来，收拾好自己的东西打算回家。

小元宝跑过来问："梁阿姨，你要去哪里？"

钟点工已经走了，如果她现在离开，就留下小元宝一个人在家里了。

她蹲下身来，平视着孩子的眼睛道："阿姨有急事要回家一趟，元宝一个人在家里可以吗？你妈妈晚点就回来了。"

程洁当值的航班夜里十点落地，回到家只怕要十二点了。

"我可以跟你一起去吗？其实我一个人在家里……很害怕。"

小元宝问得怯怯的，低着头有点难为情的样子。

孩子再坚强懂事也只是孩子，梁知璇心疼他，也实在不放心这么晚了把他一个人扔在家里，于是说道："行，那你跟阿姨一块儿去，等你妈妈回来了我再送你回家。"

一大一小出门打了个车到梁知璇家楼下，元宝在车上有点困了，她下车把他抱在怀里，另一只手拖着行李箱往前走。

公寓楼下停了一辆银色的宝马730，跟周围灰扑扑的环境格格不入，梁知璇想不注意都难。

驾驶座的窗户大开着，座位上的人指间一点星火，在看到她之后才弹出窗外熄灭。

她的心狂跳起来，想抱着元宝赶紧上楼去，穆峥却已经推开车门走下来，在她身后道："这么晚？还以为你不回来了。"

梁知璇转过来面对他："是啊，这么晚了，你到这儿来干什么？"

他站在夜色中仍然是一道深色剪影，但深灰色的大衣里只穿了一件休闲的衬衫，领口大开着，围巾也没有戴。他没带司机，自己开车，可见是为了不想让其他人知道的私事，而且事发突然，他出门很急。

穆峥没回答她，只看了看她怀里抱着的孩子："你跟谁生的野种，都这么大了。"

元宝其实已经醒了，愤愤地瞪着他道："我才不是野种！"

梁知璇把他放下来拉到身后，又气又急："当着小朋友的面，你胡说些什么？"

"那我们就来说点儿正经的。"他又往前一步，"你弟弟，梁文东，现在人在哪里？"

梁知璇愣了一下："什么意思？"

穆峥一把就狠狠拽住她的胳膊将她拖到身前："还装傻？我问你梁文东

现在在哪儿，他带着冯晓晓去了哪里？”

她脑海里像是有什么东西炸开了：“你说……你说他们俩都不见了？”

“很意外？你不是早就知道他们的事儿了吗？一个个都揣着明白在我跟前装糊涂！”穆峥暴躁地一脚踢向车身，拽住她的手又更大力地收紧，“你最好给我说实话，否则新账旧账一起算，我怕你们一家人会吃不消！”

小元宝吓坏了，梁知璇想要护住他，可骨头却像要裂开一样疼。

但不管怎么样还是比不上此时此刻她心里的难受。

不过转身而已，她最担忧的事就已发生在眼前。

弟弟就这样不顾后果，带着一个根本不属于他的女人“私奔”。

“你先放开我，让我打个电话给他。”

穆峥冷笑：“你以为我没打过？这个时候你以为他还会开着手机让你找到他？”

“他还有另外一个手机，是跟家里人联系用的。”她尽量镇静，“他总要跟外界联系的，也许还用得上没有关机，你让我试一试。”

穆峥松开手，梁知璇连忙从包里翻出手机，拨了梁文东的另一个号码。

手机是通的，每一声等待音都像长得没有边际。很快电话被接通，那头的人没有说话，梁知璇焦急道：“阿东？我是姐姐，你告诉我……你现在在哪里？”

那边还是不吭声。

她抬眼看向穆峥，他离得那么近，平时漠然的眼神里酝酿起风暴，仿佛随时都可以伸手将她撕碎。

小元宝这时候像个小大人似的挡在她的身前不让穆峥再靠近，她趁机遮住嘴侧过身，哽声道：“阿东……阿东我知道是你，你说句话。你现在回来，一切都还有的商量……啊！”

她话没说完，手机已经被穆峥夺走。

电话那端已经挂断了，他看着她失措的模样：“现在可以说了，梁文东在哪里？”

梁知璇深吸口气：“他没说，我都不确定刚才是不是他接的电话。”

她意识到这回事态严重，可能真的无法挽回，但还是拉住穆峥道：“你给我点时间……求求你，给我点时间，我一定把他找回来！”

穆峥看了看她揪住他衣服的手：“你觉得我该相信你吗？毕竟你们一家子都是贼，你爸从我这儿偷钱，你弟弟从我眼皮底下偷人，你呢，你想偷什么？”

梁知璇嘴唇发颤却说不出话。

他拽住她的手猛地往后一掀，她被身后的箱子绊到而摔倒在地上，疼痛一下子钻进心里去。

小元宝吓坏了，一个劲儿地把他往后推：“坏人，你走开，不准欺负我梁阿姨！”

穆峥在一个孩子面前根本像山一样无法撼动，他收住元宝一双乱打的小手，居高临下地对梁知璇道：“看来我真是不该相信你们梁家人。这回我们公平一点儿，你什么时候找到你弟弟了，什么时候来把这孩子接回去。”

说完不等她反应，穆峥轻巧地将元宝一拎就塞进了旁边的车子里。

“不！不可以，你把元宝放下！他不是我的孩子……你放开他，停车，停车！”

她忍着疼从地上爬起来，拍打着车身想让穆峥停下来，可他像没听到一样，车子从她身旁绝尘而去。

她踉跄地跟在后面追赶，却很快什么都看不见了。

她无助而彷徨地停下来，冷风从她的衣领里灌进去，仿佛穿透了她整个身体。她跑掉了一只鞋，脚底不知踩到了什么，疼得她几乎站不住。

不知是不是听到了他们的争执，梁国兴从楼上跑下来，颤巍巍地拉住她道：“小璇啊，发生什么事了，啊？你见到穆峥了吗？他的人刚才来把家里翻了个底朝天……哎，我们先上去，你脚在流血呢！”

梁知璇低头看了一眼脚底的那一片殷红，眼泪不知什么时候流出来的，脸上也是湿凉的水渍，她伸手抹了一把，抖着手推开父亲：“他带走了我朋友的孩子，我要去把人找回来。”

南城荣耀夜总会。

关隆推开厚重的包厢门，就看到穆峥跟一个小不点儿各坐在沙发一头，大眼瞪小眼。

他哈哈一笑道："怎么了这是？难得光临一回还带了个小朋友，你不知道我这儿不欢迎未成年人啊？"

穆峥终于垂下眼，抓过桌上的玻璃杯缓缓灌了一杯酒进去。

关隆见怪不怪，转头问小朋友："嘿，小孩儿，你叫什么名字？"

小元宝道："我不告诉你，我妈妈说了，不能告诉陌生人我的名字。"

他其实早就吓坏了，刚在穆峥车上哭了一场，这会儿又多出一个人，而且关隆跟穆峥的斯文不一样，他不仅高大魁梧，头发楂儿短得贴着头皮，手腕还露出青色的文身，铁塔般走进来，他心里就更加发怵了，只想大声叫妈妈。

关隆没怎么跟小孩子相处过，倒觉得有趣："那你妈也一定告诉过你，别到陌生人家里去做客，你怎么跑我这儿来了？这可是我的地盘。"

元宝怨念地指着穆峥："是他带我来的！"

"哦，他是你老爸？"

元宝睁大了眼睛，穆峥的眼风冰枪雪箭般射过来，"扯淡！"

关隆悠闲地说："不是你儿子，你带这儿来干吗？我可是听说最近你又遇上早几年前那个小情人儿了，怎么着，连儿子都给你生好了？"

"你真的是我爸爸呀？"小元宝嘴都合不拢了。

"闭嘴，我不是。"穆峥抓过酒瓶往杯子里倒酒，有些烦躁，顿了一会儿对关隆道，"有剪刀吗？"

"你要干吗，剪了这孩子的头发拿去做亲子鉴定？这你就不懂了吧，剪下来没用的，得有毛囊，你得从他头上拔下来的头发才管用。"

穆峥看向小元宝，他赶紧拿手捂住头发。

……

《愿时光清浅，许你欢颜》抢先试读

俞乐言每天早晨八点半准时打卡上班。

她到这个律所上班才一周的时间，美其名曰律师助理，其实刚开始就是个打杂的。

律所对员工的考勤制度管理并不是特别严格，虽然规定是早晨八点半打卡，但大多数人都是九点才到，有案子的律师甚至整天都见不到人。

高田所听起来像日本外资的律所，实际只是因为两位合伙人刚好一位姓高，一位姓田，而姓高的那位是俞乐言的师兄，所以提供给她这样一个不错的工作机会。

她跟穆皖南正在办离婚手续，急需一份工作保障今后的生活，所以她非常珍惜这个机会，每天都是第一个到岗的员工。

新入职的第一个礼拜不太好过，什么人都不认识，什么规矩都不懂，最要紧是没有人给新人安排任务，分配给她的带教律师又不在，办公时间的空闲远比忙碌更难熬。

她只好给自己找事情做，守在复印机旁帮别人复印材料，有访客来了就端茶倒水，帮前台小姐省了不少工夫。

尽管如此，也并没有得到什么赞美之词。中午午休的时候，她在洗手间的隔间，听到门外两个年轻的声音在议论她："欸，那个俞乐言也是关系户吧？现在淡季还招人，不是让她白拿薪水吗？"

"听说是合伙人亲自安排的，也许就看中人家年轻漂亮呢！"

"年轻什么呀，比咱们都大呢！而且婚姻状况填的是已婚啊！"

“啊……看着不像啊，我还以为是刚毕业的大学生呢！怎么这么大年纪了还来当律师助理？”

“谁知道，你没看见她一身的名牌吗？指不定是哪家的阔太太出来体验生活了，或者是高先生的情人？他不是离婚了吗，也许就好这一口儿呢？”

两个人哧哧地笑，听到最里面一间有冲水的声音才意识到还有人，赶紧收起化妆品走了。

原来高师兄也离婚了，同为天涯沦落人，她也是到这一刻才知道。

乐言坐在马桶盖上，确定外面的人都走了才推开门出来。

她看着镜子里的女人，素面朝天，大概是因为皮肤白皙，看起来比实际年龄小很多。身上的套装样式中规中矩，却是货真价实的普拉达。

她的正装不多，仅有的两套先拿来应急。也怪她自己疏忽，就这样直接穿来上班了，引起一些不必要的揣测。

下午高寂云路过她的办公桌前，曲起手指在桌面上敲了敲：“来我办公室一趟。”

他的办公室就在她身后不远处，他朝她眨眨眼睛，笑意盈盈的。

刚刚在卫生间里八卦的年轻女孩儿们互相递眼色，像是在说：“看我说得没错吧？”

俞乐言关上办公室的门，在高寂云对面的椅子上坐下：“师兄，有事找我？”

“你上班也有好几天了，我的事情比较多，忙到现在才有空问你的情况。怎么样，还习惯吗？”

高寂云与她同毕业于F大学法律系，她读大一的时候他读研究生一年级，做过他们班的辅导员，是学校著名辩论队的队长，毕业后就进事务所做了律师，不久前与人合伙开了现在的这家律所，年纪轻轻已是业内有名的大状。

撇开在学校里对她的照顾不提，如今他给她提供了这个工作机会，对她而言有知遇之恩。

她点头：“都很好，谢谢师兄。只是我觉得还有很多东西要学，还有我的工作好像很少，有没有什么是我可以帮得上忙的？”

高寂云爽朗地笑："这个你不用急，等过两天你的带教律师出差回来，就有你忙的了。这些案卷都是他的，你先拿去看看，到时候做起事来事半功倍。"

厚厚的一摞资料放在面前，乐言既兴奋又有些发怵："今天就得全部看完吗？"

"有问题吗？"

她咬了咬唇："不，没有。我会抓紧看的。"

高寂云点点头："现在开始要逐渐适应高强度的工作节奏。乐言，你的起步晚了点儿，但要相信自己是最好的，我给你的资源也是最好的。假以时日，你会成为最优秀的律师，加油！"

师兄跟以前一样潇洒乐观，看不出一点儿婚姻失败的颓唐。

俞乐言抱着那摞沉甸甸的案卷回到自己的办公桌前，整个下午埋首其中，直到天色越来越昏暗，再抬起头来，猛然发觉整个办公区只剩她一个人了。

她匆匆地收拾东西，本来是想下午请假早点儿下班的，但想到午间听到的那些闲言碎语，她又打消了念头，硬是把资料都看完了。

今天是女儿的生日，她答应了要陪她庆祝的，不能失信。

她到西饼店拿了定制的蛋糕，回到家早已过了饭点儿，思思已经吃完饭，正坐在茶几旁边画画，看到她高兴地扑进她的怀里："妈妈！"

俞乐言放下手里的东西，蹲下来抱住她亲了亲："宝贝，生日快乐。在画什么呢？"

"生日涂鸦，每个小朋友生日的时候都要画一张，第二天要跟其他小朋友，还有老师一起分享。"思思满手都是颜料，桌上放着一张五颜六色的水彩画，那是一幅是全凭手指和手掌蘸取水性颜料绘制的朴拙涂鸦。

"妈妈，你陪我一起画吧？"

乐言顾不得还饿着肚子，卷起袖子道："好，妈妈陪你画完。"

母女俩一起往画布上拓手印，乐言又握住思思的手，教她在每个指印上画上栩栩如生的可爱表情。

思思拍手："好漂亮！剩下的那边留给爸爸，我们谁都不要画哦，爸爸的手比较大。”

乐言看着画布上的那块空白区域，心头酸涩。

“爸爸可能要很晚才能回来，我们先切蛋糕好不好？”

思思摇头：“我想等爸爸回来再吹蜡烛，蛋糕……先给我看一眼就好了。”

她小心翼翼地揭开蛋糕盒子看了一眼，咽了咽口水，又乖乖地坐回去等，甚至为了分散注意力，把玩具都拿出来，玩儿起分蛋糕的游戏。

这个孩子执着起来跟穆皖南一模一样。

墙上的时钟指向十一点整，窝在沙发里打瞌睡的思思被整点的钟声吵醒，手里握着的小黄鸭公仔也滚到了地上。

她揉了揉眼睛，抬起头问：“妈妈，爸爸还没回来吗？”

俞乐言将她揽进怀里，亲了亲她的额头道：“快了，爸爸应该很快就回来了。思思熬不住就先去睡好不好？明天还要去幼儿园。”

思思却拼命摇头：“不要，我今天一定要等爸爸回来一起过生日，而且我的画还没完成呢！”

她把滚到地板上的小黄鸭捡起来放到茶几上，看了看精美的蛋糕盒子和旁边那幅未完成的画。

乐言又抬头看了一眼时钟，温柔却又坚决地说：“时间太晚了，宝贝你得去睡觉了。等爸爸回来，我跟他一起把这幅画完成，明天让你带到幼儿园去，好吗？”

思思嘴角一撇：“可是……还没有吹蜡烛和唱生日歌。”

“明天我们一起补……”

她的话没说完，门口传来钥匙开门的声响。思思跳起来，雀跃道：“一定是爸爸回来了！”

她跑到门口，乐言赶紧跟上去，打开门，果然是穆皖南回来了。

她嗅到空气中的酒精气味，他喝了酒，而且还喝了不少。

“这么晚……外面下雨了？”她看到他额前发丝上沾到的雨水，西服外套也被浸湿。

雨势不大的话，停好车走到家门口不过几步路的距离，慢慢走也不至于淋成这样。

或许他在别的地方就已经遇到雨了。

他看到她，挑了挑眉毛："这么晚了，怎么还没睡？"

思思倾身抱住他："爸爸，我在等你回来庆祝生日，你是不是忘记了啊？"

"爸爸没忘。"他把孩子拉开一些，不让她碰到被雨水淋湿的外套，又从公文包里拿出一个扎着蝴蝶结的银色礼盒递给她，"礼物你先拿着，不过今天太晚了，生日明天庆祝也没关系。"

思思委屈地看着妈妈，乐言朝她笑了笑："思思想等你陪她一起吹蜡烛，还有一幅画要等你一起完成，明天要带到幼儿园跟小朋友们分享的。反正也等到现在了，好在还不到十二点，今天还没过去，我们陪她画完吧！"

屋子里有些热，穆皖南一边扯着领带一边道："她明天还要上学，睡得太晚了就会迟到。有什么事明天再说，我先去换身衣服。"

孩子听懂了，眼睛里的神采一下就黯淡了下去，乐言见状连忙小声地凑到他耳边说："我知道时间不早了，你也很累，没有心情。可是孩子大了，她还从来没跟你一起庆祝过生日，能不能……"

他忽然转过来，目光如炬，话却是跟孩子说的："思思，你先去那边拆开盒子看看礼物是什么好不好？"

思思看看他，又看看妈妈，噘起小嘴不情不愿地走开了。

他这才冷声问乐言道："你这是在责怪我不是一个称职的父亲？"

她抿了抿唇："我只是不想让孩子太失望。"

他依旧看着她，唇角勾了勾，有些残忍的弧度，又像是透着一丝不明的讽刺意味。

"谁都可以怪我，唯独你不行。何况你现在连唯一的立场都没有了。"

他没再多说什么，湿了的外套都没有脱就往楼上走。

他的确是累了，一米八三的大男人，每走一步都显得那么吃力，也吝于求助和回头，仿佛楼下的一大一小是存在于他的世界之外的两个人。

乐言走回思思身边，礼盒里是有声的故事书，可孩子捧着礼物，眼泪却忍不住地往下落，还不敢大声哭，只能扑进妈妈的怀里压抑着哭声：

“爸……爸……不陪我过生日，我不要喜欢他了，呜呜……”

乐言的心都揪起来了，蹲下来紧紧地抱住女儿安慰道：“宝宝不能这样说，爸爸是最疼你的人，你看他工作那么忙，不是还给你准备了礼物吗？”

说来更伤心：“这套故事书他去年已经给我买过了……”

乐言一时无语，轻轻道：“爸爸一定是记错了，或者他觉得这套故事书特别棒呢？”

思思抽噎着问：“爸爸是不是讨厌我？”

“怎么会呢？宝贝千万不要乱想，爸爸只是太累了，没有讨厌你，不是你的错。这样吧，妈妈陪你吹蜡烛，唱生日歌，明天再给你补送一份礼物，就送……你最近喜欢的《小鹿斑比》好不好？”

思思这才慢慢止住了哭，眼角仍挂着泪珠：“可是我的画还没有完成……”

“没关系，妈妈答应你，今晚就算爸爸睡着了也一定让他起来把作业完成。”

“真的？”

“真的啊，妈妈有魔法嘛，不信我们拉钩！”

思思终于破涕为笑。

好不容易哄孩子睡着了，乐言回到主卧室，轻轻叩门，无人响应，打开灯，屋里空无一人。

她苦涩地笑了笑，是的，她差点儿忘记了，现在这里已经是她一个人的房间了。

就算是以前，在今天他也是不会回房间来与她共度的。

三楼的书房里，穆皖南仰躺在窗边的沙发床上，湿漉漉的衣服还原封不动地穿在身上。难怪他剑眉紧蹙，好像睡得极不安稳。

她推门进去看到他这个样子，想帮他换下身上的湿衣服，可又不敢弄醒他，否则以他刚才的情绪来看，两人又免不了一通争执。

她打来热水，解开他胸前衬衫的纽扣，忽然像是想起了什么，轻轻放下手中的毛巾。

她端来了女儿的颜料，调好了颜色，小心翼翼地挽起他的衣袖，再用笔刷将颜色涂满他的掌心，然后展开那幅未完的画，将他的手拓在空白的区域内。

整个过程一气呵成，并没有耗费太多时间，她却出了一身汗，一条腿跪在地上有些发麻，站起来的时候趔趄了一下。

穆皖南又动了动，喉咙里发出模糊的声音：“水……”

他今天一定喝了很多酒，又淋了雨，这样睡一晚非得病一场不可。

乐言轻叹一声，起身去帮他倒水，忽然瞥见书桌中间的那个抽屉没有被推回原位，留了一条缝隙。

她知道那里面放的是什么，不过平时都被他谨慎地锁起来，今天大概是他一时疏忽忘记了。

她顺从自己潜意识里的冲动，拉开了抽屉，取出倒扣在里面的一个水晶相框，照片里的人穿着白衣白裙，俏丽明媚，鲜活得仿佛就在眼前。

可他们都知道这样的笑容已经永远定格了，年轻的生命已化作香山上冰冷的石碑，孤零零的游魂不知现在又漂泊到了哪里。

这张照片她以前也并不是没有见过，只不过今天看到后的感受特别不同。

乐言轻轻地把相框放回原处，拿着水杯回到穆皖南身边，想要扶他起来喂他喝水，没想到手刚碰到他的肩膀，那双冷凝又锐利的眼睛就蓦地睁开了。

她从来不怕他，她想。即使过去他无视她、冷待她，失控地朝她发脾气，她都不觉得害怕。他是谦谦君子，不会伤害她的，她都知道。

可是这一刻，他这样看着她，眼睛里看似平静无澜，背后却像是有星云瀚海在翻卷，随时都可以把她吞噬掉。

她勉强地朝他笑了一下：“你醒了？先喝口水，然后去洗澡换件干净的衣服再睡吧！”

他没说话，只是看着她。她被他看得有些不自在，以为他不打算喝水了，刚打算把手收回来，他却把杯子接了过去，仰头将一杯水喝得干干净净。

她看他仰起头，男人硬朗的喉结随着吞咽的动作上下滚动。

他把空杯子递到她的眼前，又露出那种有点儿挑衅意味的表情。

她轻轻别过脸去，只问：“还要吗？我再帮你倒一杯。”

杯子在她的手里没有握牢，手腕突然被另一双手给钳住了，剧烈地抖动了一下，那只水晶玻璃杯就咕噜噜滚到了地上。

幸好没有摔得四分五裂，她提起的心稍稍一松，却依旧快速地跳动着。

“你刚才在看什么？”穆皖南终于开口，抓着她的那只手的手心里还有未干的水彩颜料。

丝丝缕缕的橙红色从两人肌肤相触的地方渗出来，灯光一照，像是猩红的血液。

“我看到你的抽屉没锁好，帮你整理一下。”

否认也没有用，她知道他都看见了。他应该早就醒了，或许在她踏进这个房间的时候，或是她捉住他的手仔细地往他的手心上涂上颜料的时候，就醒了。

他在观察她，看她窥探着他那不算是秘密的秘密时，是什么样的神情和反应。

她的镇定似乎激怒了他，腕上的力道更大了些，捏得她要咬紧下唇才不至于失声痛叫。

“你先放开我……”她试着与他商量，“你喝多了，我帮你放水洗澡，早点儿休息吧！”

他却不依不饶：“你明知道我今天去哪儿了，怎么不提也不闹了？你是真的看开了呢，还是故意装出贤惠大方的样子？你装给谁看？俞乐言，这里明明只有你和我。”

“还有思思。”她不顾手腕的疼痛，仰起头迎上他的目光，毫不迟疑地轻声补充道，“我们这个家里……还有我们的女儿。”

也许是没想到她会这样回答他，穆皖南的眼中有丝微妙的情绪一闪而过。

她趁机想摆脱他站起来，可他并没有就此放过她的意思，手一拽，她重心不稳地跌向他，拉扯间两个人滚到了地板上。

他喜静，所以地板都铺着柔软的地毯。尽管她很瘦，背上的蝴蝶骨最先着地，结结实实地摔了这么一下还要承受他的重量，却没有感觉到疼。

只是身下已经一片狼藉，刚才端来的水彩颜料没来得及收拾，全都泼溅在地毯上。

指尖碰到的黏腻让人很不舒服，她甚至不敢睁开眼去看，不愿想象这糟糕的情形待会儿要花费多少精力去清理。

她抬起手来，双手终于得了自由，可穆皖南的手掌此时却覆在了她的颈部。

“别再拿孩子说事了，你要是真的疼她，咱们不会走到这一步。”

他的话里包含了太多含义，就像他此刻的手，并没有施力，只是那样虚拢着，她却刚好能感觉到他掌心的热力和仍未干透的水彩颜料。

很复杂的感受。她觉得好笑，不要提地毯了，她自己也是狼狈不堪，千疮百孔的样子横陈在他的面前。

“如果你觉得掐死我可以让你好受一点儿，那你可以再用力点儿。”她觉得呼吸有点儿困难，张了张嘴竟然笑了，“不过我想还是有必要提醒你，这世上即使多死一个人，并不会让已经死去的人复生。”

是挑衅也是试探，她从来没在他面前说过这样的话，今天真是豁出去了。

穆皖南的瞳孔猛地收缩，能激怒他的事情不多，但康欣去世这么多年，包括父母和最要好的朋友都很少在他面前提起，因为他们知道这件事在他这里是天大的忌讳。

过去几年中她的战战兢兢果然都是装出来的，离了婚就什么都不顾忌了。

他手上果真加大了力道，一点点收紧，轻声问道：“俞乐言，你知不知道今天是什么日子？”

是啊，今天是什么日子呢？他的情人的死忌，在每年的这一天去康欣的坟上祭奠、送花、陪她到深夜才回来的人是她的丈夫，而对俞乐言来说，今天只不过是她女儿的生日，仅此而已。

已经是第五个年头了，可即使两人走到了这一步，伤人伤己的话她始终说不出口，眼睛里有泪潮翻涌上来，她干脆闭上了眼睛。

穆皖南也看到了她眼底的泪，觉得自己在水漾波光里狠狠晃动了一下。

她是怎么做到的呢？明明如她所愿，拥有一切，最受委屈的人却仍是她。

他松开她的脖颈，手缓缓往下移，碰到她的胸口时感觉到她的身体倏地紧绷起来。

他和她就是这样，从做夫妻那日开始，争执得再厉害、再多的委屈，身体仍是契合的，之前还觉得可悲，现在他觉得仅仅享受就好。

她却用力地挣扎起来："你放开我，别这样……我们已经离婚了！"

他唇角扬起少见的轻佻弧度："是吗？协议上签了字不等于法律上已经生效。你不是学法律的吗，连这都不知道？何况你不是还住在这家里，跟以前有什么不同？"

其实要让她疼，可以有很多种方法。

她的衣服是那种浅色的薄款家居服，几乎可以看到他逞凶的手大力揉弄的动作。她果然疼得冒冷汗，却阻止不了他，被颜料弄得污糟不堪的衣物终究还是从身上褪下来，被扔到了一边。

也许是太疼了，她的意识都有点儿模糊了，喝多了的人倒像是她。她不太记得具体的情形，只有不断重复的韵律推挤着她。肩膀碰到昂贵的沙发床一角，金属和皮革摩擦着她的皮肤，头晕目眩。

她收拾起狼狈回到自己的卧室，差点儿摔倒在浴室湿滑的地面上，连冲个澡的力气都没有。

还好不用担心他会到这个房间来，以前也是这样，一年一次，这一天是独属于他自己的，谁都无法走近，更不可以去打扰。

但是像今天这样加诸在她的身上还是第一次，他是逼着她感同身受吗？

他是不甘心吗？是不甘心吧，毕竟离婚是她先提出来的，穆家的天之骄子怎么能忍受分手由女人来提，所以即使离婚了也不愿让她好过，是这样吗？

他一定不知道也并不相信，这几年来她的痛苦不亚于他。

第二天，乐言照常早起准备早餐，然后送女儿去幼儿园。

孩子什么都不知道，每天早晨的太阳对她来说都是新的，依旧是跟爸爸妈妈在一起生活。

昨晚那样折腾并没有让穆皖南有一丝惫懒，他似乎不受宿醉的影响，出门比平时还要早。

他的早饭有时在公司解决，秘书会买好送到他的办公室，就像昨天的那份生日礼物，大概也是秘书买的。

他并不是一位好伺候的老板，除了要求严苛，自身的外形气质出众，很容易令朝夕相处的女下属模糊界限产生情愫。他在这方面要求很严格，三年换了三任秘书，从女人换成男人，更迭速度太快，连给女儿准备的礼物重复了都不知道。

她仍记得与女儿的约定，要补一份礼物给她，记在爸爸的头上，不能让孩子失望。

她给高寂云打电话请假，本来昨天好不容易看完了那些案卷，今天可以就里面一些不懂的问题请教他的，可她今天不得不去一趟医院，只能请假。

昨夜她站在花洒下冲洗她的身体，有些青紫红痕水流经过就轻易地带走了，有些却怎么也洗不掉。

她的皮肤上沾到一些颜料，本是水性无毒的，可偏偏她是极易过敏的体质，接触到的部位长了成片的红疹，挠一挠就痒得厉害。

更加糟糕的是，她无意中摸到胸部靠下的位置有一个不大不小的结节，再按得重些就有肿胀般的疼痛。尽管脑子里有点儿混沌不清，但她还是立马就意识到那是什么。

福无双至，祸不单行。这种时候要是她得了什么病，对自己和孩子来说就太可怜了。

她给相熟的医生打了电话，约好问诊的时间。她也希望自己是小题大做，因此并没有说是身体不舒服，而只是将半年一次的例行体检提前了。

恰好她还缺一份入职体检报告，律所的人事部还等着要。

医院家庭服务部的全科大夫黄医生对穆家的情况很熟悉，算是他们的家庭医生，平时无论家中的大人还是孩子有什么头疼脑热的都是由他主诊。

他安排好各项检查后，请俞乐言到内室的检查床上躺好，让自己的助手进来为她做检查。

年轻的女医生穿着白大褂，长发整齐地扎在脑后，进门打过招呼后才戴上口罩和手套。

乐言只看了她一眼就愣住了，身体平躺在床上，四肢百骸仿佛被冻住了似的，没有了知觉。

是错觉吗，这个人怎么会那么像康欣?

触诊并不舒服，乐言的注意力一直放在这位年轻的女医生身上，拼命地告诉自己不可能，一切只是巧合。

做完检查，等她整理好衣服走出去，那位年轻的医生已经不见了踪影，只留下一份检查报告放在桌上，她瞥见最后的签名是一个大大的康字。

就像是印证了最可怕的传说，她的心跳几乎停止。

一样的容貌，一样的姓氏，这已经不仅仅是巧合了。

“穆太太……穆太太，你在听吗？”

乐言回过神来：“……对不起，黄医生您刚刚说什么？”

黄医生见俞乐言分神，极有耐心地又重复一遍：“体检报告显示你的身体各方面的健康状况都不错，除了乳腺上长的这个小东西。初步判断是纤维瘤，这种肿瘤是良性的，你不必太担心。不过还是要做进一步的检查，确诊之后我们再拟定具体的治疗方案。”

原来不是错觉，胸口外缘皮下那个小小的果核般可以滑动的突起真的是一个肿瘤。

那么刚才那双冰冷的手在为她做触诊的时候也一定感受到了？

“穆太太，你不用紧张，至于皮肤，只是一般的过敏症状。我给你开点儿药，按时服用，不要再接触过敏原了，一两天红疹就会消退的。你要是觉得影响美观，可以像今天这样，系一条丝巾遮一遮就可以了，没有什么大问题的。”

乐言垂眸笑了笑，下意识地去摸颈上的丝巾。并不是她爱美，只是这片红疹特别厉害，她怕刚好是他手掌的形状而不知如何解释。

“你在这里稍坐一会儿，我让他们把药开好送过来。”

她点头，想了想问道：“黄医生，刚才那位年轻的大夫……是新来的吗？”

黄医生怔了一下：“噢，她是我新聘用的助手，年纪不大，不过基本功很扎实。”他看出她的心不在焉和惶惶不安，本以为是因为病情多少有点儿紧张，没想到问的是个不相干的问题……会不会是不放心年轻人的医术水平？

乐言没再多问，只是垂下了眼眸不知在想什么。

从诊室里出来，她走在医院冷色调的走廊里，竟然有些无所适从。

“如果穆先生有时间你们可以一起来一趟，得了这种病的女人总是希望得到丈夫的支持。”医生是这么说的。

可是以她现在的情况来说，好像已经没有这个必要了。

没想到手机却在这时候响起，竟然是穆皖南打来的，他几乎从不在工作时间给她打电话。

犹豫了几秒，她还是接起来：“喂？”

“是我，你现在在医院里？”男人的声音低沉好听。不是说认真工作的男人最性感吗？他一定前一刻还在埋首伏案，那种一丝不苟的认真和严肃是他惯有的。

“嗯。”她如实回答，记录医疗消费的是单独的信用卡，一旦录入系统，他的秘书那边就会知悉。

“哪里不舒服？”

“没有……只是例行的体检。”

他在那头沉默了半晌，然后沉声道：“俞乐言，到了这个时候，我不希望看到你再玩儿什么花样。离婚你要钱可以，要是被我发现你在其他地方做文章，我保证让你得不偿失。”

终于说到了正题上，乐言深吸了口气，胸口那颗小黄豆似乎又胀痛起来。一定是心理作用，因为这种情况之前是从来没有过的，之前只有按压的时候才会有些胀胀的不适感。

“你放心，我没打算做什么。”要说起来，她倒是想问问他，今天见到的这位康医生他认不认识。

话没说出口，就看到走廊那头走过来一个身影。年轻婀娜的身体，红色的包臀连衣裙，长发松开披散在肩上，跟刚才穿白大褂戴医用口罩和手套的形象不太一样，但还是一眼就能看出那是谁。

两人错身而过，对方朝她微笑，乐言却觉得嗓子干哑说不出话，脚步也不知什么时候停了下来。

顾不得穆皖南在电话那头，还没把话说完乐言就匆匆挂断了电话。回过头去，红色的身影已经消失不见，快得令她分不清今天遇到的这位康医生究竟是真有其人还是她的幻觉。

城市正中最金贵的CBD地段，中午时分都是极为热闹的，周围商务楼中工作的白领都纷纷出来吃午餐。

餐厅里满满的都是人，尤其像“翠鸟”这种口味和地理位置都不错的餐厅，无论中午做餐厅还是晚上变身酒吧，都是一席难求。

乐言来得早，她从医院直接过来，角落里还有个沙发位。她素面朝天，穿素净宽松的棉质休闲上衣和牛仔裤，只点了一杯饮料静坐着，在一群都市“白骨精”中显得有些格格不入。

“想什么呢？跟你打招呼都没看见。”穿职业套装的何薰在她对面的空位坐下，“今天难得啊，居然会跑到这里来找我吃饭，等多久了？”

乐言笑笑，把菜单递给她：“刚到一会儿，看看吃什么，我请你。”

“董事长夫人请客，那我就不客气啦！”

这个头衔乐言已经担不起了，但她还没告诉何薰。实际上除了她跟穆皖南以及律师之外，离婚的事他们还没跟任何人提过。

甚至她上班的律所就在南华集团对面的大楼。她现在还不能跟何薰说。

何薰点了一份午市套餐，见乐言什么都不吃光喝饮料，又加了大份的凯撒沙拉和炸鸡。

“喂，干吗不好好吃饭啊？我看你又瘦了，难道也学人家减肥？我告诉你啊，你再减就没了，好不容易升级的C罩杯又要降回B罩杯了。”

她的分贝不小，周围人来人往的，乐言羞赧得恨不得捂住她的嘴：“说什么呢！”

“本来就是嘛，依我看生孩子就这点好处，可以升罩杯。”

乐言也习惯了她的快人快语，苦涩地笑了笑：“不是减肥，我只是没什么胃口。”

何薰把刚端上来的焗饭摆到她的眼前：“为什么呀，是不是闷啦？早说让你出来工作的，一个F大的高材生，还这么年轻，在家里相夫教子这么多年也够了！要是那时候你不是毕业就结婚，随便进哪个公司或者事务所，现在也是单位里的中流砥柱了。”

她说得没错，她们以前是感情要好的大学同学，一个毕业就结婚了，一个毕业就进入职场打拼，时间弹指过，各自都在不同的路上走了很远。

以前婚内的生活有时的确觉得寂寞，尤其是思思开始上幼儿园后，穆皖南跟她的交流仍旧少得可怜。她像是一个被遗忘的人，在大把的空余时间里，偶尔也会怀疑坚持这种生活的意义。

现在有了工作，烦恼却又不止于此了。

何薰没有察觉她的异样，继续开着玩笑："我们部门正招人呢，不如你来跟着姐工作，又可以充实小日子，又可以紧盯老公，一举两得多好啊！来吧来吧，当初可是你介绍我进南华集团工作的，现在就当是我报答你的知遇之恩吧！"

乐言说："我介绍你到南华应聘，是因为那时公司真的缺人，而你刚好合适。这么多年你是凭借自己的本事升到法务总监这个位置的，要说对你有知遇之恩的人应该是你的顶头上司才对。"

"哈哈，你真是时刻不忘为老公说好话啊！你敢说当初就没一点儿私心，敢说我不是你安插在他身边的眼线？"

她的声音还是大了点儿，而且说曹操曹操就到，穆皖南这时候刚好带着秘书和运营总监走进来。

……

更多内容收录在福禄丸子即将上市新作《愿时光清浅，许你欢颜》中

敬请期待

可在全国各大书店购买

上当当网购买价格更优惠

穆家系列三部曲，作者：福禄丸子

《余生太长，你太难忘》

《我喜欢的样子你都有》

《愿时光清浅，许你欢颜》